Le piège du secret

Troublante affaire

CAROL ERICSON

Le piège du secret

Traduction française de
FABRICE CANEPA

BLACK ROSE

HARLEQUIN

Collection : BLACK ROSE

Titre original :
THE DECOY

HARPERCOLLINS FRANCE
83-85, boulevard Vincent-Auriol, 75646 PARIS CEDEX 13
Service Lectrices — Tél. : 01 45 82 47 47 - www.harlequin.fr
ISBN 978-2-2804-6938-8 — ISSN 1950-2753

Composé et édité par HarperCollins France.
Imprimé en février 2022 par CPI Black Print (Barcelone)
en utilisant 100% d'électricité renouvelable.
Dépôt légal : mars 2022.

FSC
www.fsc.org
MIXTE
Papier issu de sources responsables
FSC® C159065

Pour limiter l'empreinte environnementale de ses livres, HarperCollins France s'engage à n'utiliser que du papier fabriqué à partir de bois provenant de forêts gérées durablement et de manière responsable.

Prologue

Règle numéro trois : Ne jamais laisser d'empreinte digitale ou d'échantillon d'ADN.

Il n'avait jamais eu aucun mal à se plier à cette règle-là. Il était d'un naturel précautionneux et soigné. Et contrairement à ses deux illustres devanciers, il n'avait pas besoin de déplacer les corps.

Il préférait en effet tuer ses victimes à leur domicile. Cet environnement familier facilitait leur passage. Il n'était pas un monstre, après tout, et n'avait aucune raison d'ajouter à l'angoisse qu'elles éprouvaient déjà en quittant ce monde.

De plus, cela lui évitait de fastidieux repérages pour trouver un endroit où déposer les corps. Autrefois, les artistes comme lui n'avaient à se méfier que d'éventuels témoins. Mais de nos jours, il fallait compter avec les caméras de surveillance qui devenaient de plus en plus omniprésentes.

La plupart des domiciles privés étaient moins bien protégés. Et il était passé maître dans l'art de désactiver les systèmes d'alarme les plus perfectionnés.

Évidemment, bon nombre de ses homologues commettaient également l'erreur d'abuser sexuellement de leurs victimes, signant ainsi leurs crimes. Il n'avait jamais réellement compris cette pulsion. À ses yeux, le sexe était aussi sale et dégradant que le meurtre pouvait être noble et sublime.

Andrea émit un gargouillement inarticulé, et il resserra encore l'étreinte de ses mains gantées sur sa gorge. Le moment de vérité était venu. Il vit la vie quitter son regard comme une bougie que l'on aurait soufflée. Un frisson de pure extase le traversa de la tête aux pieds, et il s'y abandonna, goûtant pleinement à ce moment privilégié, à cette parfaite communion qu'il établissait avec sa victime à l'instant de sa mort.

C'était une sensation toute-puissante, un moment de parfait accomplissement à nul autre pareil. Il aurait aimé pouvoir le prolonger indéfiniment mais c'était impossible, hélas. L'intensité de cette émotion tenait à son caractère fugace, unique.

Il retira ses mains et fléchit doucement les doigts pour les soulager. Les gens ne s'imaginaient pas la force qu'il fallait pour étrangler quelqu'un proprement. Cela faisait un certain temps que lui-même ne s'était pas adonné à une telle activité, et il avait presque oublié à quel point c'était difficile.

Il s'écarta d'Andrea qui était allongée sur son lit. C'était là qu'il l'avait trouvée. Elle ne l'avait pas entendu entrer dans la maison ni la traverser et avait été très surprise de découvrir tout à coup l'inconnu qui se tenait au pied de son lit. Elle n'avait quasiment pas eu le temps de réagir. Seul un piteux gémissement de terreur avait franchi ses lèvres avant qu'il se jette sur elle.

Se détournant pour faire face au miroir de la coiffeuse, il s'assura que son bonnet était toujours bien en place.

Il n'était pas question qu'un cheveu puisse le trahir. Les gants qu'il portait lui évitaient quant à eux de laisser la moindre empreinte digitale.

Il avait aussi scrupuleusement respecté la quatrième règle, choisissant une victime avec laquelle il n'avait strictement aucun lien personnel. Il la connaissait cependant très bien, l'ayant suivie pendant suffisamment longtemps pour découvrir ses goûts et ses habitudes, l'identité de ses amis et des membres de sa famille.

Il savait ainsi qu'elle avait récemment rompu avec son petit ami et qu'elle vivait seule dans cette jolie maisonnette parfaitement entretenue…

Il sortit de son sac un rouleau de scotch double face et colla deux morceaux sur ses paumes avant de tapoter les draps pour recueillir les fibres qu'il aurait pu laisser tomber.

Les membres de la police scientifique se montraient de plus en plus efficaces, et un simple bout de tissu, un simple morceau de terre pouvait leur fournir un indice susceptible de les mener jusqu'à lui. Il avait regardé suffisamment de séries policières pour savoir qu'il ne pouvait se permettre aucune erreur.

Lorsqu'il eut soigneusement nettoyé la scène du crime, il ôta les morceaux de scotch double face et les glissa dans sa poche de droite. De la gauche, il tira alors une carte à jouer.

Se penchant au-dessus d'Andrea, il abaissa légèrement sa mâchoire inférieure de façon à pouvoir la placer entre ses lèvres. Il sortit ensuite une petite paire de ciseaux et découpa une mèche de cheveux qu'il inséra dans un sac en plastique.

Il ne lui restait plus qu'une chose à accomplir avant de

pouvoir repartir. Ce n'était pas une étape qu'il affectionnait particulièrement. En fait, il s'en serait même bien passé. Mais il savait qu'elle était indispensable.

De son sac, il sortit un sécateur.

1

Kyra s'agrippa à la rambarde du pont sur lequel Jake et elle avaient failli s'embrasser, un instant seulement auparavant. Il avait suffi d'un coup de téléphone pour transformer ce coucher de soleil romantique en un moment de pur cauchemar.

— Ce n'est pas possible, articula-t-elle d'une voix blanche. Le copycat est mort. J'ai vu le corps de Jordy de mes propres yeux. Et la police a trouvé toutes les preuves de sa culpabilité dans la maison de sa mère, les bijoux des victimes, le jeu de cartes correspondant à celles qu'il avait laissées sur les corps et même le cutter dont il se servait pour couper l'auriculaire de ses victimes…

— C'est vrai, acquiesça Jake. Bien que nous n'ayons pas retrouvé les doigts en question, cela ne fait aucun doute : Jordy Lee Cannon était bien le tueur que nous recherchions. Malheureusement, il semble que nous ayons un second copycat sur les bras, et celui-ci procède de façon légèrement différente de son prédécesseur…

Kyra était blafarde, et Jake lui prit la main, désolé qu'elle ait à subir de nouveau une telle épreuve. Quelques jours auparavant, elle avait été prise en otage par un meurtrier qui imitait les œuvres du Joueur, le tueur en série qui avait assassiné sa propre mère, vingt ans auparavant, et qui n'avait jamais été identifié.

Et voilà que tout recommençait…

— Différente en quoi ? articula Kyra.

— Eh bien, il a bien glissé une carte à jouer dans la bouche et a coupé l'auriculaire de sa victime, comme le Joueur et comme Jordy. En revanche, le meurtre a été commis au domicile de la victime, et c'est là qu'on l'a retrouvée.

Kyra frissonna violemment. Jake savait que sa mère avait été assassinée chez elle par le Joueur - alors qu'elle-même dormait dans la pièce voisine.

— Jordy n'a réussi à tuer quatre victimes que parce qu'il les étranglait dans sa voiture et qu'il se débarrassait des corps en pleine nature, dit-elle enfin. De cette façon, il ne laissait que très peu d'éléments matériels exploitables. Cette fois-ci, en revanche, vous devriez retrouver des tas d'indices sur les lieux du crime.

— Espérons-le, acquiesça Jake. Je dois me rendre sur place. Mais avant cela, je vais t'accompagner jusque chez Quinn. Est-ce que tu pourras rentrer chez toi par tes propres moyens ? Je ne sais malheureusement pas quand nous en aurons terminé, ce soir…

— Ne t'en fais pas pour moi, lui dit-elle. Je me débrouillerai. Mais je crois qu'il vaut mieux que ce soit toi qui annonces la nouvelle à Quinn.

Jake hocha la tête. Cette perspective ne le réjouissait guère : Roger Quinn était l'inspecteur qui avait enquêté sur le Joueur, vingt ans plus tôt. Et il considérait cette affaire comme un échec personnel qu'il ne s'était jamais vraiment pardonné.

C'était d'ailleurs la raison pour laquelle il avait accepté de sortir de sa retraite et d'aider la police à identifier le copycat du célèbre tueur en série. Comment réagirait-il en apprenant qu'il y en avait à présent un second ?

La mort dans l'âme, ils se remirent en marche à travers le réseau de ruelles et de canaux qui formaient le petit quartier de Venice Beach. Hélas, le charme de cette promenade romantique se trouvait désormais anéanti, de même que l'espoir que Jake avait eu de sortir pour la première fois avec Kyra, ce soir-là.

Depuis qu'il lui avait sauvé la vie, dans ce parking où elle s'était fait agresser par Jordy Lee Cannon, tous deux s'étaient beaucoup rapprochés, oubliant la défiance qui avait initialement présidé à leurs rapports.

Jake aurait eu cependant du mal à définir la nature exacte de leur relation : c'était un peu plus que de l'amitié. Mais l'attirance indéniable qui existait entre eux n'avait pas encore trouvé l'occasion de s'exprimer réellement.

Il essaya de se convaincre que ce n'était que partie remise, mais il pressentait déjà que cette nouvelle enquête ne leur laisserait que peu de temps à consacrer à leur vie personnelle…

Quinn était indéniablement l'un des hommes les plus perspicaces que Jake eût jamais rencontré. Et dès qu'il leur ouvrit la porte, il comprit que quelque chose n'allait pas.

— Que se passe-t-il ? leur demanda-t-il en fronçant les sourcils.

Le connaissant, Jake jugea préférable de se montrer direct.

— Billy Crouch, mon coéquipier, vient tout juste de m'appeler, expliqua-t-il. Un nouveau crime vient d'être commis, et le mode opératoire est identique à celui du Joueur : carte à jouer entre les lèvres et doigt tranché.

— Vous voulez dire que Jordy n'était pas le coupable ? demanda Quinn en fronçant les sourcils.

— Des quatre meurtres précédents, si, répondit Jake. Mais il semble bien que nous ayons affaire à un nouvel imitateur.

— C'est ma faute, murmura Quinn d'une voix que l'émotion rendait légèrement rauque.

Jake sentit son cœur se serrer dans sa poitrine en lisant dans son regard la culpabilité qui le dévorait de l'intérieur.

— J'ai laissé échapper le Joueur, et maintenant il est devenu un véritable héros pour une nouvelle génération de tueurs qui cherche à l'imiter.

— Avec ou sans ce modèle, ils tueraient de toute façon, déclara Kyra. Vous savez comme moi qu'ils ont ça en eux.

— Sans doute, concéda Quinn que cette idée ne semblait guère réconforter. J'espère que vous n'avez pas encore démantelé la force opérationnelle, Jake. Vous risquez d'en avoir encore besoin.

Lorsque Jake arriva sur les lieux du crime, la rue était encombrée de véhicules officiels dont les gyrophares illuminaient les bâtiments environnants de lueurs bleues et rouges. Il se gara en double file devant la maison d'Andrea Miles et descendit de voiture.

Un agent s'approcha pour lui intimer l'ordre de partir mais il brandit son badge. Il considéra alors la scène qui s'offrait à lui. Un jeune homme était assis à l'arrière d'une ambulance, visiblement en état de choc. Il devait probablement s'agir du témoin qui avait retrouvé le corps.

Billy Crouch, le coéquipier de Jake, était en train de discuter avec l'un des policiers en uniforme qui étaient chargés de sécuriser les lieux. Comme à son habitude, le jeune Afro-Américain était tiré à quatre épingles. C'était d'ailleurs ce qui lui avait valu le surnom dont l'avait affublé Jake - le Dandy.

En temps normal, lui-même s'efforçait de respecter

un certain décorum et portait un costume. Mais ce soir-là, il n'était pas censé être de service. Il n'avait pas pris le temps de retourner chez lui pour se changer et était toujours vêtu d'un jean et d'un T-shirt.

Théoriquement, ils n'auraient pas dû intervenir dans cette partie de la vallée de San Fernando qui ne dépendait pas du commissariat pour lequel ils travaillaient. Mais deux des cadavres laissés par Jordy Lee Cannon avaient été retrouvés à Griffith Park qui ressortait de leur juridiction. Depuis lors, c'était Jake qui pilotait la force opérationnelle en charge de l'enquête.

Il franchit la rubalise jaune qui interdisait l'accès à la maison et s'avança dans le minuscule jardinet. La vision des plantes en pots amoureusement entretenues l'emplit d'un mélange de tristesse et d'amertume. Une fois de plus, la vie d'une femme avait été fauchée dans la fleur de l'âge, sans la moindre raison.

Réprimant un soupir, Jake rejoignit Billy qui avait fini de transmettre ses instructions au policier en uniforme.

— Alors, Dandy ? lui demanda-t-il. Quelle est la situation ?

— La victime est Andrea Miles, une jeune Afro-Américaine, répondit Billy. Elle a été étranglée dans son lit. Il n'y a pas de signes de lutte, ce qui signifie que le meurtrier l'a probablement surprise dans son sommeil. Une dame de cœur était placée entre ses lèvres, et l'auriculaire gauche était tranché.

— Est-ce que l'on sait déjà si on lui a volé un bijou ? s'enquit Jake.

Jordy, le premier imitateur du Joueur, avait en effet pour habitude de prendre de tels trophées sur ses victimes.

— Il est encore trop tôt pour le dire, répondit Billy. La

victime était dans son lit, en chemise de nuit, démaquillée et elle n'avait aucun bijou sur elle.

Ils pénétrèrent dans la maison et Jake enfila une paire de gants en latex que lui tendit son coéquipier. Il observa attentivement le salon dans lequel ils venaient d'entrer. Il était évident que chacun des objets qui se trouvaient là avait été sélectionné avec soin.

Il y avait de jolis tissus disposés sur le canapé et les fauteuils, des coussins aux couleurs joyeuses, des photos dans des cadres ouvragés… Jake remarqua aussi l'ordinateur qui était posé sur la table basse et que le tueur n'avait pas pris la peine d'emporter. Il pourrait leur fournir de précieuses informations sur la vie et les habitudes de la victime.

— Est-ce qu'elle vivait seule ? demanda-t-il à Billy.

— Oui. Son petit ami et elle s'étaient séparés récemment. C'est lui qui a découvert le corps, d'ailleurs. Ils avaient rendez-vous pour signer un certain nombre de papiers concernant la maison mais elle n'est pas venue. Il a essayé de l'appeler puis, n'obtenant pas de réponse, il est venu s'assurer que tout allait bien.

— Cela signifie donc que le meurtre n'a pas été commis cette nuit ?

— Non. Il a probablement eu lieu hier dans la soirée.

— Pas de traces d'agression sexuelle ?

— Pas plus que les fois précédentes, confirma Billy en le guidant jusqu'à la chambre à coucher. C'est pourtant assez rare, chez les tueurs en série.

De fait, pour la plupart d'entre eux, le meurtre n'était que le prolongement d'une pulsion sexuelle.

— N'oublions pas que Jordy Lee Cannon éprouvait bien du désir à l'égard de ses victimes. Simplement, il le satisfaisait en allant voir des prostituées, après coup.

— Mais ce n'était pas le cas du Joueur, autant que l'on sache.

— Exact, concéda Jake.

Tout en devisant de la sorte, ils étaient parvenus jusqu'à la porte de la chambre d'Andrea. Celle-ci était allongée sur son lit, le drap remonté jusqu'à la taille. Jake pouvait voir la carte à jouer qui dépassait entre ses lèvres. Billy fit signe à l'agent de police qui surveillait la scène de crime qu'il pouvait disposer.

Jake s'approcha du lit. Tant que le photographe et le technicien de la police scientifique ne seraient pas passés, ils devaient maintenir la scène de crime en l'état. Mais cela ne les empêchait pas d'inspecter les lieux.

— Y a-t-il eu effraction ? s'enquit Jake en commençant par observer attentivement la victime.

Il remarqua la marque de strangulation autour du cou et le doigt sectionné qui avait maculé de sang le drap du côté gauche.

— Non, lui répondit Billy. Ni la porte ni les fenêtres n'ont été forcées.

— Tu m'as dit que le petit ami l'avait retrouvée. J'imagine qu'il a les clés ?

— En effet.

— Dans ce cas, reprit-il, nous ferions bien de le conduire directement au poste pour l'interroger. Nous pourrions avoir affaire à un crime passionnel maquillé pour donner l'impression qu'il s'agit de l'œuvre du Joueur ou de son copycat.

— C'est possible, concéda Billy qui ne paraissait pourtant guère convaincu par cette éventualité.

Jake commença à inspecter attentivement les draps.

— Est-ce que tu as déjà discuté avec le petit ami en question ? demanda-t-il.

— Pas vraiment. Mais il était en état de choc et je ne pense pas que j'aurais pu en tirer grand-chose. Les urgentistes l'ont pris en charge. Tu as trouvé quelque chose ?

Jake plaça deux marqueurs en forme de flèches sur le lit.

— Des traces d'un résidu collant, répondit-il. Ce pourrait être de la salive ou du sperme. Il faudra relever un échantillon.

Ils furent alors rejoints par leurs collègues de la police scientifique qui venaient tout juste d'arriver.

— Je vous laisse, dit Billy après les avoir salués. Je vais aller discuter avec le petit ami. Avec un peu de chance, il sera en état d'aligner quelques phrases.

Jake laissa les techniciens s'activer dans la pièce et ressortit à son tour pour explorer le reste de la maison. La pièce voisine était une chambre d'amis qui contenait uniquement un lit et une armoire vide. Il l'ouvrit et s'aperçut qu'elle était suffisamment spacieuse pour que quelqu'un puisse s'y cacher.

Était-ce ce que le tueur avait fait ? Avait-il attendu là qu'Andrea soit endormie avant de se glisser jusque dans sa chambre ? Évidemment, cela n'expliquait pas comment il était rentré auparavant.

Par acquit de conscience, Jake alla s'assurer que la fenêtre était bien fermée. Puis il ressortit de la pièce pour pénétrer dans celle qui était située juste en face. Il s'agissait cette fois d'un petit bureau qui contenait une table de travail, une armoire métallique et une étagère sur laquelle étaient disposés quelques livres.

Il parcourut les titres des ouvrages : quelques manuels de développement personnel, d'autres parlant de yoga ainsi que plusieurs recueils de poésie. L'armoire, quant à elle, renfermait surtout des dossiers remplis de papiers administratifs. Ici aussi, la fenêtre était hermétiquement close.

Jake poursuivit sa visite par la cuisine qui était aussi méticuleusement rangée que le reste de la maison. Une porte donnait sur l'intérieur du garage où stationnait la petite citadine d'Andrea. Lorsque Jake alluma le plafonnier, il découvrit que l'endroit servait aussi de salle de stockage.

Plusieurs grosses boîtes en plastique étaient empilées les unes sur les autres. Il y avait aussi un vélo, du matériel de camping, une planche de surf et un snowboard. Jake chercha des yeux un bouton qui permît d'ouvrir le rideau métallique mais n'en repéra aucun.

S'approchant de la voiture, il constata que la télécommande se trouvait à l'intérieur. La portière n'était pas verrouillée et il put la récupérer pour vérifier que le mécanisme fonctionnait. Il s'aperçut par la même occasion que le mécanisme était assez bruyant : Andrea aurait certainement été réveillée si quelqu'un l'avait activé durant la nuit.

Avisant un ticket froissé sur le siège passager, Jake le déplia précautionneusement et constata qu'il datait de la veille. À 8 h 46 du soir, Andrea avait acheté une cannette de soda et un paquet de chips dans une station-service des environs. Si Billy ne se trompait pas, cela avait dû être sa toute dernière sortie.

— Que vous est-il arrivé lorsque vous êtes rentrée ? murmura Jake, pensif.

La porte du garage s'ouvrit alors derrière lui.

— Est-ce que c'est vous, inspecteur ?

Jake se tourna vers le policier en uniforme qu'il avait vu s'entretenir avec Billy en arrivant.

— Je jetais un coup d'œil au véhicule de la victime, expliqua Jake en glissant le reçu de carte bleue dans un sachet en plastique.

— L'inspecteur Crouch m'a envoyé vous prévenir

qu'il a fini d'interroger le petit ami de la victime et que les hommes du coroner sont arrivés.

— Merci. Je les rejoins dans une minute.

L'agent hocha la tête et ressortit en laissant la porte se refermer derrière lui sans s'assurer que Jake pourrait la rouvrir de l'intérieur du garage. Ce dernier alla essayer la poignée et constata qu'elle était effectivement bloquée. Pourtant, le battant s'ouvrit sans lui opposer de résistance.

Un simple coup d'œil à la gâche lui apprit la raison de cette anomalie.

— Jake ? Tu es là ? l'appela alors Billy qui se tenait sur le seuil de la cuisine.

— Je crois que j'ai trouvé comment ce fumier est entré, déclara Jake en sortant son portable pour prendre une photo du morceau de chewing-gum qui bloquait le pêne en position ouverte. Et il nous a probablement laissé un échantillon d'ADN en souvenir…

2

Kyra écouta attentivement la description que Jake et Billy firent à l'équipe du meurtre qui venait d'être commis. Comme à son habitude, elle s'était installée au fond de la salle qui abritait le QG de la force opérationnelle chargée d'élucider les crimes du copycat du Joueur.

En dépit du rôle de premier plan qu'elle avait joué dans l'identification de Jordy Lee Cannon, elle préférait demeurer en retrait. Officiellement, son rôle était uniquement de soutenir les proches et les familles des victimes.

En dehors de Jake, personne ne savait qu'elle-même était la fille de Jennifer Lake, l'une des victimes du Joueur. À sa demande, il avait accepté de garder le secret à ce sujet. Elle ne tenait pas en effet à ce que les efforts qu'elle avait déployés pour faire disparaître son ancienne identité ne se trouvent réduits à néant.

Car elle était convaincue que s'il était toujours de ce monde, le Joueur ne l'avait pas oubliée. Et elle ne voulait surtout pas qu'il puisse la retrouver un jour.

— Nous pensons que le tueur s'est introduit chez Andrea Miles par la porte du garage, déclara Jake en projetant une photo des lieux. Il a dû attendre qu'elle sorte de chez elle en voiture et s'est glissé à l'intérieur où il s'est caché. Lorsqu'elle est revenue, elle a emprunté la porte de communication avec la cuisine. Il a dû la retenir et placer le morceau de chewing-gum pour empêcher qu'elle ne se referme complètement. Il a alors attendu qu'elle se soit mise au lit puis est entré dans la maison et a gagné la chambre à coucher où il l'a étranglée.

Kyra ne put réprimer un frisson à l'idée que le tueur avait pu se trouver là, embusqué, peut-être durant plusieurs heures, attendant patiemment le moment de frapper. Incidemment, cela laissait supposer qu'il connaissait parfaitement la disposition des lieux et les habitudes de la jeune femme.

— Grâce à ce morceau de chewing-gum, reprit Jake, nous avons récupéré un échantillon d'ADN. Avec un peu de chance, nous parviendrons également à obtenir une empreinte dentaire partielle.

— Si c'était pour commettre une erreur aussi grossière, il aurait tout aussi bien pu se passer de gants, murmura Clive Stewart d'un ton ironique.

— Il n'a laissé aucune empreinte digitale ? lui demanda-t-elle à voix basse.

Clive était un spécialiste en la matière.

— Absolument aucune, lui assura-t-il.

Jake et Billy répondirent aux questions des enquêteurs de la force opérationnelle avant de clore la réunion concernant les meurtres de celui qu'ils appelaient déjà le Joueur 3.0 ou le Copycat 2.0. Kyra était sur le point de regagner son bureau lorsque Jake l'interpella.

— J'ai récupéré toutes les informations concernant les proches de la victime, lui indiqua-t-il. Je vais te transmettre tout ça.

— Est-ce que sa famille vit à Los Angeles ? demanda-t-elle.

— Ses parents résident à Atlanta mais ils doivent

arriver en ville d'ici peu. Deux de ses amis et son ex ont également demandé s'ils pouvaient bénéficier de tes services.

— Est-ce que vous avez vérifié l'alibi du petit ami ? demanda-t-elle.

D'expérience, elle savait que l'immense majorité des meurtres étaient commis par les proches des victimes.

— Oui, et il tient parfaitement la route. Le type a l'air très secoué, d'autant que ce n'est pas lui qui était à l'origine de leur rupture. J'ai cru comprendre qu'il avait encore des sentiments pour elle.

— Je prendrai contact avec tout le monde dans la journée, lui assura-t-elle. Est-ce qu'il y a autre chose ?

Jake hésita quelques instants avant de lui répondre.

— L'agent de probation de Dugan m'a contacté, lui dit-il enfin. Il m'a indiqué que Matt t'avait légué toutes ses possessions.

Kyra le considéra avec stupeur. Cela faisait des années que son frère adoptif la harcelait. Juste avant de mourir d'une overdose, il s'était encore amusé à lui faire parvenir des cartes à jouer, lui laissant croire qu'elles émanaient du Joueur ou de son copycat.

— Apparemment, il te considérait comme sa seule famille, ajouta Jake.

— J'aurais préféré qu'il s'en souvienne lorsqu'il était encore de ce monde, au lieu de passer son temps à me persécuter, répondit-elle. Je ne veux rien qui lui ait appartenu.

— Je crois que tu devrais tout de même accepter cette succession, objecta Jake.

— Pourquoi ferais-je une chose pareille ? s'étonna-t-elle.

— Parce que juste avant de mourir, Matt a laissé entendre que quelqu'un l'avait payé pour te faire passer ces cartes à jouer. Et il se peut que nous retrouvions des informations à ce sujet parmi ses affaires personnelles.

— Je crois que Matt t'a menti, objecta-t-elle. Il cherchait juste à se faire un peu d'argent.

— C'est probable, concéda Jake. Mais si tel n'était pas le cas, tu perdrais une chance de faire avancer l'enquête en refusant cette succession.

— Je crois surtout que ce legs est un ultime pied de nez, répondit-elle enfin. Une façon de se rappeler à mon bon souvenir, même après sa mort.

— Prends tout de même le temps d'y réfléchir, lui suggéra Jake en ouvrant l'un des tiroirs de son bureau.

Il en sortit une épaisse enveloppe en papier kraft qu'il lui tendit.

— Ce sont les dernières volontés rédigées par Matt, lui dit-il. Il y a aussi la clé de son appartement. Apparemment, son colocataire y habite toujours.

Kyra hésita quelques instants avant de se saisir de l'enveloppe. Elle espéra que Jake ne remarquerait pas à quel point sa main tremblait.

Moins d'une heure plus tard, Kyra quitta le poste de police pour se rendre chez Jeremy Bevin, l'ex-petit ami d'Andrea Miles. Arrivée dans le quartier de San Fernando où il vivait, elle se gara sur le parking d'un petit supermarché et descendit de voiture.

La chaleur qui avait fait peser une chape de plomb sur la ville au cours des dernières semaines avait cédé place à des températures nettement plus supportables. Déjà, l'été touchait à sa fin, cédant place à l'automne.

Après avoir remonté la rue sur quelques dizaines de mètres, elle la traversa pour s'approcher de l'immeuble qu'habitait Jeremy. Là, elle passa en revue les noms qui figuraient sur l'Interphone. Avisant celui qu'elle cherchait, elle sonna et attendit.

À sa grande surprise, il lui ouvrit sans même demander qui se trouvait là. Pour quelqu'un dont la petite amie venait de se faire assassiner, il se montrait étrangement confiant.

Elle pénétra dans le hall de l'immeuble dont le sol était recouvert de petits carreaux formant une mosaïque aux motifs abstraits. Comme souvent dans ce quartier, le bâtiment n'était pas très haut. Elle prit l'ascenseur jusqu'au quatrième et dernier étage et déboucha dans un couloir brillamment éclairé et recouvert d'une moquette beige clair.

Avant même qu'elle ait eu le temps d'atteindre la porte de Jeremy, celle-ci s'ouvrit, laissant apparaître un jeune homme barbu.

— Vous êtes mademoiselle Chase ? lui demanda-t-il.

— Oui, mais vous pouvez m'appeler Kyra.

— D'accord, acquiesça-t-il en serrant la main qu'elle lui tendait. Appelez-moi Jeremy.

Elle le suivit à l'intérieur de son appartement et remarqua aussitôt l'extrême dépouillement des lieux. En dehors de quelques meubles, il n'y avait aucun objet personnel - ni livres, ni bibelots, ni affiches. Elle remarqua en revanche une pile de cartons posés contre le mur du fond. À sa connaissance, pourtant, cela faisait plusieurs semaines qu'Andrea et lui avaient rompu et il avait eu tout le temps de s'installer dans son nouvel appartement.

— Asseyez-vous, lui dit-il en désignant l'un des deux fauteuils installés face à un immense écran de télévision.

Entre les deux, il y avait une petite table basse sur laquelle étaient posés une manette de jeux vidéo, un paquet de chips à moitié plein, quelques boîtes ayant contenu des plats chinois à emporter et des cannettes vides.

Kyra repensa aux clichés qui avaient été pris dans l'appartement d'Andrea. Il régnait chez elle un ordre méticuleux qui contrastait avec le laisser-aller que trahissait Jeremy. Était-ce pour cela qu'elle avait décidé de rompre ? Ou bien s'agissait-il d'un symptôme de dépression consécutive à leur rupture ?

Kyra prit place sur le siège qu'il lui avait indiqué et posa son sac à main à ses pieds. Par réflexe, elle positionna vers l'extérieur la pochette qui contenait son revolver. Depuis qu'elle s'était fait agresser par Jordy, elle ne s'en séparait plus.

— Est-ce que vous voulez boire quelque chose ? lui proposa Jeremy. J'ai du soda ou de l'eau en bouteille.

— Je veux bien un soda, répondit-elle.

Elle n'en avait pas particulièrement envie mais savait qu'accepter la proposition de Jeremy contribuerait à mettre ce dernier à l'aise. Il disparut dans la cuisine et revint avec deux cannettes - une de soda pour elle et une de bière pour lui-même.

— Ça ne vous dérange pas si je prends une bière ? lui demanda-t-il. J'imagine que c'est l'avantage d'avoir un psy qui consulte à domicile…

Elle lui renvoya son sourire.

— Est-ce que vous en buvez beaucoup ? lui demanda-t-elle après avoir avalé une gorgée de son soda.

— Depuis que j'ai appris la mort d'Andrea, vous voulez dire ?

— Ou avant, répondit-elle.

Il hocha la tête.

— Je reconnais que ma consommation a augmenté

depuis notre rupture. Et je doute que cela s'arrange, maintenant qu'elle n'est plus là…

Comme pour le lui prouver, il avala une grande gorgée de bière.

— Je ne suis pas ici pour vous convaincre d'arrêter de boire, à moins, bien sûr, que ce ne soit quelque chose dont vous ayez vous-même envie. Mon seul but est de vous aider à traverser ce moment très difficile. Si vous estimez avoir besoin de soutien, cela va sans dire…

— C'est le cas, acquiesça gravement Jeremy.

Il haussa les épaules.

— Je ne sais pas pourquoi mais je me sens coupable…

— C'est parfaitement naturel, lui assura-t-elle. Je pourrais rester ici toute la journée à vous répéter que vous n'êtes pas responsable de la mort d'Andrea mais cela ne changerait rien. Il vaudrait mieux que vous me parliez de la relation que vous avez eue avec elle.

Ce simple encouragement produisit l'effet escompté et Jeremy se mit à lui parler, d'une voix hésitante, tout d'abord, puis de plus en plus librement à mesure qu'il se replongeait dans ses souvenirs. Il lui parla de sa rencontre en ligne avec Andrea, de leurs premiers rendez-vous, de la passion qui était née entre eux et de la décision qu'ils avaient prise d'acheter une maison ensemble.

— Mes amis me répétaient que j'étais fou de m'engager aussi rapidement, reconnut-il. Ils disaient qu'Andrea et moi nous disputions tout le temps, ce qui n'était pas complètement faux. En dépit de ça, j'avais confiance en nous, confiance en notre avenir… Pourtant, je crois qu'elle attendait plus de moi. Elle espérait que je serais capable de changer pour elle. Mais je n'ai pas réussi…

— Est-ce qu'elle a rencontré quelqu'un d'autre ? lui demanda Kyra.

— Non. C'est d'ailleurs la raison pour laquelle je me disais que nous avions toujours une chance. J'espérais profiter de ce rendez-vous au sujet de la maison pour tenter une fois de plus de la convaincre de revenir.

— Est-ce qu'elle vous avait laissé entendre qu'elle était prête à l'envisager ?

Jeremy haussa les épaules.

— Non. Mais elle était énervée contre moi parce qu'elle croyait que je la suivais partout où elle allait, ce qui était complètement faux, bien sûr…

— Andrea se sentait suivie ? s'enquit Kyra.

— C'est ce qu'elle disait, acquiesça-t-il. Mais c'était peut-être juste l'effet de son imagination…

— Vous a-t-elle décrit précisément ce qui se passait ?

— Pas vraiment. Elle a juste dit qu'elle savait que je la suivais et que je l'observais en cachette.

— Est-ce que vous en avez parlé à la police ?

— Non, reconnut Jeremy. Ces accusations étaient absurdes, et, très franchement, je ne tenais pas à ce que la police me soupçonne de l'avoir tuée…

Jeremy s'interrompit et pâlit brusquement.

— Vous pensez que c'était vrai ? lui demanda-t-il, horrifié. Vous croyez que quelqu'un suivait réellement Andrea et que c'est cette personne qui l'a assassinée ?

— C'est une possibilité, répondit gravement Kyra. Et je pense vraiment que vous devriez en parler à l'inspecteur McAllister qui est responsable de l'affaire.

— Si je tenais celui qui a fait ça, je le tuerais de mes propres mains, murmura Jeremy d'une voix brisée. Je suis sûr qu'Andrea et moi aurions fini par nous remettre ensemble.

Kyra en doutait fortement mais elle n'était pas assez cruelle pour le lui dire. S'il avait besoin de se raccrocher à cette idée, il était sans doute préférable de lui laisser ses illusions. Au lieu de les lui ôter, elle le fit donc parler des sentiments de colère et de rancœur que lui inspirait ce meurtre.

Lorsqu'elle mit fin à cette séance, près d'une heure plus tard, Jeremy avait nettoyé la table basse et troqué sa cannette de bière contre une bouteille d'eau. Kyra estimait qu'il s'agissait là de progrès très encourageants. En partant, elle remit à Jeremy la carte de visite de Jake.

— Appelez-le, l'encouragea-t-elle de nouveau, et répétez-lui ce que vous m'avez dit. Il s'agit peut-être d'un indice déterminant.

— Je le ferai, lui assura Jeremy en glissant la carte dans la poche de son jean. Merci, Kyra.

— Est-ce que vous allez retourner dans la maison que vous aviez achetée tous les deux ? lui demanda-t-elle.

Il secoua la tête.

— Je ne crois pas que je pourrais retourner vivre là-bas.

Elle hocha la tête, soulagée par cette décision qui témoignait au moins d'une certaine lucidité. Après avoir pris congé de Jeremy, elle regagna sa voiture d'où elle appela Jake.

— Alors, lui demanda-t-il en décrochant, comment s'est passée cette session avec Jeremy Bevin ?

— Plutôt bien, répondit-elle. En revanche, il a fait allusion au fait qu'Andrea se sentait suivie et espionnée, ces derniers temps. Elle pensait qu'il s'agissait de Jeremy, mais il est formel et assure ne pas être responsable. J'aurais plutôt tendance à le croire, ce qui ouvre d'intéressantes perspectives.

— Tu veux dire que le tueur aurait pu observer sa victime avant de passer à l'action ?

— Peut-être.

— Intéressant, en effet, opina Jake. Je transmettrai l'information à l'équipe qui interroge les amis de la victime, au cas où cela recoupe un autre témoignage du même genre. En attendant, est-ce que tu comptes repasser au commissariat ou retourner à ton cabinet ?

— À vrai dire, je pensais aller faire un tour chez Matt. Je ne suis pas très loin de chez lui.

— Ça t'ennuie si je me joins à toi ? Je serais vraiment curieux de voir s'il a laissé des indices concernant son soi-disant commanditaire.

— Je persiste à penser que tu perds ton temps, lui dit-elle. Mais si tu y tiens, tu n'as qu'à me rejoindre là-bas. Je crois que tu connais déjà le chemin, ajouta-t-elle d'un ton légèrement ironique.

Lorsqu'il avait découvert l'existence de Matt, Jake s'était en effet rendu chez lui pour le menacer et lui ordonner de laisser Kyra tranquille. L'intention était peut-être louable, mais, sur le moment, elle avait vu d'un très mauvais œil ce qu'elle considérait comme une atteinte à sa vie privée.

Après avoir raccroché, Kyra programma l'adresse de Matt sur son GPS et le laissa la guider jusque chez lui. Il lui fallut un peu moins de vingt minutes pour atteindre Van Nuys. Le quartier qu'habitait son frère adoptif était pauvre et mal famé. La plupart des immeubles étaient mal entretenus et le sien ne faisait pas exception.

La cour qui s'étendait au pied du bâtiment était encombrée d'objets hétéroclites, pour la plupart hors d'usage. Il y avait un vélo dépourvu de roues, de vieux jouets cassés et un barbecue mangé de rouille.

Lorsqu'elle descendit de voiture, elle aperçut deux hommes qui étaient assis sur un canapé défoncé installé sur le trottoir. Ils la considérèrent avec curiosité, n'ayant probablement pas l'habitude de voir se promener dans le quartier des femmes en tailleur.

Elle les ignora et pénétra dans la cour, prenant garde à ne pas se tordre la cheville sur le béton craquelé et parcouru de profondes fissures. Elle emprunta l'escalier qui débouchait sur une coursive extérieure bordée d'un garde-corps corrodé. Elle frappa à la porte de l'appartement de Matt, au cas où son colocataire se serait trouvé là.

Comme personne ne lui répondait, elle introduisit dans la serrure la clé que lui avait remise Jake mais constata que la porte n'était pas verrouillée. L'occupant des lieux ne jugeait apparemment pas nécessaire de la fermer derrière lui lorsqu'il sortait.

— Est-ce qu'il y a quelqu'un ? appela-t-elle.

Aucune réponse ne lui parvint. Elle entra et prit soin de refermer la porte à clé derrière elle avant de s'avancer à l'intérieur de l'appartement. Le petit salon dans lequel elle se trouvait était plongé dans la pénombre et une âcre odeur de marijuana flottait dans l'air.

Elle alla ouvrir les rideaux poussiéreux et la lumière du soleil révéla une pièce qui n'avait pas dû être nettoyée depuis des mois. Ne voyant rien qui fût susceptible de l'intéresser, elle se mit en quête de la chambre de Matt.

La première porte qu'elle ouvrit donnait sur une pièce beaucoup trop bien rangée pour être la sienne. L'autre chambre, en revanche, lui rappela instantanément celle qu'il occupait lorsqu'ils étaient jeunes.

Les murs étaient couverts de vieux posters de concerts. Un bong était posé sur la table de nuit. Et un tas de vêtements gisait au sol. Matt avait coutume de les laisser s'empiler jusqu'à ce que son armoire fût vide et qu'il n'ait plus d'autre choix que de se rendre à la laverie.

Elle n'avait aucunement l'intention de récupérer ces

habits : le colocataire de Matt pourrait à sa guise se les approprier ou les déposer dans la benne à ordures la plus proche. S'approchant de la table de nuit, elle considéra avec une pointe de dégoût la bouteille de bourbon vide, le cendrier plein de mégots et le chewing-gum séché qui étaient posés à côté du bong.

Elle ouvrit le tiroir qui ne contenait que quelques piles, une boîte de préservatifs à moitié vide et un petit sachet rempli de cannabis.

— Tu as trouvé quelque chose d'intéressant ?

Kyra ne put s'empêcher de sursauter violemment. Le cœur battant à tout rompre, elle se tourna vers Jake dont la silhouette imposante se dessinait dans l'encadrement de la porte.

— Tu m'as fait peur !

— Désolé, s'excusa-t-il.

— Comment es-tu entré ?

— L'agent de probation m'a donné deux clés, expliqua-t-il. J'en ai gardé une.

— Au cas où je déciderais de ne pas venir, compléta-t-elle d'un ton accusateur.

Il haussa les épaules.

— S'il y a ici le moindre indice concernant l'identité de la personne qui l'a engagé pour te harceler, je ne peux me permettre de le négliger. Cela a peut-être un rapport direct avec Jordy, avec le nouveau copycat – ou avec le Joueur lui-même.

— Dans ce cas, pourquoi as-tu insisté pour que je vienne ?

— Parce que tu es l'héritière légitime de Matt. Ta présence ici garantit la parfaite légalité de ma visite et donc la recevabilité devant un tribunal d'éventuels éléments de preuve que nous pourrions découvrir ici.

— Tu es machiavélique ! s'exclama-t-elle, ne sachant si elle devait se sentir agacée ou impressionnée.

— Je pense aussi que cette visite peut t'être profitable. Que tu le veuilles ou non, Matt faisait plus ou moins partie de ta famille.

Kyra ne put réprimer un soupir. En tant que psychologue, elle ne pouvait nier la justesse de cet argument. À sa place, elle aurait probablement tenu à peu près le même discours.

— Alors ? Est-ce que tu as découvert quelque chose ? lui demanda-t-il en enjambant le tas de vêtements sales.

— Rien pour l'instant, répondit-elle. À part ça, ajouta-t-elle en lui lançant la boîte de préservatifs. Ça pourrait peut-être t'être utile…

Il l'attrapa au vol et y jeta un coup d'œil.

— Ce n'est pas la marque que je préfère, répondit-il du tac au tac avant de la lui relancer.

Il se dirigea vers l'armoire qui se dressait dans un coin de la pièce. Il devait s'agir d'un meuble de récupération, car le style et la couleur paraissaient assez féminins.

— On dirait que Matt était plus sentimental que je ne l'aurais imaginé, remarqua-t-il en désignant les clichés accrochés au miroir en pied de l'armoire.

— Je ne les avais même pas remarqués, avoua Kyra en le rejoignant.

Il y avait effectivement plusieurs photos de Matt. Certaines, relativement récentes, le représentaient en compagnie d'amis ou de petites amies. D'autres, plus anciennes, le montraient en compagnie des familles d'accueil dans lesquelles il avait séjourné au fil des années.

L'une d'elles en particulier attira l'attention de Kyra. En l'apercevant, elle sentit un frisson glacé dévaler le long de son échine et son cœur se mit à battre la chamade.

— C'est la famille d'accueil chez qui vous vous êtes rencontrés, n'est-ce pas ? lui demanda Jake.

— Oui, répondit-elle en détachant le cliché du miroir.

Elle le glissa dans son sac à main, se forçant à sourire à Jake.

— Je préfère garder un souvenir du Matt que j'ai connu avant qu'il tourne mal, lui dit-elle. Je n'ai aucune photo de cette époque.

Elle ouvrit alors la double porte du placard.

— Je m'occupe des tiroirs, lui dit-elle d'un ton faussement enjoué. Charge-toi de la penderie. Mais à mon avis, nous perdons notre temps.

Jake ne parut pas convaincu.

— S'il n'y avait rien à trouver ici, je ne vois pas pourquoi il aurait insisté pour que tu hérites de ses affaires, objecta-t-il.

— Il cherchait peut-être juste à me jouer une mauvaise blague pour la dernière fois, suggéra-t-elle. Ce ne serait pas du tout surprenant de sa part.

Elle s'agenouilla devant l'armoire et ouvrit le premier tiroir qui contenait des caleçons et des chaussettes. Par acquit de conscience, elle les écarta pour voir s'il y avait quelque chose en dessous. À sa grande surprise, elle trouva une petite enveloppe blanche sur laquelle était inscrite l'adresse d'un garde-meubles situé à Van Nuys. À l'intérieur elle pouvait sentir la forme d'une clé.

Jake ne paraissait pas avoir remarqué sa trouvaille et Kyra glissa l'enveloppe dans son sac à main. Elle ignorait ce qui se trouvait dans le garde-meubles, mais s'il s'agissait d'autres souvenirs tout droit surgis de son passé, elle préférait les découvrir avant Jake.

— Est-ce que tu as trouvé quelque chose dans la penderie ?

— Du cuir, encore du cuir et toujours du cuir, répondit Jake. Matt était un authentique biker. Ce qui me fait penser que tu es désormais l'heureuse propriétaire d'une moto, une magnifique Harley. Elle doit toujours se trouver au garage où il travaillait, le soir où il est mort.

— Tu trouves vraiment que je suis du genre à conduire une Harley ? lui demanda-t-elle, moqueuse.

Il la considéra très attentivement.

— En tout cas, je suis sûr que tu serais très sexy en cuir, déclara-t-il enfin.

Elle ne put s'empêcher de rougir en percevant le désir qui brûlait dans ses yeux. Une fois de plus, elle se demanda combien de temps tous deux continueraient à ignorer l'attirance réciproque qui existait entre eux.

Sur le pont, le soir où ils avaient été invités par Quinn, elle avait bien cru que Jake allait l'embrasser. Mais ils avaient été interrompus par le coup de téléphone de Billy leur annonçant la mort d'Andrea. Depuis, tous deux étaient absorbés par cette nouvelle enquête et se cantonnaient à une attitude cordiale quoique relativement distante.

Ils continuèrent à fouiller méthodiquement la pièce sans rien découvrir de plus.

— Bizarre, murmura Jake. J'étais pourtant persuadé que nous trouverions quelque chose. Mais même pour un ex-détenu, Matt ne possède pas grand-chose.

— Tu oublies qu'avant d'être un détenu, il a été un enfant de l'Assistance publique, lui rappela Kyra. Nous avons dû très vite apprendre à voyager léger. Pendant longtemps, mes propres possessions tenaient dans deux valises.

Au regard qu'il lui lança, Kyra comprit que Jake faisait de gros efforts pour surmonter la compassion qu'elle lui inspirait. Elle lui avait clairement fait comprendre à quel point elle détestait que les gens s'apitoient sur son sort. C'était d'ailleurs l'autre raison pour laquelle elle avait décidé de changer d'identité.

— Tu peux appeler l'agent de probation de Matt pour lui dire que je suis passée et que le colocataire de Matt peut faire ce qu'il veut des affaires qui restent.

— Je le lui dirai, acquiesça Jake. Nous ferions mieux d'y aller, si tu es prête. Je pense que le colocataire en question n'a pas particulièrement envie de savoir qu'un flic est venu farfouiller dans son appartement.

Kyra regagna le salon et alla rouvrir la porte d'entrée. Jake sortit à son tour de la chambre de Matt dans laquelle il s'était attardé quelques instants de plus. Sans doute avait-il pris le temps de faire un dernier tour de la pièce.

— Est-ce que les autres amis d'Andrea ont évoqué le fait qu'elle se sentait surveillée ? lui demanda-t-elle tandis qu'ils descendaient l'escalier menant à la cour de l'immeuble.

— Pas que je sache, répondit Jake. Mais nous ne les avons pas encore tous interrogés.

— Et est-ce que ceux avec qui vous avez parlé ont fait allusion à un bijou que le tueur aurait pu voler à la victime ?

— Non, répondit-il. J'ai l'impression que c'était une spécificité de Jordy Lee Cannon. Les bijoux constituaient ses trophées personnels. Les doigts coupés faisaient juste partie du rituel du Joueur qu'il s'efforçait d'imiter.

— Ce qui expliquerait qu'il ne les ait pas gardés, acquiesça Kyra. Mais je serais curieuse de savoir ce qu'il a bien pu en faire. Ce n'est pas comme s'il pouvait courir le risque de jeter une pile de doigts à la poubelle…

— J'imagine qu'il les a détruits, répondit Jake. Je suis garé juste ici, ajouta-t-il en désignant sa voiture qui stationnait juste devant l'immeuble, au mépris de la réglementation sur le stationnement.

— Ma voiture est un peu plus loin, lui dit-elle en jetant un coup d'œil à sa montre. Je vais devoir repasser par mon cabinet. J'ai une consultation prévue en début d'après-midi. Je te rejoins ensuite au commissariat ?

— C'est d'accord, acquiesça Jake. À tout à l'heure.

Kyra hocha la tête et se dirigea vers son propre véhicule. Elle prit place au volant et attendit que Jake ait démarré. Lorsqu'il passa à sa hauteur, elle lui adressa un petit signe de la main. Quand il eut tourné à l'angle de la rue, elle sortit de son sac la photo qu'elle avait prise sur le miroir de Matt.

On y voyait un couple, Buck et Lori Harmon, entouré de quatre enfants. Buck avait la main nonchalamment posée sur l'épaule de Sophie dont les grands yeux reflétaient un mélange de tristesse et d'angoisse sourde. Elle tenait par la main Kyra dont le visage était dur et fermé, ne trahissant aucune émotion.

Au creux de l'un de ses bras, Lori tenait un bébé. Son autre main était posée sur la tête d'un enfant aux cheveux ébouriffés, le forçant à regarder l'objectif de l'appareil-photo. Les sourires qui se peignaient sur leurs lèvres paraissaient totalement artificiels. Matt, adolescent, se tenait un peu en retrait. Son expression reflétait toute la colère qui l'habitait déjà à l'époque.

D'une main légèrement tremblante, Kyra sortit un Zippo de son sac. Elle s'en servit pour mettre le feu à la photographie. Passant le bras par sa fenêtre ouverte, elle la regarda brûler. Lorsque les flammes l'eurent presque entièrement réduite en cendres, elle la laissa tomber sur l'asphalte où elle acheva de se consumer.

Sans un regard en arrière, elle s'éloigna alors de l'immeuble où Matt avait vécu en se jurant de ne jamais y remettre les pieds.

3

Jake attendit d'être de retour au commissariat pour étaler sur son bureau les photos qu'il était retourné prendre dans la chambre de Matt. Il considéra attentivement le premier cliché qui représentait Matt, âgé de six ou sept ans, aux côtés d'une femme décharnée habillée à la façon des hippies. Peut-être s'agissait-il de sa mère biologique.

L'image suivante le montrait, un peu plus vieux, assis sur un canapé, en compagnie de deux autres enfants, un garçon et une fille. Tous trois tenaient un livre qu'ils venaient de recevoir pour Noël, s'il fallait en croire les morceaux de papier cadeau qui gisaient à leurs pieds.

Jake continua à égrener les photos, reconstituant un ordre chronologique approximatif en fonction de l'âge apparent de Matt. Il en manquait une, bien sûr – celle que Kyra avait emportée et qui représentait sa dernière famille d'accueil, celle chez laquelle tous deux s'étaient rencontrés.

Jake les avait immédiatement reconnus sur la photo. Il se rappelait aussi avoir entrevu deux ou trois autres enfants. En revanche, il n'avait pas eu le temps de voir à quoi ressemblaient les parents de la famille d'accueil en question.

Rétrospectivement, il trouvait un peu étonnant la

brusquerie avec laquelle Kyra avait fait disparaître le cliché. Craignait-elle qu'il ne tombe entre de mauvaises mains ? Qu'il ne permette à quelqu'un de comprendre qu'elle n'était autre que Marilyn Lake, la fille de l'une des victimes du Joueur ?

Ou bien avait-elle honte de cette partie de sa vie ? Matt avait clairement laissé entendre à Jake que Kyra et lui avaient eu une liaison, à l'époque. Mais même si c'était vrai, comment aurait-il pu le leur reprocher ? Tous deux étaient alors des adolescents paumés, cabossés par la vie. Pourquoi ne se seraient-ils pas raccrochés l'un à l'autre en quête d'un peu de bonheur ?

Évidemment, Jake ne pouvait aborder le sujet de front avec Kyra. Il ne pouvait qu'espérer qu'elle finirait par lui faire suffisamment confiance pour lui raconter ce qui s'était vraiment passé à cette époque.

En attendant, rien ne l'empêchait de se renseigner de son côté, tout comme il l'avait fait précédemment. C'était ainsi qu'il avait découvert qu'elle était la fille de Jennifer Lake.

Kyra verrait sans doute d'un mauvais œil le fait qu'il fouille de nouveau dans son passé. Mais Jake avait payé le prix fort pour apprendre que, dans un couple, la confiance aveugle n'était pas de mise.

Sa femme l'avait trompé pendant des mois tandis qu'il était trop occupé par son propre travail pour se rendre compte de quoi que ce fût.

Bien sûr, Kyra et lui n'étaient pas en couple – pas encore, du moins. Mais leur attirance mutuelle était indéniable et, tôt ou tard, ils finiraient probablement par y succomber.

Après mûre réflexion, Jake se connecta à la base de données du DCFS, le département pour l'enfance et la famille. Il vérifia que le dossier de Kyra Chase était bien inaccessible. Elle lui avait expliqué que Quinn s'était débrouillé pour le bloquer et éviter ainsi que quiconque ne puisse découvrir sa véritable identité.

Apparemment, il avait fait de même avec le dossier de Matt qui était également protégé. Jake se mordilla pensivement la lèvre, se demandant s'il connaissait quelqu'un de suffisamment haut placé au sein de la DCFS pour pouvoir accéder aux fichiers qui l'intéressaient.

Ses réflexions furent interrompues par l'arrivée dans le bureau de Billy Crouch qui brandissait un morceau de papier.

— Ça y est ! lui annonça-t-il triomphalement. Non seulement le labo nous a envoyé les résultats de l'analyse ADN du chewing-gum, mais, en plus, nous avons trouvé à qui correspond l'ADN en question !

— C'est quelqu'un qui se trouve dans le fichier central ?

— Pas du tout, répondit Billy. Il s'agit de Jeremy Bevin, l'ex d'Andrea.

Jake le considéra avec étonnement.

— Jeremy ? répéta-t-il. Mais il a un alibi. Et je ne l'imagine pas vraiment couper le doigt de son ex pour maquiller son crime.

— Ce ne serait pas la première fois que quelqu'un ferait une chose pareille, remarqua Billy. Et son alibi lui a été fourni par l'un de ses amis qui serait venu l'aider à emménager dans son nouvel appartement. Il pourrait parfaitement s'agir d'un témoignage de complaisance.

— Il doit bien y avoir des caméras de surveillance aux alentours de l'immeuble. Il ne sera pas difficile de vérifier si l'ami en question est bien passé ce soir-là. En attendant, nous allons mettre Jeremy en garde à vue et le cuisiner un peu.

Une heure plus tard, Jeremy Bevin se trouvait en salle d'interrogatoire. Pendant qu'il attendait nerveusement d'être questionné, Billy et Jake regardèrent les enregistrements vidéo d'une caméra de sécurité qui donnait sur l'immeuble de l'ex-petit ami d'Andrea.

Ils virent Jeremy et l'un de ses amis décharger des meubles et des cartons d'un camion de location. Puis ils quittèrent l'immeuble l'espace d'une quinzaine de minutes avant de revenir avec deux pizzas et un pack de bières. Ils s'engouffrèrent une dernière fois à l'intérieur et n'en ressortirent plus.

Billy accéléra la bande sans remarquer aucun aller-retour suspect. Le lendemain matin, l'ami de Jeremy quitta l'immeuble. Jeremy sortit un peu plus tard, probablement pour se rendre au rendez-vous que lui avait fixé Andrea et auquel elle n'était jamais venue.

— On dirait que son alibi tient la route, remarqua Jake lorsqu'ils eurent fini de visionner l'enregistrement.

— Effectivement, concéda Billy à regret. Mais si Jeremy ne se trouvait pas chez Andrea, comment ce chewing-gum s'est-il retrouvé dans la serrure de la porte du garage ?

— C'est précisément ce que nous allons devoir déterminer.

Tous deux quittèrent leur bureau pour se rendre en salle d'interrogatoire. En les voyant entrer, Jeremy tourna vers eux un regard affolé.

— Que se passe-t-il ? leur demanda-t-il. Pourquoi suis-je ici ?

Jake retourna la chaise qui se trouvait face à Jeremy et s'assit dessus à califourchon, les bras posés sur le dossier. Billy s'était reculé légèrement et demeurait debout dans un coin de la pièce.

— Je crois que vous aviez quelque chose à me dire, remarqua Jake d'une voix parfaitement neutre.

— C'est le cas, confirma Jeremy en jetant un coup d'œil nerveux en direction de Billy. Mais j'aurais très bien pu le faire par téléphone. Pourquoi m'avez-vous fait venir ici ?

— Parce que nous voulions nous assurer que votre alibi tenait la route, déclara posément Jake.

— Je croyais que George vous avait confirmé qu'il avait passé la nuit à la maison.

— Effectivement. Mais nous avons un problème. Il se trouve que quelqu'un a bloqué le pêne de la porte du garage d'Andrea en se servant d'un chewing-gum. Or c'est votre ADN que l'on a retrouvé sur le chewing-gum en question.

Jeremy secoua la tête.

— Ça n'a aucun sens, protesta-t-il. Si j'avais voulu tuer Andrea, je n'aurais pas eu besoin de bloquer la porte : j'avais les clés de la maison.

— Ça aurait pu être une façon de brouiller les pistes, remarqua Jake.

Il interrompit d'un geste les protestations de Jeremy.

— Nous savons néanmoins que ce n'est pas le cas. Les vidéos de surveillance de votre immeuble confirment ce que George et vous nous avez dit.

— Tant mieux, répondit Jeremy en se détendant légèrement. Je n'aurais jamais fait de mal à Andrea, vous savez. Je l'aimais et j'espérais que nous pourrions nous remettre ensemble.

— Soit, concéda Jake. Toute la question est donc de savoir comment ce chewing-gum a pu arriver là. Vous rappelez-vous en avoir mâché un, lorsque vous étiez chez Andrea ?

— J'en mastique tout le temps, répondit Jeremy. J'ai arrêté de fumer pour faire plaisir à Andrea et les chewing-gums m'aident à faire passer la sensation de manque.

— Est-ce que vous avez l'habitude de les mettre à la poubelle ou de les jeter par terre après coup ? s'enquit Billy.

— J'essaye généralement de trouver une poubelle, répondit Jeremy. Mais il m'arrive de les mettre dans le caniveau.

Il réfléchit quelques instants avant de reprendre.

— Il y a quelques jours, je suis passé chez Andrea pour récupérer des cartons qui se trouvaient au garage, déclara-t-il. Je suis quasiment sûr que je mâchais un chewing-gum…

Jake fronça les sourcils. Andrea semblait penser que quelqu'un l'espionnait depuis un certain temps – suffisamment longtemps pour avoir repéré les allées et venues de Jeremy. Cette personne avait-elle délibérément récupéré ce chewing-gum pour s'en servir ensuite lors de son intrusion ?

Si tel était le cas, ils parviendraient peut-être à repérer le copycat en analysant les enregistrements vidéo effectués au cours des derniers jours aux environs du domicile d'Andrea. Il interrogea donc Jeremy pour connaître le jour précis où ce dernier était passé chercher ses cartons.

— Mlle Chase nous a également signalé qu'Andrea avait l'impression d'être suivie, ajouta-t-il.

— C'est vrai, acquiesça Jeremy. Elle m'a même accusé, mais ce n'était pas moi. Je le lui ai dit et elle n'a pas insisté. Je ne suis pas sûr qu'elle m'ait cru, en revanche.

Jake lui posa quelques questions, mais il était évident que Jeremy n'en savait pas beaucoup plus.

— Sur le moment, je me suis juste dit qu'elle était parano…, avoua-t-il enfin.

— Très bien, conclut Jake. Vous êtes libre de partir, monsieur Bevin. Bien sûr, si quoi que ce soit vous revient, n'hésitez surtout pas à m'appeler, notamment si vous vous rappelez avoir vu quelqu'un de suspect aux alentours de la maison d'Andrea.

— C'était lui, n'est-ce pas ? murmura Jeremy en fronçant légèrement les sourcils. C'était le tueur qui espionnait Andrea. C'est comme ça qu'il a pu récupérer ce morceau de chewing-gum…

— C'est ce que nous pensons, en effet, concéda Jake. Inutile de vous dire cependant que cette information doit demeurer strictement confidentielle…

Kyra vit Jake, Billy et Jeremy sortir de la salle d'interrogatoire. Tous trois arboraient une expression lugubre qui ne lui dit rien de bon. Elle interrogea du regard Jake qui secoua doucement la tête.

Jeremy n'était pas le tueur qu'ils cherchaient, ce qui ne la surprenait pas outre mesure. Il lui avait semblé bien trop pusillanime pour commettre un tel crime.

Tandis que Jeremy se dirigeait vers la sortie, elle suivit les deux inspecteurs jusqu'à la grande salle qui abritait le QG de la force opérationnelle. En approchant du bureau de Jake, elle remarqua le logo familier qui s'affichait sur l'écran de son ordinateur. C'était celui du DFCS, le département chargé de la protection de l'enfance.

— Est-ce qu'Andrea avait un enfant ? demanda-t-elle, surprise.

Jake secoua la tête.

— C'est pour une autre affaire, répondit-il. Assieds-toi.

Elle prit place en face de lui, de l'autre côté de sa table de travail encombrée de dossiers.

— Alors ? lui demanda-t-elle. Est-ce que vous avez appris quelque chose de nouveau en interrogeant Jeremy ?

— Ce qu'il t'a dit se confirme. Le tueur surveillait probablement Andrea depuis quelque temps. C'est ainsi qu'il a pu récupérer un chewing-gum de Jeremy.

— Tu crois qu'il cherchait à lui faire porter le chapeau ?

Jake haussa les épaules.

— Peut-être, répondit-il. Ou peut-être a-t-il juste voulu jouer avec la police. Cela confirme en tout cas que, tout comme Jordy, il a parfaitement conscience des risques qu'il courrait en laissant ses empreintes digitales ou un échantillon d'ADN.

— Nous avons donc peu de chances d'en retrouver sur les lieux, acquiesça-t-elle d'un air sombre.

— Mais la bonne nouvelle, c'est que le tueur a pu être filmé ou repéré par quelqu'un alors qu'il espionnait sa victime.

— Est-ce que vous avez fini d'interroger ses amis à ce sujet ?

— Pas encore. Mais tous ceux à qui nous en avons parlé n'étaient pas au courant. Et toi ? Est-ce que tu as pris contact avec la famille ?

— Je leur ai envoyé un e-mail leur indiquant que j'étais à leur disposition s'ils avaient besoin de quoi que ce soit. Je vais leur laisser un peu de temps pour me répondre.

— D'accord, acquiesça-t-il. Mais n'hésite pas à aborder le sujet avec eux s'ils t'appellent.

Elle fit mine de se lever.

— Au fait, lui demanda alors Jake. Est-ce que tu as décidé de ce que tu voulais faire de la moto de Matt ?

— Pourquoi, elle t'intéresse ?

— Si tu décides de la vendre, oui, répondit-il à son grand étonnement.

— Je ne savais pas que tu aimais les motos, remarqua-t-elle.

— J'en avais une avant d'épouser Tess. C'est l'une des choses auxquelles j'ai cru devoir renoncer à l'époque. Mais je serais ravi de m'y remettre aujourd'hui.

— D'accord, lui dit-elle. Dès que j'aurai pris une décision à ce sujet, tu seras le premier informé.

Kyra quitta le bureau de Jake pour regagner le sien, situé à l'autre bout de la pièce. Après s'être assise, elle sortit son ordinateur portable et l'alluma, curieuse de savoir si la famille Miles avait répondu à son message. Mais sa messagerie ne contenait aucun e-mail émanant d'eux. Peut-être avaient-ils besoin d'encore un peu de temps pour prendre la mesure de ce qui venait de se produire.

Elle consulta ses autres messages et répondit aux plus urgents. Le dernier qu'elle avait reçu émanait d'une adresse mail qui ne lui était pas familière. Elle l'ouvrit, s'attendant à ce qu'il s'agisse d'un pourriel.

Mais en apercevant la photo qui s'afficha dans le corps du message, elle se figea, le souffle court et le cœur battant à tout rompre. Il s'agissait du cliché qu'elle avait brûlé le matin même, devant chez Matt.

Mais l'expéditeur de l'e-mail avait barré d'une croix le visage de Buck Harmon.

4

D'une main tremblante, Kyra referma le message avant que quelqu'un puisse apercevoir la photo. Elle remarqua alors que l'e-mail ne comportait pas d'objet. L'adresse de l'expéditeur était de celles que l'on pouvait créer en quelques clics en tout anonymat. Seul le nom choisi pouvait être révélateur.

— Leurouje, lut-elle à mi-voix.

Le mot ne lui était pas familier. S'agissait-il d'une série aléatoire de lettres ? D'un patronyme ? Ou d'un nom de lieu ? La consonance lui paraissait vaguement française. Peut-être était-ce un nom canadien ou cajun.

Un frisson glacé dévala entre ses omoplates. Se pouvait-il que Matt ait dit la vérité à Jake, en fin de compte ? Qu'il ait été payé par quelqu'un – par ce mystérieux Leurouje – pour déposer les cartes qu'elle avait trouvées devant chez elle et près de sa voiture ?

Que fallait-il penser de cette photo ? S'agissait-il d'une menace ? D'un début de chantage ? Et dans ce cas, qu'espérait-on d'elle, au juste ? Elle ne possédait ni richesse, ni influence, ni pouvoir. Pourtant, la croix qui barrait le visage de Buck ne laissait guère de doute sur le sens que revêtait le message…

Une main se posa alors sur son épaule, la faisant violemment sursauter.

— Je suis désolé, s'excusa Jake, surpris par cette réaction. Je ne voulais pas te faire peur. Est-ce que tout va bien ?

— Très bien, lui assura-t-elle en abaissant l'écran de son portable. J'étais juste plongée dans mes pensées.

— Vraiment ? répondit-il d'un ton légèrement dubitatif.

— Vraiment, s'exclama-t-elle en adoptant un ton enjoué. Je me demandais notamment combien pouvait bien valoir la moto de Matt.

— Je pense que tu pourrais en tirer dans les 20 000 dollars, répondit-il. Mais ce n'est pas pour cela que je venais te voir. Je me demandais si ça te dirait d'aller rendre visite à Quinn, ce soir. J'aimerais beaucoup avoir son avis sur l'enquête. Je pourrais passer prendre des plats à emporter ou même nous préparer quelque chose.

— Bonne idée, répondit-elle. Mais je n'aurais pas pensé que tu savais cuisiner.

Il haussa modestement les épaules.

— Je ne suis pas Paul Bocuse mais je me débrouille.

— Je serais ravie de goûter ça, un de ces jours. Mais étant donné les circonstances, personne ne t'en voudra si tu commandes à emporter. Évite juste les traiteurs chinois parce que Quinn ne tolère pas très bien le glutamate.

— C'est d'accord, acquiesça-t-il. Il a vraiment beaucoup de chance d'avoir une amie comme toi.

— C'est moi qui ai de la chance d'avoir croisé son chemin, lui dit-elle. Dieu sait ce que je serais devenue, sans Charlotte et lui.

— Je suis certain que tu t'en serais très bien sortie, déclara Jake avec conviction. Tu es l'une des personnes les plus douées que je connaisse.

Kyra sentit son cœur se serrer. Elle savait pertinemment que Jake n'était pas le genre d'homme à faire des compliments à la légère. Et elle était flattée de la haute opinion qu'il semblait avoir d'elle.

Mais cet éloge fit aussi naître en elle une pointe de culpabilité. Elle avait bien conscience du fait qu'une fois de plus elle lui cachait des informations potentiellement cruciales. Elle s'en voulait, bien sûr, mais pas au point de tout lui révéler. D'ailleurs, si elle l'avait fait, elle aurait probablement anéanti la bonne opinion qu'il se faisait d'elle.

— Je vais appeler Quinn pour l'avertir que nous passerons le voir, déclara-t-elle.

— Parfait, acquiesça-t-il. On se retrouve là-bas ? Disons vers sept heures et demie…

— Entendu.

Jake rejoignit Billy avec lequel il se mit à discuter à mi-voix. Kyra rouvrit son ordinateur portable et considéra pensivement le message qu'elle venait de recevoir. Si elle voulait savoir qui le lui avait envoyé, elle allait devoir faire appel à un spécialiste.

Toute la question était de savoir si Brandon Nguyen, le responsable technique de la force opérationnelle, accepterait de lui rendre un service à titre personnel. Elle le suivit des yeux, pesant le pour et le contre, puis décida qu'elle n'avait pas réellement le choix.

Lorsqu'il sortit de la pièce, elle se leva pour le suivre jusqu'à la machine à café.

— Je vous l'offre si vous m'aidez à résoudre un problème informatique qui me turlupine, lui dit-elle.

— Vous savez que vous n'êtes pas obligée de me soudoyer, répondit-il en souriant. C'est mon travail.

— Sauf qu'il ne s'agit pas d'un problème d'ordre

professionnel mais personnel, lui indiqua-t-elle. Et je préférerais que cela reste entre nous.

Brandon recouvra aussitôt son sérieux et la considéra d'un air hésitant.

— Je suppose qu'il n'y a aucun mal à cela, tant que vous ne me demandez pas de faire quelque chose d'illégal, cela va sans dire.

— Ne vous inquiétez pas pour cela. C'est juste que je viens de recevoir un e-mail d'une adresse que je ne connais pas et j'aimerais savoir qui me l'a envoyé. Cela concerne l'un de mes patients.

Ce n'était pas complètement un mensonge si l'on considérait qu'elle était sa propre patiente – la première et la plus ancienne, en réalité.

— Je peux jeter un coup d'œil, déclara Brandon. Mais pas tout de suite, malheureusement. Je dois régler un problème de comptabilité entre notre système et celui du bureau du shérif de Los Angeles. Un véritable cauchemar…

— Il n'y a pas d'urgence, lui assura-t-elle. Je devrais passer le reste de l'après-midi ici, de toute façon. Appelez-moi lorsque vous aurez un peu plus de temps. Merci beaucoup, Brandon.

— Il n'y a pas de quoi.

Comme elle se dirigeait vers le QG de la force opérationnelle, Kyra croisa Jake et Billy qui se dirigeaient vers l'ascenseur.

— Du nouveau ? leur demanda-t-elle.

— Nous allons repérer les enregistrements de toutes les caméras qui se trouvent aux environs du domicile d'Andrea, lui expliqua Jake. Nous interrogerons aussi ses voisins. Avec un peu de chance, quelqu'un aura aperçu l'homme qui l'espionnait.

— Espérons-le, acquiesça-t-elle. Bonne chance !

Elle regagna son bureau et se plongea dans la lecture du rapport de police que Jake avait rédigé et qui résumait l'ensemble des informations dont ils disposaient actuellement au sujet du meurtre. En le parcourant, elle espérait se faire une idée plus précise de la psychologie du tueur auquel ils avaient affaire.

Une chose était certaine : il était très différent de Jordy Lee Cannon, le précédent copycat. Ce dernier s'était imposé un certain nombre de règles précises qu'il appliquait à la lettre.

Il était mort avant d'avoir pu les leur expliquer et ils n'avaient retrouvé chez lui aucun document y faisant allusion.

Il avait juste parlé à Kyra de ce qu'il appelait la règle numéro quatre : « La victime ne doit jamais être quelqu'un que vous connaissez personnellement. » Jordy redoutait par-dessus tout qu'on puisse établir le moindre lien entre ses victimes et lui.

Le nouveau tueur choisissait peut-être aussi ses victimes au hasard, mais, contrairement à Jordy, il se faisait un devoir de les connaître. Il allait jusqu'à les suivre pendant plusieurs jours, se délectant peut-être de façon anticipée du crime qu'il s'apprêtait à commettre…

— Kyra ?

Tirée de ses réflexions, elle leva les yeux vers Brandon qui se trouvait près de son bureau, un peu gêné de l'avoir interrompue.

— J'ai terminé ce que j'avais à faire, lui dit-il. Je peux jeter un coup d'œil à votre e-mail, si vous voulez.

— Bien sûr, s'exclama-t-elle. Asseyez-vous.

Il prit l'une des deux chaises qui se trouvaient devant son bureau et vint la placer à côté de la sienne tandis qu'elle ouvrait sa messagerie.

— Voilà l'e-mail en question, lui dit-elle. Il a été envoyé par leurouje@newmail.com.

— Est-ce que le nom Leurouje vous dit quelque chose ?

— Rien du tout, répondit-elle. Est-ce que vous pensez qu'il serait possible de retrouver l'adresse IP de l'expéditeur ?

— Il y a deux ou trois choses que je peux essayer, lui indiqua Brandon en ouvrant une fenêtre dans laquelle il commença à taper des lignes de code. Est-ce que je peux transférer le mail vers ma propre messagerie ?

— Oui, répondit-elle. Mais il est confidentiel.

— Cela va sans dire, acquiesça Brandon. De toute façon, ce n'est pas le contenu qui m'intéresse, en l'occurrence, mais le contenant. J'ai quelques programmes qui pourraient me permettre d'en savoir un peu plus sur la personne qui vous a envoyé ça.

— Merci encore, Brandon, lui dit-elle. Je vous revaudrai ça.

Il lui décocha un sourire embarrassé.

— Je n'ai encore rien fait, lui dit-il modestement. Mais je vous tiendrai au courant dès que j'aurai obtenu des résultats.

Sur ce, il s'éloigna en direction de son propre bureau tandis que Kyra se tournait de nouveau vers son écran, contemplant cette photo qui lui faisait froid dans le dos. Qui la lui avait envoyée ? Et comment cette personne était-elle entrée en possession du cliché ? Était-ce Matt qui le lui avait vendu ?

Au fond, ce n'était pas le plus important. Ce qui était réellement alarmant, c'était le fait que l'expéditeur connaisse sa véritable identité, qu'il sache ce qu'elle avait fait. Une fois de plus, elle se demanda ce qu'il attendait d'elle. Voulait-il lui soutirer de l'argent ou juste lui faire peur ? À moins, bien sûr, qu'il ne s'agisse d'un avertissement…

Jake déposa les sacs qu'il avait rapportés du restaurant sur la table de la salle à manger de Quinn.

— J'espère que vous aimez la cuisine libanaise, lui dit-il. Il y a des brochettes de poulet, du houmous, du taboulé et des falafels. J'ai pris aussi un peu de riz.

— Avec tout ça, nous ne devrions pas mourir de faim, s'exclama Quinn en souriant.

— Kyra m'a dit que vous étiez allergique au glutamate.

Quinn leva les yeux au ciel.

— Elle me couve beaucoup trop, déclara-t-il en secouant la tête. À ce propos, que diriez-vous de boire une bière avant qu'elle arrive et me rappelle les élucubrations de mon médecin que j'ai eu un jour le malheur de lui relater ?

— Je suis partant, en espérant qu'elle ne m'accusera pas de vous avoir poussé au crime.

— Nous n'allons tout de même pas laisser cette gamine nous dire ce que nous avons le droit de faire ou de ne pas faire, s'exclama Quinn d'un ton faussement scandalisé.

— En êtes-vous sûr ? répliqua Jake en riant.

Quinn se fendit d'un large sourire.

— Vous avez sans doute raison, s'exclama-t-il. Nous ferions mieux de nous dépêcher de boire ces bières avant qu'elle arrive. Ce sera toujours ça de pris.

Quinn alla chercher deux cannettes au réfrigérateur et les décapsula. Il en tendit une à Jake avant de trinquer avec lui.

— À Kyra !

— À Kyra, acquiesça Jake.

Tous deux avalèrent une gorgée de bière avant d'aller

s'installer au salon. Là, Jake entreprit de raconter en détail à Quinn tout ce qu'ils avaient découvert au sujet du meurtre d'Andrea.

— Le tueur a coupé les doigts, mais nous ignorons s'il s'est emparé d'un autre trophée, comme le faisait Jordy. Le fait qu'elle ait été au lit au moment du meurtre ne nous aide pas à le déterminer.

— J'ai beaucoup réfléchi à cette question, remarqua Quinn. Et j'avoue que je ne comprends pas très bien pourquoi Jordy s'est mis en tête d'imiter un tueur qui opérait il y a vingt ans de cela. Il était trop jeune à l'époque pour s'intéresser à ces crimes.

— C'est vrai, reconnut Jake. J'ai d'ailleurs demandé à la police scientifique de passer au crible ses affaires au cas où nous trouverions une indication à ce sujet. Cela nous permettrait peut-être de comprendre ce qui motive le nouveau tueur. J'aimerais aussi savoir comment ces copycats ont eu connaissance du mode opératoire précis du Joueur. La police n'avait pas parlé de l'auriculaire tranché, à l'époque, et nous avons suivi votre exemple.

— Nous en avons déjà parlé, remarqua Quinn. Ce genre de secret finit toujours par s'ébruiter avec le temps. D'autant que cette affaire a intéressé des tas de gens au fil des années : policiers, procureur, journalistes, romanciers…

— Certes, concéda Jake. Mais je m'interroge aussi sur les différences entre les deux imitateurs. Jordy assassinait ses victimes dans sa voiture avant de déposer les corps dans l'espace public. Andrea, en revanche, a été tuée chez elle. Je crois me souvenir que le Joueur lui-même a employé successivement les deux méthodes.

— C'est exact. Ses premières victimes ont été assassinées chez elles. Puis il a commencé à les mettre en scène, comme l'a fait Jordy par la suite.

— La mère de Kyra a bien été tuée chez elle, n'est-ce pas ?

— C'est exact. Cela s'est passé dans la petite maison qu'elle louait à Hollywood.

— Et Kyra était présente, cette nuit-là.

— Encore exact. Dieu merci, elle était endormie et ne s'est pas réveillée. Le tueur ne s'est peut-être même pas rendu compte qu'il y avait quelqu'un d'autre dans la maison.

Jake en doutait. Le Joueur avait toujours fait preuve d'un grand souci du détail, d'un certain perfectionnisme dans son art macabre. Il s'entourait de toutes les précautions nécessaires, ne laissant jamais la moindre empreinte digitale ni le moindre témoin de ses crimes.

Jake était donc convaincu que le tueur avait eu connaissance de la présence de Kyra. Et il sentait confusément que celle-ci le savait. Elle lui avait dit un jour qu'elle craignait que le Joueur ne cherche un jour à la retrouver et que c'était pour cette raison qu'elle avait changé de nom.

Jake se garda cependant de contredire Quinn. Il avait beaucoup trop de respect pour l'ex-inspecteur. Et il savait que ce dernier éprouvait une terrible culpabilité à l'idée d'avoir laissé échapper le Joueur.

— Ça a dû être terrible pour Kyra, remarqua-t-il.

— Atroce, confirma Quinn d'un air sombre. Lorsque j'ai fait sa connaissance, elle était complètement traumatisée par ce qui venait de se passer. Jennifer Lake n'était pas une mère parfaite, mais elle aimait beaucoup sa fille. Et depuis que sa famille les avait reniées, elles étaient tout l'une pour l'autre…

— Est-ce qu'elle a mis longtemps à se remettre de ce choc ?

— Je crois qu'on ne se remet jamais complètement d'une chose pareille, opina Quinn. Elle a juste appris à vivre avec le chagrin et le manque. Mais ce meurtre l'a profondément transformée. Par la suite, elle a développé une forme de carapace, ne laissant que peu de gens devenir vraiment proches d'elle.

— Est-ce que Matt en faisait partie ?

— Au début, oui. Elle a senti que lui aussi avait beaucoup souffert durant son enfance et elle a cru qu'ils pourraient s'entraider pour surmonter ensemble cette souffrance. Mais je pense que Matt avait été brisé par la vie. Il était déjà trop tard pour l'aider à s'en sortir. Et cet échec a été très dur pour Kyra. D'autant que c'est à cette époque…

Quinn s'interrompit brusquement.

— Je ne devrais pas vous parler de tout cela, déclara-t-il. Ce sera à elle de le faire, lorsqu'elle y sera prête.

— Vous l'aimez beaucoup, n'est-ce pas ? lui demanda Jake qui percevait l'émotion dans la voix du vieil homme.

— Comme si elle était ma fille, ce qu'elle aurait dû devenir si je n'avais pas abusé de l'alcool, en ce temps-là.

— Cela a peut-être joué, reconnut Jake. Mais même si vous aviez été sobre comme un chameau, je ne suis pas sûr qu'on vous aurait confié la garde de Kyra. Vous étiez l'inspecteur en charge de l'enquête concernant le meurtre de sa mère. Je suis convaincu que le juge pour enfants aurait considéré cela comme un mélange des genres. Vous ne devriez pas vous en vouloir.

— N'est-ce pas ce que font tous les pères ? rétorqua Quinn avec un pâle sourire.

— C'est vrai, reconnut Jake en riant. Savez-vous que j'en suis un moi-même ?

— Vous ne pensez tout de même pas que je laisserais ma fille de cœur tomber amoureuse de quelqu'un sans me renseigner un minimum sur son compte ?

Jake ouvrit la bouche pour protester et lui assurer qu'il faisait fausse route. Mais avant qu'il ait pu articuler le moindre mot, Kyra frappa à la porte.

5

— C'est moi ! s'exclama Kyra après avoir frappé à la porte.

Elle plongea la main dans son sac pour prendre sa clé, mais avant qu'elle ait eu le temps de la glisser dans la serrure, le battant s'ouvrit, révélant la silhouette de Jake McAllister.

— On a bien failli commencer à manger sans toi, s'exclama-t-il malicieusement.

Elle jeta un coup d'œil à sa montre.

— C'est toi qui es en avance, remarqua-t-elle.

Elle le suivit jusqu'au salon où elle alla embrasser Quinn. Les deux hommes avaient déjà mis le couvert et transféré dans de grandes assiettes les plats libanais que Jake avait apportés. Quinn avait même placé au centre de la table un bouquet de fleurs qu'il avait dû cueillir dans son petit jardin.

— C'est charmant, déclara-t-elle. J'en viendrais presque à oublier que nous sommes là pour discuter des agissements d'un tueur psychopathe… Je suppose que tu as mis Quinn au courant de tous les détails ? ajouta-t-elle en se tournant vers Jake.

Il hocha la tête.

— Alors ? s'enquit Kyra. Qu'est-ce que cela t'inspire, Quinn ?

— Le tueur a visiblement décidé de copier la première partie de la carrière du Joueur, répondit ce dernier.

Jake alla chercher une bière qu'il tendit à Kyra. Tous trois prirent place autour de la table et commencèrent à manger.

— C'est délicieux, déclara Quinn au bout de quelques instants. Il faudra que vous me donniez l'adresse de ce restaurant, Jake.

— Je vous l'enverrai par SMS.

— Mais pour en revenir à ce qui vous préoccupe, reprit Quinn, je suis convaincu que le nouveau tueur doit prendre lui aussi un trophée.

— En plus du doigt coupé, tu veux dire ? lui demanda Kyra.

Quinn hocha la tête.

— Le doigt coupé, tout comme la carte à jouer, est une façon de se raccrocher à la figure du Joueur. C'est une forme de tribut symbolique, si vous voulez. En agissant de cette façon, le tueur a probablement l'impression de s'inscrire dans une tradition.

— Il y aurait donc deux rituels qui se superposeraient, murmura Kyra, pensive.

— Exactement. La reconstitution des meurtres du Joueur d'une part et l'assouvissement d'un besoin pathologique personnel d'autre part. C'est la raison pour laquelle Jordy prélevait deux trophées différents. Et je suis prêt à parier qu'il en va de même pour le second copycat.

— Pensez-vous que les deux tueurs se soient concertés ? s'enquit alors Jake.

Kyra le considéra avec effarement. Jusque-là, cette hypothèse ne lui avait pas effleuré l'esprit. Mais l'idée qu'ils avaient peut-être affaire à une sorte de fan-club du Joueur lui donnait la nausée.

— C'est possible, concéda Quinn. Peut-être se sont-ils aperçus qu'ils avaient tous deux une grande admiration pour le Joueur. Alors, ils ont décidé de passer à l'action ensemble.

— C'est une théorie fascinante, déclara Kyra. Mais rien ne nous prouve qu'elle est exacte. Le deuxième copycat a peut-être juste décidé d'imiter le premier lorsque ce dernier s'est fait abattre.

— C'est peu probable, objecta Quinn. Ni mon équipe à l'époque ni la vôtre aujourd'hui n'ont communiqué le fait que les victimes avaient eu le petit doigt tranché.

— Mais tu as dit toi-même que ce genre de détails avait tendance à fuiter !

— En effet, concéda Quinn. Et je veux bien croire qu'un psychopathe ait eu vent de ce détail. Mais deux tueurs parfaitement indépendants l'un de l'autre ? Cela me semble déjà nettement moins probable.

— Mon Dieu, murmura Kyra, horrifiée. Vous pensez vraiment qu'ils sont de mèche ?

— Oui, répondit Quinn. Et je pense que vous devriez vous intéresser aux amis de Jordy. Il se pourrait que l'un d'eux soit votre tueur.

— C'est là que le bât blesse, objecta Jake. D'après ce que nous savons, Jordy n'a pas d'amis.

— Rien ne dit qu'ils ont été en contact physique, objecta Quinn. Il pourrait tout aussi bien s'agir de quelqu'un qu'il a rencontré sur Internet.

— C'est vrai, concéda Jake. Je vais demander à nos spécialistes de fouiller la mémoire de son ordinateur. J'étais sûr que vous seriez de bon conseil, Quinn, ajouta-t-il en levant sa bouteille de bière à sa santé.

— Je trouve tout de même étrange que deux tueurs en série puissent en venir à coopérer, remarqua Kyra. D'ordinaire, ce sont des êtres à l'ego surdimensionné qui s'estiment infiniment supérieurs à leurs proies, et à la police qui les pourchasse.

— Il y a des exemples de tueurs en série qui collaborent, objecta Quinn. Mais je reconnais que ce n'est pas courant.

Ils passèrent le reste du dîner à discuter de sujets plus anodins : les chances qu'avait l'équipe des Dodgers de se qualifier pour la Série mondiale de base-ball et celles qu'une nouvelle vague de chaleur s'abatte sur la ville avant que les températures plus clémentes de l'automne s'imposent enfin.

— Je peux m'occuper de débarrasser, déclara Quinn lorsqu'ils eurent fini leur repas. Pourquoi n'iriez-vous pas faire un tour le long des canaux, tous les deux ? Je te promets que je ne reprendrai pas de bière, ajouta-t-il à l'intention de Kyra.

Elle lui sourit, comprenant qu'il essayait de jouer les entremetteurs entre Jake et elle. En d'autres circonstances, elle ne se serait probablement pas fait prier. Mais ce soir-là, elle avait décidé de se rendre au garde-meubles dont elle avait trouvé la clé chez Matt.

Elle était très curieuse de savoir ce qu'il avait bien pu cacher là-bas. Et elle refusait de se faire doubler par ceux qui seraient éventuellement susceptibles de découvrir l'existence de cet endroit – le colocataire de Matt, par exemple, son agent de probation ou bien encore Jake lui-même.

— Je suis partant, déclara alors ce dernier. Un peu d'air frais me fera le plus grand bien.

— Ce serait vraiment avec plaisir, répondit-elle. Malheureusement, j'ai du travail qui m'attend à la maison, ce soir. Je n'ai pas eu beaucoup de temps pour m'occuper des dossiers de mes patients, aujourd'hui.

La déception qui se peignit sur le visage de Jake ne lui échappa pas, et elle fut presque tentée de revenir sur sa décision.

— Dans ce cas, je ferais sans doute mieux de rentrer, moi aussi, déclara-t-il. Cela ne me fera pas de mal de me coucher tôt. La journée de demain risque d'être très chargée.

— Je vous souhaite une bonne nuit, Jake, lui dit Quinn. Et encore merci pour ce succulent dîner !

— À demain, Jake, ajouta Kyra en s'efforçant de faire abstraction du désappointement qui se lisait dans ses yeux.

S'il avait su ce qu'elle s'apprêtait à faire, il aurait probablement été plus contrarié encore.

Quinn raccompagna son hôte jusqu'à la porte avant de revenir dans le salon.

— C'est un type bien, tu sais, dit-il à Kyra. Et il est déjà au courant de ce qui est arrivé à ta mère…

— Je sais, soupira-t-elle. Et je t'assure que j'aurais bien aimé aller me promener avec lui le long des quais. Mais j'ai vraiment quelque chose d'important à faire.

— D'accord, acquiesça Quinn. Mais ne laisse pas échapper cette occasion, s'il te plaît autant que je le pense. Tu mérites d'avoir dans ta vie quelqu'un qui te rende heureuse. Et je crois que Jake pourrait être cet homme-là.

— Peut-être, répondit-elle évasivement. Bon… Il faut vraiment que j'y aille…

Quinn comprit qu'il ne servirait à rien d'insister et se garda intelligemment de le faire. Après l'avoir embrassé, elle sortit à son tour et rejoignit sa voiture. Là, elle entra sur son GPS l'adresse du garde-meubles. Il était situé à Van Nuys, plus loin encore que l'appartement de Matt, et il lui fallut près de quarante minutes pour parvenir devant le portail grillagé surmonté de deux caméras de sécurité.

Elle utilisa la carte magnétique qu'elle avait trouvée dans l'enveloppe pour l'ouvrir et pénétra dans l'enceinte de l'établissement. Plusieurs rangées de box s'alignaient, éclairés par de puissants projecteurs. Elle trouva rapidement celui qui correspondait au numéro gravé sur la clé de Matt.

C'était l'un des plus petits modèles. Le cœur battant, elle se gara face à l'entrée et descendit de voiture en laissant ses phares allumés. Après avoir déverrouillé le rideau métallique qui fermait le box, elle le souleva prudemment, se demandant avec une pointe d'angoisse ce qu'elle allait trouver derrière.

Connaissant Matt, il pouvait très bien s'agir d'une ultime mauvaise plaisanterie. Elle doutait en tout cas qu'elle trouverait là une réponse à la question qui préoccupait Jake : qui aurait bien pu payer Matt pour déposer ces cartes devant chez elle et près de sa voiture ?

La lumière de ses phares révéla des caisses en plastique qui contenaient des pièces détachées de moto ainsi que quelques boîtes à documents métalliques. Cet endroit n'était peut-être que ce qu'il était censé être – un garde-meubles où Matt avait stocké les affaires dont il ne savait que faire pour éviter d'encombrer son appartement.

Elle ne pouvait cependant s'empêcher de se demander s'il n'avait pas d'autres photos semblables à celles que Jake et elle avaient découvertes dans sa chambre. Jamais elle n'aurait pu imaginer que Matt ait pu en conserver : il ne lui faisait pas vraiment l'effet d'être un sentimental. Mais c'était peut-être la malédiction des orphelins comme eux que de se chercher éternellement des racines.

S'agenouillant, elle ouvrit la première des boîtes à

documents qui se présenta à elle et constata qu'elle était essentiellement remplie de factures et de récépissés de carte bleue.

La deuxième contenait des dessins et esquisses. Kyra sentit sa gorge se serrer en se rappelant combien il aimait dessiner, étant jeune. Il était même plutôt doué pour cela, mais c'était une activité qu'il avait complètement négligée lorsqu'il était tombé dans la drogue.

La caisse suivante contenait des dossiers de procédures concernant les mises en examen dont il avait fait l'objet au cours des dernières années. Elle ignora les caisses qui ne contenaient que des pièces détachées de moto – probablement volées.

Une autre boîte attira alors son regard. Elle portait une étiquette sur laquelle était écrit :

Mimi Lake

C'était le diminutif de son véritable nom – Marilyn Monroe Lake. Plus personne ne l'utilisait aujourd'hui en dehors de Quinn – et encore, ne le faisait-il que très rarement. D'une main tremblante, Kyra souleva le couvercle. À l'intérieur, elle découvrit une pile de documents hétéroclites.

Il y avait aussi bien des articles de journaux, des impressions de pages de réseaux sociaux qui mentionnaient son nom, des photos sur lesquelles elle apparaissait, et même des revues de psychologie dans lesquelles elle avait publié et des actes de colloques auxquels elle avait participé.

Les documents en question couvraient l'intégralité de son existence, sous ses deux identités, et traitaient aussi bien du meurtre de sa mère, de ce qui s'était passé chez les Harmon et de la vie qu'elle avait menée par la suite, après qu'elle avait changé de nom.

— Est-ce que tu as trouvé ce que tu cherchais ? fit une voix derrière elle.

Elle ne put réprimer un cri de panique et se jeta sur son sac à main pour en sortir le pistolet qui s'y trouvait. Mais elle prit alors conscience du fait que la voix qui venait de résonner dans le box était celle de Jake.

Sous ses doigts, elle sentit alors le Zippo avec lequel elle avait brûlé la photo trouvée chez Matt. Sans même réfléchir, elle le sortit, l'alluma et le lança dans la caisse devant laquelle elle était agenouillée pour détruire les papiers qui se trouvaient à l'intérieur.

Elle fut prise de court par la vitesse à laquelle ils s'enflammèrent. Une flamme jaillit, manquant lui brûler le visage. Elle s'écarta juste à temps pour l'éviter, mais déjà le feu s'était communiqué à la boîte voisine qui contenait des pièces détachées enveloppées dans des morceaux de chiffon imbibés d'huile et d'essence…

6

Jake comprit rapidement que la situation était sur le point de dégénérer. Kyra se trouvait face à un véritable mur de feu. Il chercha des yeux un extincteur ou, au moins, une couverture avec laquelle il aurait pu tenter d'étouffer les flammes, mais ne vit rien de tel. Déjà, la petite pièce s'emplissait d'une épaisse fumée noire aux relents âcres.

Jake s'avança à l'intérieur pour prendre Kyra par le bras.

— Il n'y a rien à faire, lui dit-il. Sortons !

Il l'entraîna vers la porte et, en se retrouvant à l'air libre, tous deux furent pris d'une violente quinte de toux.

— Appelle les secours ! lui dit-il. Je vais déplacer ta voiture pour qu'elle ne soit pas endommagée par les flammes. Où sont tes clés ?

— Sur le contact, répondit-elle en sortant son téléphone portable.

Tandis qu'elle composait le numéro des urgences, Jake courut jusqu'à la voiture et s'installa au volant. Il démarra sans attendre et fit marche arrière jusqu'au bout de l'allée, prenant soin de ne pas bloquer le passage aux véhicules de secours.

Lorsqu'il ressortit de la voiture, il entendit les sirènes des pompiers au loin. À grands pas, il retourna auprès du box. À travers la porte ouverte, on pouvait voir l'incendie qui faisait rage. En revanche, il ne vit nulle trace de Kyra. Inquiet, il se demanda si elle n'était pas retournée à l'intérieur pour tenter de récupérer quelque chose.

Sous le coup d'une indicible angoisse, il s'avança vers la porte, le cœur battant à tout rompre.

— Jake ! s'exclama la jeune femme. Qu'est-ce que tu fabriques ?

Il se retourna et la vit qui arrivait en courant.

— Où étais-tu ? s'enquit-il, éperdu de soulagement.

— Je suis allée jusqu'à l'entrée pour ouvrir la grille. Mais quelqu'un a dû l'activer à distance. Les pompiers ne devraient plus tarder…

Alors même qu'elle prononçait ces mots, un véhicule de lutte contre l'incendie s'engouffra dans l'allée, toutes sirènes hurlantes. Jake et Kyra s'écartèrent prestement pour laisser le champ libre aux secours.

— Dieu merci, le bâtiment a tenu le coup, murmura-t-il. Les dégâts devraient être limités à ce box.

— Je l'espère, soupira Kyra.

Il s'aperçut alors que le visage de la jeune femme était couvert de suie. Cette vision lui fit brusquement prendre conscience du fait qu'il aurait pu la perdre.

— Qu'est-ce qui s'est passé ? articula-t-il, s'efforçant de réprimer le flot d'angoisse rétrospective qui montait en lui.

— C'est ma faute, répondit-elle. J'ai été stupide. La lampe torche de mon téléphone ne fonctionnait pas alors je me suis servie d'un Zippo pour m'éclairer. J'ai sursauté lorsque tu es entré et je l'ai lâché dans la caisse que j'étais en train de fouiller. Il y avait de vieux papiers à l'intérieur et ils ont pris feu.

— Mais comment se fait-il que l'incendie se soit répandu aussi rapidement ?

— Il y avait des tas de caisses emplies de pièces

détachées de moto, expliqua-t-elle. La plupart étaient enveloppées dans des chiffons imbibés d'huile et d'essence.

— Tu crois que c'était un piège qu'aurait pu te tendre Matt ?

Elle secoua la tête.

— Il n'y avait pas de système de mise à feu, objecta-t-elle. Et il n'avait aucune raison de supposer que j'utiliserais un briquet…

Jake s'abstint de lui répondre que c'était effectivement une très mauvaise idée. Il avait eu maintes fois l'occasion de s'apercevoir que, dans des circonstances inhabituelles, même les gens les plus intelligents pouvaient commettre des erreurs stupides.

— Est-ce que vous allez bien, tous les deux ? leur demanda alors le chef des pompiers en accourant vers eux.

Se tournant vers lui, ils s'aperçurent que ses collègues étaient déjà à l'œuvre pour tenter de maîtriser l'incendie.

— Tout va bien, assura Jake en sortant son badge. Inspecteur McAllister de la police criminelle, se présenta-t-il. Et voici Kyra Chase qui travaille également pour la police de Los Angeles.

— Je suis le capitaine Garrett, répondit le pompier. Vous n'avez pas avalé trop de fumée, tous les deux ?

— Nous ne sommes restés que quelques dizaines de secondes à l'intérieur. Il n'y avait pas d'extincteur.

— De toute façon, vous n'auriez pas pu faire grand-chose, leur assura Garrett. Je ne sais pas pourquoi, mais ce box était rempli de matières inflammables. Il y avait même des barils d'huile, ce qui est strictement interdit. Est-ce que c'est vous qui louez ce local ?

— Non, répondit Jake. Il était loué par le frère adoptif de Mlle Chase qui est aujourd'hui décédé.

— Et il n'a même pas contracté notre assurance ! s'exclama un homme qui venait de les rejoindre.

Âgé d'une cinquantaine d'années, le cheveu rare, il était vêtu d'un costume élimé et trop étroit.

— Qui êtes-vous ? s'enquit Garrett.

— Zev Pargarian, se présenta l'homme. Je suis le propriétaire de ce garde-meubles. C'est bien le box 556 ? demanda-t-il. Celui de Matt Dugan ?

— C'est exact, répondit Kyra. Il est récemment décédé et il m'a légué ses biens… ou ce qu'il en reste, ajouta-t-elle en jetant un coup d'œil en direction de l'entrepôt calciné.

Une fois de plus, Jake se demanda pour quelle raison Kyra avait décidé de lui dissimuler l'existence de ce box. Mais le moment était mal choisi pour en discuter.

— Comme je le disais à l'instant, reprit le propriétaire des lieux, votre frère n'a pas contracté l'assurance que nous proposons à tous nos clients…

— Cela ne fait rien, monsieur Pargarian, intervint Jake. Matt Dugan ne possédait aucun objet de valeur, en dehors de quelques pièces détachées de moto qu'il avait probablement volées.

— Il reste la question du préjudice, objecta Pargarian. Vous avez mis le feu au box et je vais devoir payer pour les réparations…

— Je suis sûr que vous êtes assuré, répondit Jake.

— Bien sûr. Mais le temps que les travaux soient effectués, je ne pourrai pas relouer le box…

— Je continuerai à le louer jusqu'à ce qu'il soit remis en état, lui assura Kyra.

— C'est une proposition honnête, déclara Jake. D'autant que les locaux ne sont pas équipés d'extincteurs, ce qui constitue une infraction au code de la sécurité civile…

Pargarian ouvrit la bouche pour protester et la referma

aussitôt, estimant probablement qu'il ne s'en tirait pas à si mauvais compte. Ils furent alors rejoints par un autre pompier qui portait une caisse noircie.

— Nous avons terminé, leur dit-il. Mais nous n'avons réussi à sauver que ceci. Cette boîte se trouvait près de l'entrée et nous l'avons sortie du bâtiment avant d'utiliser nos lances à incendies.

Kyra s'agenouilla près de la caisse et l'entrouvrit.

— Vous pouvez jeter ça avec le reste, dit-elle au pompier. Ce ne sont que de vieux papiers.

L'homme hocha la tête et alla déposer la boîte auprès des débris noircis que ses camarades et lui venaient d'extraire du box. Kyra se tourna alors vers le reste du groupe.

— Si vous n'avez plus besoin de moi, je crois que je vais rentrer chez moi. La journée a été longue.

Elle fouilla dans son sac à main pour récupérer une carte de visite qu'elle tendit à Pargarian.

— Je vous appelle demain pour régler cette histoire de location, lui dit-elle.

— Est-ce que tu veux que je te raccompagne jusque chez toi ? lui demanda Jake.

— Je peux rentrer seule, lui assura-t-elle. Ne t'en fais pas pour moi.

Il lui remit ses clés de voiture.

— Sois prudente, lui conseilla-t-il. On se voit demain pour discuter de tout ça.

Elle hocha la tête.

— Bonsoir, dit-elle à la cantonade.

Jake la suivit pensivement des yeux tandis qu'elle regagnait son véhicule.

— Nous allons y aller, nous aussi, déclara alors le capitaine des pompiers. Tâchez de vous équiper rapidement en extincteurs, monsieur Pargarian. Je veux bien fermer les yeux pour cette fois, mais si vous êtes inspecté, cela peut vous coûter vraiment très cher.

— J'achèterai ça dès demain, lui assura le propriétaire du garde-meubles.

— Bonsoir, inspecteur, conclut Garrett avant de faire signe à ses hommes de regagner le camion.

— Inspecteur ? s'étonna Pargarian.

— Inspecteur McAllister de la police criminelle, se présenta-t-il de nouveau. Matt Dugan était impliqué dans une enquête sur laquelle je travaille, expliqua-t-il. J'aimerais d'ailleurs vous poser quelques questions à son sujet.

— Je ne sais pas grand-chose de lui, objecta Pargarian. Il m'a loué un box, c'est tout…

— Vous pouvez peut-être me dire quand il est venu pour la dernière fois.

— Ça, je peux le faire, acquiesça le gérant du garde-meubles. Chaque fois que quelqu'un utilise sa carte pour accéder aux box ou pour sortir, c'est enregistré. Mais pour vous répondre, il va me falloir consulter le registre informatique.

— Je vous rejoins à votre bureau. C'est près de l'entrée, n'est-ce pas ?

— Sur la droite, oui. Je vous attends là-bas.

Lorsque Pargarian se fut éloigné à son tour, Jake alla jeter un coup d'œil à la boîte de documents que les pompiers avaient sauvée. Il l'ouvrit et constata qu'elle contenait des piles de factures, de reçus et de documents administratifs divers et variés. Contrairement à ce qu'avait déclaré Kyra, certains d'entre eux paraissaient relativement récents.

Jake souleva la caisse et l'emporta jusqu'à sa voiture. Il la plaça dans le coffre puis roula jusqu'au bureau de

Pargarian. Lorsqu'il entra, ce dernier était en train de consulter le listing dont il lui avait parlé.

— En dehors de ce soir, bien sûr, la dernière fois que la carte d'accès de Matt Dugan a été utilisée, c'était il y a un peu moins d'un mois.

Jake nota la date exacte.

— Puis-je faire autre chose pour vous, inspecteur ? lui demanda Pargarian.

— Non. Je voulais juste vous signaler que j'ai pris la boîte de documents dont Mlle Chase ne voulait pas, lui indiqua Jake.

Son interlocuteur haussa les épaules.

— Si elle n'en veut pas, vous êtes libre d'en faire ce que vous voulez. Vous êtes de la police, après tout…

En rentrant chez elle, Kyra se débarrassa de son tailleur couvert de suie. Elle espérait que son teinturier parviendrait à le sauver et à faire partir l'odeur de fumée qui imprégnait le tissu.

Apercevant son visage dans le miroir qui surmontait le lavabo, elle ne put s'empêcher de sourire. On aurait pu croire qu'elle venait de ramper dans un conduit de cheminée. Son amusement disparut presque aussitôt, remplacé par un mélange de honte et de culpabilité.

Elle s'était conduite de façon totalement stupide en mettant le feu à ces papiers. Il aurait pourtant été si simple de prétendre qu'elle n'avait rien trouvé d'intéressant et de revenir ultérieurement pour prendre les documents, les ramener chez elle et les détruire en toute sécurité.

Elle s'en voulait aussi d'avoir menti à Jake, une fois de plus. Et plus encore d'avoir détruit ce box. Elle avait d'ailleurs bien conscience du fait que Zev Pargarian s'était montré très compréhensif. Il aurait vraiment été en droit de la poursuivre en justice.

Après s'être défaite de son chemisier et de ses sous-vêtements qu'elle mit directement à la machine, elle alla prendre une longue douche. Elle passa près de dix minutes à se frictionner le corps et les cheveux pour tenter de se débarrasser de l'odeur de brûlé.

Lorsqu'elle se fut séchée, elle enfila un bas de survêtement et un négligé en mousseline blanc. Elle gagna la cuisine où elle se fit chauffer de l'eau pour préparer du thé. En attendant qu'elle bouille, Kyra se gargarisa à plusieurs reprises pour chasser le goût âcre qu'elle avait dans la bouche.

Lorsque son thé fut prêt, elle alla s'installer devant la télévision et zappa à la recherche d'un programme qui pourrait lui changer les idées. Elle venait de trouver une comédie romantique qu'elle aimait beaucoup lorsque la sonnette retentit, la faisant tressaillir.

Qui diable pouvait bien lui rendre visite à une heure pareille ? se demanda-t-elle nerveusement

— Kyra ? C'est Jake !

Sidérée, elle posa sa tasse de thé sur la table basse et se dirigea vers la porte. N'avaient-ils pas prévu de se voir le lendemain ? Une angoisse sourde l'envahit alors. Peut-être avait-on découvert une nouvelle victime…

Elle déverrouilla la porte et trouva Jake sur le seuil. Il tenait à la main la boîte métallique que les pompiers avaient réussi à arracher aux flammes.

— Que se passe-t-il ? lui demanda-t-elle.

— J'ai découvert quelque chose grâce à M. Pargarian après ton départ, répondit-il.

Sa voix était encore enrouée à cause de la fumée

qu'il avait inhalée, et Kyra s'efforça de ravaler l'excès de culpabilité qui montait en elle.

— Entre, lui dit-elle. Je vois que tu as décidé de récupérer les papiers de Matt. Tu espères vraiment trouver quelque chose d'intéressant, là-dedans ?

— Est-ce que je peux la poser sur la table basse ? lui demanda-t-il en la suivant dans le salon.

— Si tu veux, répondit-elle sans enthousiasme.

Elle aurait vraiment préféré que cette boîte brûle avec le reste des affaires de Matt.

— Tu sens la fumée, remarqua-t-elle.

— Je reviens tout juste du garde-meubles, répondit-il.

Il ne put s'empêcher de jeter un coup d'œil à la camisole à demi transparente qu'elle portait et détourna aussitôt les yeux. Kyra s'empourpra et croisa ses bras au niveau de sa poitrine.

La dernière fois que Jake était venu chez elle, c'était pour lui dire qu'il avait découvert sa véritable identité et lui demander pourquoi elle ne lui en avait rien dit. S'apprêtait-il à lui faire de nouveau des reproches ? Si tel était le cas, elle ne pouvait réellement lui en vouloir. Après tout, elle ne s'était pas montrée très honnête envers lui…

— Tu ne m'as toujours pas expliqué comment tu t'étais retrouvé là-bas, remarqua-t-elle.

— C'est à cause de la façon dont tu as prétendu que tu avais quelque chose à faire, lorsque nous étions chez Quinn, répondit-il. Je commence à bien te connaître et j'ai aussitôt compris que tu nous cachais quelque chose. Alors je t'ai suivie…

— J'avais parfaitement le droit d'aller là-bas, protesta Kyra. Je te rappelle que c'est toi qui as insisté pour que j'accepte l'héritage de Matt.

— Effectivement. Mais je te rappelle que c'était

parce que j'espérais pouvoir trouver dans ses affaires une indication concernant la personne qui l'avait payé pour te faire peur.

Elle haussa les épaules d'un air faussement indifférent.

— Où as-tu trouvé la carte magnétique et la clé ? lui demanda-t-il.

— Dans une enveloppe qui se trouvait dans l'armoire de Matt.

— Qu'espérais-tu trouver, là-bas ?

— Je ne sais pas, répondit-elle. Mais Matt connaissait ma véritable identité et je voulais m'assurer qu'il n'avait pas gardé des documents qui pourraient permettre de remonter jusqu'à moi.

— Au moins, tu n'as plus à t'en faire pour cela, remarqua Jake. S'il avait conservé ce genre de preuves, elles sont littéralement parties en fumée.

La façon dont il avait prononcé ces mots indiquait clairement qu'il s'interrogeait sur les circonstances de l'incendie. Après tout, elle venait de laisser entendre qu'elle s'était rendue au garde-meubles afin de détruire d'éventuels documents. Elle se força à soutenir son regard, refusant de reconnaître que c'était précisément ce qu'elle avait fait.

— Tu sais ce que je cherchais là-bas, reprit-elle. Et toi, que comptes-tu trouver dans la boîte que tu as ramenée ?

— La preuve que Matt a bien reçu de l'argent avant de te faire parvenir ces cartes à jouer. Et qui sait ? Peut-être même une indication concernant la personne qui l'a engagé… Certains des papiers qui se trouvent dans la caisse sont assez récents. Et Pargarian m'a confirmé que Matt était passé au garde-meubles, il y a moins d'un mois. Cela pourrait correspondre au moment où il a été payé.

— D'accord, concéda-t-elle à contrecœur. Cela vaut

peut-être le coup de jeter un coup d'œil. Est-ce que tu veux un peu de thé avant que nous nous y mettions ?

— Volontiers, acquiesça-t-il. Cela m'aidera peut-être à me débarrasser du goût de fumée que j'ai dans la bouche...

— Je peux te mettre du miel dedans, si tu as mal à la gorge, lui proposa-t-elle en se dirigeant vers la cuisine.

— Avec plaisir.

Il la suivit et s'adossa contre le réfrigérateur tandis qu'elle préparait sa seconde théière de la soirée. Lorsqu'elle fut prête, elle prit une tasse dans le placard et tous deux revinrent au salon. Ils s'installèrent côte à côte sur le canapé.

— Délicieux, commenta Jake après avoir avalé quelques gorgées de thé.

Il reposa sa tasse et ouvrit la boîte qui était posée sur la table devant eux.

— Il y a aussi bien des factures que des reçus, des documents administratifs et d'autres qui concernent ses démêlées avec la justice, indiqua-t-il. Voilà ce que je te propose : toi, tu tries, et pendant ce temps, je passerai en revue tous les éléments financiers que tu trouveras.

— C'est d'accord, répondit-elle en se penchant pour récupérer un premier tas de papiers.

Elle ne tarda pas à constater qu'ils étaient aussi désorganisés que l'avait été la vie de son frère adoptif. De toute évidence, il se contentait d'empiler les documents sans même prendre la peine de les classer. Il paraissait même presque étonnant qu'il se soit donné la peine de les conserver au lieu de les jeter au fur et à mesure.

Elle entreprit donc de les trier tandis que Jake étudiait ceux qui étaient susceptibles de les intéresser.

— Alors ? lui demanda-t-elle au bout d'un moment. Est-ce que tu trouves quelque chose d'intéressant ?

— Rien de très probant, reconnut-il. Mais il est évident que Matt dépensait nettement plus d'argent qu'il n'était censé en gagner.

— Cela ne prouve pas que quelqu'un l'avait payé pour me faire peur, remarqua Kyra. Je suis persuadée qu'il arrondissait ses fins de mois en vendant de la drogue.

— Sans doute, concéda Jake. J'imagine que c'est comme cela qu'il a réussi à s'offrir une Harley-Davidson, d'ailleurs. Ce n'est pas à la portée de toutes les bourses.

— Tu sais que même si quelqu'un avait bien payé Matt pour qu'il me livre ces cartes, il aurait pu le faire en nature, en lui offrant la moto en question, par exemple. Et même s'il l'a bien payé en monnaie sonnante et trébuchante et que nous en trouvons la preuve, qu'est-ce que cela changera ? Ce n'est pas comme s'il avait réglé par chèque ou par carte bancaire…

— Je sais, soupira-t-il. Mais mon instinct me souffle que c'est important. Je suppose que Quinn a déjà dû te dire qu'un bon flic devait toujours suivre ses intuitions.

— En effet, acquiesça-t-elle. Malheureusement, celles de Quinn ne se sont pas toujours avérées payantes… Est-ce que tu reveux du thé ?

— Non, merci. En revanche, je te prendrais bien un verre d'eau.

Kyra se leva et ramassa la théière et leurs deux tasses qu'elle rapporta à la cuisine. Elle n'était toujours pas convaincue que Matt ait été payé pour lui adresser ces cartes. Il était suffisamment tordu pour avoir cette idée tout seul.

— Kyra ? appela alors Jake. Tu ne vas peut-être pas le croire mais il y a un chat qui frappe au carreau.

— C'est Spot, lui dit-elle en souriant. Il fait ça souvent. Va lui ouvrir la porte, je lui apporte à manger.

Elle remplit un bol d'eau et un autre de croquettes et les apporta dans l'entrée où Jake était agenouillé, en train de caresser Spot qui se laissait faire avec une évidente délectation. Malgré elle, Kyra ne put s'empêcher de se demander ce qu'elle éprouverait en sentant ses doigts courir sur son propre corps. Cette seule idée éveilla en elle un frisson langoureux.

S'approchant du petit animal, elle déposa devant lui les deux bols qu'elle avait apportés. Il la remercia d'un petit miaulement et se mit à manger avec appétit.

— C'est ton chat ? lui demanda Jake.

— Pas vraiment, répondit-elle. Il n'appartient à personne, je ne sais même pas s'il a vraiment un nom. Mais je l'ai baptisé Spot et je lui donne à manger de temps en temps.

— Alors tu défends les animaux, en plus des humains ? lui demanda-t-il en souriant.

Elle crut discerner dans ses yeux une forme de tendresse qui ne fit qu'ajouter à son trouble.

— Juste Spot, répondit-elle d'une voix un peu étranglée. Et je peux te dire que mes voisins n'apprécient pas vraiment que je nourrisse un chat errant.

— Il est mignon, pourtant, déclara Jake en effleurant le pelage tacheté de l'animal.

— En tout cas, il a l'air de bien t'aimer. Tu en as déjà eu un ?

— Oui, j'en ai offert un à ma fille quand elle était petite. Mais elle est partie avec, bien sûr.

Tous deux se redressèrent.

— Je te rapporte ton verre d'eau, déclara Kyra en se dirigeant vers la cuisine.

Lorsqu'elle revint au salon, il s'était remis à classer les papiers de Matt. Elle revint s'asseoir auprès de lui.

— Merci, lui dit-il lorsqu'elle lui tendit son verre. Nous

avons trié quasiment à la moitié de la boîte et jusqu'à présent, je n'ai rien trouvé de très intéressant. Mais je ne perds pas espoir.

Kyra se pencha pour récupérer un reçu qui était tombé au pied de la table basse. Mais Jake avait eu la même idée et leurs têtes se heurtèrent. Elle s'écarta en se massant le front.

— Je suis désolé, s'excusa Jake.

Il tendit la main vers elle et effleura sa joue du bout des doigts, lui arrachant un délicieux frisson. Incapable de détourner le regard, elle sentit les battements de son cœur s'accélérer. Jake devait percevoir le désir qui se lisait dans ses yeux en cet instant.

Encouragé par sa réaction, il effleura de son pouce la lèvre inférieure de Kyra qui frémit de plus belle. Une douce chaleur naquit au creux de son ventre pour se répandre en elle.

— Je me suis souvent demandé quel goût pouvaient bien avoir tes baisers, murmura-t-il alors.

Kyra avala difficilement sa salive.

— Vraiment ? articula-t-elle d'une voix si rauque qu'elle eut peine à la reconnaître.

— Je pense qu'ils auraient un goût de glace, déclara-t-il. De glace à la cerise, pour être plus précis.

— J'ai bien peur que tu ne sois déçu, objecta-t-elle.

— Je doute que ce soit possible, répliqua-t-il en se penchant vers elle.

Ses lèvres effleurèrent les siennes et elle ne put réprimer un petit gémissement de pur bonheur. Jake se fit alors plus audacieux et l'embrassa avec une passion qui disait mieux que des mots à quel point il la désirait. Incapable de lui résister, elle lui rendit son baiser avec ferveur.

Elle s'était souvent laissée aller à rêver à ce moment,

mais la réalité dépassait en intensité tout ce qu'elle avait pu imaginer. Tout son corps s'enflamma tandis que les mains de Jake s'aventuraient sur son corps, réalisant le vœu qu'elle avait formulé, quelques minutes auparavant.

Jamais elle n'avait désiré quelqu'un à ce point. En cet instant, elle était prête à s'offrir à lui corps et âme. Et c'est probablement ce qu'elle aurait fait si ses yeux n'étaient pas tombés par hasard sur l'un des papiers que Jake venait de sortir de la boîte de Matt.

Son désir s'évanouit brusquement, remplacé par une sensation de pure terreur. Car le nom qui s'étalait sous ses yeux était celui de la personne qui lui avait envoyé la photo de Buck Harmon.

Rappeler Leurouje.

7

Jake sentit Kyra se raidir brusquement entre ses bras. Ses lèvres qui lui avaient rendu son baiser avec tant de ferveur se figèrent au même instant. Il retira aussitôt sa main qui venait de se poser sur la poitrine de la jeune femme et s'écarta.

— Ça ne va pas ? lui demanda-t-il.

L'expression qui se lisait à présent sur son visage lui confirma s'il en était besoin qu'il ne s'était pas trompé. Kyra était terriblement pâle et ses yeux trahissaient un désarroi mêlé d'angoisse qui lui fit l'effet d'une douche glacée.

Il recula encore sur le canapé et finit par se lever pour lui laisser de l'espace.

— Je suis désolé, s'excusa-t-il sans comprendre les raisons de ce brusque revirement.

Il lui avait pourtant semblé qu'elle était consentante – enthousiaste, même. Mais il s'était visiblement mépris sur ses intentions.

— Je croyais…, articula-t-il. Enfin, je ne voulais pas…

— Ce n'est pas ta faute, lui assura-t-elle alors d'une voix blanche. Tu n'y es pour rien, je t'assure. C'est moi… Je… Je pensais être prête mais je m'étais trompée…

Elle secoua la tête, paraissant lutter, elle aussi, pour

trouver ses mots. Mais cela n'avait aucune importance : Jake ne comprenait que trop bien ce qu'elle voulait lui dire.

— Je suis désolé, répéta-t-il. Je crois que je me suis laissé emporter par mes émotions après la soirée que nous venons de vivre. Je n'aurais peut-être pas dû venir ici. C'était une erreur.

Il s'interrompit, prenant conscience du fait qu'il était en train de bredouiller comme un idiot. Il avait bien conscience de manquer de pratique en matière de séduction. Mais jamais il n'aurait pensé provoquer un tel effet chez une femme qu'il venait d'embrasser. Kyra paraissait tout bonnement être en état de choc.

— Tu n'as pas à t'excuser, lui assura-t-elle. J'étais totalement volontaire jusqu'à…

Elle laissa sa phrase en suspens, ne sachant probablement pas comment la terminer tout en ménageant son amour-propre. Mais il n'avait pas besoin d'explications supplémentaires. La situation n'était hélas que trop limpide.

— Je ferais sans doute mieux de partir, lui dit-il.

Elle ne prit pas même la peine de le contredire. Sans doute avait-elle hâte de mettre un terme à ce fiasco.

— Bonsoir, Kyra, trouva-t-il la force d'articuler avant de se détourner.

Il dut se faire violence pour résister à l'envie qu'il avait de se ruer au-dehors. Le trajet jusqu'à la porte d'entrée lui parut durer une éternité. Jamais il ne s'était senti aussi humilié – à part peut-être le jour où il avait découvert que sa femme le trompait.

Mais ce qui était plus douloureux encore, c'était la déception cuisante qu'il éprouvait. Car il s'était vraiment laissé aller à croire qu'elle partageait les sentiments qu'il avait pour elle…

Hélas, en y réfléchissant, il devait bien reconnaître

qu'il s'était conduit comme un imbécile. Kyra ne lui avait jamais témoigné de réelle affection. Au contraire, même, elle lui avait clairement laissé entendre qu'elle ne lui faisait pas confiance. Ne lui avait-elle pas menti à maintes reprises ?

Parvenu dans le hall d'entrée, il avisa Spot qui avait terminé sa gamelle et s'était installé sur le tapis pour faire sa toilette. Il tourna vers lui un regard entendu.

— Tu sais ce que c'est, toi, de se faire jeter dehors, murmura Jake.

— Jake ?

Il se retourna et vit Kyra qui se tenait dans l'encadrement de la porte du salon.

— Je suis désolée, lui dit-elle.

Un sourire sans joie se dessina sur ses lèvres.

— Maintenant, c'est toi qui t'excuses, constata-t-il. Laisse tomber. Nous avons tous deux commis une erreur. Il n'y a pas mort d'homme.

— Je…

Elle s'interrompit de nouveau, et il vit ses lèvres trembler légèrement.

— Est-ce que tu as besoin de la boîte ? lui demanda-t-il pour faire diversion.

Elle le considéra avec étonnement.

— Tu as dit que tu n'en voulais pas, lui rappela-t-il.

— Oui, bien sûr, acquiesça-t-elle. Tu peux la reprendre, si tu veux…

Elle s'était exprimée d'un ton presque magnanime, comme si la boîte de Matt était une sorte de lot de consolation. Serrant les dents, il alla la chercher et replaça à l'intérieur les tas de papiers qu'ils avaient passé près d'une heure à trier. Tout ce qu'il voulait, c'était sortir d'ici au plus vite.

Retraversant le salon, il se dirigea vers la porte d'entrée que Kyra lui ouvrit.

— Bonne nuit, lui dit-il. Et si tu as toujours mal à la gorge demain matin, n'hésite pas à aller voir un médecin.

— Toi aussi, répondit-elle.

Il hocha la tête et sortit, suivi de près par Spot qui, après lui avoir adressé un miaulement de réconfort, disparut dans la nuit.

Kyra referma la porte d'entrée juste à temps pour dissimuler les larmes qui dévalaient le long de ses joues. Elle avait parfaitement conscience du fait qu'elle venait probablement de gâcher toutes ses chances d'avoir une relation avec Jake, et cette idée l'emplissait d'une immense amertume.

Mais la vue du papier qu'elle venait de glisser dans sa poche avait anéanti tout espoir de pouvoir s'abandonner à la magie de leur étreinte. Et elle s'était sentie totalement incapable de faire semblant.

Car la note manuscrite de Matt indiquait sans la moindre ambiguïté possible qu'il s'était trouvé en contact avec son mystérieux correspondant. Cela expliquait au moins comment ce Leurouje avait eu vent de ce qui s'était passé à l'époque – et comment il s'était procuré la photo de leur famille d'accueil.

Cela tendait aussi à prouver que Jake ne s'était pas trompé et que Matt avait effectivement déposé les cartes à jouer à la demande de Leurouje. Après la mort de son frère adoptif, ce dernier avait probablement décidé de prendre les choses en main directement.

Toute la question était désormais de savoir qui était ce Leurouje et pourquoi il paraissait lui en vouloir personnellement. Elle aurait voulu pouvoir en parler à Jake. Mais pour cela, elle aurait dû expliquer le sens que revêtait la photo que lui avait envoyée Leurouje. Et elle ne se sentait pas du tout prête à cela.

De plus, contrairement à lui, elle était convaincue que le harcèlement dont elle faisait l'objet n'était pas directement lié au meurtre d'Andrea Miles. Après tout, il avait commencé bien avant. Le fait qu'il se poursuive après la mort de Jordy Lee Cannon tendait même à indiquer que l'utilisation des cartes à jouer n'avait été qu'un prétexte, une façon commode de lui faire peur.

Kyra fronça les sourcils, se demandant soudain si elle ne faisait pas fausse route. Peut-être n'était-ce pas Leurouje qui avait engagé Matt mais, au contraire, Matt qui avait engagé Leurouje pour la harceler. La personne en question n'était peut-être même pas encore consciente de la mort de son commanditaire.

Après avoir placé leurs verres et leurs tasses dans le lave-vaisselle, Kyra s'assura que la porte d'entrée était bien verrouillée à double tour. Puis elle alla sortir ses vêtements de la machine à laver qui venait de s'arrêter. Ces gestes mécaniques et familiers l'aidèrent à recouvrer un semblant de calme.

Lorsqu'elle alla enfin se coucher, elle prit cependant soin de poser son pistolet sur la table de nuit, à portée de main.

Le lendemain matin, en arrivant au commissariat, Jake était d'une humeur massacrante. Il n'avait quasiment pas fermé l'œil de la nuit, ne cessant de retourner dans sa tête ce qui s'était passé chez Kyra.

Comment avait-il pu se méprendre à ce point sur ses

intentions ? Comment avait-il pu se bercer d'illusions depuis tout ce temps ? Il voulait bien reconnaître qu'il était peut-être un peu rouillé en matière de relations amoureuses. Mais pas au point de s'être fourvoyé de façon aussi radicale.

Il en était venu à la conclusion que Kyra s'était délibérément jouée de lui, lui laissant croire qu'elle était intéressée par le seul but de gagner sa confiance – et force était de reconnaître que cela avait parfaitement fonctionné. Il s'était laissé mener par le bout du nez, lui laissant même le bénéfice du doute alors qu'elle ne cessait d'agir en douce.

Après s'être servi une grande tasse de café, il prit place à son bureau et ouvrit le tiroir dans lequel il rangeait les cartes de visite qu'on lui donnait. Tout en fouillant dans la boîte métallique qui les contenait, il songea qu'il allait peut-être devoir trouver rapidement un système de classement plus efficace.

— Tu cherches un ticket de loterie gagnant ? lui demanda alors Billy qui venait de prendre place à son propre bureau.

Jake se tourna vers lui en souriant.

— Tu vas peut-être me faire gagner un temps précieux, lui dit-il. Est-ce que tu ne sortais pas avec une fille qui travaillait au DCFS, à une époque ?

— Quelle mémoire, acquiesça Billy. Elle s'appelait Tara Liu.

— Est-ce que ça s'est bien fini, entre vous ? s'enquit Jake qui ne tenait pas à s'aventurer en terrain piégé.

— Oui. Tara est une chic fille. Simplement, le timing n'était pas le bon, ni pour elle ni pour moi. Pourquoi cette question ?

— J'ai besoin d'une faveur. Tu crois qu'elle pourrait accepter de me donner un coup de main ?

— Pourquoi pas ? répondit Billy. Mais de quoi est-ce que tu as besoin ?

— D'informations au sujet d'un mineur. Je ne peux pas y accéder, mais je pense que cette personne qui est adulte aujourd'hui est en danger à cause de quelque chose qui s'est passé dans son enfance.

— Tant que cela ne risque pas de causer du tort à un gamin, je pense qu'elle sera d'accord, répondit Billy.

— Il n'y a plus un seul enfant parmi les personnes concernées, lui assura Jake. Est-ce que je peux l'appeler de ta part ? Est-ce qu'elle se souviendra de toi ?

Billy lui lança un regard choqué.

— Tu plaisantes, j'espère ? Tout le monde sait que je suis inoubliable…

— Comment ai-je pu en douter ? répondit Jake en riant. Envoie-moi son numéro.

Billy sortit son téléphone portable et lui transmit la fiche de Tara.

— Merci, Dandy, je te revaudrai ça !

Ne voulant pas être entendu par ses collègues, Jake quitta le bureau du groupe opérationnel. Dans le couloir, il eut la mauvaise surprise de se retrouver nez à nez avec la personne sur laquelle il comptait se renseigner.

— Bonjour, lui dit Kyra avec un sourire qui lui parut un peu forcé. Comment va ta gorge ?

— Mieux, répondit-il sobrement. Et la tienne ?

— Ça va…

Il hocha la tête puis se remit en marche en direction de l'ascenseur. Il descendit jusqu'au parking souterrain pour aller s'installer dans le seul endroit où il était sûr de ne pas être dérangé : sa voiture de fonction. De là, il appela Tara Liu et tomba sur le répondeur de la jeune femme.

— Mademoiselle Liu, ici l'inspecteur Jake McAllister, bureau des homicides de la police de Los Angeles. C'est Billy Crouch, mon coéquipier, qui m'a donné votre numéro. J'aurais une faveur à vous demander.

Il savait que ce n'était probablement pas la meilleure façon de la convaincre de le rappeler. Mais il préférait être franc envers elle. De plus, il n'avait guère de temps à perdre en finasseries et en ronds de jambe.

Il décida d'attendre un peu, au cas où Tara filtrerait ses appels. Et sa patience fut récompensée lorsque son téléphone se mit à sonner, quelques minutes plus tard.

— Inspecteur McAllister ?

— C'est moi-même.

— Je suis Tara Liu du DCFS. Vous venez de m'appeler.

— En effet. Merci de me répondre aussi rapidement, mademoiselle…

— Tara, le reprit-elle.

— Appelez-moi Jake.

— Je croyais qu'on vous appelait J-Mac ?

— C'est exact, concéda-t-il en riant. J-Mac, c'est parfait. J'en déduis que Billy vous a parlé de moi. Quoi qu'il vous ait dit, c'est certainement faux – sauf s'il s'agissait d'un compliment, bien sûr.

Elle rit.

— Comment va Billy ? lui demanda-t-elle. Est-ce qu'il s'est remis avec sa femme ?

— Disons qu'ils ont une relation en pointillé, répondit-il prudemment.

— Je ne vois que trop bien ce que vous voulez dire, soupira-t-elle. Mais ce n'est pas pour discuter de la vie sentimentale torturée de votre coéquipier que vous m'avez appelée. Que puis-je faire pour vous ? Est-ce que c'est au sujet de cette nouvelle affaire de copycat ?

— Les nouvelles se répandent vite, apparemment, répondit Jake. C'est effectivement lié à cette affaire, quoique de façon indirecte.

Il ne tenait pas à entrer dans les détails.

— Tant que cela peut vous aider à coincer ce salopard, vous pouvez compter sur moi, déclara Tara avec conviction.

— Comme je vous le disais, j'ai une faveur à vous demander. Et je préfère vous prévenir : ce n'est pas complètement dans les clous…

— Tant que cela ne risque pas de mettre un enfant en danger, je devrais pouvoir m'arranger avec ma conscience, lui dit-elle.

— Vous n'avez aucun souci à vous faire à ce sujet : les informations qui m'intéressent remontent à une dizaine d'années. Toutes les personnes concernées sont aujourd'hui majeures.

— Que voulez-vous savoir, exactement ?

— Je m'intéresse à un certain Matt Dugan, qui est récemment décédé. Il a été abandonné par sa mère étant jeune et a été baladé toute sa jeunesse d'une famille d'accueil à l'autre. J'aimerais obtenir la liste de celles chez qui il a séjourné entre quatorze et dix-huit ans.

Tara hésita quelques instants. Ce qu'il lui demandait était effectivement parfaitement illégal, et elle aurait pu être suspendue si cela s'était su.

— Vous pensez vraiment que cela peut vous aider à coincer le copycat du Joueur ? lui demanda-t-elle enfin.

— Je le crois, oui.

Ce n'était pas un mensonge. Son instinct lui soufflait que le rôle de Matt dans cette histoire n'était pas aussi anodin que Kyra ne voulait le lui faire croire. Peut-être le protégeait-elle en souvenir de leur relation passée. Mais il ne pouvait se permettre ce genre de sentimentalisme.

— D'accord, lui dit Tara. Je ne vous connais pas personnellement, mais Billy m'a toujours dit que vous étiez le flic le plus réglo qu'il connaissait. J'imagine que si vous me demandez ce service, c'est que ce doit être important.

— Merci, lui dit-il. Je vous devrai une fière chandelle. Et si je peux faire quoi que ce soit pour vous, n'hésitez surtout pas.

— Je ne l'oublierai pas, répondit-elle en riant. Pouvez-vous me donner toutes les informations dont vous disposez déjà au sujet de ce Dugan ? Cela me simplifiera nettement la tâche.

Jake s'exécuta, lui transmettant sa date et son lieu de naissance, son numéro de sécurité sociale ainsi que le nom de la mère qui l'avait abandonné. Il hésita alors quelques instants avant de poursuivre.

— Il y a quelqu'un d'autre qui m'intéresse, ajouta-t-il. Une jeune fille qui séjournait en même temps que lui dans l'une de ses familles d'accueil.

— Comment s'appelle-t-elle ?

— Marilyn Lake, répondit-il. Marilyn Monroe Lake, figurez-vous.

— Je compatis. Mes parents n'ont rien trouvé de mieux que de m'appeler Tara Scarlett, en hommage à l'héroïne d'*Autant en emporte le vent*. Et je suis d'origine sino-américaine…

Jake s'abstint prudemment de tout commentaire.

— Marilyn Lake aussi était orpheline, précisa-t-il. Sa mère s'est fait tuer lorsqu'elle avait huit ans.

Il communiqua de nouveau tous les détails qui lui paraissaient pertinents.

— Quand pensez-vous pouvoir me transmettre ces informations ? demanda-t-il enfin.

— J'imagine que c'est urgent ?

— Extrêmement, acquiesça-t-il. Mais je sais que vous n'avez pas que cela à faire.

— J'essayerai de trouver tout ça dans la journée. Je vous rappelle dès que possible.

— Merci encore, Tara, lui dit-il.

En raccrochant, il sentit une pointe de culpabilité l'envahir. Mais il la ravala aussitôt, refusant de laisser ses sentiments empiéter une fois de plus sur sa responsabilité de policier.

Depuis le début de cette affaire, Kyra refusait de jouer franc jeu avec lui. Elle lui avait menti à plusieurs reprises et lui avait caché des informations qui auraient pu se révéler cruciales. Ce faisant, elle ne lui laissait pas d'autre choix que de mener l'enquête par ses propres moyens.

Jake descendit de sa voiture et alla prendre l'ascenseur pour regagner le QG de son équipe. Mais au moment où il déboucha dans le couloir, il vit Billy venir vers lui en courant.

— Il y a du nouveau, lui annonça son coéquipier.

Un sombre pressentiment l'envahit.

— On a retrouvé une nouvelle victime, ajouta Billy.

8

Jamais Jake n'avait vu Billy aussi secoué que depuis qu'ils étaient arrivés sur la scène du crime. D'ordinaire, son coéquipier était pourtant doté d'un sang-froid à toute épreuve.

Cela faisait déjà un certain temps qu'il travaillait pour la police de Los Angeles, et il ne se laissait pas aisément impressionner. Mais même les flics les plus endurcis avaient leurs limites, et Billy semblait avoir atteint les siennes.

— Je sais qu'elle lui ressemble, lui dit Jake, se résolvant enfin à formuler à voix haute ce que tous deux s'étaient abstenus de dire jusqu'à présent. Mais ce n'est pas ta sœur. Ce n'est pas Sabrina.

Billy se tourna vers lui, semblant s'arracher à un mauvais rêve.

— Je sais, murmura-t-il. Mais ça pourrait être elle…

Jake secoua doucement la tête.

— Tu te fais du mal pour rien. Crystal Monroe n'est pas ta sœur. Pas plus qu'Andrea Miles. Et le fait qu'elles soient toutes deux afro-américaines ne signifie pas que le tueur s'en soit pris à elle pour cette raison. Ni le Joueur ni Jordy Lee Cannon n'opéraient la moindre distinction de couleur – seulement de genre.

— Tu as raison, soupira Billy, les yeux rivés sur le corps de la jeune femme.

Tout comme Andrea, elle avait été surprise dans son sommeil. Le tueur l'avait étranglée avant de lui couper le doigt et de placer entre ses lèvres une dame de carreau, cette fois-ci. Mais il avait employé exactement le même jeu de cartes.

— Sabrina se coiffait exactement de cette façon-là, murmura Billy.

Il fronça brusquement les sourcils. De sa main gantée, il rabattit les cheveux nattés de la victime, les disposant de façon symétrique de chaque côté de son visage.

— Regarde ! s'exclama-t-il.

Jake comprit aussitôt ce qu'il avait remarqué. Le côté droit du visage était plus dégagé que le gauche, comme si la coiffure de la jeune femme était asymétrique.

— Il a coupé plusieurs de ses nattes, murmura-t-il en tournant vers Billy un regard appréciatif. Bien vu, Dandy ! Tu as peut-être trouvé le trophée que nous cherchions.

— Il va falloir vérifier si Andrea aussi s'est fait couper une mèche de cheveux, tempéra Billy.

— Je suis prêt à parier que c'est le cas, déclara Jake en se redressant. Nous devrions laisser les gars de la police scientifique faire leur boulot, ajouta-t-il. D'autant que les hommes du coroner ne devraient pas tarder à arriver.

Ils quittèrent la chambre de Crystal Monroe, et Jake donna le feu vert aux techniciens qui patientaient dans le couloir. Ils regagnèrent alors sa voiture qui était garée juste devant la maison, de l'autre côté de la rubalise jaune que leurs collègues avaient déroulée et qui interdisait l'accès à la scène de crime.

Billy se laissa tomber sur le siège passager. Il paraissait anéanti.

— Ces meurtres n'ont aucun rapport avec ta sœur, lui assura de nouveau Jake.

— Ce serait plus convaincant si je savais où elle se trouve et ce qu'elle fait de sa vie, soupira son coéquipier. Mais elle a disparu. Et pour ce que j'en sais, elle pourrait aussi bien être déjà morte.

— Cette enquête est éprouvante, reconnut Jake. Nous pensions avoir mis fin à une vague de crimes et voilà qu'un nouveau tueur sort du chapeau. Sans compter que cela nous renvoie à l'image fantomatique du Joueur qui se balade peut-être toujours en liberté. Mais nous devons être forts. Pas seulement pour nous mais surtout pour toutes les femmes qui risquent de croiser la route de ce maniaque.

— Tu as raison, soupira Billy. Et je suis désolé si j'ai perdu mon sang-froid.

— Il n'y a pas de quoi. Je t'assure qu'il m'arrive de perdre mon calme, moi aussi.

Jake ne put s'empêcher de repenser à la nuit cauchemardesque qu'il avait passée.

— Tu devrais peut-être en parler avec Kyra. Je sais qu'elle est là prioritairement pour s'occuper des proches des victimes, mais je suis convaincu qu'elle n'hésitera pas à te consacrer un peu de temps.

— Tu parles d'expérience ? lui demanda Billy en souriant malicieusement.

— Crois-le ou non, j'ai décidé que mes relations avec Kyra Chase se cantonneraient désormais au domaine professionnel.

Percevant probablement la tension qui perçait dans sa voix, Billy lui lança un regard étonné. Il connaissait cependant suffisamment bien Jake pour ne pas le presser de questions.

— Tu as raison, déclara-t-il enfin. J'irai peut-être parler de tout ça à Kyra. En attendant, je ferais mieux d'aller faire un petit tour dans le quartier. Je suis sûr qu'il doit y avoir des caméras, dans le coin.

— Le problème, c'est que le tueur a de nouveau dû se cacher chez la victime en avance. Cette fois encore, nous n'avons trouvé aucun signe d'effraction.

— Mais il est également probable qu'il ait espionné Crystal avant de passer à l'action, remarqua Billy. En comparant les enregistrements effectués dans le quartier avec ceux des caméras situées aux environs de chez Andrea, nous pourrions identifier l'homme qui les suivait.

— Ça vaut le coup d'essayer, en tout cas, concéda Jake. Mais je peux m'en charger. Tu peux rentrer au poste avec l'une des voitures de patrouille.

— Tu es sûr ? lui demanda Billy avec un pâle sourire. Je te rappelle que normalement, c'est moi le gentil flic et toi le méchant. Tu ne voudrais quand même pas perdre ta réputation de dur à cuire ?

— Ma proposition est complètement intéressée, plaisanta Jake. Plus vite tu seras remis de tes émotions, plus vite je pourrai recommencer à me tourner les pouces et à te laisser faire le sale boulot.

— C'est d'accord, répondit Billy. Je te revaudrai ça, Jake.

La froideur avec laquelle Jake avait traité Kyra, ce matin-là, ne l'avait pas étonnée outre mesure. Elle estimait même l'avoir bien méritée. Ne l'avait-elle pas repoussé sans lui donner la moindre explication, quelques instants seulement après lui avoir rendu ses baisers avec passion ?

Ne lui avait-elle pas menti, une fois de plus, en se

rendant secrètement au garde-meubles au lieu de rentrer travailler comme elle avait prétendu en avoir l'intention ?

Mais le fait de comprendre sa réaction ne l'aidait pas vraiment à surmonter sa propre déception. Au fil des semaines précédentes, Jake était parvenu à surmonter sa méfiance initiale et avait même fini par l'associer pleinement à l'enquête. À présent, elle avait l'impression d'être de retour à la case départ.

Jake n'avait même pas pris la peine de l'informer qu'un nouveau meurtre avait été commis. C'était Billy qui le lui avait appris en revenant de la scène de crime. Il lui avait également expliqué que Jake était resté sur place pour mener une enquête de voisinage.

Lorsque ce dernier revint enfin au commissariat, en fin de matinée, elle prit son courage à deux mains et s'approcha de son bureau près duquel Billy et lui étaient en train de converser.

— Est-ce qu'il y a du nouveau ? demanda-t-elle.

— Jake a récupéré des enregistrements vidéo du quartier de Crystal, expliqua Billy. Nous allons les comparer avec ceux du quartier d'Andrea et tenter de trouver des personnes ou des véhicules qui auraient pu se trouver aux deux endroits.

— Je vais m'y mettre tout de suite, dit Jake à Billy. Pourquoi n'inviterais-tu pas Kyra à déjeuner. Tu pourras lui parler de ce qui te tracasse.

— Est-ce que vous avez des problèmes avec Megan ? demanda-t-elle.

C'était elle qui avait présenté son amie journaliste à Billy.

— Tout va très bien entre nous, lui assura-t-il. À vrai dire, il s'agit de problèmes d'ordre personnel. Jake m'a conseillé d'en parler avec vous. Il pense que vous serez de bon conseil…

Kyra jeta un regard reconnaissant à ce dernier, mais il détourna ostensiblement les yeux. De toute évidence, il avait décidé de cantonner leurs rapports à un cadre strictement professionnel.

— D'accord, répondit-elle en se forçant à sourire à Billy. Je suis disponible dès maintenant, si cela vous convient.

— C'est parfait ! s'exclama-t-il. Je connais un endroit qui devrait vous plaire. Nous pouvons prendre ma voiture.

— Le temps de prendre mon sac à main et je vous suis, acquiesça-t-elle.

Une vingtaine de minutes plus tard, ils arrivèrent au restaurant italien qu'avait choisi Billy. L'endroit paraissait plus adapté à un rendez-vous amoureux qu'à une séance de psy. Mais elle devait bien reconnaître que la salle était magnifique et le menu particulièrement appétissant.

Ils commandèrent deux plats du jour et une bouteille d'eau pétillante.

— Je voulais vous parler de quelque chose qui m'est arrivé, ce matin, alors que nous inspections la scène de crime avec Jake, commença Billy lorsqu'ils furent servis.

Elle hocha la tête, l'encourageant à poursuivre.

— Je crois que j'ai été victime d'une sorte de crise d'angoisse, reprit-il.

— Que s'est-il passé ? lui demanda-t-elle en prenant soin de dissimuler son étonnement.

Elle savait que Billy était un policier expérimenté. Il avait déjà été confronté à bien des meurtres – parfois plus barbares que ceux perpétrés par le Joueur et ses imitateurs.

— Vous savez que Crystal Monroe est afro-américaine, comme Andrea Miles. Or il se trouve qu'elle ressemble beaucoup à ma sœur Sabrina qui a disparu, il y a cinq ans de cela.

— Je suis vraiment désolée, lui dit-elle, commençant

à mieux comprendre la situation. Que lui est-il arrivé, exactement ?

Billy haussa les épaules.

— Personne ne le sait, répondit-il. Un jour, elle a pris ses clés, son téléphone portable et sa voiture, et elle est partie. Comme ça, brusquement, sans rien dire à personne. C'est comme si elle s'était évaporée.

— Est-ce que vous avez des raisons de penser qu'elle ait pu subir un sort semblable à celui de Crystal Monroe ?

— Je l'ignore, soupira-t-il. On a retrouvé la voiture de ma sœur abandonnée sur le parking d'un magasin, non loin de l'aéroport. À l'intérieur, il y avait son sac à main, son téléphone portable éteint et ses clés. Il n'y avait aucun signe de violence, aucun témoin qui l'aurait aperçue.

— Qu'avez-vous éprouvé, exactement, lorsque vous vous êtes retrouvé devant le corps de Crystal ?

Billy réfléchit longuement avant de lui répondre :

— D'abord, je me suis senti triste, lui dit-il. Terriblement triste. Comprenez-moi bien : j'éprouve toujours de la compassion pour les victimes. Je suis humain, après tout. Mais j'ai appris à prendre de la distance, à ne pas me laisser submerger. Je sais que le meilleur moyen d'obtenir justice pour elles, c'est justement de garder la tête froide et de faire mon métier…

Il s'interrompit, jouant avec sa fourchette.

— Je ne sais pas pourquoi je vous raconte tout ça, ajouta-t-il. Jake m'a dit que vous étiez très amie avec Roger Quinn qui est l'un des meilleurs inspecteurs que la police de Los Angeles ait compté dans ses rangs. Il a déjà dû vous parler de tout cela…

— C'est vrai, reconnut-elle. Mais chaque policier a sa propre histoire, ses propres motivations et sa propre façon de faire face aux horreurs et aux injustices dont il est régulièrement témoin. Certains vont voir des psys, d'autres se soûlent régulièrement, d'autres se ménagent une vie de famille complètement séparée de leur vie professionnelle... Il y a autant de réactions différentes que de personnes concernées. Mais ce qui m'intéresse, c'est la façon dont *vous*, vous opérez.

— Pas en perdant mon calme de cette façon, d'habitude, répondit-il avec un sourire amer. Je parviens généralement à dominer mes émotions – au moins tant que je suis en service.

— Qu'est-ce qui était différent, cette fois-ci ? Uniquement la ressemblance entre la victime et votre sœur ?

— Non, pas seulement. Je suppose que cela tient à beaucoup de choses, à commencer par la saison. C'est au tout début de l'automne que Sabrina a disparu. Et il y avait dans l'air cette même ambiance si particulière, cette impression d'attente... Je ne sais pas si vous voyez ce que je veux dire par-là ?

— Très bien, lui assura-t-elle.

Et de fait, à cette époque de l'année, cette sensation était presque palpable, un peu comme si la nature tout entière retenait son souffle en attendant que la fraîcheur s'installe enfin...

— Est-ce que la disparition de votre sœur a donné lieu à une enquête ? demanda-t-elle alors.

— Non. Elle avait vingt ans lorsqu'elle a disparu. Et, comme je vous le disais, il n'y avait aucune trace de violence. La police a estimé qu'en l'absence d'éléments inquiétants, il s'agissait d'une disparition volontaire. Mais je sais que c'est faux. Sabrina n'avait aucune raison de disparaître de cette façon. Elle était étudiante, elle avait un petit boulot, des amis, une vie sociale...

— Est-ce que vous étiez déjà inspecteur, à l'époque ?

— Oui, répondit-il. Mais pas dans le district nord-est où je travaille. Elle habitait à Riverside, à cette époque. Cela ne m'a pas empêché de la rechercher, bien sûr. Mais je ne suis jamais parvenu à retrouver sa trace.

— Est-ce que vous avez vécu cela comme un échec ?

— Bien sûr, s'exclama Billy. Un échec professionnel et personnel.

— Et ne se pourrait-il pas que la peur de connaître un nouvel échec de ce genre ait joué un rôle dans votre crise de panique de ce matin ?

— Peut-être, reconnut Billy. Il y a une énorme pression qui s'exerce sur Jake et moi. Tout le monde n'a qu'une envie : que cette affaire soit bouclée aussi vite que possible et que le coupable soit arrêté. Paradoxalement, le fait que nous ayons déjà mis hors d'état de nuire un premier assassin ne contribue guère à calmer l'impatience du maire et du gouverneur. Ils s'imaginent que cette deuxième enquête sera une simple formalité. Mais nous savons tous que ça ne fonctionne pas de cette façon…

— Je sais aussi qu'en dépit des efforts et du dévouement dont font preuve les enquêteurs qui les recherchent, certains tueurs échappent à la police. Vous avez dit que j'étais l'amie de Roger Quinn et je peux vous dire que j'ai eu tout le temps de m'en rendre compte…

— J'imagine, acquiesça Billy. Ça ne doit pas être facile pour Quinn de savoir que le Joueur se balade toujours en liberté quelque part.

— En effet, répondit-elle. Et il lui a fallu des années pour accepter le fait que ce n'était pas sa faute et pour apprendre à se pardonner.

— Et vous pensez que c'est ce que je devrais faire ? lui demanda-t-il.

— Qu'est-ce que vous, vous en pensez ?

Il réfléchit longuement avant de formuler sa réponse.

— Je pense qu'apprendre à me pardonner de n'avoir pas su retrouver ma sœur reviendrait à accepter pour de bon sa disparition, lui dit-il.

— Et ce n'est pas ce que vous voulez ?

— Pas tant qu'il reste une chance de la retrouver, si mince soit-elle.

— Croyez-moi, Billy, je comprends parfaitement ce que vous ressentez, soupira Kyra.

Tout comme Billy, elle était hantée par son passé. N'était-ce pas la raison pour laquelle elle avait décidé de travailler pour la police ? La raison pour laquelle elle s'était portée volontaire pour rejoindre l'équipe de Jake ?

Tant qu'il lui resterait une chance de retrouver l'homme qui avait assassiné sa mère, elle continuerait à le traquer par tous les moyens à sa disposition.

Jake considéra d'un œil morne le sandwich qu'il venait de se faire livrer à son bureau. Il espérait de tout son cœur que Kyra parviendrait à trouver les mots pour apaiser la souffrance qui rongeait son coéquipier depuis des années.

Lui-même avait essayé de l'aider à sa façon – en tentant de retrouver Sabrina. Mais il s'était heurté à un mur. Après avoir disparu de ce parking, à proximité de l'aéroport, elle n'avait plus donné signe de vie. Elle n'avait pas touché à son compte en banque. Elle semblait n'avoir repris contact avec aucun de ses amis.

Le plus étrange, c'était qu'elle n'avait apparemment aucune raison de disparaître de la sorte : elle n'avait pas de problème d'argent, n'avait pas de petit ami, n'avait aucun problème avec ses ex, ne s'était disputée avec aucun de ses proches…

Jake avait envisagé la possibilité qu'elle se soit fait assassiner par un tueur en série mais, à sa connaissance, il n'y en avait aucun qui sévissait dans le voisinage, à cette époque. Évidemment, elle avait pu faire une mauvaise rencontre. Mais, dans ce cas, n'aurait-on pas fini par retrouver son corps, après tout ce temps ?

Ses sombres réflexions furent brusquement interrompues par la sonnerie de son téléphone. Il fut tenté de ne pas répondre, mais un coup d'œil à l'écran lui apprit qu'il s'agissait de Tara Liu. Surpris qu'elle le rappelle aussi rapidement, il reposa son sandwich et décrocha.

— Jake ? fit la voix de la jeune femme. J'ai cherché les informations que vous m'aviez demandées au sujet de cette Marilyn Monroe Lake. Et j'ai découvert quelque chose de très étrange. Elle a bien un dossier au DFCS. Mais il est complètement verrouillé. Je n'ai jamais vu ça : le directeur du service lui-même ne pourrait pas y avoir accès…

9

— La prochaine fois, c'est moi qui vous invite…

Jake releva les yeux en entendant la voix de Kyra. Elle venait de pénétrer dans le QG de force opérationnelle en compagnie de Billy.

— Merci beaucoup, Tara, souffla-t-il à son interlocutrice. Ce que vous m'apprenez ne me surprend malheureusement pas complètement. Est-ce que vous avez trouvé les informations concernant Dugan ?

— Pas encore, répondit la jeune femme. J'ai commencé par Marilyn Lake et je vous ai appelé immédiatement. Mais je vais regarder ce que je peux trouver à son sujet, en espérant ne pas tomber sur un autre dossier confidentiel.

— Je ne pense pas que vous aurez ce genre de problèmes avec lui. Merci encore, Tara. J'attends votre coup de fil.

Jake raccrocha juste au moment où son coéquipier le rejoignait. Il accrocha sa veste au dossier de son siège en prenant bien soin de ne pas la froisser.

— Tu avais raison, déclara-t-il à l'intention de Jake. Parler à Kyra m'a fait du bien. Je devrais réussir à tenir le coup, même si le tueur se met en tête d'assassiner toutes les filles qui ressemblent de près ou de loin à ma sœur.

Jake le considéra avec étonnement.

— On dirait que tu as vraiment retrouvé le moral,

constata-t-il. Tu es sûr que vous avez seulement discuté ? Elle ne t'aurait pas fait subir une séance d'hypnose ? Ou bien un envoûtement ?

— Nous avons juste parlé, lui assura Billy. En fait, surtout moi, à vrai dire. Kyra n'a pas dit grand-chose. Mais elle a une façon d'écouter qui te permet de te libérer, de faire sortir des choses dont tu n'avais même pas conscience…

Jake hocha la tête. Cela ne le surprenait pas le moins du monde. Kyra n'avait pas son pareil pour soutirer des informations – en revanche, elle était nettement moins fiable lorsqu'il s'agissait de les partager…

— L'essentiel, c'est que tu te sentes mieux, déclara-t-il.

— Est-ce que tu as eu le temps de jeter un coup d'œil aux enregistrements ? lui demanda son coéquipier.

— J'ai mis plusieurs agents sur le coup, acquiesça Jake. Et nous avons commencé le travail de dérushage. Pour le moment, nous avons identifié un certain nombre de voitures qui circulaient régulièrement dans chacun des quartiers, en essayant de les attribuer à leurs légitimes propriétaires. Nous avons éliminé celles qui appartiennent à des voisins de l'une ou de l'autre des victimes. Et nous avons commencé à chercher toutes celles qui pouvaient s'être aperçues dans les deux quartiers à la fois. En vain, pour le moment.

— Si le tueur est prudent, il a peut-être utilisé des voitures différentes. Après tout, il doit savoir que les lieux sont sous surveillance.

— C'est probable. Figure-toi que l'une des caméras de rue est en panne depuis une semaine, à côté de chez Crystal. Et comme par hasard, c'est celle qui offre le meilleur point de vue sur sa maison.

— Tu crois que c'est le tueur qui l'a mise hors service ?

— Probablement.

— Est-ce qu'il a fait la même chose devant chez Andrea ? s'enquit Billy.

Son regard était vif, incisif, et Jake dut bien reconnaître que l'influence de Kyra sur son équipier avait été très positive.

— Justement, je m'apprêtais à regarder les enregistrements que Brandon m'a transférés, il y a quelques minutes.

Il passa en revue les fichiers qui se trouvaient sur le serveur interne.

— La maison qui se trouve juste en face de chez Andrea n'est pas équipée d'une caméra de sécurité, indiqua Jake. Cet enregistrement-ci provient de la maison voisine. D'après les agents qui l'ont récupéré, il devrait nous permettre d'apercevoir le garage de la victime.

Il double-cliqua sur la vidéo et poussa un juron en voyant l'écran du lecteur envahi de parasites.

— Cette fois, je crois qu'il n'y a plus vraiment de doute, déclara-t-il. Non seulement notre tueur a parfaitement conscience de la présence de ces caméras mais, de plus, il n'a aucun mal à les mettre hors service.

— Cela signifie qu'il aura probablement évité de circuler en voiture devant chez ses victimes, murmura pensivement Billy. En revanche, il n'a peut-être pas poussé le vice jusqu'à éviter complètement le quartier…

— Et sa voiture pourrait apparaître sur les caméras des rues adjacentes ou avoir été repérée par des témoins, compléta Jake.

— Je vais organiser une nouvelle enquête de voisinage sur une surface plus étendue, déclara Billy. Avec un peu de chance, cela nous donnera quelque chose à nous mettre sous la dent…

Jake allait répondre lorsque son téléphone se mit à sonner. Il jeta un coup d'œil à l'écran.

— Tu salueras Tara de ma part, lui dit Billy qui avait aperçu le nom de la jeune femme par-dessus son épaule.

— C'est fait, et elle t'embrasse.

— Excusez-moi…

Jake ne put s'empêcher de sursauter en entendant la voix de Kyra juste derrière lui. Il reposa son téléphone face au bureau de façon à dissimuler l'identité de sa correspondante.

— Tu peux répondre, lui dit Kyra. J'attendrai.

— Je rappellerai, répondit-il en coupant la sonnerie. Que puis-je faire pour toi ? ajouta-t-il en plaquant sur ses lèvres son sourire le plus artificiellement cordial.

Dans son regard, il lut un mélange de déception et de résignation. Elle s'était probablement attendue à recevoir un accueil très mitigé.

— Je suis désolée de t'interrompre, lui dit-elle tandis que Billy opérait une prudente retraite stratégique en direction de son propre bureau. Je voulais juste te signaler que j'allais partir pour l'aéroport pour aller accueillir les parents d'Andrea qui arrivent aujourd'hui.

— D'accord, acquiesça sobrement Jake. Merci de m'avoir prévenu.

— Si j'apprends quoi que ce soit d'intéressant au sujet de la victime, je te transmettrai l'information.

— Merci, Kyra, répondit-il. Et merci pour ce que vous avez fait pour Billy, ajouta-t-il à mi-voix.

— Il avait juste besoin de se confier à quelqu'un, acquiesça-t-elle. J'espère qu'il finira par retrouver sa sœur. Je te laisse, conclut-elle.

Il la suivit des yeux tandis qu'elle s'éloignait, s'efforçant d'ignorer l'irrépressible mélange de désir et de frustration qu'elle lui inspirait. Finalement, il rappela Tara sans prendre le temps d'écouter le message qu'elle avait dû lui laisser.

— Désolé, lui dit-il, j'étais en pleine conversation et je n'ai pas pu décrocher. Vous avez déjà du nouveau ?

— Oui. Contrairement à la mystérieuse Marilyn Lake, Matt Dugan ne m'a posé aucun problème, et j'ai pu accéder à son dossier. Malheureusement, cela ne va pas vous avancer beaucoup.

— Pourquoi ?

— Parce qu'une partie du dossier en question a été effacée, répondit-elle. Et elle semble correspondre à la période qui vous intéressait. Il n'y a aucune trace de la famille d'accueil dans laquelle il se trouvait au cours des dernières années précédant sa majorité.

— C'est du beau boulot, murmura Jake. Celui qui s'est arrangé pour bloquer l'accès aux données concernant Kyra a veillé à effacer les traces de sa présence dans les dossiers des autres enfants… En tout cas, je vous suis très reconnaissant pour votre aide, Tara.

— J'aurais aimé pouvoir faire plus, répondit-elle.

Jake prit congé de la jeune femme et raccrocha avant de se tourner pensivement vers le bureau de Kyra. De toute évidence, pour obtenir une telle protection, elle devait avoir des alliés au bras long. Mais il ne comptait pas se décourager aussi facilement.

Après tout, lui aussi avait des contacts influents et il comptait bien s'en servir…

Kyra se tenait dans le parking souterrain du commissariat, non loin de la voiture de service de Billy Crouch. S'il comptait faire le tour des quartiers d'Andrea et de

Crystal, il allait devoir passer par ici pour récupérer son véhicule. Et elle était bien décidée à l'intercepter au passage.

Sa patience fut rapidement récompensée. Elle vit les portes de l'ascenseur s'ouvrir, révélant la silhouette élégante du coéquipier de Jake qui s'avança en sifflotant. Il s'interrompit en l'apercevant, surpris de la trouver là.

— Je croyais que vous deviez partir pour l'aéroport, s'étonna-t-il.

— J'ai encore un peu de temps devant moi. Et j'avais une question à vous poser avant cela.

— Nous venons de déjeuner ensemble, lui rappela-t-il en riant.

— Il s'agit de quelque chose qui vient tout juste de se produire.

Billy hocha la tête, attendant qu'elle poursuive.

— C'est au sujet de la femme qui vient d'appeler Jake, précisa-t-elle, feignant l'embarras.

— Tara ?

— Tara, confirma-t-elle. Je voulais savoir… Est-ce que je devrais m'inquiéter à son sujet ?

— Vous inquiéter ? répéta Billy en fronçant légèrement les sourcils. Je ne suis pas sûr de comprendre ?

— Est-ce que cette Tara a des vues sur Jake ?

Billy ne put réprimer un éclat de rire.

— Vous n'avez pas à vous en faire à ce sujet, lui assura-t-il. Tara est une de mes ex. Jake l'a contactée de ma part pour lui demander un service d'ordre professionnel.

— Vous en êtes sûr ? insista Kyra.

Elle avait remarqué la précipitation avec laquelle Jake avait cherché à dissimuler le nom qui apparaissait à l'écran et se demandait ce qu'il pouvait bien lui cacher.

— Certain. Il avait besoin de quelqu'un qui travaille

pour le DFCS, le département chargé de la protection de l'enfance.

Un frisson la parcourut.

— Surtout ne lui dites pas que je vous ai posé la question. Je ne veux pas qu'il croie que je suis d'une jalousie maladive... Je vous assure que ce n'est pas mon genre, d'habitude.

— D'accord, répondit Billy. Vous pouvez compter sur ma discrétion. Je suis content pour vous deux, en tout cas. Jake en pince vraiment pour vous, et je peux vous assurer que cela ne lui arrive pas souvent.

En d'autres circonstances, Kyra se serait certainement réjouie de cet aveu. Mais elle était bien trop préoccupée par ce que Billy venait de lui révéler. Elle ne se faisait en effet aucune illusion : si Jake avait sollicité une faveur de la part de quelqu'un travaillant au DFCS, c'était certainement pour pouvoir accéder à son dossier.

Au fond, cela n'était pas particulièrement surprenant. Depuis qu'ils se connaissaient, elle n'avait pas cessé de lui mentir et de lui cacher des informations concernant son passé. Bien sûr, c'était ce qu'elle avait toujours fait – avec ses amis comme avec les hommes avec lesquels elle était sortie. Mais jusqu'alors, aucun d'entre eux ne s'était montré aussi curieux...

Elle se rappela les mises en garde que lui avait adressées Quinn à plusieurs reprises. Il l'avait exhortée à se montrer honnête envers Jake. Et il l'avait prévenue que ce dernier était un enquêteur particulièrement doué qui ne se laisserait pas décourager facilement.

Elle savait aussi que Jake avait été trahi par deux femmes – une psychologue qui avait témoigné à décharge à un procès lors duquel elle était censée soutenir l'accusation et sa propre épouse qui l'avait trompé avec un autre homme.

Il n'était pas étonnant dès lors qu'il fasse preuve d'une certaine défiance envers les personnes de sexe opposé.

Il ne lui restait donc plus qu'à espérer que les mesures que Quinn avait prises pour effacer ses traces au sein des fichiers du DFCS se montreraient aussi efficaces qu'il semblait le penser…

— Capitaine, est-ce que je pourrais vous parler une minute ? s'enquit Jake en passant la tête par l'embrasure de la porte de son supérieur.

Castillo releva les yeux vers lui et hocha la tête.

— Bien sûr, Jake. Entrez et asseyez-vous. J'ai cru comprendre que le Dandy était parti ratisser les alentours des domiciles des deux victimes. Espérons qu'il découvrira une piste…

Jake referma la porte et vint prendre place face à son supérieur. Il laissa errer son regard sur les nombreuses photos de famille qui étaient accrochées sur le mur, derrière lui. On voyait Castillo à des matchs de football de la ligue junior, à des spectacles de danse, en vacances avec les siens à Yellowstone ou à New York…

Jake sentit son cœur se serrer en contemplant cette collection de clichés. Lui-même ne voyait sa fille que très rarement et il avait parfois l'impression de manquer tous les moments importants de sa vie.

— Je l'espère, acquiesça Jake. Mais nous avons malheureusement affaire à un tueur intelligent et prévoyant. Il prépare chacun de ses crimes avec soin. Nous venons notamment de découvrir qu'il avait mis hors service les caméras qui se trouvaient devant les domiciles de ses deux victimes.

— Est-ce que vous pensez que le fait que toutes deux soient afro-américaines est significatif ?

— Il est trop tôt pour le dire. Et même si tel était le cas, cela ne nous aiderait pas beaucoup. Il pourrait aussi bien s'agir d'un tueur blanc raciste que d'un tueur noir cherchant des proies à son image.

— Les tueurs en série afro-américains ne sont pas légion, remarqua Castillo.

— Mais il y en a, et il suffit d'un, malheureusement.

— Qu'en pense Billy ? demanda son supérieur.

Le ton de sa voix fit comprendre à Jake que Castillo avait probablement entendu parler de ce qui s'était passé ce matin même, sur les lieux du crime.

— Billy pense comme moi. Il a été un peu secoué par la ressemblance de la dernière victime avec sa sœur, mais il s'en est rapidement remis. Vous le connaissez : il est solide comme un roc.

— Tant mieux. Mais venons-en à la raison de votre présence.

— C'est au sujet de Kyra Chase, indiqua Jake.

Castillo le considéra avec attention.

— Il m'avait semblé qu'après des débuts un peu difficiles vous étiez parvenus à coopérer de façon harmonieuse, tous les deux. Après tout, c'est grâce à votre collaboration que nous sommes parvenus à mettre Jordy Lee Cannon hors d'état de nuire.

— Je n'ai aucun reproche à faire à Kyra sur le plan professionnel, concéda Jake. C'est une excellente psy et elle fait du très bon boulot, que ce soit auprès des familles ou de l'équipe.

— Alors où est le problème ?

— Je suis tombé par hasard sur le dossier que le DCFS

a sur elle. Et j'ai découvert qu'il était inaccessible, même aux agents des services de l'enfance.

Castillo fronça les sourcils et lui lança un regard réprobateur.

— Puis-je savoir pour quelle raison vous avez cherché à consulter les dossiers DCFS de l'une de vos collègues ? lui demanda-t-il.

— C'était un simple hasard, éluda Jake en espérant que Castillo ne creuserait pas trop cette question. Mais je me demandais si c'était Roger Quinn qui avait fait en sorte de les rendre confidentiels.

— Je n'en ai pas la moindre idée, concéda Castillo. Et très franchement, je m'en moque. Le passé de Kyra ne nous concerne en rien. J'ai cru comprendre qu'elle et vous étiez devenus… proches. Et je tiens à vous avertir : je ne tolérerai pas que vous vous serviez de vos ressources et de vos contacts au sein de la police pour vous renseigner en douce sur votre petite amie.

Jake serra les dents. Au fond, il savait que Castillo avait raison. Mais il ne s'agissait pas de fouiller le passé de la jeune femme uniquement pour satisfaire sa curiosité. Il était intimement convaincu qu'elle lui cachait quelque chose qui avait un rapport direct avec son enquête.

Il ne pouvait cependant le dire à Castillo sans lui expliquer tout ce qu'il avait découvert au sujet de la jeune femme.

— La personne qui m'intéressait, en l'occurrence, ce n'était pas Kyra elle-même mais Matt Dugan, son frère adoptif, expliqua-t-il.

— Si j'ai bien compris, Dugan a un casier judiciaire bien rempli. Vous n'avez qu'à le consulter et vous mettre en relation avec son agent de probation, si vous avez des questions à son sujet. Maintenant, si vous n'aviez rien d'autre à me demander, j'ai un dernier coup de téléphone important à passer avant de rentrer chez moi…

— Merci d'avoir répondu à mes questions, capitaine, répondit Jake non sans une pointe d'ironie.

Il se leva et quitta le bureau de son supérieur en refermant la porte très doucement derrière lui. Cette brève entrevue l'avait mis relativement mal à l'aise. Il avait confusément l'impression que Castillo en savait plus au sujet de cette affaire qu'il ne voulait bien en dire.

Était-il mêlé d'une façon ou d'une autre au maquillage du dossier de Kyra ? Après tout, il avait un immense respect pour Roger Quinn, et c'était probablement ce dernier qui avait eu l'idée de dissimuler le passé de sa protégée.

Jake aurait pu l'appeler, bien sûr. Mais il était d'ores et déjà convaincu que Quinn ne lui dirait rien. La loyauté de l'ancien inspecteur vis-à-vis de la jeune femme était intraitable, cimentée par le sentiment d'échec qu'il éprouvait à l'idée de n'avoir pas su arrêter l'assassin de sa mère.

Si Jake avait pu lui démontrer que son silence mettait directement en danger d'autres femmes, aujourd'hui même, Quinn se serait peut-être résolu à parler. Mais il n'avait aucune preuve tangible de cette menace – juste une intuition tenace.

Jake regagna son bureau et se remit au travail. Il ne pouvait malheureusement pas se permettre de passer trop de temps sur une piste qui s'apparentait de plus en plus à une impasse.

Mais comme il était en train de parcourir le dossier que lui avait transmis le médecin légiste au sujet d'Andrea, son téléphone portable se mit à vibrer, lui indiquant qu'il venait de recevoir un SMS.

Il ramassa l'appareil, espérant que Billy avait trouvé une piste intéressante. Mais le numéro de la personne qui lui avait envoyé le message ne figurait pas dans son répertoire. Il l'ouvrit néanmoins et tomba en arrêt devant ce qui était écrit.

Les personnes que vous cherchez sont Buck et Lori Harmon.

Il fronça les sourcils, se demandant s'il ne s'agissait pas d'une erreur. Dans le doute, il renvoya un message à son mystérieux correspondant :

Qui êtes-vous ?

L'icône changea de couleur, indiquant que le SMS était bien arrivé. Mais il n'obtint aucune réponse. Après quelques instants d'hésitation, il appela le numéro et tomba sur un message automatisé qui lui indiqua que son correspondant n'avait pas de messagerie.

De toute évidence, la personne en question souhaitait demeurer anonyme. Jake relut le premier message, se creusant la tête pour tenter de déterminer qui pouvaient bien être ces gens. Mais leurs noms ne lui disaient strictement rien.

— J-Mac ?

Il releva la tête et vit que l'un des inspecteurs qui travaillaient pour la force opérationnelle s'était approché de son bureau.

— Je vais y aller, déclara-t-il. Est-ce que tu comptes rester encore un peu ou est-ce que tu veux que je ferme le bureau ?

Jetant un coup d'œil à sa montre. Il était bien plus tard qu'il ne l'avait imaginé.

— Je vais rester encore une demi-heure, répondit-il. Une heure, à tout casser. Il y a encore deux ou trois choses que j'aimerais vérifier…

— Si tu as besoin d'aide, n'hésite pas à me le dire.

La proposition était d'autant plus méritoire qu'elle était visiblement faite à regret.

— Rentre chez toi, répondit Jake en souriant. Je devrais pouvoir me débrouiller seul.

— D'accord. À demain, J-Mac.

Jake hocha la tête et se tourna de nouveau vers son ordinateur. Avant de consulter les fichiers de la police pour découvrir si Buck et Lori Harmon avaient un casier judiciaire, il décida de commencer par une simple recherche sur Internet.

À son grand étonnement, sa requête aboutit à de nombreux résultats – le plus souvent des articles de journaux. Il ouvrit celui qu'avait publié le *Los Angeles Times* et découvrit avec intérêt le titre qui s'étalait en gros caractères en travers de la page.

Un homme brutalement assassiné par l'un de ses enfants adoptifs

S'attendant à découvrir un nouveau méfait de Dugan dont il n'avait pas encore connaissance, Jake commença à lire. Et il ne tarda pas à comprendre que l'enfant qui avait assassiné Buck Harmon n'était pas Matt, comme il l'avait imaginé, mais une jeune fille dont le nom n'était pas mentionné puisqu'elle était alors mineure.

Un frisson glacé parcourut Jake de la tête aux pieds tandis que la réalité de ce qu'il venait de lire s'imposait à lui : Marilyn Monroe Lake, alias Kyra Chase, était une meurtrière.

10

Après une conversation très éprouvante avec les parents d'Andrea, Kyra avait reçu un message de Brandon Nguyen lui indiquant qu'il était parvenu à remonter la piste du message que lui avait envoyé le mystérieux Leurouje. D'après lui, il avait été envoyé depuis la salle de lecture de la bibliothèque municipale de Santa Monica.

La nouvelle était d'autant plus inquiétante que cet établissement était situé non loin de chez elle. Kyra avait donc décidé de s'y rendre. Elle ne se faisait pas beaucoup d'illusions sur les chances d'identifier la personne qui l'avait ainsi contactée. Mais elle tenait à voir de ses yeux l'endroit d'où elle l'avait fait.

Si la salle était équipée de caméras de surveillance, elle pourrait peut-être suggérer à Jake de jeter un coup d'œil aux enregistrements. Mais évidemment, il lui faudrait pour cela lui avouer ce qui s'était passé, dix ans auparavant...

Réprimant un soupir, Kyra poussa la porte de la bibliothèque et s'avança dans la vaste salle de lecture. De longues tables étaient installées là, équipées de terminaux informatiques. Plusieurs lycéennes étaient assises là, faisant plus ou moins semblant de travailler.

Kyra s'avança vers l'un des postes disponibles et pressa la touche espace pour allumer l'écran en veille.

— Psitt…

Elle releva les yeux, cherchant qui venait de l'interpeller. Elle aperçut alors une vieille femme qui, à en juger par son accoutrement, devait être une SDF. Elle était assise au bout de la rangée.

— C'est moi que vous appelez ? s'enquit Kyra.

La femme devait avoir entre cinquante et soixante ans. Deux yeux bruns au regard vif et malicieux offraient un contraste étonnant avec son visage prématurément vieilli par les rigueurs de la rue.

— Oui, vous. Il faut demander un code à la bibliothécaire pour pouvoir utiliser un ordinateur.

— Merci pour le tuyau, répondit Kyra en souriant.

Elle constata alors que l'écran qui se trouvait devant son interlocutrice était couvert de photos de top-modèles portant de somptueuses robes haute couture. Le contraste avec le vieux sweat-shirt délavé et le pantalon élimé et trop long que portait la femme était poignant.

— Est-ce que je peux vous rémunérer pour ce conseil ? lui demanda Kyra.

Les yeux de la femme s'illuminèrent.

— C'est mon métier, vous savez. On me paye pour donner des informations et rendre des services… lorsque je ne conçois pas des vêtements, bien sûr.

Deux lycéennes qui n'avaient rien perdu de leur conversation se mirent à ricaner de façon moqueuse. Kyra les foudroya du regard, et leurs rires se figèrent aussitôt sur leurs lèvres. Elles se replongèrent aussitôt dans la contemplation de leurs propres écrans.

Kyra sortit de son sac un billet de 20 dollars qu'elle tendit à la femme.

— Est-ce que ça suffira ? lui demanda-t-elle.

— C'est parfait ! lui assura la femme.

Plusieurs dents lui manquaient à son large sourire.

— Est-ce que vous venez souvent… travailler ici ? s'enquit Kyra.

— Presque tous les jours.

— Je suppose que vous voyez toutes sortes de gens utiliser ces ordinateurs.

— Il y a surtout beaucoup de créateurs. C'est un endroit bien connu dans le domaine de la mode…

Kyra réprima difficilement un soupir. Elle avait sans doute très peu de chances d'obtenir le moindre renseignement fiable.

— Est-ce que tout va bien ? lui demanda alors une bibliothécaire.

— Je crois que cette dame a besoin d'un ordinateur, Inez, déclara la femme en haillons avant de se tourner vers son propre écran.

— Merci, Yolanda, lui dit la bibliothécaire.

— En fait, je n'ai pas vraiment besoin d'un terminal, déclara Kyra. Mais j'aurais des questions à vous poser.

— Suivez-moi, lui dit Inez.

Kyra lui emboîta le pas, et elles gagnèrent un comptoir encombré de toutes sortes de flyers, de prospectus et de cartes de visite. Inez chaussa alors une paire de lunettes qui lui conféraient une apparence sévère. Kyra, quant à elle, plaqua sur ses lèvres son sourire le plus engageant.

— À vrai dire, expliqua-t-elle, je suis victime de harcèlement.

Inez la considéra avec étonnement. Elle ne s'était probablement pas attendue à une telle entrée en matière.

— Quelqu'un m'envoie des e-mails très… intrusifs. Évidemment, il utilise une adresse anonyme, mais l'un de mes amis qui est informaticien a réussi à localiser l'adresse IP dont il s'était servi. Et il semble qu'il ait envoyé ces messages de votre bibliothèque.

— Je suis vraiment désolée, murmura Inez. C'est terrible… J'ai moi-même été victime de cyberharcèlement, une fois, à cause de mon ex-mari.

— Vous comprenez donc ce que je peux ressentir.

Inez hocha la tête.

— Malheureusement, remarqua-t-elle, je ne vois pas très bien ce que je peux faire pour vous…

— Eh bien… Je sais que ce n'est pas une requête très orthodoxe, répondit Kyra. Mais vous avez peut-être un registre qui me permettrait de savoir qui utilisait un ordinateur à un moment précis… Ou même des enregistrements vidéo…

— Je suis désolée, s'excusa Inez. Mais c'est contraire à notre règlement.

— Je m'en doute, acquiesça Kyra qui refusait de se laisser décourager aussi facilement. Mais j'aurais juste besoin de jeter un coup d'œil. Personne n'en saura rien. Je ne sais vraiment pas quoi faire d'autre.

— Vous devriez prévenir la police, déclara la bibliothécaire. Si un officier se présente, je pourrai lui transmettre ce genre d'informations.

— C'est bien tout le problème, répondit Kyra qui avait anticipé cette réponse. L'homme qui me harcèle se trouve être un policier.

— Et il travaille ici, à Santa Monica ?

— Oui, affirma Kyra en priant pour que la bibliothécaire ne connaisse pas personnellement les policiers du quartier.

— Je suis vraiment désolée, soupira Inez. Je ne peux vraiment pas enfreindre le règlement. En revanche, ajouta-t-elle d'un ton plus encourageant, vous pourriez peut-être venir surveiller les lieux. Si cet homme vient régulièrement ici, vous pourriez peut-être le prendre sur le fait.

— C'est une idée, acquiesça Kyra, déçue. Merci de m'avoir écoutée, en tout cas, Inez.

— C'est tout naturel. Et je vous promets de garder les yeux grands ouverts au cas où je constaterais quoi que ce soit d'anormal dans les jours à venir,

Kyra hocha la tête et se dirigea vers la sortie. Elle se répéta que la réaction d'Inez était prévisible – et parfaitement légitime. Mais elle ne pouvait s'empêcher de songer que si Jake s'était trouvé à ses côtés, elle aurait obtenu les informations qu'elle cherchait.

À cette idée, un sourire d'autodérision se dessina sur ses lèvres. Pour obtenir l'aide de Jake, elle aurait dû lui avouer le crime qu'elle avait commis, dix ans plus tôt. Et c'était tout bonnement inenvisageable.

Bien plus encore que ce qui était arrivé à sa mère, c'était une période de son existence dont elle ne parlait jamais – à laquelle elle s'efforçait de ne pas penser. Aucun des hommes avec lesquels elle était sortie n'en avait rien su. Et même Quinn, qui était au courant, évitait prudemment d'aborder le sujet.

Alors même qu'elle formulait cette pensée, elle décida qu'il était temps pour elle de rendre visite à son mentor. Elle avait vraiment besoin de parler à quelqu'un qui comprenne les tenants et les aboutissants de ce qui s'était produit au cours de ces derniers jours. Elle sortit donc son téléphone portable et composa son numéro.

— Quinn ? lui dit-elle lorsqu'il décrocha. Je suis dans les parages et je me demandais si je pouvais passer te voir. Je pourrais t'apporter quelque chose à manger…

— Inutile, lui assura Quinn. On vient de m'apporter un

magnifique pain de viande. Il y en a au moins pour deux, et même pour trois, au cas où tu compterais inviter Jake…

Kyra sentit son cœur se serrer en se rappelant les encouragements qu'il lui avait prodigués, la dernière fois qu'ils s'étaient vus.

— Non, il n'est pas avec moi, répondit-elle en s'efforçant d'adopter un ton indifférent.

Mais Quinn la connaissait trop bien pour se laisser prendre.

— Quelque chose ne va pas ? lui demanda-t-il gravement.

— Je t'en parlerai tout à l'heure.

À cette heure, elle mit moins de dix minutes pour rejoindre Venice Beach, le quartier où Quinn et son épouse avaient acheté une maison grâce aux substantiels droits d'auteur que leur rapportaient les romans policiers à succès de Charlotte.

Assez curieusement, Jake avait également acheté la maison de ses rêves dans les collines qui surplombaient Hollywood grâce à la vente de deux scénarios de films policiers qu'il avait écrits.

Après s'être garée, Kyra traversa le petit pont où Jake avait failli l'embrasser pour la première fois – juste avant qu'ils apprennent la mort d'Andrea Miles. Elle ne put s'empêcher alors de repenser à leur unique baiser et sentit un frisson courir sur sa peau.

Cela avait été un moment magique, plus envoûtant encore qu'elle n'avait pu l'imaginer. Mais ce souvenir délicieux était indissociable du regard plein d'incompréhension et de déception que lui avait lancé Jake lorsqu'elle l'avait repoussé.

Pressant le pas, elle traversa le pont et alla frapper à la porte de Quinn. Ce dernier vint lui ouvrir, et, après l'avoir embrassé, elle le suivit à l'intérieur.

— Ça sent divinement bon, chez toi, s'exclama-t-elle en humant la délicieuse odeur de viande qui flottait dans l'air. C'est encore un cadeau de ton amie Rose ?

— Oui. C'est une excellente cuisinière.

— Je reste convaincue qu'elle se sert de ses talents de cordon-bleu pour t'attirer dans son lit.

— Qui te dit que ce n'est pas déjà fait ? répliqua Quinn avec un sourire malicieux.

— Je ne veux rien savoir de plus ! s'exclama Kyra en riant.

— C'est toi qui as abordé le sujet. Mais tu sais, j'aimerais bien te la présenter, un de ces jours. Et qui sait ? Elle pourrait peut-être t'apprendre à cuisiner...

— Pourquoi cuisiner alors qu'il y a dans cette ville des centaines de restaurants qui le feront toujours mieux que moi ? répliqua malicieusement Kyra. Est-ce que tu aurais de la bière, par hasard ?

— J'en ai, confirma Quinn en se dirigeant vers la cuisine.

Elle lui emboîta le pas et accepta avec reconnaissance la cannette qu'il sortit du réfrigérateur. Ils trinquèrent, et elle avala une longue gorgée de liquide ambré.

— La journée a été difficile, on dirait, remarqua Quinn.

— Difficile, effrayante et frustrante, acquiesça-t-elle.

— Que s'est-il passé ?

L'inquiétude du vieil homme était presque palpable, et elle lui décocha un sourire qui se voulait rassurant.

— Ne t'inquiète pas, je vais bien. Mais je crois qu'il faut que je te raconte tout depuis le début.

— Dans ce cas, passons à table, suggéra Quinn. Je suis affamé.

Il sortit du four le pain de viande de Rose et le porta jusqu'à la table qu'il avait déjà dressée pour deux. Tous deux s'installèrent, et Quinn remplit généreusement leurs assiettes.

— Je t'écoute, lui dit-il enfin.

— Tout a commencé lorsque Matt Dugan a décidé de me léguer ses biens.

Quinn lui lança un regard sidéré mais s'abstint de tout commentaire.

— Au départ, j'ai pensé que c'était juste une mauvaise plaisanterie de sa part. Mais parmi ses possessions, il y a tout de même une moto que Jake estime à au moins 20 000 dollars. Il m'a même proposé de me la racheter.

— Ce garçon a bon goût, déclara Quinn. Si j'avais quelques années de moins, je t'aurais proposé la même chose.

— Quoi qu'il en soit, Jake et moi sommes allés à l'appartement de Matt. Et là, j'ai trouvé une photo de la famille Harmon accrochée sur son armoire. Je l'ai enlevée mais je suis sûre que Jake a eu le temps de l'apercevoir. Heureusement, il ne m'a pas posé de questions à ce sujet.

— Tu ne lui as rien dit au sujet de ce qui s'est passé à l'époque, j'imagine ?

— Non, répondit-elle. Et sur le moment, je ne lui ai pas non plus parlé de la clé que j'avais trouvée dans l'armoire de Matt…

Quinn leva les yeux au ciel mais s'abstint de tout commentaire. Elle entreprit de lui raconter ce qu'elle avait découvert dans le garde-meubles de son frère adoptif et l'incendie qui s'en était suivi.

— C'est de la folie ! s'exclama Quinn, partagé entre stupéfaction et réprobation. Tu aurais pu vous tuer !

— Je sais, soupira-t-elle. Mais il y avait toute ma vie, dans cette boîte, y compris les moments les plus sombres. Et je ne voulais pas que Jake voie ces papiers.

— Tu aurais pu te contenter de lui dire que c'était personnel, objecta Quinn. Je pense qu'il aurait respecté ça.

— Peut-être, concéda-t-elle. C'est en tout cas ce que je me suis dit après coup. Mais sur le moment, je n'ai pas réfléchi. Je voulais juste me débarrasser de ces documents.

— Et comment a-t-il réagi lorsque tu as mis le feu ?

— J'ai prétendu que c'était un accident, répondit-elle. Que j'avais lâché le briquet dont je me servais pour m'éclairer.

— Est-ce qu'il t'a crue ?

— Je pense, répondit-elle.

Si tel n'avait pas été le cas, il ne l'aurait sans doute pas embrassée comme il l'avait fait ce soir-là.

— Au moins, te voilà débarrassée de ces documents, soupira Quinn. Plus personne ne pourra te faire chanter avec…

— Malheureusement, ce n'est pas si simple.

— Que veux-tu dire ?

Kyra prit une profonde inspiration avant de lui parler de l'e-mail qu'elle avait reçu et de l'enquête qui l'avait conduite jusqu'à la bibliothèque de Santa Monica.

— Qui crois-tu que soit ce mystérieux corbeau ? lui demanda Quinn.

— Peut-être quelqu'un que Matt avait engagé pour me harceler, suggéra-t-elle.

— Mais pourquoi aurait-il continué à le faire, après la mort de Matt ?

— Il n'est peut-être pas encore au courant, supposa-t-elle. Ou alors, il estime devoir finir le boulot pour lequel il a été payé.

— Ça aussi, ça ne colle pas, protesta Quinn. Matt n'avait quasiment pas un sou. Pourquoi aurait-il dépensé son argent pour faire faire à quelqu'un ce qu'il aurait parfaitement pu accomplir par lui-même ?

Kyra devait bien reconnaître que l'objection était de taille.

— Une chose est sûre, en tout cas, déclara-t-elle enfin. Tous deux se connaissaient. Dans une boîte que les pompiers sont parvenus à sauver des décombres du garde-meubles, j'ai en effet trouvé un mot de la main de Matt qui disait : « Rappeler Leurouje ».

— Leurouje, répéta Quinn d'une voix songeuse. J'imagine que cela ne te dit rien ?

Elle secoua la tête.

— Ça sonne français, ajouta-t-il.

— Oui, je me suis dit qu'il pouvait s'agir d'un Canadien ou d'un Louisianais…

Quinn demeura quelques instants silencieux, perdu dans ses pensées.

— Je pense que tu devrais parler de tout cela à Jake, déclara-t-il enfin. Si tu veux retrouver ce Leurouje, tu vas avoir besoin du concours de la police.

— Mais pour cela, il faudrait que je parle à Jake de ce qui s'est passé chez les Harmon, objecta-t-elle.

Cette seule idée la rendait malade.

— Tu devrais le faire, répondit Quinn sans hésiter un seul instant. Il mérite de connaître la vérité à ton sujet – surtout si vous comptez sortir ensemble, tous les deux.

— Tu crois peut-être qu'il accepterait de sortir avec une meurtrière ? répondit-elle d'un ton amer. Il est flic, je te rappelle.

— Et alors ? répliqua Quinn du tac au tac. Moi aussi, je l'étais. Et cela ne m'a pas empêché de te considérer comme ma fille.

Elle sentit ses yeux s'emplir de larmes qu'elle s'efforça de retenir.

— Mais tu me connaissais avant, objecta-t-elle.

— Je ne crois pas que cela change grand-chose, déclara-t-il. Il est évident que Jake tient déjà beaucoup à toi. Il suffit de voir la façon dont il te regarde pour s'en rendre compte. Mais si tu continues à lui mentir comme tu le fais depuis le début de cette affaire, tu vas finir par perdre définitivement sa confiance.

— Je crois que c'est déjà fait, soupira-t-elle.

— Quand bien même ce serait le cas, tu dois lui parler, décréta Quinn d'un ton sans appel. En refusant de le faire, tu te rends coupable d'obstruction à la justice. L'existence de ce Leurouje pourrait être un élément crucial, dans cette affaire...

Il s'interrompit brusquement.

— Leurouje, répéta-t-il alors. C'est bien du français !

— Tu sais qui c'est ? lui demanda Kyra, le cœur battant à tout rompre.

— Ce n'est pas un nom de famille mais une anagramme, répondit-il d'une voix légèrement tremblante.

Il se leva pour aller chercher un papier sur lequel il inscrivit Leurouje en lettres capitales. Puis, sous le nom du corbeau, Quinn traça une deuxième ligne.

LE JOUEUR

11

Assis sur le canapé de son salon dans la pénombre, Jake contemplait d'un air sombre le glaçon qui se délitait dans le verre de bourbon qu'il venait de se servir. Il ne s'autorisait que rarement à boire seul, refusant d'emprunter la voie dangereuse qu'avait suivie son père. Mais ce soir-là, il avait vraiment besoin d'un remontant.

En l'espace de quelques minutes, toutes les certitudes qu'il avait concernant Marilyn Lake, alias Kyra Chase, s'étaient envolées. La femme qu'il avait cru connaître – dont il avait cru tomber amoureux – s'était révélée n'être qu'un masque dissimulant une inconnue.

Il avait toujours su qu'elle lui cachait des choses. Mais jamais il n'avait imaginé l'étendue des secrets qui se cachaient derrière ce regard bleu si souvent énigmatique…

Jake avala une gorgée de whiskey. L'agréable sensation de fraîcheur dans sa bouche laissa place à une douce chaleur qui glissa le long de sa gorge et jusqu'au creux de son ventre. Il était tentant de s'y abandonner totalement et de puiser dans cette bouteille un oubli salvateur.

Mais la sonnerie de l'Interphone l'arracha brusquement à cette tentation. Surpris, il se leva et alla jeter un coup d'œil à l'écran de la caméra de surveillance. Son étonnement s'accrut encore lorsqu'il reconnut Kyra qui se tenait devant le portail. On apercevait derrière elle la petite citadine qu'elle conduisait.

Il hésita avant de presser le bouton qui activait la communication.

— Jake ? lui dit-elle. Il faut que je te parle.

Il ne répondit pas, hésitant sur la conduite à tenir. Puis, finalement, il pressa sans dire un mot la touche qui commandait l'ouverture du portail.

Pourquoi était-elle venue ? se demanda-t-il en avalant une nouvelle gorgée de bourbon. Quels mensonges comptait-elle encore lui servir ? Et qu'était-il censé lui dire au sujet de ce qu'il avait découvert ?

Il envisagea un instant de le lui cacher mais y renonça aussitôt. Kyra n'était pas devenue psychologue par hasard : elle était dotée d'une profonde empathie et avait un véritable don pour détecter les mensonges de ses interlocuteurs. Elle devinerait très vite qu'il avait appris quelque chose de nouveau à son sujet.

La sonnette de la porte d'entrée retentit alors, et il alla lui ouvrir, se préparant mentalement à une confrontation pénible. Mais avant même qu'il ait eu le temps de lui adresser la parole, elle pénétra dans la maison et traversa l'entrée pour se rendre au salon.

Étonné, il lui emboîta le pas et constata qu'elle était allée se planter à l'autre bout de la pièce, les bras croisés sur la poitrine, le regard résolu.

— J'ai quelque chose à te dire, déclara-t-elle. Plusieurs choses, en fait.

Il lui répondit d'un hochement de la tête.

— Au sujet de la photo que nous avons trouvée chez Matt, tout d'abord, commença-t-elle. Il s'agissait de la famille d'accueil dans laquelle nous nous sommes rencontrés. Je n'avais alors que seize ans. Les parents s'appelaient Buck et Lori Harmon, et j'ai tué Buck à coups de couteau…

Jake aurait voulu trouver les mots pour répondre à cette tirade inattendue. Mais il ne trouva rien à dire. Curieusement, son mutisme parut encourager Kyra à poursuivre.

— Je ne suis pas fière de ce que j'ai fait, reprit-elle en allant et venant d'un pas nerveux face à la fenêtre par-delà laquelle on distinguait les lueurs de la ville en contrebas. Mais je ne regrette rien, ajouta-t-elle en tournant vers lui un regard plein de défi. Peu de temps après être arrivée dans cette famille, j'ai découvert que Buck Harmon abusait des fillettes qui lui étaient confiées. J'en ai parlé à l'agent du DCFS qui était chargé de suivre mon dossier, mais il ne m'a pas crue. Il a bien accepté d'interroger certaines des filles qui avaient séjourné chez les Harmon. Mais elles ont nié les faits. Elles avaient toutes peur de Buck qui les avait menacées de les tuer, au cas où elles parleraient…

Les dents de Jake étaient si serrées qu'il en avait mal à la mâchoire. S'il y avait un crime qu'il haïssait plus encore que tous les autres, c'était bien celui-là. Il ne parvenait même pas à comprendre comment quelqu'un pouvait maltraiter un enfant de cette façon.

— J'ai essayé de défendre la petite fille qui séjournait chez les Harmon en même temps que moi. J'ai même proposé à Buck de prendre sa place. Mais tu sais ce qu'il m'a répondu ?

Jake secoua la tête. La rage qui bouillonnait en lui en cet instant était si terrible qu'il n'osait pas ouvrir la bouche.

— Il m'a ri au nez et m'a dit que j'étais trop vieille, répondit-elle. Il m'a dit qu'il préférait la chair fraîche et que les filles qui avaient atteint la puberté ne l'intéressaient pas.

— Alors tu as tué cette ordure, souffla Jake.

Kyra hocha la tête. Dans ses yeux, il crut lire un étrange mélange de culpabilité et de regret mêlés.

— C'était de la légitime défense, lui dit-elle. Une nuit, il est venu chercher la fille – elle s'appelait Sophie – et je me suis interposée. Alors, il m'a giflée et a sorti un couteau à cran. Il m'a dit qu'il nous tuerait toutes les deux si je ne laissais pas faire. Il voulait même m'obliger à les regarder et à prendre des photos.

Une sensation de froid glacial envahit Jake tandis que la scène se présentait à son esprit avec une précision diabolique. L'article du journal n'était pas entré dans les détails les plus sordides de cette nuit sanglante.

— À ce moment-là, poursuivit-elle d'une voix légèrement tremblante, j'ai compris que je n'avais plus le choix, que je devais faire quelque chose. Quinn m'avait appris quelques rudiments de self-défense. Et Buck avait déjà bu quelques litres de bière. J'ai réussi à lui arracher son couteau, mais il m'a assené un coup de poing qui a bien failli me briser la mâchoire. Il a fait mine d'entraîner Sophie de force hors de la chambre. Alors je suis devenue complètement hystérique. J'ai ramassé le couteau et je me suis jetée sur lui…

La voix de Kyra se brisa dans un sanglot qui déchira le cœur de Jake. Couvrant la distance qui les séparait, il alla la prendre dans ses bras, toujours sans dire un mot. Il la serra très fort, la sentant trembler doucement contre lui.

— Il y avait tellement de sang, reprit-elle d'une voix blanche. Sophie s'est mise à hurler et elle a réveillé toute la maisonnée. Lori, la femme de Buck, savait très bien ce que faisait son mari, mais elle ne faisait rien pour l'arrêter. Ce soir-là, elle n'a rien fait non plus pour le sauver tandis qu'il se vidait de son sang.

— Elle n'a pas appelé les urgences ?

— C'est moi qui l'ai fait, répondit Kyra en se dégageant doucement de son étreinte. Lori s'est contentée de le regarder mourir sans rien dire, sans rien faire. Je crois qu'elle le haïssait, elle aussi. Matt n'était pas là, ce soir-là. Et je me suis occupée des autres enfants qui étaient terrifiés.

— Et que s'est-il passé lorsque la police est arrivée ? s'enquit Jake.

— Je leur ai tout raconté, répondit-elle. On m'a arrêtée, bien sûr, et on m'a placée en garde à vue. J'ai utilisé le coup de téléphone auquel j'avais droit pour appeler Quinn et Charlotte. Ils sont venus aussitôt et ils m'ont accompagnée lorsque j'ai fait ma déposition.

Tout en parlant, Kyra s'était éloignée de lui, se dirigeant vers la cheminée. Il comprit qu'elle avait besoin de cette distance et demeura immobile, se contentant de la suivre du regard.

— Je comprends parfaitement que tu préfères ne pas parler de cela, déclara-t-il enfin. Mais je suis heureux que tu te sois confiée à moi.

Elle se tourna vers lui et le considéra avec méfiance.

— Tu le savais déjà, n'est-ce pas ?

Jake ne s'était pas trompé à son sujet : la perspicacité dont elle faisait preuve était presque effrayante.

— Je viens tout juste de le découvrir, acquiesça-t-il.

Il s'attendait à ce qu'elle se mette en colère, à ce qu'elle lui reproche de l'avoir laissée parler alors qu'il était déjà au courant. Mais elle n'en fit rien. Gagnant le canapé, elle s'y laissa tomber plus qu'elle ne s'y assit.

— Je ne serais pas contre un peu de whisky, murmura-t-elle en désignant la bouteille qui se trouvait sur la table basse.

Jake alla chercher un verre dans le bar et le remplit généreusement. Kyra le remercia d'un petit signe de tête avant d'avaler une longue rasade.

— Est-ce que tu es au courant aussi pour l'e-mail ? lui demanda-t-elle.

— Quel e-mail ?

Elle poussa un soupir et avala une nouvelle gorgée de bourbon.

— Je crois que je devrais d'abord te dire pourquoi j'ai réagi de cette façon lorsque tu m'as embrassée, hier soir.

— Tu n'as pas à te justifier, l'interrompit-il aussitôt. Je suis un grand garçon, tu sais. Et je suis parfaitement capable de comprendre que tout le monde ne me trouve pas forcément irrésistible…

Il lui sourit pour lui prouver qu'il n'éprouvait aucune rancœur à son endroit.

— Moi, en tout cas, je trouve que tu l'es, répondit-elle en le regardant droit dans les yeux. Mais au moment où tu m'as embrassée, j'ai vu le mot Leurouje sur l'un des papiers que nous avions sortis de la boîte de Matt.

— Leurouje ? répéta Jake en levant un sourcil interrogatif.

— Il y avait marqué : « Rappeler Leurouje ». Or le matin même, j'avais reçu un e-mail envoyé par un certain Leurouje. Il contenait juste une photo – la même que celle que nous avions trouvée chez Matt. Mais le visage de Buck Harmon était barré d'une croix noire…

Jake la considéra avec stupéfaction.

— Pourquoi ne m'en as-tu… ?

Il s'interrompit aussitôt.

— Parce que tu aurais dû me dire qui était Harmon et en quoi cet e-mail pouvait être considéré comme une menace, murmura-t-il pour lui-même. Mais c'est pour cela que tu es allée parler à Brandon Nguyen, n'est-ce pas ?

— Rien ne t'échappe, on dirait.

Jake laissa échapper un ricanement plein d'autodérision.

— Il faut croire que si…

— J'ai demandé à Brandon s'il pouvait découvrir d'où avait été envoyé le message. Je ne lui ai rien dit au sujet de son contenu, évidemment. Juste que cela avait un rapport avec l'un de mes patients…

— Est-ce qu'il a trouvé l'origine du mail ?

— Il provenait de la bibliothèque municipale de Santa Monica, acquiesça-t-elle. Je suis allée là-bas, cet après-midi, et j'ai demandé si je pouvais regarder les enregistrements des caméras de sécurité.

— J'imagine que la bibliothécaire t'a ri au nez ?

— Elle a été un peu plus délicate que cela. Mais elle a catégoriquement refusé.

— Alors tu as décidé de tout me dire pour pouvoir obtenir mon aide…

Elle secoua la tête.

— Jusqu'alors, je n'avais toujours aucune raison de penser que le harcèlement dont j'étais victime était lié aux crimes du Joueur et de ses imitateurs, répondit-elle. Et je ne comptais toujours pas te raconter ce qui s'était passé chez les Harmon.

— Pourquoi ? lui demanda gravement Jake.

Ce fut au tour de Kyra de le regarder avec étonnement.

— Mais parce que tu me plais, lui avoua-t-elle avec une franchise désarmante. Parce que je n'avais pas envie que tu me voies comme une meurtrière. Parce que j'essaye désespérément d'oublier cette période de ma vie…

— Tu n'es pas une meurtrière, Kyra, protesta-t-il. Tu as

seulement cherché à te défendre et à défendre une enfant qui était trop jeune pour le faire elle-même.

— Peut-être, répondit-elle avec un manque de conviction évident. Quoi qu'il en soit, en sortant de la bibliothèque, je suis allée voir Quinn. Il était le seul à qui je pouvais parler de tout cela, le seul qui connaissait toute l'histoire.

— Et c'est lui qui t'a convaincue de tout me dire ?

— Il a essayé, reconnut-elle. Mais je ne pense pas qu'il y serait parvenu s'il n'avait pas découvert qui était en réalité le fameux Leurouje.

Jake l'interrogea du regard.

— Leurouje est une anagramme du mot français « le joueur », expliqua-t-elle.

Jake demeura longuement mutique tandis que les mots de Kyra semblaient résonner dans le profond silence qui s'ensuivit. Il paraissait perdu dans ses pensées. Elle en profita pour avaler une nouvelle gorgée de whiskey qui l'aida à se ressaisir.

Elle ne pouvait imaginer ce qui passait par la tête de Jake, en cet instant. Elle attendait simplement qu'il assimile les nombreuses révélations qu'elle venait de lui faire. Et contre toute attente, elle se sentait soulagée de lui avoir enfin tout raconté.

— En dehors de Quinn, Matt et moi, qui d'autre sait ce qui t'est arrivé, il y a dix ans ? lui demanda-t-il enfin.

— Beaucoup de gens savent ce qui s'est passé, répondit-elle d'une voix hésitante. Lori, Sophie et les autres enfants, les policiers qui se sont occupés de l'enquête, l'agent du DCFS qui suivait mon dossier, le juge pour enfant, quelques journalistes aussi, sans doute… Mais mon nom n'est pas apparu dans la presse parce que j'étais mineure.

Et par la suite, j'ai changé d'identité. Jusque très récemment, j'étais convaincue que personne ne ferait jamais le rapprochement entre Kyra Chase et Marilyn Lake…

— Est-ce que Castillo faisait partie des flics qui t'ont interrogée ? lui demanda Quinn.

— Non mais il travaillait déjà au commissariat, à l'époque.

— Crois-tu qu'il ait pu te reconnaître, depuis ?

— S'il l'a fait, il s'est bien gardé de me le dire, répondit-elle. Mais pourquoi cette question ?

— Lorsque je lui ai demandé de m'aider à accéder à ton dossier du DCFS, il s'est montré très protecteur. Je me suis demandé si ce n'était pas lui qui avait aidé Quinn à bloquer ton dossier.

— C'est possible, concéda-t-elle.

— Il y a une autre question que je me pose, ajouta Jake au bout d'un moment. Comment Matt a-t-il réagi en apprenant que tu avais tué Buck Harmon ?

Kyra ne put réprimer un soupir.

— Il était aux anges, répondit-elle. Il pensait que c'était la chose la plus courageuse, la plus radicale que personne ait jamais accomplie. Il disait regretter de ne pas l'avoir fait lui-même.

— Est-ce que tu penses que c'est à ce moment-là que son obsession pour toi a commencé ?

— C'est certain, lui dit-elle. Il fantasmait à l'idée que nous étions les Bonnie et Clyde modernes, que nous allions montrer au monde que rien ne nous faisait peur, que nous étions au-dessus des lois, au-dessus de la morale…

— Quinn ne devait pas être ravi.

— Pas vraiment, concéda-t-elle avec un rire sans joie. C'est d'ailleurs à ce moment-là que Charlotte et lui ont fait pression sur le DFCS pour que je sois émancipée. Ils ont rapidement obtenu gain de cause. Les services sociaux devaient être ravis de se débarrasser de moi. Pendant un temps, j'ai habité chez eux, à Venice, le temps de finir le lycée et d'entrer à la fac. Entre-temps, j'avais coupé les ponts avec Matt. Enfin, disons plutôt que c'est ce que je croyais à l'époque. Mais il semble que lui ne m'ait jamais perdue de vue pendant toutes ces années.

— La première fois que nous avons parlé des cartes à jouer que tu avais retrouvées, tu m'as dit penser que le Joueur était toujours en vie. Tu craignais qu'il ne te retrouve.

— C'est vrai, acquiesça-t-elle. Et je le redoute toujours. Quinn n'a jamais pu découvrir son identité. Personne n'a revendiqué ses crimes, et il n'a laissé aucun témoin. Pourquoi ne serait-il pas toujours vivant, quelque part ?

— Pourquoi ne serait-il pas mort ? objecta Jake.

— Si seulement, soupira-t-elle. Mais en admettant qu'il le soit, qui serait le fameux Leurouje qui me harcèle ?

— Si c'est vraiment le Joueur, pourquoi ne se manifesterait-il que maintenant ?

— Peut-être qu'il vient tout juste de découvrir ma nouvelle identité, suggéra-t-elle.

C'était la première fois qu'elle parlait de ces choses-là avec quelqu'un d'autre que Quinn, et cette sensation lui paraissait à la fois étrange et étrangement réconfortante.

— Peut-être est-il sorti de sa retraite lorsqu'il a entendu parler du copycat qui s'inspirait de ses crimes. Et maintenant qu'il y en a un deuxième, il doit être aux anges.

— L'imitation est la forme de flatterie la plus sincère, murmura Jake. Effectivement, c'est une possibilité. Mais pourquoi s'en prendre à toi, spécifiquement ?

— Peut-être parce qu'il me considère comme un

témoin de son crime. J'étais dans la maison lorsqu'il a tué ma mère, après tout.

— Admettons, concéda Jake. Mais comment t'a-t-il retrouvée ? Tu l'as dit toi-même : il n'existe quasiment aucune preuve que Marilyn Lake et Kyra Chase ne font qu'un. Quinn a veillé à ce que ton dossier soit verrouillé. À tel point que je ne suis pas sûr que lui-même puisse y avoir accès, désormais…

Il s'interrompit et fronça légèrement les sourcils.

— Il y a une faille, déclara-t-il brusquement. Il existe un maillon entre ta vie actuelle et celle d'avant.

— Lequel ?

— Roger Quinn, lui-même. Le Joueur doit savoir que c'était lui qui était responsable de l'enquête. Il a pu continuer à le surveiller de loin. Et il aura fini par découvrir que Quinn et Charlotte avaient hébergé pendant un moment une jeune femme blonde qui ressemblait étonnamment à Jennifer Lake…

— C'est ce que Quinn craignait, murmura Kyra d'une voix blanche. C'est pour cela que Charlotte et lui ont refusé que je prenne le nom de Quinn, lorsque j'ai choisi une nouvelle identité. Mais cela n'explique pas pourquoi il a attendu si longtemps avant de se manifester.

— Lorsque nous avons découvert les premières victimes de Jordy, Billy a suggéré que le Joueur était peut-être sorti de prison, que c'était peut-être pour cela qu'il n'avait tué personne pendant toutes ces années…

— C'est possible, concéda Kyra. Mais nous ne devons pas pour autant perdre de vue l'autre éventualité : il peut juste s'agir d'un ami que Matt a chargé de me harceler et qui trouve cela très amusant.

— Dans un cas comme dans l'autre, notre priorité devrait être de retrouver ce corbeau au plus vite.

— Je suis d'accord, acquiesça-t-elle. Mais il y a une chose que j'aimerais savoir.

— Je t'écoute.

— Tu as dit que mon dossier au DFCS était ultra-sécurisé. Comment Tara a-t-elle fait pour le consulter, dans ce cas ?

Jake la regarda avec de grands yeux.

— Comment connais-tu Tara ? s'exclama-t-il.

— Je ne la connais pas. J'ai juste vu son nom s'afficher sur ton portable lorsqu'elle t'a appelé.

— Mais comment as-tu su qu'elle travaillait pour le DFCS ?

— J'ai bien vu que tu cherchais à me cacher cet appel. Alors j'ai fait croire à Billy que j'étais jalouse, et il m'a rassurée en m'expliquant que Tara travaillait pour les services du DFCS. J'imagine que c'est de cette façon que tu as découvert que j'avais tué Buck Harmon…

— Tu es réellement diabolique, s'exclama Jake, partagé entre admiration et effarement. Mais tu te trompes : ce n'est pas Tara qui m'a mis sur la voie de Buck Harmon. Elle n'a pas réussi à accéder à ton dossier.

— Alors comment as-tu su ? s'enquit Kyra, curieuse.

Jake récupéra son téléphone portable qui était posé sur la table basse et pianota pour faire apparaître un SMS qu'on lui avait envoyé. Il lui tendit alors l'appareil, et elle lut avec effroi les mots qui s'affichaient à l'écran.

Les personnes que vous cherchez sont Buck et Lori Harmon.

12

Kyra contempla Jake avec inquiétude. Rien ne l'avait préparée à ce nouveau rebondissement.

— Qui t'a envoyé ça ? lui demanda-t-elle.

— Je n'en ai strictement aucune idée, reconnut-il en prenant place sur le canapé à ses côtés. J'ai essayé de répondre par SMS et par téléphone mais en vain. Il n'y a même pas de messagerie. Et bien évidemment, il est impossible de remonter la trace d'un simple texto.

— De toute façon, cela ne te mènerait probablement pas très loin.

— Sans doute à la poubelle où ce téléphone jetable a fini sa vie, acquiesça-t-il. Mais je vais continuer à essayer d'entrer en contact, au cas où il s'agirait d'un téléphone volé.

— Comme celui que Jordy avait dérobé à Rachel Blackburn, acquiesça Kyra. Cela nous a vraiment aidés, dans cette affaire. Espérons que ton informateur aura commis la même erreur. As-tu la moindre idée de la façon dont il a pu découvrir que tu t'intéressais à mon passé ?

— C'est une question qui me taraude depuis que j'ai reçu ce message, en effet. Il n'y a pas beaucoup de gens qui étaient au courant.

— Tara, la fille du DFCS, énuméra Kyra. Billy, si elle

lui en a parlé. Castillo à qui tu as demandé de l'aide. Quinn doit s'en douter, lui aussi. Et probablement Matt mais il est mort… Évidemment, quelqu'un au commissariat a pu t'entendre discuter avec Tara.

— Impossible, répondit Jake avec assurance. J'ai pris mes précautions parce que je ne voulais pas trahir ton secret et aussi parce que je savais que ce que je demandais à Tara n'était pas parfaitement légal.

— Soit, concéda-t-elle sans être totalement convaincue. Mais je te rappelle que j'ai surpris le nom de Tara, de même que le SMS que t'avait envoyé Matt pour te donner rendez-vous au garage. Même en prenant ses précautions, il arrive qu'on laisse filtrer des informations…

— Fort heureusement, tout le monde n'est pas aussi perspicace que toi, rétorqua Jake. En tout cas, je suis presque sûr de m'être montré discret. Mais en dehors de Matt qui est mort, je ne vois pas pourquoi l'une des personnes que tu as citées se serait donné la peine de m'envoyer ce message anonyme…

— Peut-être Quinn, suggéra Kyra.

Jake la contempla comme si elle avait perdu la raison.

— Quinn ne ferait jamais une chose pareille ! protesta-t-il vivement. Il t'adore et te défendrait au péril de sa vie.

— Justement, acquiesça-t-elle. Il considérait peut-être que je serais plus en sécurité si tu connaissais la vérité et que tu étais en position de me protéger.

— Peut-être, concéda Jake. Mais, même dans ce cas, je ne l'imagine vraiment pas envoyer des SMS anonymes sur un téléphone jetable. Ce n'est vraiment pas son genre. À mon avis, il commencerait par te prévenir de ce qu'il s'apprête à faire puis il m'appellerait directement.

— Tu as raison, reconnut-elle. Dans ce cas, ce doit être ce fameux Leurouje. Après tout, nous savons qu'il connaît ma véritable identité et qu'il sait ce que j'ai fait à Harmon.

— Et s'il nous a observés, il doit se douter que je m'intéresse à ton passé. Après tout, j'avais accepté de rencontrer Matt avant sa mort. Et je t'ai rejointe à son appartement puis au garde-meubles.

Kyra ne put réprimer un frisson glacé.

— Tu crois qu'il nous observe ? demanda-t-elle.

— Cela me paraît assez probable, répondit gravement Jake. Mais c'est peut-être une bonne chose.

— Tu plaisantes ?

— Pas du tout. Maintenant que nous savons que Leurouje nous surveille, nous serons sur nos gardes. Et il finira peut-être par commettre une erreur qui nous permettra de remonter jusqu'à lui.

— Pour le moment, on ne peut pas dire que ceux qui gravitent dans l'orbite du Joueur en commettent beaucoup, objecta Kyra.

— Tu oublies Jordy. Il a enfreint la règle numéro quatre et nous avons mis un terme à sa macabre carrière.

— À ce propos, est-ce que vous avez passé en revue les contacts de Jordy ?

— Malheureusement, la plupart d'entre eux étaient en relation avec lui presque exclusivement par Internet. Maintenant que tout le monde sait que c'était un tueur en série, rares sont ceux qui admettent l'avoir connu. Si seulement je l'avais capturé vivant, nous aurions pu l'interroger…

— Tu n'as pas de reproches à te faire, objecta Kyra. C'est ma faute s'il est mort : si je ne lui avais pas parlé, après avoir compris que c'était lui le tueur, il ne m'aurait pas prise en otage et tu n'aurais pas été forcé de lui tirer dessus.

— Mais si tu ne lui avais pas parlé, ce soir-là, il aurait peut-être commis un autre meurtre. Et tu aurais passé ta vie à te le reprocher. Tu as agi courageusement, Kyra. Ne laisse pas le passé te hanter…

Elle ne put réprimer un rire amer.

— C'est plus facile à dire qu'à faire, répondit-elle. Au cas où tu ne l'aurais pas remarqué, mon passé a une fâcheuse tendance à me poursuivre. C'est pour cela que je ne voulais pas te parler de tout ça. Je voulais avoir une chance de vivre une relation qui ne serait pas entachée par ce qui s'est passé, il y a dix ou vingt ans. Je ne voulais pas que tu saches que j'étais la fille de l'une des victimes du Joueur, ni que j'avais été mise en examen pour meurtre… Je sais que ce qui s'est passé me définit en tant que personne, pour le meilleur et pour le pire. Mais je ne veux pas n'être que cela.

— Tu n'es pas que cela, protesta vivement Jake. Confrontés aux mêmes circonstances, des tas de gens auraient réagi de façon complètement différente. Si tu as survécu à la mort de ta mère et tenu tête à Harmon, c'est parce que tu possèdes une force extraordinaire, Kyra. Tu m'as dit un jour que tu ne voulais pas que je te considère comme une victime. Mais ce n'est pas ce que je vois quand je te regarde. Je vois une survivante, une battante. Et je suis fier de te compter parmi mes amis.

Kyra le regarda droit dans les yeux.

— C'est de cette façon que tu me vois ? lui demanda-t-elle. Comme une amie ?

— Tu sais bien que s'il n'avait tenu qu'à moi, nous serions bien plus que cela aujourd'hui…

Elle sentit un pâle sourire naître sur ses lèvres.

— Et tu le veux toujours ? lui demanda-t-elle. Même après ce que tu as appris sur moi aujourd'hui ?

— Oui, répondit Jake sans hésiter.

La passion qui animait son regard en cet instant disait mieux que des mots à quel point il en avait envie.

— C'est la véritable raison pour laquelle je suis venue pour tout te dire, lui avoua-t-elle. Pas pour obtenir ton aide. Pas parce que Quinn me l'a suggéré. Pas même pour faire avancer l'enquête. Je voulais juste être sûre que s'il se passait quelque chose entre nous, ce ne serait pas bâti sur des mensonges et des faux-semblants.

— Je suis d'accord avec ça, lui dit-il d'une voix presque solennelle. Promettons-nous qu'il n'y aura plus jamais de mensonges entre nous.

— Ce ne sera sans doute pas facile pour moi après toutes ces années passées à me cacher, lui avoua-t-elle. Mais je te promets d'essayer.

— C'est tout ce que je te demande, répondit-il en se penchant vers elle pour l'embrasser.

Si elle avait pu douter de l'intensité du baiser qu'ils avaient échangé la veille, celui-ci l'aurait instantanément détrompée. C'était bien plus qu'un simple baiser, en réalité : cette étreinte portait en germe la promesse de l'aventure extraordinaire qui les attendait.

Jake détacha alors ses cheveux pour y plonger les mains, lui arrachant un délicieux frisson. Sa bouche quitta la sienne pour se poser au creux de son cou et elle arqua la nuque pour mieux s'offrir à ses caresses. Lorsque sa langue effleura sa gorge, elle poussa un gémissement si rauque qu'elle mit quelques instants à comprendre que c'était d'elle qu'il émanait.

Elle n'était plus que désir et avait l'impression de se consumer, de fondre entre ses bras. La pointe de ses seins était à vif contre le tissu de son soutien-gorge et lorsque

Jake posa très doucement une paume sur sa poitrine, elle crut qu'elle allait défaillir de plaisir.

Mais ils furent alors interrompus par la sonnerie du portable de Jake. Il ne s'agissait pas de la sonnerie habituelle mais d'une tonalité qu'elle n'avait encore jamais entendue. Il s'arracha à leur étreinte, visiblement à contrecœur.

— Je suis désolé, s'excusa-t-il. Tu n'as pas idée à quel point. Mais il faut absolument que je prenne cet appel.

Elle hocha la tête et s'efforça de maîtriser les battements effrénés de son cœur et le rythme précipité de sa respiration. Son corps semblait s'être mué en gelée et elle aurait été incapable de se lever. Jake ne paraissait pas avoir ce problème et il se redressa pour attraper son téléphone et décrocher.

— Fiona ? Il est tard. Que se passe-t-il ? Tu n'es pas censée aller à l'école, demain matin ?

Il devait s'agir de sa fille qui vivait chez sa mère, à Monterey. En entendant la discussion qui s'engagea alors, Kyra comprit que quelque chose n'allait pas. Fiona était visiblement dans tous ses états et son père faisait l'impossible pour la calmer – sans grand succès, apparemment.

Ne voulant pas s'imposer, Kyra estima qu'il était préférable pour elle de se retirer. Elle aurait préféré passer la nuit avec Jake, bien sûr, mais elle savait à présent qu'ils avaient tout le temps devant eux.

Elle était enfin parvenue à lui avouer la vérité et il l'avait acceptée telle qu'elle était. Plus rien ne s'opposait désormais à ce qu'ils explorent l'irrépressible attirance qui existait entre eux.

Elle quitta donc le canapé, et, sur la pointe des pieds, elle alla chercher son sac à main puis quitta la maison.

Jusqu'alors, Jake s'était concentré exclusivement sur la crise de larmes de sa fille, s'efforçant de saisir les raisons de sa détresse. Il avait fini par comprendre que cela avait un rapport avec les vacances de Noël qui approchaient et qu'ils étaient supposés passer ensemble.

Ce ne fut qu'en entendant la porte d'entrée se refermer derrière Kyra que Jake prit conscience que celle-ci s'était éclipsée. C'était le deuxième soir d'affilée que le baiser torride qu'il avait échangé avec Kyra avait été interrompu en plein milieu, le laissant dans un état de frustration aussi intense que l'était le désir qu'il avait d'elle. Il ne put réprimer un juron.

— Papa ! protesta Fiona, choquée. Tu n'es pas censé dire ça devant moi !

— Je suis désolé, ma puce. Tu as raison.

Il pouvait encore sentir l'odeur affolante de Kyra et le goût de sa bouche.

— Désolé, répéta-t-il en se forçant à se concentrer sur ce que lui disait sa fille. Mais tu dois écouter ta mère et…

Il s'interrompit, cherchant le nom de celui qui l'avait supplanté.

— Brock. Il s'appelle Brock, papa, lui rappela Fiona avec l'un de ces petits soupirs réprobateurs dont elle avait le secret.

— Je sais comment il s'appelle, répondit-il. Et quand tu es avec eux…

— C'est-à-dire presque tout le temps, précisa-t-elle un peu sèchement.

— Quand tu es avec eux, reprit-il, refusant de céder à ses provocations, tu dois obéir à leurs règles.

— Mais c'est bien ça le problème ! s'emporta-t-elle. Ils *changent* les règles. Maman m'avait promis que je pourrais venir te voir pendant les vacances de Noël. Et maintenant, ils veulent m'emmener pour aller faire un stupide voyage au Japon !

Fiona était hors d'elle.

— Je ne veux pas aller au Japon, ajouta-t-elle, au cas où il se serait fait la moindre illusion à ce sujet.

— Je vais en discuter avec ta mère, lui promit-il.

Il craignait malheureusement que Tess ne lui laisse guère le choix.

— Sur quoi est-ce que tu travailles, en ce moment ? lui demanda alors Fiona, passant du coq à l'âne comme cela lui arrivait souvent.

Il n'avait aucunement l'intention de parler à sa fille de quatorze ans du Joueur et de ses imitateurs – bien qu'il fût convaincu que Fiona aurait trouvé le sujet fascinant.

— Tu enquêtes sur le copycat du Joueur, n'est-ce pas ?

Jake soupira intérieurement. Depuis peu, Fiona s'était prise de passion pour son métier – et plus encore pour les criminels qu'il poursuivait. Il s'en était aperçu lorsque, durant les vacances de printemps, elle lui avait demandé de l'emmener à Cielo Drive, où les membres du clan Manson avaient assassiné Sharon Tate et ses invités.

Il avait refusé, bien sûr. Mais cela n'avait évidemment pas empêché Tess de l'accuser d'être à l'origine de cette idée morbide.

— À vrai dire, répondit-il, j'étais sur le point d'aller me coucher.

Au moins, il ne s'agissait pas d'un mensonge. Il avait vraiment espéré aller se coucher avec Kyra. Mais apparemment, il devrait se contenter de passer la nuit tout seul.

— D'accord, soupira Fiona. Dors bien, papa. Et n'oublie pas d'appeler maman pour lui dire que je n'irai pas au Japon et que je viendrai chez toi.

— Je te promets d'en discuter avec elle. Mais promets-moi en retour de ne plus te disputer avec elle, d'accord ? Cela dessert ta cause.

— *Notre* cause, le reprit-elle. Je vais essayer, en tout cas. Au revoir, papa. Je t'aime.

— Je t'aime aussi, ma puce, répondit-il avant de raccrocher.

Il envoya alors un SMS à Kyra pour s'excuser et lui demander de le prévenir dès qu'elle serait bien arrivée chez elle. Il ne comptait en effet courir aucun risque tant que l'énigmatique Leurouje serait dans la nature.

Lorsque Jake arriva au commissariat, le lendemain matin, Billy était déjà en plein travail. Il déposa sur son bureau la tasse de café qu'il avait achetée pour lui au passage et attendit qu'il ait terminé le coup de téléphone qu'il était en train de passer.

— Merci pour le café, lui dit Billy en raccrochant. L'homme qui vient de m'appeler était l'un des commerçants dont la boutique est située près de chez Crystal. Il tient à notre disposition les enregistrements de la caméra de sécurité qui se trouve devant son magasin.

— Est-ce que l'un de ces enregistrements a donné quelque chose ? s'enquit Jake.

— Pas encore. Mais ce n'est qu'en les confrontant tous que nous verrons s'il y a des visages ou des voitures qui reviennent de façon récurrente. C'est un travail de longue haleine, hélas.

Billy pressa la barre espace de son clavier, réactivant l'enregistrement qu'il était en train de visionner. Jake se sentit un peu coupable de ne pas lui proposer son aide. Mais il était intimement convaincu que le corbeau de

Kyra jouait un rôle important dans cette affaire et qu'en identifiant ce Leurouje, il marquerait un point décisif.

Il appela donc Brandon Nguyen pour lui demander de plancher sur la localisation du portable d'où lui était parvenu le SMS concernant Lori et Buck Harmon. À son grand soulagement, Brandon ne lui demanda même pas quel rapport cet énigmatique texto pouvait bien avoir avec leur enquête.

À l'instant même où il raccrocha, son téléphone se mit à sonner.

— Inspecteur McAllister, j'écoute.

— J-Mac, c'est le sergent Montiel, de l'accueil. Nous venons tout juste de recevoir un appel concernant un homicide dans une maison du quartier de Los Feliz. D'après la description, ce doit être l'œuvre de votre type.

Jake sentit une tension familière monter en lui. Se forçant à la maîtriser, il nota sur son calepin toutes les informations qui lui parurent pertinentes. Puis, après avoir reposé le combiné, il se leva de sa chaise.

— Écoutez tous ! cria-t-il à la cantonade. Nous avons une nouvelle victime. Je veux tout le monde sur le pont.

Instantanément, la pièce, qui était jusque-là plutôt calme, se mit à bourdonner d'une activité fébrile. Les uns se préparèrent à partir sur les lieux, d'autres se mettaient à taper fiévreusement sur leurs claviers pour tenter d'obtenir plus de détails, d'autres encore décrochaient leurs téléphones pour contacter leurs informateurs.

— Allons-y, Dandy, dit Jake à son coéquipier.

— Qu'est-ce que tu sais de la victime ?

— Qu'elle n'est pas afro-américaine, si cela peut te rassurer. Notre homme ne peut plus être taxé de racisme.

— Je ne suis pas sûr que cela me rassure beaucoup, soupira Billy en enfilant sa veste.

Jake hocha la tête. Il savait que sous des dehors décontractés et hâbleurs, Billy cachait une grande sensibilité. Il faisait de chaque victime une affaire personnelle et ne ménageait jamais sa peine, poursuivant les coupables avec une ténacité qui tenait parfois de l'acharnement.

Lorsque tous deux arrivèrent à Los Feliz, un quartier qui jouxtait Griffith Park où l'on avait retrouvé les premières victimes de Jordy Lee Cannon, la scène de crime avait déjà été coordonnée.

Ils se frayèrent un chemin à travers la foule de curieux et tendirent leurs badges au jeune policier qui se trouvait en faction devant la maison.

— Est-ce qu'il y a déjà des inspecteurs sur place ? s'enquit Jake.

— Juste des agents en uniforme, répondit le policier. Dès que nous avons vu la victime, nous avons compris que c'était du ressort de la force opérationnelle et nous avons contacté le sergent Montiel au commissariat.

— Vous avez bien fait, approuva Jake.

— Oui, bien joué, renchérit Billy en décochant une bourrade amicale au jeune policier.

Dès qu'ils pénétrèrent dans la maison, l'odeur à la fois âcre et doucereuse de la mort vint leur chatouiller les narines. Un autre agent s'avança vers eux.

— Salut, Nance, s'exclama Billy qui le connaissait bien.

— Billy, répondit sobrement le policier. J-Mac. Content de vous voir.

— Est-ce que vous avez constaté des signes d'effraction en arrivant ? s'enquit Jake.

— Aucun, inspecteur.

Nance les escorta jusqu'à la chambre à coucher qui se trouvait au fond de la maison. Elle était surveillée par deux autres agents en uniforme.

— Nous prenons le relais, leur annonça Jake. Vous devriez aller interroger les badauds et prendre les témoignages de ceux qui ont vu ou entendu quelque chose. Recueillez tous les enregistrements vidéo que vous pourrez trouver dans les environs. Il faudrait aussi que l'un de vous vérifie les différents accès de la maison pour tenter de déterminer par où le tueur a pu entrer. Vérifiez aussi l'alarme, s'il y en a une.

Les trois policiers saluèrent et s'éloignèrent sans attendre pour remplir les missions qu'il venait de leur confier. Jake enfila une paire de gants en latex avant de pénétrer dans la chambre. La victime, une jeune Caucasienne aux longs cheveux bruns, était étendue sur son lit, une carte coincée entre les lèvres – la dame de pique.

Sa main se trouvait dissimulée par le drap, mais la tache de sang qui le maculait laissait deviner que son auriculaire n'avait pas été épargné par le tueur. Billy s'approcha du corps et écarta légèrement les cheveux, révélant une marque de strangulation violacée autour du cou.

Il se pencha ensuite pour inspecter les draps.

— Encore une fois, il n'y a ni fibres, ni poils, ni cheveux, constata-t-il. Le tueur doit effacer méticuleusement ses traces après chaque meurtre.

— C'est un homme prudent, acquiesça Jake. Cela explique qu'il préfère s'embusquer en attendant le moment propice pour agresser ses victimes.

— Je vais aller jeter un coup d'œil aux placards de la maison, déclara Billy. Mais je ne me fais pas trop d'illusions : les deux fois précédentes, il n'a laissé aucune trace de son passage. J'en profiterai aussi pour aller voir le garage.

Tandis que Billy se dirigeait vers la porte, Jake souleva le drap pour laisser apparaître la main mutilée de la jeune femme. Il s'assura aussi que le tueur avait bien prélevé une mèche de cheveux en guise de trophée personnel.

Du bout des doigts, il tâta précautionneusement le lit, percevant les résidus de colle que laissait l'adhésif dont le tueur devait se servir pour éliminer toute trace de son passage. Il aperçut alors sous le drap qu'il venait d'écarter un petit morceau de gaffer noir.

— Cette fois, tu as commis une erreur, murmura-t-il en s'efforçant de maîtriser l'excitation qui l'habitait.

Il se servit d'une pince pour prélever le morceau de scotch noir et le plaça en pleine lumière pour pouvoir l'examiner en détail.

— Salut J-Mac, lui dit alors Clive Stewart, le spécialiste des empreintes digitales, qui venait de pénétrer dans la pièce. Dis-moi que pour une fois, je ne suis pas venu pour rien.

Un large sourire se dessina sur les lèvres de Jake.

— Tu n'es pas venu pour rien. Cette fois, nous avons une empreinte…

13

Kyra espérait que Jake ne lui en voulait pas trop pour la façon dont elle s'était esquivée, la veille au soir. Mais lorsqu'elle arriva au commissariat, elle apprit qu'il était déjà parti sur le terrain. Apparemment, le second copycat avait fait une nouvelle victime.

Pendant près de deux heures, elle s'efforça de travailler. Mais chaque fois que la porte du bureau de la force opérationnelle s'ouvrait, elle ne pouvait s'empêcher de lever les yeux en espérant voir apparaître Jake.

À un moment, l'un des inspecteurs présents reçut un coup de téléphone de Billy qui lui annonça que le tueur avait laissé une empreinte digitale sur la scène de crime. Il relaya cette nouvelle qui fut saluée par des vivats enthousiastes.

Elle apprit alors le nom de la victime : Mindy Behr. Cela lui permit de prendre directement contact avec la famille de la jeune femme et de se mettre à leur disposition. Elle commença également à rechercher les amis de Mindy qui pouvaient avoir besoin eux aussi d'un soutien psychologique.

Finalement, au bout de ce qui lui parut durer une éternité, Jake et Billy pénétrèrent tous deux dans la pièce. Le cœur battant à tout rompre, elle chercha le regard de

Jake. Le sourire qu'il lui adressa la rassura un peu sur son état d'esprit.

Après avoir échangé quelques mots avec deux inspecteurs qui avaient passé la matinée à dérusher des vidéos de surveillance, Jake s'approcha de son bureau.

— Félicitations ! lui dit-elle. J'ai appris que vous aviez trouvé une empreinte.

— Oui. Le tueur utilisait du gaffer pour ramasser toutes les fibres et les cheveux qu'il aurait pu laisser, mais il en a oublié un morceau derrière lui. Clive a fait un relevé de l'empreinte et nous allons la comparer avec nos bases de données.

— Tu devrais sauter de joie, remarqua-t-elle, étonnée par son manque d'enthousiasme. Il y a un problème ?

Jake hocha la tête.

— Malheureusement, l'empreinte n'est pas parfaite, expliqua-t-il. Cela pourrait compliquer la recherche d'une correspondance.

— C'est déjà infiniment mieux que lorsque la matinée a commencé, objecta-t-elle.

Elle jeta un coup d'œil autour d'elle pour s'assurer que personne ne leur prêtait attention.

— Est-ce que tu es libre, pour le déjeuner ? lui demanda-t-elle.

— Je le suis. Et j'ai quelque chose à te dire. Mais cela devra attendre un peu parce que j'ai encore quelques petites choses à régler avant de pouvoir prendre ma pause.

— Pas de problème, acquiesça-t-elle. On se retrouve à ta voiture ?

Il jeta un coup d'œil à sa montre.

— Disons dans dix minutes, proposa-t-il.

Kyra ne se faisait aucune illusion : l'immense majorité des membres de l'équipe devait soupçonner que Jake et elle étaient plus que de simples collaborateurs. Mais elle ne tenait pas pour autant à officialiser une relation qui n'en était qu'à ses balbutiements.

Après avoir déconnecté son ordinateur, elle passa aux toilettes pour se recoiffer et remettre une touche de rouge à lèvres. Satisfaite de l'image que lui renvoyait le miroir, elle gagna le parking souterrain du commissariat et alla attendre Jake près de sa voiture.

Il sortit de l'ascenseur quelques minutes seulement après elle et traversa à grands pas l'étendue du garage. En approchant de son véhicule, il déverrouilla les portières à distance. Kyra se glissa alors à l'intérieur et prit place sur le siège passager.

— On dirait que tu es pressée, constata-t-il en s'installant à son tour au volant.

— Je me disais juste qu'en sortant ensemble nous enfreignions peut-être les règles.

— Je te rappelle que, pour le moment, les forces cosmiques semblent conspirer contre nous. Nous n'avons toujours pas eu le temps de conclure l'un de nos baisers de façon satisfaisante.

Kyra sentit ses joues s'empourprer.

— À ce propos, je suis désolée d'avoir filé à l'anglaise de cette façon, hier soir. Mais je sais que tu ne vois pas ta fille aussi souvent que tu le voudrais et je ne voulais surtout pas empiéter sur le temps que vous passiez ensemble.

— C'est ce que je me suis dit, acquiesça Jake.

— Est-ce qu'elle va bien ?

— Très bien, répondit-il sobrement.

Elle se demanda s'il préférait éviter le sujet et maintenir une certaine étanchéité entre sa famille et elle. Cette idée l'attristait mais elle pouvait comprendre la prudence dont il faisait preuve à son égard. Après tout, elle ne lui avait jusque-là pas donné beaucoup de raisons de lui faire confiance.

— C'est juste qu'elle se dispute régulièrement avec sa mère, ces temps-ci, reprit-il d'une voix hésitante.

Elle comprit alors que lui non plus n'avait probablement pas l'habitude de se confier de cette façon.

— C'est normal, à son âge, l'encouragea-t-elle. Crois-moi, elle ne peut pas être pire que je ne l'étais à quatorze ans.

— Mais tu avais de bonnes raisons d'être une enfant difficile, objecta Jake.

— C'est vrai, concéda-t-elle. Mais à ses propres yeux, tout adolescent se trouve dans une situation insupportable. Ils sont pris entre l'enfance et l'âge adulte et déplorent de ne pas avoir la liberté à laquelle ils aspirent. Est-ce qu'elle a une meilleure amie ?

Jake fronça les sourcils.

— Je ne sais pas, avoua-t-il en rougissant légèrement. Elle m'a parlé de certains de ses amis, bien sûr. Mais je ne sais pas si elle a une *meilleure* amie. J'imagine que cela ne fait pas de moi un père modèle.

— Il n'y a pas de pères modèles, objecta Kyra. Juste des hommes qui essayent de faire de leur mieux. De toute façon, à cet âge-là, on change très vite de meilleur ami.

Jake ne parut pas convaincu par ses arguments.

— Je me demande parfois si nous n'avons pas fait un enfant trop vite, murmura-t-il. J'étais flic depuis un an à peine et Tess était encore à la fac de droit.

— Mais vous avez tout de même réussi à la rendre heureuse, remarqua Kyra. Et à faire d'elle une enfant équilibrée.

— C'est l'impression qu'elle me donne chaque fois que je la vois, reconnut Jake. Elle est douée à l'école. Elle a des amis. Elle fait du foot dans l'équipe de son collège et prend des cours de guitare.

— Est-ce qu'elle a un petit ami ?

— Pas que je sache. Mais je ne suis peut-être pas le premier à qui elle en parlerait.

— Ce n'est pas facile d'avoir un père flic, remarqua Kyra en riant. Tes petits amis sont soumis à des contre-interrogatoires en règle. J'ai connu ça avec Quinn, à l'époque.

— J'espère que j'aurai un jour dans sa vie un rôle semblable à celui que Quinn a joué dans la tienne.

— J'en suis sûre, déclara Kyra.

Jake manœuvra pour se garer sur le parking du restaurant qu'il avait choisi pour eux. Le cadre était sympathique, joli sans être prétentieux. C'était précisément le genre d'endroits qu'elle aimait et, s'il fallait en croire l'empressement de la serveuse qui les accueillit, Jake devait y avoir ses habitudes.

Elle les conduisit jusqu'à une table située en terrasse, un peu à l'écart des autres. Là, tout en étudiant le menu, ils commandèrent deux thés glacés.

— Parle-moi de cette fameuse empreinte, demanda Kyra en sirotant le sien.

— J'avais déjà remarqué la présence d'un résidu collant sur le lit d'Andrea, la première victime, expliqua-t-il. Nous avons découvert alors qu'il s'agissait de colle provenant probablement d'un rouleau de scotch. Le tueur s'en sert pour récupérer les cheveux et les fibres qu'il pourrait laisser tomber lors des meurtres. J'ai senti la même chose chez Crystal Monroe et encore chez Mindy Behr. Mais cette fois, le tueur avait perdu un morceau de scotch dans le lit.

— Cela prouve au moins qu'il n'est pas à l'abri d'une erreur. Et s'il en a commis une, il en commettra peut-être d'autres. Mais, avec un peu de chance, celle-ci suffira. Après tout, le relevé d'empreintes permettra peut-être de l'identifier directement. Tous les gens qui possèdent un permis de conduire délivré en Californie doivent fournir leurs empreintes…

— Malheureusement, nous ne pouvons y accéder librement. Et même si tel était le cas, il faudrait que l'empreinte laissée par le tueur corresponde précisément au doigt utilisé pour les permis. Mais tu as raison : c'est déjà mieux que rien. Et si nous parvenons à identifier le tueur, ce sera une preuve de sa culpabilité parfaitement recevable devant un tribunal. Nous allons également disposer d'une troisième série d'enregistrements à comparer avec les deux précédents, ce qui démultiplie nos chances d'apercevoir le tueur ou son véhicule. En dépit de toutes ses précautions, il n'a pas pu se téléporter à l'intérieur puis disparaître sans laisser la moindre trace de son passage.

— J'en viens parfois à me demander comment la police parvenait à résoudre les enquêtes avant l'invention de ces caméras de surveillance.

— C'était nettement plus difficile, concéda Jake. Et cela explique le nombre très important d'affaires non résolues, notamment en matière de meurtres en série. Mais même ceux qui ont sévi avant 1986 ne sont plus à l'abri, aujourd'hui. À n'importe quel moment, une étude d'un échantillon d'ADN retrouvé à l'époque peut leur valoir une condamnation. Ils vivent avec une véritable épée de Damoclès au-dessus de la tête.

— Sauf le Joueur, remarqua Kyra.

— Sauf le Joueur qui s'est débrouillé pour ne laisser aucun indice matériel exploitable, concéda Jake. Remarque, c'était aussi le cas de ses deux imitateurs, jusqu'à aujourd'hui. Contrairement à bon nombre de tueurs en série, ni l'un ni l'autre n'ont eu de relations sexuelles avec leurs victimes, avant ou après les avoir assassinées.

— Mais nous savons que les meurtres inspiraient à Jordy une pulsion sexuelle. Simplement, il la satisfaisait après coup, en reconstituant son meurtre de façon symbolique avec des prostituées. C'est peut-être aussi le cas du nouveau copycat…

Jake jeta un coup d'œil autour de lui et se fendit d'un sourire un peu ironique.

— Heureusement que Yasmine nous a installés un peu à l'écart des autres, constata-t-il.

— C'est vrai, concéda Kyra avec un rire sans joie. Tout le monde n'apprécierait peut-être pas nos conversations de table… À ce propos, tu as mentionné le fait que tu avais quelque chose à me dire. Est-ce que c'était au sujet de cette empreinte digitale ?

Jake secoua la tête.

— C'était à propos du SMS que j'ai reçu au sujet des Harmon. Comme nous l'avions soupçonné, il avait bien été envoyé depuis un téléphone jetable. Cette fois-ci, nous n'aurons pas la chance de tomber sur un témoin aussi précieux que Rachel Blackburn, hélas.

— Dans ce cas, nous devrions nous concentrer sur l'homme qui fréquente la bibliothèque de Santa Monica, si tant est qu'il s'agisse bien de la même personne.

— J'ai déjà demandé au procureur un mandat pour obtenir les enregistrements correspondant au jour et à l'heure approximative où tu as reçu cet e-mail. Nous allons peut-être découvrir qui est ce mystérieux Leurouje.

— Excellente nouvelle ! s'exclama-t-elle avec enthousiasme. Est-ce que tu crois que le procureur t'accordera ce mandat ?

— J'ai peu de doute à ce sujet. Il s'agit d'un espace

public. Et j'ai précisé que c'était en rapport avec l'affaire du copycat. Comme tous les élus de la ville, le procureur n'a qu'une envie : que nous fassions cesser cette vague de meurtres au plus vite avant que la population panique et commence à réclamer des têtes. Je crois que le maire me remettrait les clés de la ville si je les lui demandais.

— Tu connais le maire Wexler ? lui demanda-t-elle, curieuse.

— Je l'ai rencontré à plusieurs reprises, acquiesça Jake. Il est assez proche de Sterling, le chef de la police de Los Angeles.

Kyra hocha la tête. Tenue par le respect de la confidentialité des rapports avec ses patients, elle ne pouvait lui dire qu'elle recevait régulièrement Monica, l'épouse de Ben Wexler, en consultation.

— En tant qu'inspecteur de police, j'imagine que tu dois croiser toutes sortes de célébrités, remarqua-t-elle pour changer de sujet.

— C'est vrai, reconnut Jake.

Il entreprit de lui raconter quelques anecdotes amusantes qui lui étaient arrivées dans le cadre de ses fonctions. Ils passèrent le reste du déjeuner à discuter de choses et d'autres, s'accordant ainsi quelques minutes de répit au milieu de cette journée placée sous le signe de la mort. Lorsque Yasmine leur apporta l'addition, Kyra insista pour la régler.

— En échange, fais-moi signe lorsque tu recevras la vidéo de la bibliothèque, lui dit-elle. J'aimerais vraiment voir en face l'homme qui me harcèle de cette façon.

— Tu n'as pas besoin de me corrompre pour cela, lui dit-il en souriant. Je comptais bien regarder cet enregistrement avec toi, au cas où il s'agirait de quelqu'un que tu connais déjà.

— Très bien, lui dit-elle. Dans ce cas, laisse-moi t'inviter pour me faire pardonner d'avoir filé en douce, hier soir.

— Tu es déjà pardonnée, lui assura-t-il. Mais si tu tiens réellement à m'inviter, n'hésite pas. Cela me donnera un excellent prétexte pour te rendre la pareille.

Lorsqu'elle eut réglé l'addition, ils rentrèrent au commissariat.

— Je te rejoins dans quelques minutes, dit-elle à Jake qui se dirigeait déjà vers l'ascenseur. J'ai un coup de fil à passer.

Le regard amusé qu'il lui lança prouvait qu'il n'était absolument pas dupe de ce faux-semblant. Mais il ne souleva aucune objection. Lui aussi devait comprendre à quel point il était délicat pour eux de s'afficher ouvertement en tant que couple.

Bien sûr, il s'était agi d'un déjeuner professionnel, tout comme celui qu'elle avait pris la veille avec Billy. Mais il n'existait aucune ambiguïté entre ce dernier et elle. C'était loin d'être le cas avec Jake, et la plupart de leurs collègues devaient en avoir parfaitement conscience.

Elle patienta donc un moment dans le garage. Mais comme elle était sur le point de gagner l'ascenseur, elle eut la surprise d'entendre quelqu'un l'interpeller. Se retournant, elle aperçut une jeune femme aux longs cheveux noirs qui venait dans sa direction.

— Rachel ! s'exclama-t-elle, surprise. Comment allez-vous ?

— Je n'étais pas sûre que vous me remettriez, répondit celle-ci en riant. J'ai du mal à me reconnaître moi-même, vêtue de cette façon.

De fait, elle avait troqué ses tenues gothiques habituelles pour un tailleur assez élégant. Le fond de teint blafard et le khôl charbonneux qu'elle affectionnait généralement avaient cédé place à un maquillage beaucoup plus sobre qui mettait parfaitement en valeur son charme naturel. Elle avait également remisé la plupart de ses piercings pour ne garder que deux boucles à l'oreille gauche.

— Je dois bien avouer que votre métamorphose est assez radicale, répondit Kyra.

— Ce n'est qu'un masque, lui confia Rachel en souriant. Dès que je sors d'ici, je reprends ma véritable apparence. Mais je me suis dit que la police de Los Angeles n'était pas encore prête à adopter la véritable Rachel Blackburn.

— Alors, vous avez commencé à travailler au central téléphonique, comme Jake vous l'avait suggéré.

— Oui, répondit la jeune femme avec enthousiasme. Et il avait raison : c'est le poste idéal pour me familiariser avec la police et ses méthodes pendant que je termine mes études de droit.

— Et ça a renforcé votre vocation ? lui demanda Kyra, curieuse.

— Bien plus encore que je ne l'imaginais, acquiesça Rachel. C'est un métier passionnant.

Kyra ne pouvait prétendre le contraire, elle qui travaillait en étroite collaboration avec les forces de l'ordre depuis le début de sa carrière.

— Éprouvant aussi, parfois, tempéra-t-elle néanmoins.

— N'est-ce pas le cas de tous les métiers qui en valent la peine ? rétorqua Rachel avec un sourire.

— Sans doute.

— J'imagine qu'être psy ne doit pas être facile tous les jours. Je ne sais pas comment vous faites pour ne pas vous sentir complètement déprimée en rentrant chez vous le soir.

— Un psy est comme un médecin : nous ne parvenons

pas forcément à faire disparaître les souffrances de nos patients mais nous les atténuons, et c'est déjà beaucoup.

Toutes deux prirent l'ascenseur ensemble. Rachel descendit au premier étage tandis que Kyra continuait jusqu'à celui qu'occupait la force opérationnelle. Lorsqu'elle pénétra dans leur QG, elle constata sans surprise que Jake était déjà en plein travail.

Elle fit de même, prenant successivement contact avec tous les amis de Crystal Monroe et de Mindy Behr qui avaient sollicité une entrevue avec elle. Certains se contentaient d'un simple coup de téléphone, d'autres, plus choqués, auraient besoin d'une ou plusieurs séquences à son cabinet pour surmonter cette épreuve.

La mort d'un proche frappait les gens de façons très différentes, en fonction de leur lien avec la victime, de leurs croyances personnelles, de l'entourage sur lequel ils pouvaient s'appuyer ou encore des deuils qu'ils avaient vécus au cours de leur existence.

Au milieu de l'après-midi, alors qu'elle venait tout juste de raccrocher son téléphone, une série de bips lui indiqua qu'elle venait de recevoir un SMS. Il émanait de Jake qui lui indiquait que le procureur lui avait accordé le mandat qu'il avait sollicité. Il lui demandait aussi quand elle serait disponible pour aller consulter l'enregistrement.

Elle répondit qu'elle avait un client à voir à son cabinet à 5 heures et qu'elle serait donc libre vers 6 heures. La bibliothèque fermait ses portes à 9 heures, ce soir-là, ce qui leur laisserait tout le temps de s'y rendre ensuite.

Jake accusa réception, et tous deux se remirent au travail. Le reste de l'après-midi passa à toute vitesse. À 4 heures, Kyra éteignit son ordinateur et rassembla ses affaires avant d'aller trouver Jake et Billy qui étaient en train de visionner des enregistrements réalisés à proximité du domicile de Mindy.

— Je dois y aller, leur dit-elle. Est-ce que tout va bien de votre côté ?

Jake hocha sobrement la tête.

— Beaucoup mieux, répondit Billy. Notre discussion d'hier m'a vraiment fait du bien, Kyra. Et elle m'a convaincu de me remettre à la recherche de ma sœur.

— Vous comptez rouvrir l'enquête ? demanda-t-elle.

— Je n'ai malheureusement pas la possibilité de le faire, répondit-il. Non seulement je ne travaille pas pour le bon service mais, de plus, il n'y a aucun élément nouveau qui justifierait une telle réouverture. Mais je connais un détective privé à qui je pourrais confier l'affaire. Je vais le contacter et lui demander de s'en occuper. Je ne peux pas continuer indéfiniment à me rendre malade chaque fois qu'on nous signale le cadavre d'une jeune Afro-Américaine. J'ai besoin de connaître la vérité. Et ma famille aussi.

— N'hésitez pas à me dire si je peux faire quoi que ce soit pour vous aider, lui proposa Kyra. Et ce n'est pas une proposition en l'air, Billy.

— Je n'oublierai pas, acquiesça-t-il, visiblement touché.

— Bien, conclut-elle. Je vais devoir filer. À demain.

— À demain, répondit Billy.

Le regard que lui lança Jake indiquait qu'il comptait la revoir à la bibliothèque dans la soirée. Mais pas plus qu'elle, il ne comptait s'étendre sur l'investigation parallèle qu'ils étaient en train de mener tous les deux. Il aurait fallu pour cela dévoiler bien trop de secrets concernant le passé de Kyra.

En rentrant chez elle, elle regretta de ne pas avoir le temps d'effectuer un crochet par le domicile de Quinn.

Elle aurait aimé le tenir au courant des dernières avancées de l'enquête et plus encore de la conversation qu'elle avait eue avec Jake, la veille au soir.

Le fait que Quinn approuvât Jake McAllister était important aux yeux de Kyra. Celui qu'elle considérait comme son père adoptif avait toujours veillé sur ses intérêts, n'hésitant pas à lui dire ce qu'il pensait de ses amis et des quelques petits amis qu'elle avait eus. Et il s'était rarement trompé à leur sujet.

Comme tout bon flic, Quinn était très psychologue. Et s'il faisait confiance à Jake, elle savait qu'elle pouvait en faire autant. D'ailleurs, la réaction de ce dernier lorsqu'il avait découvert le crime dont elle s'était rendue coupable avait dépassé ses espérances les plus optimistes.

C'était peut-être parce qu'il faisait partie de ces rares personnes qui avaient été confrontées aux facettes les plus inavouables de l'humanité mais étaient parvenues à conserver leur âme, à ne pas laisser leurs valeurs s'émousser.

Nombre de policiers fuyaient la dureté impitoyable de leur quotidien dans le cynisme ou dans l'alcool. Jake, lui, parvenait à se maintenir sur la corde raide, démontrant une probité et une volonté hors du commun.

La seule fois où elle avait vu son armure se fissurer, c'était lorsqu'il avait été trahi par Lizbeth Kruger, une psychologue de la police qui aurait dû le soutenir lors d'un procès mais avait brusquement fait volte-face, permettant ainsi la libération anticipée d'un meurtrier.

Ce dernier avait assassiné une femme peu de temps après, ce qui avait plongé Jake dans une fureur noire. Il avait violemment pris à partie Lizbeth en présence de plusieurs de leurs collègues - dont Kyra elle-même. Elle avait alors perçu toute la colère qui couvait sous le calme dont Jake ne se départait quasiment jamais.

Castillo n'avait eu d'autre choix que d'intervenir et de réprimander Jake. Il l'avait également forcé à consulter un psychologue, ce qui, étant donné les circonstances, ne manquait pas d'une certaine ironie.

Depuis lors, Jake n'avait jamais caché le peu de cas qu'il faisait des thérapeutes en tous genres. Mais il semblait s'être résolu à faire une exception dans son cas.

De retour à son cabinet, Kyra consulta les messages qui s'étaient accumulés sur son répondeur en son absence. Elle fixa un certain nombre de rendez-vous avant de recevoir le client qu'elle attendait. L'homme venait successivement de perdre son travail et son épouse qui n'avait pas supporté qu'il se retrouve sans emploi.

Lors d'une consultation particulièrement longue et éprouvante, elle parvint cependant à l'arracher aux idées suicidaires qui le hantaient depuis qu'il s'était retrouvé seul et sans raison de vivre. Elle l'aida à se fixer une série d'objectifs très concrets qui, espérait-elle, lui permettraient de se hisser hors du gouffre dans lequel il était en train de sombrer.

Lorsque son patient quitta enfin le cabinet, elle consulta ses messages et vit que Jake avait pris rendez-vous avec la bibliothécaire à 19 h 30. Il proposait également de passer la prendre à son domicile.

Cela laissa à Kyra le temps de rédiger un compte rendu de la session qui venait de se dérouler. Elle repassa ensuite par chez elle pour manger un morceau. Là, elle hésita à se changer mais décida en fin de compte de garder son tailleur. Après tout, il s'agissait d'un rendez-vous professionnel et Jake serait certainement en costume.

À 7 h 15, le coup de sonnette qu'elle attendait pourtant avec impatience la fit sursauter. Lorsqu'elle ouvrit la porte, elle trouva sur le seuil Jake qui tenait Spot dans ses bras. Le chat ronronnait de contentement.

— J'espère que la bibliothécaire n'est pas allergique aux poils de chat, remarqua-t-elle en souriant.

Jake reposa précautionneusement le petit animal à ses pieds et épousseta sa veste. Spot se frotta affectueusement contre la jambe de son pantalon.

— J'imagine que tu t'es encore garé n'importe où, ajouta-t-elle en allant prendre son sac à main qui était posé sur la petite console dans l'entrée.

— Évidemment, répondit-il en haussant les épaules. C'est la seule raison pour laquelle j'ai décidé d'entrer dans la police, tu sais. Los Angeles est une ville inhabitable si l'on est tenu de respecter les limitations de stationnement.

Elle ne put s'empêcher de rire. Pourtant, intérieurement, elle sentait monter en elle une certaine tension nerveuse. Si tout se déroulait comme ils l'espéraient, ils ne tarderaient pas à découvrir qui était l'homme qui la harcelait. Et il y avait une chance, si mince fût-elle, pour qu'il s'agisse de l'homme qui avait tué sa mère.

L'idée qu'après toutes ces années Jennifer Lake et les autres victimes du Joueur puissent obtenir justice l'emplissait d'un irrépressible mélange d'exaltation et de crainte.

Durant le bref trajet qui les conduisit jusqu'à la bibliothèque, elle eut beaucoup de peine à réprimer sa propre agitation.

— Tout va bien se passer, lui assura Jake à qui elle n'avait pas échappé. Nous allons enfin savoir qui est Leurouje et, si nous parvenons à l'identifier, nous l'interrogerons sur ses intentions. Avec un peu de chance, il pourra même nous fournir des informations concernant les deux séries de meurtres qui se sont produites au cours des dernières semaines.

— Je l'espère, acquiesça-t-elle.

La bibliothèque possédait son propre parking et, pour une fois, Jake put se garer en toute légalité. Ils descendirent de voiture et pénétrèrent dans le bâtiment de verre et de béton. Au grand soulagement de Kyra, ce n'était pas Inez qui était de permanence, ce soir-là, mais l'une de ses collègues. Il lui présenta sa plaque d'inspecteur.

— J'avais rendez-vous avec Mme Shelton, précisa-t-il.

— Je l'appelle tout de suite, répondit la bibliothécaire, visiblement intimidée.

Elle disparut durant quelques minutes avant de revenir accompagnée par une femme plus âgée.

— Inspecteur McAllister, je suis Renee Shelton, la directrice de la bibliothèque.

Jake serra la main qu'elle lui tendait et lui présenta Kyra.

— J'ai récupéré l'enregistrement que vous m'avez demandé, leur dit alors la directrice. Si vous voulez bien me suivre…

Ils contournèrent le comptoir où s'effectuaient l'emprunt et le retour des livres, et empruntèrent un couloir qui conduisait aux réserves et aux bureaux du personnel. Renee les fit entrer dans l'un d'eux et s'approcha du terminal informatique posé sur le bureau.

Elle fit bouger la souris pour réactiver l'écran et désigna le dossier qui était ouvert.

— Tout est là, leur indiqua-t-elle. Les différents enregistrements sont chargés aux heures que vous avez demandées. Celui-ci est probablement celui qui vous intéresse puisqu'on y voit la salle de lecture où se situent les ordinateurs mis à disposition des visiteurs. Est-ce que vous aurez besoin de moi ou est-ce que vous préférez regarder cela par vous-mêmes ?

— Nous devrions pouvoir nous débrouiller, répondit Jake avec un charmant sourire.

— Très bien. Je vous laisse, dans ce cas. Si jamais vous avez besoin de quoi que ce soit, mon bureau est au fond du couloir.

Ils prirent place dans les fauteuils qui faisaient face à l'écran et Jake double-cliqua sur la vidéo que leur avait désignée Renee.

— C'est parfait, constata-t-il. On a une vue sur tous les postes de travail.

— Est-ce que nous avons une idée duquel Leurouje a utilisé ?

— En se fondant sur les informations fournies par Brandon, Renee m'a indiqué que ce devait être celui qui se trouve au bout de la rangée, sur la gauche.

Kyra et lui demeurèrent silencieux, observant les allées et venues des visiteurs de la bibliothèque. Il y avait toutes sortes de gens qui allaient et venaient mais le poste en question ne trouvait pas preneur. Finalement, Kyra vit entrer dans le champ de la caméra la SDF dont elle avait fait la connaissance la veille.

À l'écran, elle paraissait moins âgée. Peut-être était-ce le cas, d'ailleurs. Mais le soleil de Californie avait tanné sa peau, la vieillissant prématurément.

— Elle s'appelle Yolanda, indiqua Kyra en voyant celle-ci s'approcher de l'ordinateur qu'ils surveillaient. Elle était là, l'autre jour. Elle est un peu toquée mais très gentille. Et apparemment, elle passe le plus clair de son temps à la bibliothèque. Si elle a croisé Leurouje, nous ne devrions avoir aucun mal à la trouver pour l'interroger.

Yolanda s'installa devant l'ordinateur et ouvrit un vieux cahier qu'elle posa devant elle. Elle commença à taper mais l'angle de la caméra ne permettait pas de distinguer quel site elle consultait.

— Elle est fascinée par la mode et la haute couture, ajouta Kyra. J'imagine qu'elle ne va pas rester très longtemps. Leurouje ne devrait plus tarder à arriver…

Mais le timecode qui s'affichait à l'écran égrenait les secondes et les minutes sans que Yolanda fasse mine de bouger.

— Bizarre, murmura Kyra, troublée. On doit approcher de l'heure où j'ai reçu l'e-mail.

— Plus que quarante secondes avant l'heure qui apparaissait dans l'en-tête, acquiesça Jake.

Tous deux demeurèrent rivés à l'écran, retenant leur souffle et comptant dans leur tête les secondes qui défilaient.

— Bien, déclara Jake lorsqu'une minute se fut écoulée. Nous savons à présent qui t'a envoyé ce mail.

Kyra le considéra d'un air sidéré.

— Ce n'est pas possible, protesta-t-elle. Yolanda ne peut pas être Leurouje. Je te l'ai dit : elle n'a même pas toute sa tête. Je ne l'imagine vraiment pas s'acoquiner avec Matt ou jouer les corbeaux…

— Je n'ai pas dit qu'elle était Leurouje, objecta Jake. Juste qu'elle t'avait envoyé le mail. Leurouje l'a probablement payée pour cela. Quel qu'il soit, ce type n'a pas usurpé le pseudonyme dont il s'est affublé. Une fois de plus, le Joueur s'est joué de nous…

14

— Ce n'est pas possible ! répéta Kyra.

Se tournant vers elle, Jake comprit qu'elle paraissait furieuse. Il pouvait le comprendre, d'ailleurs. Tous deux avaient été tellement persuadés qu'ils étaient sur le point de découvrir l'identité de Leurouje que cette nouvelle déconvenue devait lui faire l'effet d'une véritable provocation.

— Je lui ai parlé, s'exclama encore Kyra. Je suis sûre qu'elle n'aurait jamais fait ça…

— Peut-être ne pensait-elle pas faire quelque chose de mal, objecta Jake. Et puis, pour quelqu'un dans sa situation, se faire payer pour envoyer un mail est une offre qui doit être difficile à refuser…

Il revint légèrement en arrière et désigna le cahier que Yolanda avait ouvert devant elle.

— Regarde la façon dont elle le lit avant de taper, dit-il. Elle avait dû noter les instructions de Leurouje là-dedans.

Kyra ouvrit la bouche pour soulever une objection puis la referma aussitôt. Il la connaissait suffisamment, à présent, pour savoir qu'elle venait de se rappeler quelque chose.

— Qu'y a-t-il ?

— Elle me l'a dit, murmura-t-elle. À sa façon, elle me l'a dit : elle a indiqué qu'on la payait pour donner des informations et rendre des services. Sur le moment, j'ai cru qu'elle voulait se faire passer pour une employée de la bibliothèque, mais il se peut qu'elle ait voulu parler de ça…

Elle désigna l'écran.

— Et dire que je lui ai donné vingt dollars ! s'exclama-t-elle. Je me sentais désolée pour elle alors qu'elle avait touché de l'argent pour me harceler !

— Elle ne devait pas savoir qu'il s'agissait de toi, objecta Jake. Et cela nous donne un avantage : c'est une habituée, tu l'as dit toi-même. Nous n'aurons qu'à revenir l'interroger. Nous la payerons, s'il le faut.

— Mais nous n'aurons qu'une vague description de celui qui l'a embauchée, s'exclama Kyra. Au mieux, un portrait-robot. Et encore, à condition qu'il n'ait pas pris la précaution de se grimer…

— C'est déjà ça, tenta de l'encourager Jake.

— Je pensais vraiment que nous l'identifierions, ce soir, soupira-t-elle, la mort dans l'âme. Je pensais que nous verrions enfin son visage.

— Je sais, acquiesça-t-il en posant doucement sa main sur son avant-bras.

Kyra poussa un soupir, se résignant à faire face à ce nouvel obstacle. La plupart des gens ne se rendaient pas compte que c'était précisément ce en quoi consistait le travail de la police : explorer une à une des pistes qui se terminaient le plus souvent par des impasses avant de trouver enfin celle qui conduisait à la vérité.

— Si Yolanda est une visiteuse régulière, les employés de la bibliothèque la connaissent peut-être.

— Celle que j'ai rencontrée hier semblait effectivement la connaître.

— Comment s'appelait-elle ?

— Inez.

— Nous allons demander à Renee qu'elle nous rappelle dès demain. Nous verrons bien alors si elle sait où nous pouvons trouver Yolanda. Au pire, elle pourra nous dire à quelles périodes elle vient à la bibliothèque, en général.

Kyra fit pivoter sa chaise pour lui faire face.

— Il y a une chose que je ne comprends pas, déclara-t-elle. Si ce Leurouje a envoyé Yolanda à sa place, c'est qu'il savait que la bibliothèque était équipée de caméras. Pourquoi dès lors n'a-t-il pas choisi un autre endroit ?

— Excellente question, opina Jake. Tu as raison… Il savait forcément qu'il y avait des caméras. Il savait que nous viendrions ici dans l'espoir de l'identifier. Il savait aussi que nous serions déçus. Il joue avec nous, Kyra. Tout comme il jouait avec toi en te laissant ces cartes. C'est sans doute pour cela qu'il a choisi ce surnom.

— Tu penses que c'est le même homme qui a tué ma mère, il y a vingt ans ?

— Je ne sais pas si c'est lui ou l'un de ses imitateurs. Mais en jouant au chat et à la souris comme il le fait avec nous, il finira tôt ou tard par commettre une erreur. Et nous le coincerons.

Kyra ne paraissait pas totalement convaincue et il ne pouvait le lui reprocher. Après tout, le Joueur originel était parvenu à échapper à Roger Quinn et ils n'avaient toujours pas la moindre idée de qui pouvait être le second copycat. Que Leurouje ait ou non un lien avec eux, il se montrait pour le moment tout aussi insaisissable.

Ils quittèrent le petit bureau et gagnèrent celui de Renee.

— Nous avons terminé, lui dit Jake.

— Est-ce que vous avez trouvé ce que vous cherchiez ? s'enquit la directrice.

— En quelque sorte, répondit-il évasivement. Mais nous aimerions nous entretenir avec une personne sans domicile fixe qui se trouvait là, ce jour-là. Kyra m'a indiqué qu'Inez la connaissait.

— Ce n'est pas étonnant, répondit Renee. C'est elle qui est chargée de l'attribution des postes de travail durant la journée.

— Est-ce que par hasard elle serait encore là ?

Renee secoua la tête.

— Elle est rentrée chez elle. Mais si vous me laissez votre carte, je lui demanderai de vous rappeler dès qu'elle arrivera, demain matin.

— Je vais vous laisser la mienne, déclara Kyra en en sortant une de son sac à main. J'ai croisé Inez, hier, et elle comprendra de quoi il est question. Puis-je vous emprunter un stylo ?

— Bien sûr, répondit Renee qui lui en tendit un.

Kyra écrivit quelques mots au dos de sa carte de visite qu'elle remit ensuite à la directrice.

— Laisse aussi l'une des tiennes, dit-elle à Jake. De cette façon, elle saura que j'ai prévenu la police.

Jake s'exécuta.

— Je transmets tout cela à Inez, déclara Renee.

Ils prirent congé d'elle et ressortirent de la bibliothèque. Une douce brise venue du Pacifique s'était levée, leur apportant une odeur d'iode.

— Qu'as-tu écrit à Inez ? demanda-t-il à Kyra.

— Je lui ai dit qu'il fallait que je parle à Yolanda. Je lui ai demandé de me transmettre les horaires auxquels elle venait d'habitude et de m'appeler si jamais elle la voyait.

Kyra haussa les épaules.

— Je ne suis toujours pas vraiment convaincue que Yolanda pourra nous aider, reprit-elle. Elle se prend pour une designeuse de mode et passe son temps à chercher de nouvelles idées pour ses collections imaginaires…

Jake laissa échapper un petit sifflement.

— Leurouje a pris un sacré risque en lui demandant son aide.

— Elle a peut-être des moments de lucidité, répondit Kyra. Ou alors, il est très doué pour se faire obéir…

— Il y a peut-être un peu des deux.

— Je ne sais vraiment pas comment tu fais pour rester optimiste, remarqua-t-elle. J'ai vraiment l'impression que nous allons de nouveau nous heurter à un mur.

— C'est possible, concéda Jake. Mais même dans ce cas, nous n'avons pas d'autre choix que d'aller jusqu'au bout pour nous en assurer. Quinn a déjà dû te dire que la patience était la plus grande qualité dont pouvait faire preuve un policier.

— C'est vrai, reconnut-elle. Il m'a également dit que je devais te faire confiance. Et je suis bien décidée à suivre ses conseils, cette fois-ci.

Un large sourire se dessina sur les lèvres de Jake. Il se promit que, la prochaine fois qu'il rendrait visite à Quinn, il lui apporterait un pack de sa bière préférée.

Le lendemain matin, Jake fut réveillé à l'aube par un coup de téléphone du capitaine Castillo qui lui expliqua qu'il était impératif qu'il se rende au domicile des parents de Mindy Behr, dans un quartier chic situé au sud de Pasadena.

Les Behr se trouvaient en effet être de généreux contributeurs à la campagne du maire, Ben Wexler. Ce dernier avait donc lourdement insisté pour que l'inspecteur en charge de la force opérationnelle aille présenter ses condoléances en personne à Michael Behr et son épouse. Jake devrait également les tenir au courant des avancées de l'enquête et leur assurer que le tueur serait bientôt identifié et arrêté.

Jake ne se faisait aucune illusion : la mort de Mindy constituait un tournant dans cette enquête. Toutes les victimes auraient dû avoir la même importance, aux yeux de la police. Et, sur le papier, tel était bien le cas. Mais dans les faits, la fortune et le pouvoir avaient hélas une réelle incidence sur le taux d'élucidation.

Les Behr et le maire Wexler feraient pression pour que Castillo obtienne rapidement des résultats. Et ce dernier n'aurait d'autre choix que d'affecter plus d'hommes et de moyens à cette affaire au détriment d'autres qui, quoique moins médiatisées, n'en étaient pas moins importantes.

Si Jake ne parvenait pas à coincer le copycat, il risquait de se voir retirer cette enquête au profit d'un autre inspecteur ou même de la branche locale du FBI qui devait se tenir en embuscade, toujours prête à marquer des points au détriment de la police locale.

Fort de ces nouvelles instructions qui lui feraient perdre un temps précieux, Jake se rendit au commissariat pour informer Billy de la nouvelle situation et faire le point avec lui sur l'évolution de leur enquête.

— J'espère que tu sais où tu mets les pieds, lui dit son coéquipier. Ces Behr font partie de la haute, de la très haute société, même. Et le maire leur mange dans la main. Je comprends qu'il ait demandé à Sterling et Castillo de leur envoyer quelqu'un, mais je ne suis pas sûr qu'ils aient choisi le meilleur émissaire.

— Je suis bien d'accord avec toi. Mais Wexler voulait que ce soit le chef de la force opérationnelle en personne qui s'y colle. Qui sait ? Avec un peu de chance, je pourrai en profiter pour obtenir quelques informations au sujet de Mindy.

— Ne compte pas trop là-dessus. D'après ses amis, Mindy et ses parents ne se parlaient quasiment plus. Ils ne cautionnaient ni ses choix de vie ni ses fréquentations et ne se gênaient pas pour le lui faire savoir.

Jake grommela un juron.

— Tu devrais éviter ce genre de termes quand tu seras chez les Behr, remarqua Billy en souriant.

— Castillo aurait mieux fait de t'envoyer toi, soupira Jake. Je suis sûr que tu te sentirais comme un poisson dans l'eau à San Marino.

— Mais c'est toi le chef, chef, répliqua son coéquipier.

Le téléphone de Jake se mit alors à sonner et il décrocha.

— McAllister, j'écoute.

— C'est Castillo. Je vous appelais pour vous demander d'emmener Kyra avec vous chez les Behr.

Ce n'était pas totalement absurde, songea Jake. Après tout, les Behr étaient des proches de la victime et avaient donc droit à l'aide de la psychologue de la police. Mais il était convaincu que des gens comme eux ne se contenteraient pas d'une psychologue commise d'office, si brillante soit-elle.

Castillo espérait sans doute que la présence de Kyra à ses côtés permettrait d'arrondir les angles vis-à-vis de leurs hôtes et il n'avait probablement pas tort.

— J'espère que ça ne vous pose pas de problème, ajouta son supérieur hiérarchique. Je me suis laissé dire que vous vous entendiez très bien, tous les deux…

La façon dont Castillo avait prononcé ces mots tendait à indiquer qu'il avait entendu les rumeurs qui couraient déjà sur leur compte.

— C'est le cas, répondit-il. Et je n'ai aucune objection à ce qu'elle vienne. J'ai vu la façon dont elle travaille et je suis convaincu que sa présence sera un atout. Elle est probablement bien plus douée que moi dans ce genre de circonstances.

— Sans blague…, marmonna Castillo.

Sur ce, il raccrocha.

— Dis donc, demanda Jake à Billy, tu as remarqué à quel point le capitaine était à cran, ces derniers temps ? À l'entendre, on ne croirait vraiment pas que notre équipe vient de mettre hors d'état de nuire un tueur en série…

— Tu sais comment ça marche, objecta son coéquipier. Un clou chasse l'autre, comme on dit. L'apparition du nouveau copycat leur a fait oublier Jordy Lee Cannon. Aujourd'hui, Wexler fait pression sur Sterling, qui fait pression sur Castillo, qui fait pression sur toi. C'est un grand classique.

— Merci pour cette leçon de vie, Dandy, railla Jake. Je me sens tout de suite mieux…

— Ne t'en fais pas trop, reprit Billy. Tu n'auras qu'à laisser Kyra parler. Elle est très douée pour cela…

Billy s'interrompit, paraissant hésiter à ajouter quelque chose.

— Qu'y a-t-il ? lui demanda Jake.

— Rien de grave, répondit son coéquipier. Mais je pense juste que tu devrais quand même rester sur tes gardes avec elle.

Jake sentit les battements de son cœur s'emballer. Se pouvait-il que Billy ait découvert quelque chose au sujet du passé de Kyra ?

— Pourquoi cela ?

— Quand elle a vu le nom de Tara s'afficher sur ton portable, elle est venue me trouver pour me demander si Tara avait des vues sur toi. Elle était folle de jalousie. Alors fais attention. Une petite amie possessive, ça peut être flatteur. Mais une ex-petite amie possessive, ça devient vite flippant.

Jake soupira intérieurement.

— Tu sais ce que c'est, objecta-t-il d'un air entendu. Le début d'une relation, c'est toujours un moment un peu bizarre pour tout le monde… À propos de Kyra, est-ce que tu l'as vue, ce matin ?

Billy secoua la tête.

— Il va falloir que je te laisse, lui dit son coéquipier. J'ai rendez-vous avec une captivante vidéo en plan fixe de la rue de Mindy. La bonne nouvelle, c'est que nous avons peut-être trouvé quelques voitures que l'on retrouvait à la fois sur les enregistrements près de chez Crystal et près de chez Andrea. Nous allons voir si elles correspondent à ceux de chez Mindy, maintenant.

— Dieu bénisse la télésurveillance, ironisa Jake.

De retour à son propre bureau, il composa le numéro de Kyra.

— Jake ? s'exclama-t-elle d'une voix essoufflée en décrochant. Est-ce que tu as eu des nouvelles d'Inez ?

— Non, pas encore. Mais il est encore tôt. Est-ce que ça va ?

— Très bien. J'étais juste en train de finir une séance de yoga.

— Désolé de t'avoir interrompue, lui dit-il. Mais la patrie a besoin de toi.

— Je sais, répondit-elle en riant. Le capitaine Castillo m'a déjà appelée. Je devrais pouvoir te rejoindre au commissariat d'ici une heure. Est-ce que ça te va ?

— Je n'ai pas encore appelé les Behr pour fixer une heure de rendez-vous, répondit-il. Je le ferai en fonction de tes horaires. Mais est-ce que tu sais pourquoi ils ont fait appel à toi ? Lorsque Castillo m'a appelé, ce matin, il n'a pas mentionné ta présence. Puis il m'a rappelé pour me dire que tu devais impérativement m'accompagner.

— Est-ce que tu t'en plains ? lui demanda-t-elle, feignant d'être vexée.

— Bien au contraire. Mais j'aimerais bien comprendre ce qui a motivé ce brusque revirement.

— Je n'en sais rien, répondit-elle plus sérieusement. Quelqu'un a dû communiquer mon nom à la famille. Et j'imagine qu'on ne peut pas leur en vouloir de solliciter mes services. Leur fille s'est fait assassiner, après tout…

En raccrochant, Kyra songea qu'elle ne s'était pas montrée complètement honnête envers Jake – une fois de plus. Elle savait en effet que la mère de Mindy Behr était une amie intime de Monica Wexler, l'épouse du maire, qui était l'une des patientes de Kyra. C'était sans doute elle qui l'avait recommandée. Mais elle ne pouvait en faire part à Jake sans enfreindre le secret professionnel auquel elle était tenue.

Elle se rassura en se disant que ce détail ne changeait pas grand-chose : Jake et elle étaient chargés d'une mission à caractère essentiellement diplomatique. Ils devraient donner l'impression qu'ils faisaient tout ce qui était en leur pouvoir pour arrêter l'assassin de Mindy. Or, c'était la plus stricte vérité.

Après avoir pris une douche et enfilé son tailleur le plus élégant, Kyra avala un café. Sur le chemin du commissariat, elle consulta à plusieurs reprises ses SMS et ses mails, espérant qu'Inez la recontacterait rapidement. Mais celle-ci n'avait pas encore donné signe de vie.

Arrivée au poste de police, elle gagna directement le QG de la force opérationnelle qui bourdonnait d'activité.

Elle travaillait à présent depuis suffisamment longtemps avec ces hommes pour sentir qu'il devait y avoir du nouveau dans l'enquête.

Curieuse, elle rejoignit aussitôt Jake qui était au téléphone. Elle attendit patiemment qu'il termine sa conversation.

— Que se passe-t-il ? lui demanda-t-elle lorsqu'il raccrocha enfin.

— L'équipe que Billy a constituée pour dérusher les enregistrements des caméras de sécurité a identifié plusieurs véhicules que l'on retrouve à la fois près de chez Andrea et près de chez Crystal. Nous sommes en train de vérifier les plaques d'immatriculation correspondantes tandis qu'une autre équipe analyse les enregistrements de chez Mindy pour voir si ces voitures fréquentaient aussi le quartier. Quant à moi, au lieu de les aider, je vais aller faire le clown à San Marino…

— Tu ne peux pas en vouloir aux parents de Mindy d'user de leur influence pour s'assurer que la police fait tout ce qui est en son pouvoir pour retrouver l'assassin de leur fille. Je suis certaine que, si tu étais à leur place, tu n'agirais pas différemment.

Jake ne put réprimer un soupir.

— Tu as raison, bien sûr. Et je pense que c'est précisément pour me le rappeler que Castillo t'a chargée de m'accompagner.

Jake se leva et enfila sa veste avant de se tourner vers Billy.

— Tiens-moi informé par SMS de ce qui se passe, lui demanda-t-il. Avec un peu de chance, j'aurai une bonne nouvelle à communiquer aux Behr…

— Tu peux compter sur moi, lui assura Billy.

Ils quittèrent le poste et prirent la direction de l'est. Au grand soulagement de Kyra, la complicité qui existait entre Jake et elle ne s'était pas trouvée écornée par la décision tacite qu'ils avaient prise la veille de rentrer chacun chez soi.

Leur passage à la bibliothèque de Santa Monica leur avait vraiment sapé le moral, et lorsque Jake s'était gardé de lui proposer d'aller boire un verre, se contentant de la raccompagner jusque chez elle, elle n'avait pas eu le cœur de l'inviter à entrer.

C'était tout le paradoxe, d'ailleurs. Sans cette enquête, jamais ils ne se seraient rencontrés. Mais elle faisait peser sur eux une pression de tous les instants – renforcée encore par le fait que Kyra elle-même se trouvait intimement mêlée à cette affaire.

Elle espérait seulement que les sentiments naissants qu'ils éprouvaient l'un pour l'autre survivraient à cette épreuve. Car plus elle fréquentait Jake et plus elle prenait conscience du fait qu'il était l'homme le plus extraordinaire qu'il lui ait jamais été donné de fréquenter.

En matière sentimentale, les études de psychologie de Kyra lui avaient inculqué un profond réalisme teinté d'une pointe de cynisme. Et il lui semblait que Jake partageait cette vision des choses : l'échec de son propre mariage l'avait immunisé contre les illusions d'un romantisme effréné.

Et pourtant, il existait entre eux une forme de complicité aussi bien physique qu'intellectuelle et émotionnelle qu'elle ne parvenait pas réellement à s'expliquer. Leur relation semblait relever de l'évidence, comme si tous deux étaient faits l'un pour l'autre.

— Nous n'allons pas tarder à arriver, signala Jake, la tirant brusquement de ses réflexions.

Les Behr vivaient dans le quartier très huppé situé entre Lacy Park et la bibliothèque Huntington. Il était constitué de somptueuses maisons aux jardins soigneusement entretenus.

Kyra n'était pas étonnée que le maire fréquente ce qui pouvait passer pour l'aristocratie de Los Angeles. Monica Wexler lui avait parlé de l'ambition dévorante de son mari qui ne comptait pas se contenter du poste de maire de Los Angeles et visait de plus hautes fonctions encore.

Ils atteignirent enfin la demeure des Behr. C'était une immense villa qui se dressait au milieu d'un parc assez spacieux pour accueillir un terrain de golf. Ils s'arrêtèrent au niveau de l'Interphone qui était installé devant un majestueux portail en fer forgé au centre duquel figuraient les initiales de la famille.

— Je suis l'inspecteur McAllister, se présenta Jake. Kyra Chase et moi avons rendez-vous avec M. et Mme Behr.

— Vous êtes attendus, leur confirma-t-on.

Le portail s'ouvrit devant eux et ils remontèrent l'allée de gravier blanc bordée de massifs de fleurs qui conduisait jusqu'au bâtiment principal, une sorte de manoir construit dans le plus pur style néoclassique.

— Je préfère vraiment ta maison, commenta Kyra.

— Ce n'est pas vraiment comparable, objecta Jake. En vendant celle-ci, les Behr pourraient en acheter six comme la mienne.

— Dans ce cas, ils devraient le faire, répondit-elle. Cet endroit manque vraiment d'âme.

— Ce n'est pas moi qui dirais le contraire, acquiesça Jake en se garant entre une Rolls-Royce blanche et une Maserati jaune citron.

— Souviens-toi qu'il s'agit d'une simple visite de courtoisie, pas d'un interrogatoire, lui dit Kyra lorsqu'il eut coupé le moteur. Les Behr n'ont pas grand-chose à nous apprendre au sujet de leur fille. Ils naviguaient dans des sphères complètement différentes et ne se parlaient quasiment plus.

— C'est ce que m'a dit Billy, acquiesça-t-il. En tout cas, je suis content que tu sois là. Les mondanités, ce n'est vraiment pas mon fort.

Kyra ne put s'empêcher de sourire. Cela ne l'étonnait pas outre mesure.

Ils descendirent de voiture et se dirigèrent vers l'imposante porte d'entrée de la demeure. Celle-ci s'ouvrit avant même qu'ils aient frappé. Une femme d'une soixantaine d'années aux cheveux blonds duveteux se tenait dans l'entrée. Elle était vêtue d'un pantalon en lin blanc et d'un chemisier bleu ciel.

— Vous devez être l'inspecteur McAllister et mademoiselle Chase, s'exclama-t-elle d'un ton cordial.

— C'est exact, madame, répondit Jake d'une voix grave. Je vous présente mes plus sincères condoléances, madame Behr.

— Merci, inspecteur, répondit leur hôtesse en leur faisant signe d'entrer. Suivez-moi. Nous sommes installés sur la terrasse. Vous pouvez ôter votre veste, inspecteur. Il fait encore très chaud, aujourd'hui. Nous avons droit à un bel été indien…

À sa suite, ils traversèrent un immense salon richement décoré qui paraissait sortir tout droit des pages d'un magazine de décoration. Au fond s'ouvrait une double porte vitrée qui donnait sur une grande terrasse surplombant le parc. Michael Behr se leva pour les accueillir.

C'était un homme aux cheveux poivre et sel, au menton volontaire et aux yeux d'un bleu perçant.

— Chéri, je te présente l'inspecteur McAllister et Kyra Chase dont Monica nous a parlé.

Kyra surprit le regard étonné que lui lança Jake mais s'abstint de tout commentaire.

— Enchanté de faire votre connaissance, déclara Michael Behr. Et merci d'être venus.

— Toutes mes condoléances, monsieur Behr, lui dit Jake en serrant la main qu'il lui tendait. Soyez assurés que nous faisons tout ce qui est en notre pouvoir pour retrouver le coupable.

Mme Behr laissa échapper un petit sanglot étranglé.

— J'en suis convaincu, déclara Michael Behr. Et nous ne voulons pas de traitement de faveur, dans cette affaire. Les familles des deux autres victimes doivent être tout aussi affectées par la perte de leurs enfants.

— Nous aimerions juste savoir où en est votre enquête, intervint Mme Behr.

Kyra comprit que c'était elle qui était à l'origine de cette rencontre. Elle en avait probablement parlé à son amie Monica Wexler qui en avait à son tour informé le maire. Ce dernier avait saisi cette occasion de rendre service à ses fidèles donateurs.

Jake et Kyra prirent place autour de la table en fer forgé.

— C'est parfaitement légitime, répondit Jake à Mme Behr. Et je peux effectivement vous donner un aperçu de notre travail. Évidemment, certains détails de l'affaire seront tenus secrets tant que le coupable ne sera pas appréhendé. Je suis sûr que vous le comprenez.

— Certainement, acquiesça Mme Behr en faisant signe à une domestique qui se tenait un peu en retrait.

— Elena, pourriez-vous apporter quelque chose à boire à nos invités ? De la limonade, peut-être, leur proposa-t-elle. Ou du thé glacé ?

— De la limonade, s'il vous plaît, répondit Kyra en souriant à Elena.

Elle remarqua alors que celle-ci avait les yeux rougis, comme si elle avait pleuré récemment.

— Je prendrai la même chose, ajouta Jake.

Elena disparut à l'intérieur de la maison et Jake se lança dans un compte rendu relativement détaillé de l'enquête menée par la police de Los Angeles. Il parla des cartes à jouer laissées par le tueur mais se garda de mentionner les doigts coupés. Il sut se montrer précis, tout en évitant les détails trop macabres.

Il s'interrompit lorsque Elena leur apporta leurs boissons puis reprit son récit, décrivant les grands axes de l'enquête et les principales pistes explorées par son équipe. Il ne mentionna pas celle qu'avaient découverte les hommes de Billy le matin même, peut-être pour éviter de donner de faux espoirs aux Behr.

Lorsqu'il eut terminé sa présentation et répondu aux questions de leurs hôtes, Kyra prit à son tour la parole. Elle encouragea les Behr à leur parler de leur fille. Ce n'était pas parce qu'elle espérait obtenir des informations intéressantes au sujet de Mindy. Mais en tant que psychologue, elle savait combien il était important de mettre des mots sur ce qui s'était passé pour que les Behr puissent réellement commencer leur travail de deuil.

Mme Behr semblait le comprendre instinctivement et s'exprimait assez librement de sa fille. Kyra concentra donc ses efforts sur Michael Behr qui paraissait initialement plus réticent. Mais au fil de la conversation, il parut prendre conscience de l'importance que revêtait cet entretien pour son épouse et, dans une moindre mesure, pour lui-même.

L'entrevue se prolongea pendant près de deux heures et lorsqu'ils prirent enfin congé des Behr, Kyra se sentait émotionnellement vidée. Ce genre de session qui s'apparentait à de la thérapie de groupe était particulièrement éprouvante pour les participants comme pour le thérapeute.

— C'était assez intense, remarqua Jake tandis qu'ils regagnaient leur voiture. Franchement, je pensais que nous perdrions notre temps en venant ici, mais je dois reconnaître que tu as fait un travail extraordinaire.

— Merci, lui dit-elle en se laissant tomber dans le fauteuil passager. Je t'avoue que je suis épuisée.

— Trop fatiguée pour aller discuter avec Yolanda ? lui demanda Jake en démarrant.

Kyra se redressa aussitôt sur son siège.

— Inez t'a envoyé un message ?

— Elle a appelé mais j'avais coupé la sonnerie. Alors, elle a envoyé un SMS m'indiquant que Yolanda était à la bibliothèque.

Kyra repêcha son propre téléphone portable dans son sac à main et consulta sa messagerie.

— Elle me l'a envoyé aussi, dit-elle. Nous ferions bien de ne pas traîner si nous voulons avoir une chance de lui parler.

Ils quittèrent la propriété et prirent la direction de Santa Monica. Malheureusement, la circulation était assez dense, à cette heure. Frustrée, Kyra décida de rappeler Inez. Celle-ci était sur répondeur et elle se résigna à laisser un message.

En désespoir de cause, Jake sortit son gyrophare de sa boîte à gants et l'accrocha sur le toit. Kyra s'accrocha au tableau de bord tandis qu'il zigzaguait à vive allure entre les files et sur la bande d'arrêt d'urgence.

— Pas trop stressée ? lui demanda Jake tout en manœuvrant de main de maître.

— C'est très excitant ! s'exclama-t-elle. Je n'avais encore jamais fait ça.

— Espérons juste que ce ne sera pas en vain…

Ils finirent par sortir de l'autoroute 10 qui traversait la ville d'est en ouest et Jake ralentit enfin en s'engageant sur Lincoln Boulevard. C'est alors qu'Inez rappela Kyra.

— Mademoiselle Chase ? Je suis désolée mais Yolanda vient tout juste de partir. Je vous ai envoyé un texto dès que je l'ai aperçue.

— Nous vous en sommes très reconnaissants. Mais nous ne sommes plus qu'à quelques minutes de la bibliothèque. Sauriez-vous par hasard dans quelle direction elle est partie ?

— Malheureusement, non. J'imagine qu'elle a dû retourner au foyer.

— Au foyer ? répéta Kyra.

— C'est là qu'elle vit, précisa Inez. C'est un foyer pour femmes situé à Downtown. Mais elle est peut-être allée faire un tour sur les quais avant de rentrer. Elle fait souvent ça en sortant de la bibliothèque. Il lui arrive même d'acheter à manger aux vendeurs à la sauvette qui travaillent là-bas.

— Merci beaucoup, Inez. Nous allons essayer de la trouver là-bas. Sinon, nous tenterons notre chance un autre jour.

— Elle n'a rien fait de mal, j'espère ?

— Pas du tout, lui assura Kyra. Mais elle a probablement parlé à un homme que nous recherchons.

— Celui qui vous harcèle ? demanda Inez.

— Lui-même. J'ai suivi votre conseil et j'ai contacté la police. Et ils ont découvert que Yolanda avait discuté avec cet homme, le jour où j'ai reçu un e-mail de menace de sa part.

— Ce n'est pas étonnant, remarqua Inez. Yolanda parle avec tout le monde à la bibliothèque.

— Je vous rappelle un peu plus tard pour vous dire si nous l'avons localisée ou si nous avons encore besoin de votre aide.

— C'est d'accord, répondit Inez.

Kyra raccrocha et se tourna vers Jake.

— Tentons notre chance sur les quais, lui dit-elle.

— C'est parti.

Mais lorsqu'il tourna sur la gauche pour prendre la direction de l'océan, ils furent rattrapés par une ambulance et une voiture de police qui remontaient Santa Monica boulevard à vive allure.

Jake s'écarta pour les laisser passer avant de reprendre sa route. Ils ne tardèrent pas à arriver au niveau des quais et constatèrent que les deux véhicules qui venaient de les doubler s'étaient arrêtés là. Une petite foule de badauds s'amassait déjà, comme toujours en de telles circonstances.

— Nous devrions peut-être aller jeter un coup d'œil, murmura Kyra. J'ai un mauvais pressentiment.

Jake ne se fit pas prier et se gara au pied d'un panneau de stationnement interdit. Avant même qu'il ait eu le temps de couper le moteur, Kyra était déjà sortie de la voiture. Elle se dirigea à grands pas vers les badauds.

— Que s'est-il passé ? demanda-t-elle à ceux qui se trouvaient à l'arrière du groupe.

— Un accident, répondit quelqu'un.

— Une voiture a heurté un piéton…

— C'était une vieille dame…

— Je pense qu'elle est morte.

Inquiète, Kyra se fraya un chemin à travers la foule jusqu'à la scène de l'accident. Et elle arriva juste à temps pour voir les urgentistes recouvrir d'un drap le visage ridé de Yolanda.

15

Jake tenta de repérer les cheveux blonds de Kyra au milieu de la foule. Il finit par l'apercevoir à l'avant du groupe. Elle avait les yeux écarquillés et la bouche entrouverte.

— Kyra ! appela-t-il.

Elle ne parut pas l'entendre et il cria de nouveau son nom. Enfin, elle se tourna vers lui et il constata qu'elle était pâle comme un linge. On aurait pu croire qu'elle venait de voir un fantôme.

Elle se fraya difficilement un chemin dans sa direction et finit par le rejoindre. Lorsqu'il discerna l'angoisse qui se lisait dans son regard, il la prit dans ses bras et la serra contre lui.

— Que s'est-il passé ? lui demanda-t-il d'une voix très douce.

Elle agrippa sa chemise et releva les yeux vers lui.

— C'est elle, murmura-t-elle.

— Yolanda ? C'est elle la victime de cet accident ? s'exclama-t-il, sidéré.

— Ce n'est pas un accident, j'en suis sûre, répondit Kyra. C'est lui. Il l'a tuée. Et je suis sûre que c'est lui qui a tué Matt, aussi. Il couvre ses traces.

Jake entraîna Kyra un peu à part et la fit asseoir sur une

chaise en plastique, sur la terrasse d'un fast-food voisin. Plusieurs clients avaient abandonné leur repas en cours pour aller voir ce qui se passait.

— Tu es sûre que c'est elle ? demanda-t-il à Kyra.

— Certaine. J'ai vu son visage, juste avant qu'ils le recouvrent.

— Et tu penses que c'est Leurouje qui l'a tuée ?

Alors même qu'il posait la question, Jake comprit qu'elle avait probablement raison. Eux-mêmes s'en étaient fait la réflexion, la veille : embaucher Yolanda pour envoyer cet e-mail constituait un risque. Et Leurouje détestait le risque.

— Lorsqu'il a su que nous étions venus à la bibliothèque, il a compris qu'il devait éliminer Yolanda pour que nous ne puissions pas remonter jusqu'à lui. Il a fait la même chose avec Matt lorsqu'il t'a appelé pour te vendre des informations.

— Ce pourrait n'être que des coïncidences, objecta Jake sans grande conviction.

— Tu sais ce que dit toujours Quinn ?

— Il n'y a pas de coïncidences.

Elle hocha la tête.

— Si ce que tu dis est vrai, cela signifie que Leurouje nous espionne de bien plus près encore que nous ne le pensions, murmura Jake, inquiet. Ne bouge pas d'ici. Je vais aller interroger mes collègues pour savoir s'ils ont des détails au sujet de la voiture qui a percuté Yolanda.

Kyra hocha la tête. Elle paraissait totalement déprimée par ce nouveau drame.

Jake replongea dans la foule en brandissant son badge et alla parler au sergent Campos de la police de Santa Monica qui était responsable de cette intervention.

— Je suis Jake McAllister, de la section homicide de la police de Los Angeles, se présenta-t-il en lui tendant sa plaque. Est-ce que la victime est bien une femme sans domicile fixe du nom de Yolanda ?

— Pourquoi est-ce que cela vous intéresse ? lui demanda Campos sans la moindre aménité.

Il n'éprouvait apparemment pas une grande affection pour la police de Los Angeles et ses représentants. Mais Jake n'avait aucune envie de rentrer dans l'une de ces absurdes querelles interservices dont les forces de l'ordre de Los Angeles s'étaient fait une spécialité.

— Je ne veux pas empiéter sur votre territoire, assura-t-il à Campos. Mais j'avais des questions à poser à Yolanda au sujet d'un meurtre sur lequel j'enquête actuellement. Si vous pouvez me confirmer que c'est bien elle, je ne vous ennuierai pas plus longtemps.

Son ton conciliant parut faire effet et Campos se détendit légèrement.

— La victime n'a pas été officiellement identifiée pour le moment, répondit-il. Mais nous avons entendu plusieurs témoins dire que c'était bien cette Yolanda.

— Et la voiture ?

— Un SUV de couleur blanche. Un témoin a eu la présence d'esprit de relever le numéro de la plaque. Malheureusement, le propriétaire se l'est fait voler un peu plus tôt dans la journée.

— Beau boulot, sergent, approuva Jake. Voici ma carte. N'hésitez surtout pas à m'appeler si vous avez du nouveau.

— Je le ferai, lui assura Campos.

Il paraissait sincère.

Jake se dirigea vers le restaurant où il avait laissé Kyra. En chemin, il réfléchit à ce qui venait de se produire. Lerouje était bien plus qu'un simple harceleur. Il n'avait pas hésité à assassiner, peut-être même à deux reprises.

Pouvait-il s'agir du tueur en série sur lequel ils étaient en train d'enquêter ?

— Tu veux un peu de soda ? lui proposa Kyra lorsqu'il l'eut rejointe.

Il hocha la tête et elle lui tendit la cannette qu'elle venait d'acheter au fast-food. Il avala quelques gorgées avant de la lui rendre.

— Alors ? lui demanda-t-elle. Qu'est-ce que tu as découvert ?

— Qu'ils n'ont pas encore officiellement identifié la victime mais qu'il s'agit bien de Yolanda. Qu'ils ont officiellement identifié le véhicule mais qu'il a été volé ce matin.

— Au fond, ce n'est pas surprenant, soupira Kyra. Nous savions que Leurouje était quelqu'un de méticuleux, qui s'entourait de toutes les précautions. Pauvre Yolanda, à partir du moment où elle a accepté d'envoyer cet e-mail, elle était condamnée…

— J'en ai bien peur, acquiesça Jake d'un air sombre.

— Nous devrions aller voir Quinn, déclara-t-elle alors. Je ne lui ai pas raconté les derniers développements de l'affaire et il aura peut-être une idée. Moi, j'avoue que je n'en ai plus une seule.

— Moi non plus, répondit Jake. Mais je ne me sens pas du tout d'attaque pour aller chez Quinn. J'ai besoin de décrocher un moment pour prendre un peu de distance et réfléchir à la prochaine étape. En plus, je suis affamé.

— Moi aussi, reconnut Kyra. Je n'ai rien avalé depuis ce matin. Mais il est trop tard pour déjeuner et trop tôt pour dîner.

— Nous sommes à Los Angeles, objecta Jake. Il doit bien y avoir un restaurant décent dont la cuisine est ouverte toute la journée.

Kyra jeta un coup d'œil à sa montre.

— Si tu es prêt à patienter encore un peu, je connais un délicieux petit restaurant qui ouvre à cinq heures et demie.

— Cela nous laisse le temps de marcher un peu le long de la jetée, suggéra Jake.

— Excellente idée. Mais tu ferais peut-être bien d'aller déplacer ta voiture, avant. Vu l'endroit où tu t'es garé, même toi tu risques de te la faire enlever.

— Ce n'est pas faux, concéda Jake.

Ils quittèrent la terrasse du fast-food et regagnèrent leur véhicule.

— On dirait que nous arrivons trop tard, remarqua Kyra. Tu as déjà une contravention sur ton pare-brise.

— Ce n'est pas une contravention, objecta Jake en récupérant le morceau de papier coincé sous son essuie-glace.

— Qu'est-ce que c'est ?

Il lui tendit le papier sur lequel était inscrit :

Bienvenue à Santa Monica. Si vous voulez vous garer n'importe où, faites-le dans votre propre ville.

Kyra avala la dernière gorgée de son verre de vin rouge. Jake avait suggéré qu'ils en commandent une bouteille pour accompagner le succulent T-bone qu'ils se partageaient. Elle lui en était reconnaissante car l'alcool l'avait aidée à surmonter l'effroi qui s'était emparé d'elle lorsqu'elle avait découvert le corps sans vie de Yolanda.

Jake la resservit et elle lui lança un regard amusé.

— Est-ce que par hasard tu essayerais de me soûler ? lui demanda-t-elle.

— Ce serait juste dommage de gâcher cette délicieuse bouteille. Malheureusement, je suis obligé de limiter ma propre consommation parce que je vais devoir reprendre la voiture pour rentrer chez moi…

— Tu pourrais passer la nuit à la maison.

Le regard que lui lança Jake trahissait un mélange d'étonnement et de désir. Kyra avait parlé sans réfléchir, cédant à une brusque impulsion, mais elle ne regrettait pas ce qu'elle venait de lui dire.

Jake et elle n'avaient que trop repoussé ce moment et, s'ils continuaient à le faire, ils risquaient de le manquer pour de bon. De plus, la mort de Yolanda lui avait cruellement rappelé à quel point l'existence était courte et fragile.

Elle ne se faisait en effet aucune illusion : l'homme qui la harcelait n'avait pas hésité à tuer à deux reprises. Rien ne lui garantissait donc qu'il ne finirait pas par s'en prendre à elle, un de ces jours.

— Finalement, tu as raison, lui dit Jake avec un sourire malicieux. Tu as peut-être un peu trop bu.

— Assez pour me donner le courage de te dire que j'ai très envie de toi, répondit-elle en le regardant droit dans les yeux. Mais pas assez pour ne pas savoir ce que je dis.

À son tour, elle remplit le verre de Jake. Puis elle leva le sien. Après une infime hésitation, il fit de même et ils trinquèrent.

— À nous, dit-elle.

— À nous, répéta-t-il.

Ils burent sans se quitter des yeux et Kyra sentit son cœur battre plus fort en lisant la promesse muette qui se lisait dans ceux de Jake.

La décision qu'il venait de prendre conféra à la fin de leur dîner une coloration terriblement sensuelle, presque érotique. L'imagination de Kyra allait bon train, anticipant avec délectation ce qui allait se passer. Ils parlèrent peu, mais leurs mains se cherchaient régulièrement, comme pour réaffirmer leur engagement.

Lorsqu'ils sortirent, une douce brise soufflait le long de

la promenade de Santa Monica. Ils esquissèrent quelques pas avant que Jake la prenne dans ses bras pour l'embrasser. Elle lui rendit son baiser avec passion, laissant déferler en elle le désir irrépressible qu'elle avait de lui.

Il la prit alors par la main et tous deux se dirigèrent à grands pas vers l'immeuble de Kyra qui, fort heureusement, ne se trouvait qu'à quelques rues de là. Parvenue devant sa porte, elle fouilla son sac avec une certaine fébrilité avant de trouver ses clés. D'une main mal assurée, elle leur ouvrit et pénétra dans son appartement.

Jake la suivit à l'intérieur et, dès que le battant se fut refermé derrière eux, il l'attira contre lui pour l'embrasser de nouveau, avec une ardeur encore accrue. Enlacés, ils titubèrent jusqu'au mur le plus proche contre lequel Jake la plaqua.

Sans cesser de l'embrasser, il commença à déboutonner son chemisier et elle sentit un courant d'air frais caresser sa peau brûlante, la faisant frissonner doucement. Les mains de Jake remontèrent le long de ses flancs pour aller dégrafer son soutien-gorge.

Ses lèvres quittèrent enfin celles de Kyra pour suivre sa joue, descendre le long de son cou puis au creux de son épaule, jusqu'à sa poitrine sur laquelle elles vinrent se poser, lui arrachant un délicieux gémissement qui parut se réverbérer au plus profond d'elle-même.

La langue de Jake effleura l'un de ses tétons, décuplant l'envie qu'elle avait de lui. Fébrilement, elle repoussa sa veste qui tomba sur le sol à leurs pieds. Sans cesser de caresser sa poitrine, il déboutonna sa chemise qui ne tarda pas à rejoindre la veste.

Il s'écarta légèrement et elle put contempler son torse parfaitement dessiné, ses larges épaules et son ventre plat.

Posant ses mains sur sa poitrine dénudée, elle l'effleura du bout des ongles, le faisant frémir.

— J'ai envie de toi, murmura-t-elle, haletante.

Un sourire se dessina sur les lèvres de Jake. Elle lui prit de nouveau la main et l'entraîna jusqu'à sa chambre à coucher. Là, ils basculèrent sur le lit, enlacés, et se dévorant de baisers tandis que leurs mains partaient à la découverte de leurs corps respectifs.

Fiévreusement, ils se débarrassèrent de leurs derniers vêtements jusqu'à se retrouver nus, l'un contre l'autre. Leurs caresses se firent plus audacieuses, faisant enfler le désir qui faisait rage en eux. Il fut bientôt trop intense pour qu'ils puissent espérer y résister.

Jake prit alors le temps d'enfiler un préservatif qu'il récupéra dans son portefeuille. Puis, lentement, il pénétra en elle. L'envie qu'elle avait de lui était si forte que sa chair ne lui opposa aucune résistance. En le sentant entrer très doucement en elle, elle fut brusquement gagnée par un plaisir si vif qu'elle crut un instant défaillir.

Lorsqu'il commença à bouger en elle, elle s'abandonna corps et âme à ses sensations.

— Regarde-moi, lui demanda-t-il d'une voix très rauque.

Elle plongea son regard dans le sien et se perdit sans rémission dans les profondeurs de ses yeux bruns qui avaient pris une teinte presque dorée. Ensemble, ils gravirent les degrés d'une extase qui dépassait en intensité tout ce qu'elle avait pu connaître jusqu'alors.

Elle avait l'impression que plus rien n'existait que cet instant magnifique, que cet élan qui les entraînait toujours plus loin du monde ordinaire, vers une mystérieuse dimension qui n'était que plaisir.

Et lorsqu'ils atteignirent simultanément le point culminant de leur passion, il lui sembla l'espace d'un bref instant d'éternité que Jake et elle ne formaient plus qu'un seul être.

Lorsque le soleil qui filtrait à travers les persiennes tira Kyra du sommeil sans rêve dans lequel elle avait sombré cette nuit-là, la première chose qu'elle aperçut en ouvrant les paupières fut le visage de Jake qui était toujours étendu à ses côtés.

À cette vue, elle sentit une douce sensation de chaleur l'envahir. Ce n'était pas seulement du désir mais une forme de tendresse bien plus profonde et une joie qu'elle avait beaucoup de mal à contenir. Ce qui s'était passé entre eux la veille au soir surpassait tout ce qu'elle avait pu imaginer et elle espérait qu'ils auraient très bientôt l'occasion d'explorer plus avant cette connivence physique et émotionnelle.

En attendant, elle décida de profiter simplement de cet instant de pure félicité et s'étira langoureusement, se laissant envelopper par la chaleur qui émanait du corps de Jake ainsi que par son odeur qui éveillait en elle un trouble indicible.

Mais son regard tomba alors sur le cadran du réveille-matin qui trônait sur sa table de nuit. Et elle se redressa en sursaut, ce qui tira aussitôt Jake de son sommeil.

— Que se passe-t-il ? lui demanda-t-il d'une voix légèrement rauque qu'en d'autres circonstances elle aurait trouvée tout bonnement irrésistible.

— Il est 10 heures passées ! s'exclama-t-elle en pointant sur le réveil un doigt accusateur.

— Et alors ? grommela Jake en passant un bras autour de sa taille pour la retenir auprès de lui. Tu es pressée ?

— *Nous* sommes pressés, le reprit-elle. Je te rappelle que nous sommes chargés de retrouver un tueur qui se promène toujours en liberté.

— C'est vrai, soupira Jake en se redressant à son tour. Bien que techniquement *je* sois chargé de retrouver ce tueur. Toi, tu n'es censée t'occuper que des victimes et de leurs familles.

— Si tu veux, concéda-t-elle. Mais ce n'est pas en restant au lit toute la journée que je vais y arriver.

— Dommage…

— Je vais prendre une douche, lui dit-elle en s'arrachant à regret à ce lit douillet.

— Tu es sûre que tu ne veux pas que je vienne avec toi ? lui demanda Jake avec un sourire malicieux.

— Pas si je veux avoir une chance de sortir un jour de cet appartement, répliqua-t-elle en riant.

Elle récupéra de quoi s'habiller dans son armoire puis disparut dans la salle de bains. Là, elle prit une douche rapide, se brossa les dents et tenta de remettre un peu d'ordre dans ses cheveux en bataille.

Après s'être habillée, elle revint dans la chambre et trouva Jake assis sur le lit, téléphone portable à l'oreille. Il écoutait très attentivement ce que lui disait son correspondant. Et les nouvelles devaient être bonnes car elle vit bientôt un large sourire illuminer son visage.

— Vous êtes géniaux ! s'exclama-t-il. J'arrive tout de suite.

Il se leva et Kyra ne put s'empêcher de jeter un regard admiratif à son corps dénudé. Il était tout bonnement magnifique. Elle se força néanmoins à relever la tête et croisa son regard enthousiaste.

— Billy et ses hommes ont enfin obtenu la confirmation qu'ils attendaient ! s'exclama-t-il. Ils sont parvenus à identifier deux des voitures qui ont été repérées à proximité de chez Andrea et de chez Crystal. Nous tenons deux suspects !

16

Jake sentait son moral sombrer un peu plus à chaque instant. Il n'y avait quasiment pas la moindre chance pour que Trevor Beard puisse être le tueur précautionneux, presque obsessionnel, qui défiait la police. L'homme était si empoté et maladroit qu'il était incapable de manger un donut sans répandre une pluie de miettes sur son T-shirt que distendait une imposante bedaine.

— Dites-moi, monsieur Beard, pourquoi votre voiture se trouvait-elle dans ce quartier ? demanda Jake en désignant la photo prise à proximité de chez Crystal.

— Comme je l'ai dit à votre collègue, j'étais allé chercher ma gamine.

— À 1 heure du matin ? s'enquit Jake d'un ton ouvertement suspicieux.

— Oui, à 1 heure. Mon ex m'avait demandé de passer la chercher après le départ de la baby-sitter. Je croyais qu'elle rentrerait de sa soirée vers 10 heures, mais j'ai dû poireauter dans ma voiture pendant plus de deux heures.

— Classique…, commenta Billy.

Il désigna l'autre photo qui provenait du quartier d'Andrea.

— Et ça, c'est aussi votre voiture ? demanda-t-il.

Beard se pencha pour observer le véhicule qui était de la même marque et de la même couleur.

— Possible, concéda-t-il. Ça lui ressemble, en tout cas. Où la photo a-t-elle été prise ?

— Du côté de Canoga Park, répondit Jake.

Beard secoua la tête.

— Alors cela ne peut pas être la mienne, déclara-t-il. Je ne vais jamais par là-bas.

Sous la table, Jake décocha un léger coup de pied à Billy qui acquiesça de façon presque imperceptible.

— Je crois que nous en avons terminé, monsieur Beard, déclara Jake. Nous vous rappellerons peut-être si nous avons des questions complémentaires à vous poser.

— N'hésitez pas, acquiesça Beard en haussant les épaules. Je n'ai rien à me reprocher. Je reconnais que ce n'était pas une bonne idée d'aller chercher ma fille au beau milieu de la nuit, mais que voulez-vous que j'y fasse ? Sa mère fait tout pour me rendre fou.

— Je compatis, croyez-moi, déclara Billy. L'inspecteur McAllister va vous raccompagner.

Jake lança à Billy un regard noir et se vit retourner un sourire malicieux.

— Est-ce que par hasard il vous resterait un de ces délicieux donuts ? s'enquit Beard en se levant.

— Nous allons jeter un coup d'œil, lui assura Jake. Avec un peu de chance, ils n'ont pas encore tous été mangés…

Il escorta Beard jusqu'au bureau de l'accueil où il restait effectivement quelques pâtisseries. Lorsqu'il eut pris congé de lui, Jake retourna dans la salle d'interrogatoire où Billy finissait de nettoyer la table métallique.

— Ce type ne peut pas être le tueur, déclara-t-il. Il aurait laissé une véritable piste de miettes nous conduisant jusqu'à lui.

— Je suis d'accord. Ce n'est pas notre homme. Quand est-ce que l'autre doit arriver ?

— D'ici une quinzaine de minutes. Il m'a indiqué qu'il quitterait son travail un peu plus tôt pour venir répondre à nos questions.

— Que fait-il, dans la vie ?

— Il est ingénieur au sein d'une entreprise aérospatiale. Si j'ai bien compris, il travaille à la conception de navettes.

— Ce n'est pas tout à fait le même genre que Beard.

— Pas vraiment, en effet, répondit Billy en le regardant d'un air curieux. Dis donc, tu ne portais pas le même costume, hier ?

Jake s'efforça d'adopter son air le plus innocent.

— Si, répondit-il. Je l'avais mis pour aller chez les Behr. Je me suis dit qu'il serait parfait pour les interrogatoires.

— Ta chemise ressemble à celle d'hier, ajouta Billy. Et elle est froissée. Maintenant que j'y pense, tu ne serais pas arrivé en retard, ce matin ?

— Ce n'est pas comme si je ne travaillais pas seize heures par jour, la plupart du temps. Est-ce que par hasard tu te prendrais pour ma mère, Dandy ?

— Si j'étais ta mère, je te dirais que tu n'es pas censé aller batifoler chez l'une de tes collègues au beau milieu de la semaine, rétorqua Billy en agitant le doigt d'un air réprobateur.

Jake lui répondit en brandissant un autre doigt, ce qui ne fit qu'ajouter à l'hilarité de son coéquipier.

— Je vais aller chercher à boire pour notre prochain invité, soupira Jake, s'avouant vaincu.

Quinze minutes plus tard, il était de retour dans la salle d'interrogatoire avec deux bouteilles d'eau et une cannette de soda ainsi qu'un épais dossier relatif à l'enquête. Billy n'était plus là. Sans doute était-il descendu pour aller accueillir leur second suspect.

Après avoir posé ses boissons, Jake regagna le couloir pour se poster près de la machine à café. De là, il pourrait voir le nouveau venu marcher de l'ascenseur jusqu'à la salle d'interrogatoire. Il avait toujours considéré que la démarche d'un homme en disait long sur son caractère. Connaissant cette habitude de son coéquipier, Billy avait pris soin de laisser passer le suspect devant.

Cyrus Fisher avait une belle prestance. Doté d'un physique longiligne, il portait un pantalon de toile kaki et une chemisette bleu clair sans col. Ses chaussures à semelles de crêpe ne produisaient aucun bruit tandis qu'il progressait le long du couloir.

Lorsque Billy et lui eurent disparu à l'intérieur, Jake prit la tasse de café qu'il venait de commander et les rejoignit.

— Monsieur Fisher, s'exclama-t-il d'un ton cordial en pénétrant à son tour dans la pièce. Je suis l'inspecteur McAllister. Je vous remercie d'avoir bien voulu prendre le temps de répondre à nos questions.

— C'est la moindre des choses, répondit Fisher en serrant la main qu'il lui tendait.

Contrairement à ce qu'auraient pu laisser penser ses avant-bras secs mais musclés, sa poigne était étrangement faible, presque molle.

Jake lui fit signe de prendre place de l'autre côté de la table, sur le siège qui était vissé au sol, pour que les personnes interrogées ne puissent pas se balancer ou se soustraire au regard des enquêteurs.

— N'hésitez pas à vous servir, si vous avez soif, l'encouragea Jake.

— Non, merci, c'est très gentil, déclina Fisher.

— Un café, peut-être ? suggéra encore Jake.

— Je préfère ne pas en boire après l'heure du déjeuner, déclara Fisher. Cela m'empêche de dormir. Je ne m'autorise qu'une seule tasse par jour, le matin au réveil.

— Si vous avez un petit creux, il nous reste des donuts, proposa Billy.

— Je ne mange pas de donuts, inspecteur Crouch, répondit Fisher.

— Vous avez raison, approuva Billy. Ces pâtisseries sont délicieuses, mais c'est une voie directe pour le cholestérol. Est-ce que vous pratiquez la musculation, monsieur Fisher ? Vous semblez être en très bonne forme physique.

Fisher esquissa un sourire froid.

— Merci, inspecteur. Je pratique assidûment le cyclisme.

La diction de l'homme était aussi précise que le choix de ses mots, trahissant quelqu'un qui aimait être en contrôle.

— Ne me dites pas que vous faites partie de ces gens qui se promènent avec un short moulant en lycra.

— J'ai bien peur que si, inspecteur. Mais vous ne m'avez pas convoqué pour discuter de mes appétences en matière de loisirs.

— C'est exact, monsieur Fisher, acquiesça Jake en sortant de son dossier une photo prise non loin de chez Crystal Monroe, le matin où son corps avait été découvert.

Il la posa sur la table, devant Fisher qui l'observa avec attention. Jake remarqua qu'il ne la prenait pas à la main, comme Beard l'avait fait.

— Est-ce bien votre voiture ? lui demanda-t-il.

— Vous savez bien que oui, inspecteur, lui dit Fisher d'une voix un peu sèche. Mon numéro d'immatriculation est parfaitement visible.

— Pouvez-vous nous dire ce que vous faisiez dans ce quartier vers 2 heures du matin ?

— Certainement, acquiesça Fisher. Mais j'aimerais savoir ce qui motive une telle question.

— La photo a été prise près d'une maison où un crime a été commis aux alentours de la même heure.

Jake porta sa tasse de café à ses lèvres pour pouvoir observer le suspect tout en dissimulant son propre visage. Le visage de Fisher n'exprima aucune émotion particulière.

— C'est regrettable, en effet, déclara-t-il. Mais pour répondre à votre question, inspecteur, c'est un trajet que j'emprunte très régulièrement pour aller travailler.

Au premier abord, l'explication ne paraissait pas plus crédible que celle de Beard, mais celle-ci s'était révélée correcte.

— Vous allez travailler à 2 heures du matin ? s'étonna Billy.

Fisher tapota le badge d'accès qui était toujours accroché à sa veste.

— Mon contrat de travail mentionne explicitement que j'ai le droit de travailler quand je le souhaite. Cette flexibilité me permet de me rendre là-bas chaque fois que j'ai une idée qui me semble intéressante et mérite d'être approfondie. Cela peut se produire à n'importe quelle heure du jour ou de la nuit.

À l'aide d'une carte de la ville, ils vérifièrent qu'il disait vrai : le quartier de la victime se situait bien entre le domicile de Fisher et son bureau. Et Jake était prêt à parier qu'il ne mentait pas au sujet de son contrat de travail – ce qui ne l'empêcherait bien évidemment pas de le vérifier ultérieurement.

Lorsque Billy déposa la seconde photo devant lui, Fisher la considéra tout aussi attentivement et toujours sans la toucher.

— Ce pourrait être ma voiture, déclara-t-il. Mais j'en doute. Je ne reconnais pas du tout cet endroit.

— C'est Canoga Park, précisa Jake.

— Alors ce n'est pas mon véhicule, répondit Fisher avec assurance. Je n'ai jamais mis les pieds là-bas. Y a-t-il autre chose, messieurs ?

Ils lui posèrent plusieurs autres questions pour la forme, avant de revenir à la photo de Canoga Park. Mais Fisher soutint avec un calme imperturbable que cette voiture ne pouvait pas être la sienne et qu'ils devaient faire erreur.

— Très bien, dit Jake en se redressant brusquement.

La plupart des gens auraient sursauté ou esquissé un mouvement de recul. Fisher, lui, ne cilla même pas.

— Nous appellerons votre bureau pour vérifier votre heure d'arrivée, cette nuit-là, indiqua-t-il à Fisher. Nous ne devrions pas avoir d'autres questions à vous poser après cela.

— Très bien, acquiesça Fisher en se levant sans prendre appui sur la table en face de lui.

Il se dirigea vers la porte en même temps que Billy. Ce dernier attendit qu'il appuie sur la poignée, mais il n'en fit rien, se contentant d'attendre. Craignant sans doute d'éveiller sa suspicion, Billy se résigna à lui ouvrir.

— Ne vous donnez pas la peine de me raccompagner, messieurs, leur dit Fisher. Je ne devrais pas avoir de mal à retrouver mon chemin.

— J'en suis certain, acquiesça Billy. Mais nous devons respecter un certain protocole. Je vais vous ramener dans le hall.

— Merci encore, monsieur Fisher, lui dit Jake.

Il le regarda disparaître dans le couloir puis retourna s'asseoir pour attendre Billy. Ce dernier revint quelques minutes plus tard, affichant un petit air satisfait.

— Je crois que nous tenons notre tueur, déclara Jake.

— C'est aussi ce que je pense, acquiesça son coéquipier.

— Mais ce salopard s'est bien gardé de toucher quoi que ce soit pendant qu'il était ici. Et il n'a pas de casier judiciaire. Nous n'avons donc aucune empreinte à comparer à celle qu'il a laissée sur le morceau de gaffer. Il n'a pas bu non plus, ce qui fait que nous n'avons pas non plus d'échantillon ADN. J'imagine qu'il n'a pas fait un passage par les toilettes, à l'aller ou au retour ?

— Il est beaucoup trop prudent pour cela. Je suis certain que son bureau nous confirmera les heures qu'il nous a données. Ce type est un ingénieur de pointe, il ne doit pas avoir de mal à trafiquer une simple pointeuse.

— Ou un système d'alarme, ou une caméra de sécurité, acquiesça Jake.

— Mais pour le moment, nous n'avons pas l'ombre du début d'une preuve. Le procureur n'acceptera jamais de nous délivrer un mandat d'amener sur la base de deux photos de voitures alors qu'on ne distingue même pas la plaque de l'une d'elles.

— Il nous faut trouver une façon de récupérer ses empreintes. C'est la seule façon que nous ayons de le faire tomber avant qu'il se décide à tuer quelqu'un d'autre…

— Je ne comprends pas, s'exclama Kyra en considérant Jake d'un air atterré. Tu es en train de me dire que vous n'avez pas le droit de lui demander ses empreintes digitales alors que vous savez que c'est lui le coupable ?

— Nous pouvons les lui demander. Mais il est parfaitement en droit de refuser. Tout ce que nous gagnerions, c'est de le mettre encore un peu plus sur la défensive.

— Et son alibi tient la route ?

— Son employeur a confirmé qu'il avait effectivement une liberté totale. Ils se moquent même du nombre d'heures qu'il effectue par semaine. Apparemment, ce type est une sorte de génie et ils lui laissent complètement carte blanche. Leur système de pointage confirme en effet les horaires qu'il nous a indiqués mais il n'aurait probablement eu aucune difficulté à le pirater.

— Le fait qu'il ait refusé de toucher quoi que ce soit durant l'interrogatoire est quasiment un aveu de culpabilité, remarqua Kyra.

— C'est vrai. Mais cela non plus ne constitue pas une preuve.

— Alors comment comptes-tu t'y prendre pour obtenir ses empreintes ?

— Je connais son adresse.

— D'après ce que tu dis, je doute fort que le procureur te fournisse un mandat de perquisition…

— C'est vrai, concéda Jake. Mais Fisher doit bien avoir des poubelles. Et je devrais pouvoir y trouver toutes sortes d'empreintes, qu'il s'agisse d'empreintes digitales ou d'ADN.

— Et tu comptes vraiment aller faire les poubelles habillé en costume et au volant d'une voiture de flic en civil ? objecta-t-elle. Tu obtiendras peut-être les preuves que tu cherches, mais, le temps que tu reviennes, l'oiseau se sera envolé depuis longtemps. Tu l'as dit toi-même : Fisher est un génie. Il te verra venir à des kilomètres !

— Tu as peut-être raison, concéda Jake. Mais j'ai peur que si nous n'agissons pas rapidement il ne tue de nouveau. Et je ne me le pardonnerais pas.

— Je comprends, acquiesça-t-elle. Et il y a aussi un risque pour que l'interrogatoire l'ait rendu nerveux et qu'il décide de fuir dès maintenant. Alors je veux bien te prêter ma voiture qui sera nettement plus discrète que la tienne à une condition…

— Il n'est pas question que tu m'accompagnes, l'interrompit-il.

Kyra songea qu'il commençait à la connaître un peu trop bien.

— Ce n'est pas une aventure, Kyra, ajouta-t-il. Ce type a déjà tué au moins trois femmes.

— Mais nous n'allons pas l'affronter à mains nues, que je sache. Il s'agit juste d'aller récupérer discrètement ses poubelles. Et c'est toi qui le feras : moi, je me contenterai de conduire.

Jake hésita longuement avant de se résigner à accepter sa proposition. Sans doute redoutait-il qu'elle ne se rende sur place de son côté, s'il s'avisait de refuser son aide. Peut-être n'avait-il pas complètement tort de le craindre.

— D'accord. Mais nous prenons juste la poubelle et ensuite nous filons.

— Marché conclu.

— Je te suis.

Ils quittèrent le bureau de la force opérationnelle et se rendirent au parking souterrain où Kyra s'était garée.

— Comment se fait-il que Billy ne soit plus là ?

— Il a dû aller chercher ses enfants.

— Est-ce que lui aussi est convaincu de la culpabilité de Fisher ?

— Complètement.

Ils prirent place à bord de la petite citadine de Kyra qui serait effectivement nettement plus discrète que la Ford Crown Victoria de Jake. Il entra l'adresse de Fisher dans le navigateur GPS de son téléphone portable et elle suivit les instructions.

Le quartier qu'habitait Fisher était à son image : les maisons étaient impeccables, les jardins parfaitement entretenus, les rues d'une propreté irréprochable. Alors qu'ils approchaient de son immeuble, Jake poussa un juron.

— Que se passe-t-il ? lui demanda Kyra en ralentissant brusquement.

— Ne t'arrête pas ! protesta-t-il. Nous ne devons pas attirer l'attention.

— Désolée, s'excusa-t-elle.

En réalité, elle avait les nerfs à fleur de peau depuis qu'ils avaient quitté le commissariat. Et si c'était ce que l'on ressentait en allant ramasser une poubelle, elle n'osait imaginer ce qu'éprouvaient les policiers qui partaient pour une mission d'interpellation.

— Que se passe-t-il ? lui demanda-t-elle.

— Apparemment, nous ne sommes pas tombés le bon soir. Je ne vois aucune poubelle dans les rues.

— Nous devrions nous renseigner à ce sujet et revenir au bon moment. En attendant, tu pourrais poster des agents en civil pour surveiller Fisher et le prendre sur le fait au cas où il s'aviserait de s'introduire chez une nouvelle victime.

— Ce serait la solution la plus raisonnable, concéda Jake. Malheureusement, en l'absence de toute preuve, je ne peux pas me permettre de le faire surveiller à plein temps. Non seulement nous n'avons pas assez d'hommes pour cela, mais, de plus, Fisher risquerait de les repérer et de jouer la montre.

— Est-ce que tu veux qu'on revienne demain pour retenter notre chance ?

— Rapproche-toi un peu de chez lui. J'aimerais jeter un coup d'œil.

Kyra poursuivit sa route jusqu'à la maison qu'habitait Fisher et se gara à quelques mètres de là, le long du trottoir opposé. Jake fouilla dans le sac qu'il avait apporté et récupéra une paire de jumelles compactes.

— Je ne vois effectivement pas de poubelles devant sa maison, remarqua-t-elle.

— Le jardin est aussi impeccable que ses scènes de crime, commenta Jake. Il n'y a pas une seule mauvaise herbe. Ce type est un vrai maniaque, dans tous les sens du terme.

— Est-ce que tu crois que ce pourrait être le fameux Leurouje ? s'enquit Kyra.

— Possible, répondit Jake. Bien que je ne l'imagine pas engager une SDF puis voler une voiture pour lui foncer dessus…

Jake s'interrompit brusquement.

— Il sort de chez lui, signala-t-il.

— Dans ce cas, nous devrions le suivre, au cas où il essayerait de tuer quelqu'un d'autre.

— Je suis d'accord, acquiesça Jake. Mais il va falloir nous montrer très discrets. Il monte dans sa voiture.

Le portail automatique de la maison s'ouvrit, laissant apparaître la voiture qui avait été photographiée près de la maison des victimes. Au grand soulagement de Kyra, il tourna dans la direction opposée et s'éloigna d'eux.

— Attends un peu avant de démarrer, lui conseilla Jake. Il ne faut pas qu'il nous voie.

Elle attendit, la main sur la clé de contact, retenant son souffle.

— Maintenant, lui signala alors Jake. Fais demi-tour et prends à droite.

Kyra suivit ses instructions et s'engagea dans la rue que Fisher venait d'emprunter. Elle aperçut son SUV argenté, assez loin devant eux.

— Dis-moi à quelle distance je dois me maintenir.

— C'est parfait, comme cela. Il y a encore suffisamment de circulation à cette heure pour qu'il n'ait pas de raison de soupçonner quoi que ce soit.

Kyra continua donc à filer Fisher en suivant les conseils de Jake. Ils finirent par rejoindre une avenue plus passante, et elle se détendit un peu.

— Laisse toujours deux voitures entre vous, lui recommanda Jake.

Kyra ralentit un peu pour forcer deux voitures à la dépasser. Elle se décala alors légèrement sur la droite pour atténuer encore les chances que Fisher ne la remarque. Elle faillit se laisser distancer à un feu rouge mais parvint à combler son retard sans accélération excessive.

— Tu sais que tu es vraiment douée pour la filature, remarqua Jake au bout d'un moment. Si tu en as assez de jouer les psys, un jour, tu pourrais envisager d'entrer dans la police.

— Je crois que je préfère continuer à pratiquer en amateur, répondit-elle en souriant.

— Il ralentit, lui signala alors Jake. Je pense qu'il va chercher à se garer…

— Bien vu, acquiesça-t-elle en voyant Fisher s'engager sur un petit parking. Où va-t-il, à ton avis ?

— Eh bien, je vois un magasin de téléphonie mobile, une onglerie et deux restaurants à emporter. Vu l'heure, je dirais qu'il va se chercher à manger.

— Je crois qu'il a pris la dernière place libre, remarqua-t-elle.

— Continue tout droit et fais demi-tour dès que tu pourras. Le temps qu'il commande et qu'on le serve, nous avons tout notre temps.

Kyra poursuivit donc sa route jusqu'à la station-service qui se trouvait un peu plus loin. Elle s'y engagea pour pouvoir opérer un demi-tour et revint stationner le long du trottoir opposé au parking sur lequel Fisher s'était garé.

— Est-ce que tu le vois ? demanda-t-elle à Jake.

— Sa voiture est toujours là, en tout cas, répondit-il en reprenant ses jumelles.

Il les braqua en direction des boutiques et demeura quelques instants silencieux.

— Alors ? le pressa Kyra, impatiente.

— Il est entré dans le restaurant thaï. Bingo ! Il vient de ressortir avec un plateau et se dirige vers la terrasse. Mission accomplie ! Dès qu'il aura terminé, nous n'aurons qu'à récupérer son gobelet en polystyrène et ses baguettes dans la poubelle. Nous aurons non seulement des empreintes mais aussi un échantillon d'ADN.

Ils se passèrent les jumelles pour observer Fisher tandis qu'il mangeait son repas tout en consultant l'ordinateur portable qu'il avait apporté.

— Est-ce que tu crois qu'il travaille ?

— Aucune idée, répondit Jake. Mais je serais vraiment curieux de voir ce qu'il y a sur cet ordinateur. J'aimerais bien savoir si c'est lui qui t'a envoyé cet e-mail et s'il était en contact avec Matt Dugan ou Jordy Lee Cannon.

— Si Fisher était en contact avec Jordy, les informaticiens de la police s'en seraient déjà aperçus, non ?

— Rien n'est moins sûr, répondit Jake. D'après ce que j'ai compris, Jordy était complètement parano, et ils ont du mal à craquer toutes les protections qu'il a placées. D'après eux, il était très actif sur le Net. S'ils parviennent à retrouver ses mots de passe, cela pourrait effectivement nous apporter pas mal d'indications…

Sur le patio du restaurant, Fisher venait de se lever.

— Ça y est ! murmura Jake. C'est le moment de

vérité. Espérons qu'il n'est pas perfectionniste au point de ramener ses ordures chez lui.

Les jumelles rivées aux yeux, Jake suivait Fisher, détaillant chacune de ses actions comme s'il s'agissait d'un match qu'il commentait en direct. En dépit des circonstances, Kyra ne put réprimer un sourire amusé.

— Il se dirige vers la poubelle… Il a bien un sachet à la main… Il s'approche… Il ouvre le couvercle… Il jette le sac. Bingo !

Fisher regagna alors sa voiture et manœuvra pour quitter le parking. Quelques instants plus tard, sa voiture passa juste à côté de l'endroit où eux-mêmes étaient garés.

— Tu penses qu'il nous a vus ? murmura Kyra, le cœur battant à tout rompre.

— C'est peu probable, la rassura Jake. Il n'a pas tourné la tête vers nous. Il roulait vite, et il fait presque nuit. Ne bouge pas, je vais chercher le sac et je reviens.

— Je t'accompagne, objecta-t-elle. Je suis affamée et un menu thaï à emporter me semble tout à fait recommandable.

— Bonne idée, acquiesça-t-il tandis que tous deux descendaient de voiture.

Tandis qu'ils traversaient la rue et se dirigeaient vers le parking du petit centre commercial, Kyra gardait les yeux fixés sur la poubelle, craignant que quelqu'un ne vienne y jeter un autre sac semblable. Mais ils atteignirent le terre-plein avant que quiconque s'en soit approché.

Jake enfila une paire de gants en latex dont il semblait ne jamais se séparer et activa l'appareil-photo de son téléphone portable. Il photographia la poubelle avant de l'ouvrir pour photographier le sachet. Il récupéra alors ce dernier.

— Mission accomplie, déclara-t-il avec un large sourire. Nous allons coincer ce fumier !

Il alla poser le sachet sur la table à laquelle Fisher avait dîné et l'ouvrit précautionneusement pour photographier l'intérieur.

— Il y a des couverts en plastique, un gobelet et une paille. Cela devrait nous offrir toutes les empreintes dont nous avons besoin.

Le regard de Kyra fut soudain attiré par un mouvement à la périphérie de sa vision. Elle sursauta en croisant le regard de Cyrus Fisher qui se tenait à quelques mètres d'eux, un sourire aux lèvres et la main plongée dans la poche de son pantalon.

— Jake, articula-t-elle d'une voix blanche.

Il se détourna et, avisant la présence de Fisher, il dégaina son arme à une vitesse proprement stupéfiante.

— Bonsoir, inspecteur. Est-ce que vous cherchez quelque chose ?

— Je crois que je l'ai trouvé, répondit Jake en désignant le sac qui se trouvait sur la table.

— Je vois, acquiesça Fisher en secouant la tête d'un air réprobateur. Vous avez retrouvé mes empreintes sur l'une des scènes de crime, j'imagine.

Kyra sentit les battements de son cœur s'emballer en le voyant sortir la main de sa poche. Mais il en tira juste une petite boîte métallique.

— Une pastille de menthe ? leur proposa-t-il.

Voyant qu'ils ne répondaient pas, il haussa les épaules et en fit tomber une dans le creux de sa main.

— Vous reconnaissez donc avoir tué Andrea Miles, Crystal Monroe et Mindy Behr ? demanda Jake.

— J'imagine qu'il ne servirait à rien de le nier, maintenant que vous détenez la preuve de ma culpabilité…

— Dans ce cas, Cyrus Fisher, je vous arrête.

— Je ne pense pas que les choses se termineront comme vous le croyez, déclara Fisher en portant la pastille à sa bouche.

À l'instant où il la croqua, Kyra comprit ce qu'il était en train de faire. Mais il était déjà trop tard. Un sourire douloureux se dessina sur les lèvres du tueur. Il se mua en grimace, et il porta la main à sa poitrine. Ses doigts se crispèrent sur le tissu de sa chemise impeccablement repassée.

— Il s'est empoisonné, s'exclama Kyra, horrifiée.

Fisher tomba brusquement à genoux. Sa respiration s'était faite haletante, et son visage avait pris une teinte violacée. Il essaya vainement de se retenir à une table toute proche mais s'effondra sur le côté, l'écume aux lèvres.

Jake rengaina son arme et se précipita vers lui. Il s'agenouilla et observa Fisher qui était agité d'ultimes convulsions.

— C'est du cyanure, souffla-t-il. Il n'y a rien à faire.

— Non ! s'écria Kyra, gagnée par un brusque accès de rage. Pourquoi le Joueur, Fisher ? Qu'est-ce qui vous a décidé à l'imiter ?

Il ne répondit pas, bien sûr. Et son rictus macabre fit à Kyra l'effet d'un sourire moqueur.

Épilogue

Croisant les mains derrière sa tête, Billy Crouch posa ses pieds sur son bureau et inclina son fauteuil selon un angle inquiétant.

— Tout ça n'a aucun sens, décréta-t-il. Pourquoi ce type se serait-il suicidé ? Il n'était même pas certain que c'était bien l'une de ses empreintes que nous avions retrouvée.

— Il devait bien se douter que je n'étais pas allé récupérer ses déchets par pur plaisir, objecta Jake. Et, à voir les précautions qu'il a prises pour ne pas laisser d'empreintes lorsque nous l'avons interrogé, il est évident que c'était l'une de ses craintes.

— Même si c'était le cas, il lui restait une chance de s'en sortir, insista Billy. S'il n'avait pas avoué ses crimes, il aurait pu rentrer tranquillement chez lui et détruire toutes les preuves de sa culpabilité, le temps que nous fassions expertiser ses empreintes. Ensuite, il aurait pu prétendre qu'il ignorait comment son empreinte s'était retrouvée sur ce morceau de scotch. Et comme elle n'était que partielle, avec un bon avocat, il aurait pu créer un doute raisonnable et être relaxé…

— C'est vrai, reconnut Jake. Mais Fisher n'était ni flic, ni juge, ni avocat. Il n'avait pas non plus de raison de penser que l'empreinte n'était que partielle. Tout ce qu'il a vu, c'est qu'il risquait de passer le reste de ses jours en prison ou en hôpital psychiatrique. Alors, il a préféré en finir. Ça peut se comprendre, non ?

Billy ne paraissait pas totalement convaincu. Reposant ses pieds à terre, il se leva et récupéra la veste qui était posée sur le dossier de sa chaise.

— Une chose est sûre, déclara-t-il, je suis content qu'il ait été mis hors course, d'une façon ou d'une autre. Si tu avais vu Castillo… Il était radieux. Le maire et lui ont donné une conférence de presse conjointe pour annoncer la bonne nouvelle. Ils avaient l'air de s'entendre comme larrons en foire. Nous allons peut-être enfin pouvoir démanteler cette force opérationnelle et tourner la page.

D'un geste plein de grâce, le Dandy enfila sa veste.

— Quant à moi, conclut-il, je vais enfin pouvoir m'accorder une bonne nuit de sommeil. Vous devriez faire de même, tous les deux. Vous l'avez bien mérité !

Lorsque Billy eut quitté la pièce, Kyra se rapprocha du bureau de Jake contre lequel elle s'adossa.

— Je partage l'opinion de Billy, tu sais, lui dit-elle. Je ne comprends vraiment pas pourquoi il n'a pas attendu de voir quelles preuves nous avions réellement. Il aurait eu tout le temps de se suicider par la suite, après tout…

— Nous sommes en train de parler d'un tueur en série, lui rappela Jake. Essayer de comprendre les motivations profondes d'un tel déséquilibré me semble assez vain.

— Je ne suis pas d'accord, répondit-elle. Les tueurs en série correspondent à certains profils psychologiques que l'on peut expliquer et comprendre, même si, émotionnellement, leurs motivations nous échappent.

— Mais Fisher s'est suicidé, remarqua Jake. C'est un fait. Si cela semble ne pas correspondre à son profil psychologique, comme tu sembles le penser, c'est que le profil en question n'est pas le bon. C'est une tautologie, non ?

Kyra haussa les épaules. Quelque chose continuait à la troubler. Les tueurs en série se suicidaient rarement parce qu'ils avaient secrètement besoin d'être reconnus pour leurs crimes. Nombre d'entre eux finissaient même par commettre des erreurs délibérées dans l'espoir de se faire prendre.

— Cela fait tout de même deux tueurs en série qui se suicident coup sur coup, murmura-t-elle.

— Jordy Lee Cannon ne s'est pas suicidé, objecta Jake. C'est moi qui l'ai tué.

— Mais il devait bien savoir qu'en essayant de m'égorger, il signait sa propre condamnation à mort. C'est presque comme s'ils ne voulaient pas que nous puissions les capturer vivants, comme s'ils voulaient éviter à tout prix de parler. C'est une attitude de soldats plus que de tueurs en série…

— Je suis sûr que nous obtiendrons plus d'éléments d'explication en analysant leurs ordinateurs respectifs, déclara Jake. Nous saurons notamment s'ils se connaissaient et s'ils ont collaboré.

Elle n'était pas certaine de partager son optimisme. Jusque-là, tous les protagonistes de cette affaire s'étaient montrés relativement insaisissables.

— Est-ce que tu crois que Fisher était Leurouje ? s'enquit-elle.

C'était la question principale qui la taraudait depuis que Fisher s'était donné la mort.

— L'avenir le dira, répondit prudemment Jake. Si tu ne reçois plus d'e-mails de menace, cela voudra dire que tel était bien le cas.

— Je n'aime pas trop l'idée de vivre avec une telle épée de Damoclès au-dessus de la tête, soupira-t-elle.

— C'est compréhensible, acquiesça Jake. Mais je suis d'accord avec Billy : je pense que nous allons enfin pouvoir tourner la page.

Il jeta un coup d'œil à sa montre et se redressa.

— Nous ferions bien d'y aller, lui dit-il. Quinn nous attend pour dîner.

— Et après ça, que dirais-tu de venir prendre le dessert à la maison ? lui demanda Kyra d'une voix suggestive.

— J'en dis que je suis le plus heureux des hommes, répondit Jake en riant.

Comme ils s'apprêtaient à partir, Brandon Nguyen fit irruption dans le quartier général de la force opérationnelle.

— Je suis content que tu sois encore là, J-Mac ! s'exclama-t-il.

Jake lança un regard désolé à Kyra.

— J'espère que ça ne sera pas trop long, dit-il.

— En tout cas, je suis sûr que cela va t'intéresser au plus haut point, déclara Brandon.

— Je t'écoute.

— Nous venons de trouver la preuve que Jordy Lee Cannon et Cyrus Fisher se connaissaient et qu'ils étaient bien en contact.

Vous avez aimé *Le piège du secret* ?
Découvrez la suite de votre série
« Enquêtes à Los Angeles »
dès le mois prochain, dans votre collection Black Rose.

B.J. DANIELS

Troublante affaire

Traduction française de
VÉRONIQUE MINDER

BLACK ROSE

HARLEQUIN

Titre original :
TROUBLE IN BIG TIMBER

1

La petite route de terre montait en lacets dans la montagne et se terminait au bord d'une haute falaise escarpée. Ford Cardwell ne l'ignorait pas, et c'est précisément pour cette raison qu'il l'avait empruntée. D'ailleurs, il accélérait au fur et à mesure qu'il se rapprochait de son but.

En finir avec cette souffrance incessante, insoutenable.

Lancé à pleine vitesse, il regardait droit devant lui et voyait au loin la silhouette des montagnes se découper sur ce ciel d'un bleu si pur, caractéristique du Montana.

Son récent retour au pays natal n'avait pas favorisé sa guérison et sa résilience. Pourtant, il gardait en lui l'espoir qu'il oublierait et que tout redeviendrait *comme avant.*

Ses pensées s'interrompirent, son cœur battit plus vite lorsqu'il constata qu'il arrivait au bout du chemin. Au sens propre comme au figuré.

Vas-y maintenant !

Ces mots ravivèrent un lointain souvenir d'enfance. Il se revit, dans la grange familiale, prêt à sauter à pieds joints dans les balles de foin. Sauter, ne pas sauter… Prendre son élan, sentir sa poitrine se serrer, son cœur bondir jusque dans sa gorge, et puis pousser un immense cri de joie, de peur et de soulagement mêlés.

Il ne ressentait rien de tout cela, il éprouvait seulement un poids écrasant qui l'étouffait et l'empêchait de respirer.

Maintenant !

Il n'était plus qu'à un mètre, même moins, du bord de la falaise lorsque son téléphone portable sonna. Il freina brusquement. Une réaction conditionnée à la sonnerie ? Ou l'instinct de survie, plus fort que son mal de vivre ?

Le pick-up s'arrêta dans un nuage de poussière, Ford se surprit à soupirer. D'un soulagement aussi soudain qu'inattendu ?

La sonnerie de son téléphone portable continuait obstinément de résonner dans le silence qui retombait. Un signe du destin ? Une ahurissante coïncidence ? Avant de prendre la communication, il enclencha la marche arrière avec prudence, car son véhicule était si proche du bord qu'il redoutait que ses pneus ne soient sur le point de s'engager dans le vide s'il effectuait une manœuvre trop hâtive. Une fois qu'il eut reculé et eut la certitude d'être en sécurité, il coupa le moteur. Alors, les mains tremblantes, moites, il sortit son téléphone qui sonnait toujours.

Étrange, se dit-il. Non seulement Gallatin Canyon était réputé pour n'avoir aucune couverture réseau, mais cet appel survenait très précisément au moment de sa chute fatale dans le précipice. D'une certaine façon, il lui faisait l'effet d'un seau d'eau glacée lancée en pleine figure.

Troublé, il décrocha sans consulter son écran pour identifier l'appelant.

— Allô !

Il n'entendit que des bruits étouffés en arrière-plan.

— Allô !

Toujours rien. Il laissa échapper un rire amer. Un appel téléphonique automatique lui avait sauvé la vie ?

Mais il se figea quand un cri perçant s'éleva à l'autre bout du fil.

— Allô ! s'écria-t-il. Qui est à l'appareil ?

Une voix de femme paniquée et désespérée, qui de toute évidence ne s'adressait pas à lui, lui parvint.

— Non, par pitié ! Laisse-moi…

Nouveau cri de terreur. Fracas de verre brisé.

— Allô ! Allô ! cria de nouveau Ford.

La femme dont il entendait les cris terrifiés était en grand danger. Avait-elle eu l'intention d'appeler le 911 et composé dans sa frénésie une série de numéros au hasard ? Cet appel était-il un appel « de sa poche » ?

— Parlez ! Qui êtes-vous ? Où êtes-vous ? cria Ford hors de lui.

À cet instant, un hurlement de douleur lui parvint, suivi aussitôt après par un bruit de coups et des gémissements. Son sentiment d'impuissance s'amplifia encore et se mua en désespoir lorsqu'un fracas de verre cassé et de nouveaux hurlements retentirent.

— Non ! Arrête… Je t'en supplie… Humphrey, tu vas me tuer ! Non ! Pitié… Ne m'oblige pas à… Arrête ! Je vais…

Un coup de feu assourdissant ponctua cette imploration. Un profond silence retomba. Puis la communication fut coupée.

Humphrey ? se demanda Ford.

Il était sous le choc. Son cœur cognait douloureusement contre sa cage thoracique. Humphrey ? Non, c'était impossible !

Enfin, il eut la présence d'esprit de consulter le numéro de l'appelant.

Rachel.

Rachel Westlake Collinwood, une ancienne camarade

d'université, épouse de Humphrey Collinwood qui avait été autrefois son meilleur ami et son colocataire sur le campus. Elle l'avait récemment recontacté, via les réseaux sociaux, et ils avaient échangé leurs numéros de téléphone portable.

Il la rappela mais tomba sur la messagerie vocale.

Son cœur battait avec une violence redoublée, c'est à peine s'il arrivait à respirer. Abasourdi par la scène dont il avait été le témoin auditif à son insu et par l'identité de l'appelant, il ne parvenait pas à avoir les idées claires. Il eut cependant la présence d'esprit de contacter le 911.

Humphrey n'avait pas... Non ! Humphrey avait toujours été un homme paisible, de surcroît passionnément amoureux de Rachel. Pourtant, et après ce qu'il venait d'entendre...

Le hurlement du vent dans les pins l'arracha à ses méditations affolées. Une rafale souleva un tourbillon de terre et de poussière qu'elle emporta dans le précipice. Ford tressaillit. Sans cet appel téléphonique, il y aurait sombré... À moins qu'il n'ait freiné in extremis ? Il ne le saurait jamais...

La voix de l'opérateur du 911 le ramena à la réalité.

— Quelle est la nature de votre urgence ?

— Je viens d'être témoin d'une agression, peut-être d'un meurtre, par téléphone.

Étranglé par l'émotion, il se tut.

— L'auteur de l'appel téléphonique est Rachel Westlake. Ou plutôt Collinwood.

— Avez-vous son adresse ?

— Un ranch au nord de Big Timber. C'est tout ce que je sais... Vite... Elle est peut-être encore vivante.

2

Dana Cardwell Savage regarda par sa fenêtre de cuisine et remarqua les gros nuages noirs qui s'amoncelaient au sommet des montagnes. Ce matin, elle s'était réveillée avec un de ses mauvais pressentiments que Hud, son mari, aimait à tourner en dérision. S'il ne croyait pas vraiment à son « sixième sens », même après plusieurs années de vie commune, il avait appris à ne plus les ignorer ni à s'en moquer. Dana ne savait jamais *ce* qui allait arriver, elle savait seulement que *quelque chose* allait arriver.

À cet instant, un pick-up s'arrêta devant la maison principale du Ranch Cardwell. Dana plissa les yeux face à l'éblouissant soleil matinal et reconnut son cousin Jackson. Puis elle remarqua son air préoccupé en lui ouvrant la porte. Elle le conduisit aussitôt dans la cuisine, l'endroit le plus chaleureux de la maison. Dana aimait à y accueillir ses visiteurs avec un café et des cookies faits maison avant d'engager la conversation.

Jackson prit place autour de la table en bois, immense, patinée par les ans. Toujours silencieuse, Dana lui versa une tasse de café. *Qu'est-ce qui tracassait autant son cousin ?* Les affaires ? Il ne lui avait pas rendu visite depuis quelque temps, mais elle savait que la chaîne de restaurants BBQ qu'il dirigeait avec ses frères marchait bien. Non, le problème était ailleurs.

— Ford est de retour, annonça Jackson de but en blanc en prenant la tasse de café qu'elle lui tendait.

Dana sourit.

— Nous allons organiser une fête de bienvenue ! dit-elle en échafaudant déjà les plans.

Elle se réjouit car elle aimait les grandes réunions familiales. Mais comme Jackson gardait le silence, elle fronça les sourcils et l'observa avec attention.

Il serrait la tasse entre ses mains et fixait le café avec une concentration et une tristesse qui la chavirèrent.

— Qu'est-ce qui ne va pas, Jackson ?

— L'état de santé de Ford m'inquiète. La guerre, la perte de ses hommes dans l'accident…

Ford avait survécu au crash de son avion, et son héroïsme lui avait valu de recevoir la prestigieuse Purple Heart – une médaille militaire décernée par le président des États-Unis.

Jackson leva les yeux, et elle y lut la peur et l'inquiétude.

— Je me fais vraiment du souci pour lui, Dana.

— Je croyais qu'il allait mieux pourtant ?

— Sur le plan physique, oui. Mais sur le plan psychologique, c'est une autre histoire… Il n'arrive pas à se remettre de la mort de ses hommes. Il souffre toujours de syndrome de stress post-traumatique. Son état d'esprit est selon moi alarmant. Il me semble complètement perdu. Je lui ai proposé de travailler dans notre restaurant de Big Sky, il a refusé.

— Et pourquoi pas au ranch ? Il y est le bienvenu ?

Jackson hocha la tête.

— Je ne sais pas. Rien ne l'intéresse.

Sa voix se brisa. Il but une gorgée de café.

— Je viens de recevoir un appel de sa part, ajouta-t-il. Il est en route pour Big Timber. Il s'est passé quelque chose de grave. Cette femme qu'il a connue pendant ses études…

Jackson s'interrompit et leva les yeux vers Dana.

— Je ne veux pas t'ennuyer avec mes histoires…

— Tu ne m'ennuies pas ! Raconte, quel est le problème ?

— Ford était fou amoureux d'elle à l'époque, mais elle a épousé son meilleur ami. J'ai le sentiment qu'elle s'est moquée de lui. Et son retour inopiné dans sa vie, maintenant…

— Elle l'a contacté ?

— Oui. Tout à l'heure. Mais sans le savoir. Elle se serait disputée avec son mari. Selon Ford, il l'aurait peut-être tuée.

Après avoir communiqué avec l'opérateur du 911, Ford avait téléphoné à son père et lui avait résumé les derniers événements. Il avait bien sûr passé sous silence sa tentative de suicide. Le son de la voix paternelle lui avait fait l'effet d'une piqûre de rappel : quel terrible chagrin il lui aurait causé s'il avait mis ce sinistre projet à exécution. Il avait eu honte de lui et ressenti un terrible sentiment de culpabilité. Puis il avait annoncé à son père qu'il se rendait à Big Timber où Rachel et Humphrey vivaient, et il lui avait promis de le rappeler avant la fin de la journée.

Il descendait le col de Bozeman quand il reçut un appel.

— Charley Cortland, shérif du comté de Sweet Grass, commença son interlocuteur. C'est vous qui venez de contacter le 911 ?

À sa voix, Ford comprit qu'il s'agissait d'un homme d'un certain âge.

— Oui. Vous avez des nouvelles de Rachel ? s'enquit-il. Est-elle… ?

Il ne put se résoudre à achever une question dont il redoutait la réponse.

— Elle est en vie. Votre appel a permis aux secours d'intervenir très vite.

Sur ce, le shérif lui annonça qu'il se trouvait au ranch du couple Collinwood et que Rachel avait été conduite à l'hôpital.

Ford poussa un soupir de soulagement et, une fois l'inquiétude dissipée, s'autorisa un retour dans le passé. Il revit Rachel dans une robe jaune fleurie, riant aux éclats et se moquant gentiment de lui et de Humphrey. *Elle était si belle…* Dans ses souvenirs, Rachel et Humphrey étaient amoureux, si heureux. Que s'était-il passé au cours de ces quinze dernières années pour que la violence fasse irruption dans leur couple ?

— Comment connaissez-vous Mme Collinwood ? lui demanda le shérif.

— C'est une ancienne camarade d'université. Son mari a été mon colocataire pendant quatre ans. J'ai été témoin à leur mariage.

— Je vois. Où vous trouvez-vous actuellement, monsieur Cardwell ?

— Je me rends précisément à Big Timber.

— Retrouvons-nous au bureau du shérif, afin que vous me fassiez votre déposition. Je ne vais pas tarder à y retourner. J'ai une dernière question à vous poser : pourquoi Mme Collinwood vous a-t-elle appelé, vous, au lieu du 911 ?

Ford lui expliqua qu'il s'agissait sans doute d'un appel involontaire et qu'il avait été, sans le vouloir, le témoin impuissant du drame jusqu'au coup de feu fatidique.

— Pouvez-vous me dire ce qu'il en est de Humphrey… ? conclut-il. Est-il… ?

— Nous en parlerons à votre arrivée. Dans combien de temps serez-vous là ?

— Environ une heure. À tout à l'heure.

Et, sur ces mots, Ford raccrocha.

Rachel était vivante. Blessée grièvement ? Traumatisée, sans le moindre doute… Avait-elle été admise à l'hôpital local de Big Timber ? Ou transportée par hélicoptère à Billings parce que son état était jugé grave ? Il le saurait bientôt. Il avait peine à croire que Rachel avait été agressée par Humphrey. Il le connaissait bien, ils avaient été comme deux frères. *Quant à Rachel…*

Jackson se raidit. Si ses premiers souvenirs d'elle étaient heureux, bien qu'un peu assombris par son amour sans espoir pour elle, il n'aimait pas repenser à ce qui les avait tous les trois séparés, quinze ans plus tôt.

C'est lui qui avait coupé les ponts. Humphrey avait bien cherché à le recontacter mais il avait ignoré ses tentatives. Maintenant, il le regrettait… Si Humphrey était mort, aucune réconciliation ne serait plus possible.

Il était à la fois anxieux et impatient à la perspective de bientôt revoir Rachel. *Les voies du destin sont décidément impénétrables…* , conclut-il avec un frisson.

Sans cet appel involontaire, Rachel n'aurait sans doute pas été secourue à temps. Quant à lui…, il ne serait peut-être plus de ce monde…

3

— Je sais qui vous êtes, doc, déclara le shérif Charley Cortland.

Il remonta son pantalon d'uniforme beige sur son ventre proéminent et se balança impatiemment d'avant en arrière.

— Je vous connais de réputation, Hitch, ajouta-t-il. Bon, écoutez, on n'a pas besoin de votre aide : George, notre coroner local, gère la situation.

Henrietta « Hitch » Roberts, médecin légiste en chef, sourit aimablement au shérif et au coroner qui se tenait à ses côtés dans le grand hall de la maison.

— Désolée, shérif, mais c'est le gouverneur en personne qui m'a sollicitée pour enquêter sur cette affaire. Vérifiez vos mails sur votre portable et vous le constaterez par vous-même.

— Oui, bien sûr.

Sur ce, le shérif rentra ses pouces dans les poches de son pantalon et la fixa d'un regard étréci par la méfiance et l'hostilité.

Âgé d'une cinquantaine d'années, il se vantait d'être un vieux briscard et incarnait la loi depuis plusieurs années dans la région.

— Moi, j'ai déjà évalué la situation, poursuivit-il avec

morgue. La femme a été victime de violence conjugale, elle a tiré sur son mari : c'est un cas de légitime défense.

— A priori, précisa Hitch. En ce qui me concerne, je dois établir la cause et les circonstances qui entourent tout décès imprévu, non naturel ou inexpliqué.

À cet égard, Hitch avait déjà contacté la DCI, division en charge des enquêtes criminelles du Montana. Les techniciens devaient maintenant être à l'hôpital de Big Timber où la victime avait été conduite : ils photographieraient ses blessures, rassembleraient ses vêtements, effectueraient des tests de résidus de poudre sur ses mains et ses poignets, prélèveraient des cellules sous ses ongles et des échantillons de sang afin de vérifier qu'elle n'était pas sous l'influence d'alcool ou de drogues au moment où elle avait tiré.

De son côté, elle procéderait à l'enregistrement de ses déclarations – du moins, si la victime était en état de témoigner – sur les circonstances de son altercation avec son mari, sur son agression et enfin, sur le coup de feu.

— Nous savons ce qui s'est *réellement* passé, riposta le shérif. Nous avons des preuves formelles. Rachel Collinwood a contacté un ami pendant qu'elle subissait des violences de la part de son époux : l'ami en question a tout entendu jusqu'au coup de feu. C'est lui qui a contacté le 911. Je viens de lui téléphoner. Il est en route pour Big Timber. Je lui ai donné rendez-vous au bureau du shérif.

Le shérif marqua une pause pour mieux conclure.

— L'affaire est claire : la victime redoutait que son mari la tue.

Son visage rougeaud affichait un air satisfait.

Hitch sortit son carnet de notes.

— Comment s'appelle l'homme que la victime a contacté ?

— Ford Cardwell. La victime a épousé son meilleur ami. Cardwell a assisté à leur mariage.

Hitch le dévisagea avec intérêt.

— Il faudra que je m'entretienne aussi avec lui. J'aimerais visionner la vidéo que vous ferez de sa déposition, dit-elle en rempochant son carnet et son stylo.

Elle regarda autour d'elle.

— Et maintenant, shérif, je vous prie de me communiquer les éléments que vous avez consignés à votre arrivée.

— Les secours sont arrivés à peine quelques minutes après moi, l'ambulance a conduit la victime à l'hôpital.

— Vous ne répondez pas à ma question, je vous demande de me transmettre vos notes.

Face au silence du shérif, Hitch formula autrement sa question.

— Avez-vous *documenté* la scène de crime dès votre arrivée, shérif Cortland ?

Cette prise de renseignements commençait dès l'arrivée de la première personne sur les lieux – en l'occurrence le shérif Charley Cortland.

Secours ou forces de police devaient enregistrer la scène de crime telle qu'ils l'avaient découverte avec un maximum d'indications et de précision, c'est-à-dire à grand renfort de notes, photographies, enregistrements vidéo, croquis et mesures. Par la suite, les noms des enquêteurs qui pénétraient sur la scène ou la quittaient étaient également notés, ainsi que toute modification survenant suite à une activité quelconque. Tout nouvel indice matériel décelé faisait aussi l'objet d'une documentation détaillée avant d'être déplacé ou prélevé. Enfin, chaque objet prélevé était étiqueté individuellement.

C'était à la fois simple et complexe. Mais absolument indispensable.

Cette documentation était en effet exigée d'un bout à l'autre de l'investigation de la scène de crime, et même au-delà – jusqu'à ce que les résultats des analyses de laboratoire soient à la disposition des enquêteurs.

Et enfin, lorsqu'une personne ayant été présente ou ayant travaillé sur la scène de crime quittait les lieux, les informations recueillies étaient transmises à celle qui lui succédait.

Cette procédure minutieuse et chronologique était une démarche capitale dans le cours d'une enquête criminelle.

Hitch agacée se dispensa de rappeler au shérif la rigueur de cette procédure incontournable qu'il était censé connaître sur le bout des doigts.

— Avez-vous relevé votre heure d'arrivée ? interrogea-t-elle. L'état des portes, des fenêtres et des stores ? D'éventuelles odeurs ? Des signes d'activité ? Avez-vous vu un ou plusieurs véhicules quitter la zone ?

Le shérif lui adressa un regard déconcerté.

— Non… Je n'ai rien vu. Il n'y avait que la victime et l'agresseur.

Et, après une grande inspiration, il ajouta.

— Écoutez-moi bien, jeune fille.

— Hitch, je vous prie.

— … Il me semble que vous faites du zèle.

— Non, shérif, je dois enquêter pour reconstituer au plus près ce qui s'est passé. Avez-vous observé quelque chose sur la scène de crime qui paraissait hors de propos ?

Le shérif partit d'un grand rire cynique.

— Oui. Tout est cassé dans la cuisine !

George, le coroner, rit de concert.

— Ça prouve, de façon irréfutable, que le couple a eu une sacrée dispute ! Qui a dégénéré jusqu'à ce que la victime implore son agresseur.

Hitch comprit qu'il était inutile d'insister. Non seulement le shérif n'avait rien documenté, mais il avait déjà bouclé le dossier. Elle jeta un coup d'œil vers la cuisine. Même de là où elle se trouvait, elle voyait des bris de verre, d'assiettes et divers autres ustensiles en céramique sur le carrelage. Elle vit aussi le corps de l'homme et beaucoup de sang.

— Indiscutablement il y a des signes d'affrontement violent, lâcha-t-elle du bout des lèvres.

— Des signes de violence conjugale patents ! commenta Charley avec mépris et hostilité. Scène de ménage. Une femme à bout de nerfs. Un homme qui adopte des comportements nuisibles. Coups et blessures. Classique.

Il hocha la tête.

— La question c'est de savoir quelle était la raison de leur dispute. L'argent ? Regardez cette maison ! J'aimerais vivre dans un endroit pareil !

— L'argent ne fait pas toujours le bonheur, commenta Hitch, de nouveau agacée. Écoutez, shérif, le personnel de la DCI du Montana ne va pas tarder à arriver, dit-elle. Nous en saurons bientôt davantage.

— Nous en savons déjà assez ! déclara le shérif d'un ton péremptoire. Légitime défense ! Je ne comprends pas pourquoi le gouverneur du Montana ou la DCI s'impliquent dans une histoire de violence conjugale et de légitime défense.

Il fit un geste vers le corps.

— Condamner cette femme pour s'être défendue contre l'agression de son mari ? Ce serait *injuste*.

La thèse de la légitime défense faisait a priori sens, mais Hitch ne se prononcerait pas tant que l'investigation n'aurait pas fixé la scène de crime telle qu'elle se présentait et prélevé les indices susceptibles d'être pertinents. Elle le précisa au shérif et conclut.

— Je vais commencer à documenter mon enquête. Quant à vous, shérif, j'apprécierais que vous vous assuriez la protection de la scène de crime et en préserviez l'intégrité autant que possible : en clair, insista-t-elle, l'accès est désormais limité au personnel autorisé.

Le shérif marmonna quelques paroles inaudibles qui, à l'évidence, exprimaient sa désapprobation.

— Allons-y, George, lâcha-t-il ensuite à son comparse, et laissons la dame…

— Hitch. Ou Dr Roberts, je vous prie, *shérif Cortland.*

— … faire son travail.

— Merci.

Hitch poursuivit aimablement à l'attention de George.

— Je n'aurai pas besoin de votre fourgon pour transporter le corps à la morgue. La DCI s'en chargera.

Les deux hommes hochèrent la tête et s'éloignèrent. Restée seule, Hitch s'approcha de la cuisine, sans y entrer, puis sortit des couvre-chaussures et des gants de sa sacoche.

Elle soupira. Elle avait été contactée par le gouverneur du Montana qui lui avait demandé de se rendre toutes affaires cessantes au Ranch Collinwood, au nord de Big Timber, où un meurtre par arme à feu venait d'avoir lieu.

Elle venait de terminer une enquête médico-légale non loin de là, et c'est pourquoi elle était arrivée vite à Big Timber. C'était une chance, car sans cela George, le coroner local, aurait déjà enlevé le corps sans prendre les précautions d'usage.

Consternée, elle remarqua une empreinte de botte dans le sang, à immédiate proximité du corps. De plus, George, à moins que ça ne soit le shérif, avait essuyé la semelle tachée avec des serviettes en papier qui avaient été négligemment jetées sur le plan de travail.

En revanche, les secours, lorsqu'ils s'étaient approchés de l'homme pour vérifier s'il respirait encore, avaient appliqué une procédure de préservation et marqué au sol, avec de la craie, le « chemin », qu'ils avaient emprunté, afin que les enquêteurs le suivent aussi. Sans doute avaient-ils pris des photos pour sécuriser leur action ? Les phases initiales d'intervention des secours étaient souvent des phases de contamination de la scène de crime, et Hitch se félicita de la rigueur des urgentistes dépêchés sur ces lieux.

Le gouverneur du Montana avait bien insisté sur la priorité qu'elle devait donner à cette affaire. Il l'avait informée que, selon les éléments en sa possession, il s'agissait d'une violente dispute conjugale qui s'était terminée par un ou plusieurs coups de feu et que l'épouse en état de choc et qui souffrait de multiples contusions et blessures avait été admise à l'hôpital local. Hitch avait déduit que c'était une affaire sensible qui, manifestement, impliquait des notables.

Collinwood.

Le nom en effet ne lui était pas inconnu. Parce que lié à une éminente personnalité du monde politique ou du spectacle ? Pour autant, ce genre de détails n'avait aucune importance à ses yeux. Elle accordait la même minutie à toutes les enquêtes criminelles. Quoi qu'il en soit, ce drame attirerait l'attention des médias, et c'était un inconvénient de taille.

Hitch s'approcha du corps en suivant l'itinéraire tracé par les secours à travers les bris de verre et de céramique. Elle était impressionnée par la violence de la dispute qui avait opposé l'homme et la femme. Lorsqu'elle se fut accroupie, elle constata que l'homme avait été abattu d'une seule balle tirée à bout portant qui était entrée à un centimètre de l'œil gauche et était ressortie à l'arrière du crâne, emportant de la matière cérébrale et des fragments d'os. Le pistolet, un .38, se trouvait à proximité.

Le mari avait-il essayé de désarmer sa femme ? L'avait-il défiée de tirer ? Avait-il été arrogant, avait-il la conviction qu'elle n'oserait jamais tirer ?

Hitch se releva afin de sortir son appareil-photo de sa sacoche, puis photographia la scène de crime même en sachant que ce serait la première mission du personnel de la DCI dès son arrivée dans la maison. Ce faisant, elle perçut mieux l'étendue du chaos dans cette cuisine ultra-sophistiquée qui aurait fait la joie de tout cuisinier passionné : immense, blanche du sol au plafond, avec des appareils électroménagers en acier inoxydable dernier cri, un évier en cuivre typique des ranchs de la région et des plans de travail en marbre blanc.

Un bruit de moteur l'arracha à ses pensées, elle jeta un coup d'œil par une des fenêtres. Deux camionnettes de la DCI s'arrêtaient devant la maison. Elle constata par la même occasion que le shérif et le coroner en avaient fermé l'accès avec du ruban adhésif jaune. Le shérif, bras croisés, adossé à sa voiture de patrouille, observait l'équipe de la DCI. Peu après, il monta dans son véhicule et partit.

Le shérif Charley Cortland fulminait. Comment cette femme avait-elle osé lui parler sur ce ton, lui tenir tête et le traiter comme un incapable ? Il se massa le cou d'une main en prenant un virage en épingle. Il roulait trop vite, mais cette Hitch l'avait vraiment exaspéré en débarquant chez les Collinwood avec cette arrogance et en le critiquant d'emblée. Il pensa aux carnets et stylos qu'il conservait toujours dans sa boîte à gants, et jeta les yeux dans cette direction. Ce faisant, il faillit rater le croisement. Conscient de son imprudence, il ralentit.

Il commençait à comprendre que cette affaire allait être importante et, à ce titre, pourrait faire ou défaire sa carrière. Bon sang, il aurait dû s'en rendre compte d'emblée ! Il connaissait les Collinwood de réputation et les savait fortunés et influents. Beaucoup de gens riches, voire célèbres et en quête d'une vie plus saine achetaient des ranchs dans la région. Mais qu'est-ce que les Collinwood avaient de particulier pour que le gouverneur en personne fasse appel à l'expert médical de l'État du Montana et à la DCI ?

Il arriva sur la route principale et s'arrêta sur l'accotement pour sortir un carnet et un stylo de sa boîte à gants. À partir de maintenant, il allait appliquer la procédure à la lettre. Il se souvenait assez bien de l'état de la scène de crime à son arrivée et il le mit aussitôt par écrit.

Quand cela fut fait, il déclencha sirène et gyrophares, et roula à tombeau ouvert jusqu'à Big Timber. Ford Cardwell devait déjà l'attendre au bureau du shérif. La version des faits de ce témoin capital accréditerait la thèse de la légitime défense qu'il soutenait. Il ne pouvait se tromper, il avait de l'expérience, il avait du nez. Mais soudain, il n'en fut plus si certain. Le problème était qu'il ne pouvait plus se permettre de commettre la moindre erreur.

Ford attendait l'arrivée du shérif depuis une bonne dizaine de minutes quand il vit arriver un homme de haute taille, plutôt trapu et au visage rougeaud. D'un geste, celui-ci lui signifia de le suivre dans une petite pièce. Ford obtempéra, le shérif prit place derrière son bureau et retira son Stetson qu'il lança d'un geste expert vers le crochet destiné à cet effet.

— Shérif Charley Cortland, se présenta-t-il, en s'installant mieux sur sa chaise qui grinça sous son poids. Et vous, vous êtes Ford Cardwell. Je vais prendre votre témoignage.

Le shérif prépara l'enregistrement vidéo.

— Énoncez votre nom, l'heure et la date d'aujourd'hui monsieur Cardwell, poursuivit-il d'un ton cérémonieux.

Ford obéit. Charley Cortland s'adossa à sa chaise et hocha la tête d'un air approbateur.

— Vous avez tout entendu, commença-t-il, encourageant.

— Je crois n'avoir entendu que la fin d'une violente dispute. Quand j'ai décroché, des bruits de fond étouffés me sont parvenus. Puis un cri de femme.

— Décrivez-moi tout avec précision, du début à la fin de la communication.

Ford réfléchit posément pour bien se remémorer la scène qu'il relata au shérif.

— J'ai décroché instinctivement, conclut-il. Je n'ai pas consulté mon écran en décrochant. Je ne savais donc pas que mon interlocutrice était Rachel Westlake, enfin, je veux dire, Collinwood.

— Vous la connaissiez depuis l'université. Quand l'avez-vous vue pour la dernière fois ?

— Il y a environ quinze ans. Mais nous avons récemment repris contact par le biais des réseaux sociaux. De là, nous avons échangé nos numéros de téléphone.

Le shérif hocha la tête.

— Si j'ai bien compris, vous connaissiez aussi son mari.

Ford, frappé par l'usage de l'imparfait, tarda à répondre.

— Humphrey ? Oui, depuis l'université. On a été colocataires pendant quatre ans, sur le campus.

Il marqua une pause.

— Shérif, il est… ?

— Humphrey Collinwood est mort.

Ford eut l'impression d'entendre à nouveau le coup de feu qui lui était parvenu par téléphone.

Sentant venir l'imminence d'une crise de panique, il se concentra sur sa respiration pour la conjurer. Simultanément, le crash de son avion lui revenait en mémoire dans toute son horreur, et à partir du moment précis où il avait su qu'ils allaient s'écraser, qu'il serait impuissant à empêcher la catastrophe, et à sauver tous ses hommes.

La voix nette du shérif l'arracha à son état de sidération.

— Humphrey Collinwood a été tué ce matin pendant l'appel téléphonique que vous avez reçu.

Ford ferma brièvement les yeux. Des éclairs de lumière explosèrent derrière ses paupières. Il les rouvrit, chassa le souvenir de son avion en feu pour affronter une autre réalité, tout aussi terrible.

Rachel a tué Humphrey.

Il ne parvenait pas à donner un sens à cette réalité.

Humphrey et Rachel ? *Impossible.*

— C'était mon meilleur ami…, confia-t-il. Shérif ? Dites-moi, comment va Rachel ?

Elle doit être anéantie…

— Vous vous appelez Cardwell ? lança le shérif pensif. Ce nom m'est familier.

— Ma famille possède une chaîne de restaurants BBQ dont l'un se trouve à Big Sky. Et ma tante y a un ranch : le Ranch Cardwell. Elle est mariée au marshal Hud Savage.

Il se tut.

— Shérif, comment va Rachel ? insista-t-il.

— J'attends des nouvelles du médecin. Je sais qu'elle souffre de multiples blessures.

Le shérif mit fin à l'enregistrement.

— Nous en saurons davantage lorsque Mme Collinwood sera en mesure de nous donner sa version des faits. Mais à ce stade, il semble clair que c'est une grave dispute conjugale qui a dégénéré et tourné au drame.

Ford se sentit la proie du vertige. Il entendait de nouveau les cris de Rachel. Ses supplications. Le coup de feu avant que la communication soit coupée.

Oh mon Dieu, Rachel, comment en êtes-vous arrivés là, Humphrey et toi ?

4

Munie de gants en latex et de couvre-chaussures, Hitch passa la maison du couple Collinwood en revue pendant que le personnel de la DCI traitait la scène de crime.

Cette belle demeure de plain-pied était immense, et Hitch allait maintenant de pièce en pièce afin de se faire une idée de la personnalité du couple et de son train de vie. Comme l'avait souligné le shérif, l'affaire semblait simple. Homicide conjugal. Violences volontaires ayant entraîné la mort sans intention de la donner. Légitime défense.

Dans ce cas, qu'est-ce qui la tracassait ? L'apparente simplicité de cette affaire criminelle ? Précisément : l'expérience lui avait appris qu'aucune enquête n'était aussi simple qu'elle le paraissait.

À cet instant, Hitch se figea sur le seuil de la chambre conjugale, impressionnée par la vue magnifique qui s'ouvrait devant ses yeux. D'immenses baies vitrées donnaient sur des collines verdoyantes aux flancs recouverts de pins. Elle essaya d'imaginer le couple Collinwood se réveillant face à ce paysage magnifique, puis s'arracha à sa contemplation pour s'approcher du lit et observer les deux tables de chevet.

Elle vit un roman sur l'une d'elles et, d'après le titre,

en conclut que Rachel Collinwood occupait la droite. Elle ouvrit le tiroir qui ne contenait rien, comme s'il avait été vidé. *En prévision d'une prochaine enquête de police ?* pensa-t-elle malgré elle.

Sur la table de nuit du côté gauche, elle aperçut un carnet et un stylo. Humphrey Collinwood y avait griffonné des notes relatives à un rendez-vous professionnel. Hitch les photographia avec son téléphone portable. Le tiroir de sa table de chevet était bien rempli, mais il ne contenait rien de particulier. À un détail près : une boîte de cartouches destinées à un pistolet .38. *L'arme avec laquelle Rachel Collinwood avait fait feu.* Après avoir photographié l'intérieur des deux tiroirs, elle réfléchit.

Si Humphrey Collinwood avait conservé son arme dans le tiroir de sa table de chevet, comment s'était-elle retrouvée dans la cuisine, sur la scène de crime ? Précisément, qui de Rachel ou de Humphrey l'avait eue en main en premier lieu ? L'arme était-elle déjà chargée ? Rachel Collinwood avait-elle déjà tiré avec cette arme ? Y avait-il eu préméditation ? Ou pas ?

À ce stade d'une enquête sur un homicide, il y avait plus de questions que de réponses.

À l'évidence, le couple Collinwood partageait toujours la même couche, se dit Hitch en observant le lit. Pour autant, cela ne signifiait pas que leur vie conjugale était harmonieuse. De plus, ce lit était de taille *king size*, si bien qu'ils pouvaient dormir sans jamais se toucher.

Hitch inventoria le contenu de leurs dressings, armoires et commodes respectifs, et découvrit une profusion de vêtements et d'accessoires griffés, tant chez l'homme que chez la femme. Elle prit de nouveau, méthodiquement, de nombreuses photos.

Ce sont toujours les détails en apparence insignifiants

qui aident à résoudre une affaire, songea-t-elle en inspectant la salle de bains personnelle de Rachel. Elle y remarqua des cosmétiques et produits de beauté coûteux ainsi qu'une boîte de pilules contraceptives dont une plaquette était entamée et qui gisait sur le carrelage en damier.

Intéressant.

Elle la ramassa, la mit dans une pochette en plastique.

Elle suivait le couloir quand elle se rendit compte qu'elle n'avait pas vu le sac à main de Rachel Collinwood dans le salon ou la cuisine. Était-il assez spacieux pour contenir une arme de poing ? Était-il dans le dressing ? Elle y revint, remarqua de nombreux sacs vides ou neufs, jamais utilisés.

— L'un d'entre vous a vu le sac à main de Rachel Collinwood ? demanda-t-elle une fois qu'elle fut revenue dans la cuisine.

— Non, répondit l'un des techniciens.

Hitch se rendit alors dans le garage. Le sac à main était-il resté dans sa voiture ? Aucun des deux véhicules qui s'y trouvaient n'était verrouillé, elle ouvrit la portière de la Range Rover qui sentait le cuir et l'après-rasage. Ça devait être la voiture de Humphrey. Après l'avoir fouillée et avoir mis la main sur quelques facturettes sans intérêt qu'elle photographia malgré tout, elle s'intéressa à la BMW décapotable où elle sentit le même parfum poivré que dans le dressing de Rachel.

Toujours pas de sac à main.

Elle découvrit alors un petit cabinet de toilette attenant au garage. Dès qu'elle en ouvrit la porte, elle repéra un large sac en cuir souple, abandonné sur le carrelage, sous le lavabo. Il était assez ample pour contenir le .38 qui avait été retrouvé dans la cuisine.

Le sac semblait avoir été jeté là à la hâte, comme

si Rachel Collinwood avait été pressée par le temps, remarqua-t-elle. Le grand compartiment zippé était ouvert, un portefeuille en dépassait.

En rentrant de course ou de visite, Rachel Collinwood s'était-elle réfugiée dans ce cabinet de toilette lorsqu'elle avait entendu la porte du garage s'ouvrir, signalant ainsi le retour de son mari ? Avait-elle fouillé fébrilement dans sa besace pour en sortir son arme ? Et quid de son téléphone, qui avait aussi été retrouvé dans la cuisine, à proximité du corps de Humphrey Collinwood ? Hitch avait déjà photographié l'appareil, couvert d'empreintes ensanglantées.

Avait-elle ensuite lâché son sac, suivi son mari dans la cuisine, avec le .38 et son téléphone portable ? Ou l'y avait-elle devancé pour l'y attendre ?

Hitch ramassa le sac, étala une serviette de toilette sur la tablette à côté du lavabo et en vida le contenu. Parmi les différents articles et accessoires – portefeuille, lunettes de soleil, tube de rouge à lèvres, poudriers, etc. – se trouvait une petite boîte de cartouches de calibre .38 correspondant à l'arme retrouvée près du corps.

Hitch remit tout dans le sac, le reposa sous le lavabo et revint à la cuisine pour signaler sa découverte au personnel de la DCI.

— Et je veux un relevé des empreintes sur cette boîte de pilules contraceptives et les plaquettes à l'intérieur, acheva-t-elle en brandissant le sachet.

Les techniciens acquiescèrent, tandis qu'ils disposaient le corps de Humphrey Collinwood dans une housse mortuaire qu'ils chargèrent dans leur camionnette. L'un, Bradley, la transporterait jusqu'à la morgue et reviendrait pour finir de traiter la scène de crime.

— Vous savez qui est la victime, n'est-ce pas ? interrogea Bradley.

— Oui, Humphrey Collinwood. Pourquoi ?

— La dynastie Collinwood est originaire de Washington, expliqua Bradley. Grande famille, ancienne fortune amassée au cours de quatre générations. Les hommes ont fait carrière dans le monde politique et financier. Le clan espérait un jour voir Humphrey se lancer à l'assaut de la Chambre des représentants. Bart Collinwood, le père, caressait même le rêve de placer son fils à la Maison-Blanche. Cette affaire va donc recevoir une importante couverture médiatique nationale. Quoi qu'il se soit passé dans le couple, je n'aimerais pas être à la place de Rachel Collinwood en ce moment !

En clair, même si Rachel Collinwood avait agi en état de légitime défense, le clan de son mari se battrait bec et ongles pour exonérer son illustre rejeton. D'où l'intervention en personne du gouverneur du Montana. Les techniciens de la DCI avaient dû être eux aussi avertis de mener l'enquête vite et bien. Sans aucun faux pas.

Hitch ferma le hayon de la camionnette, monta dans sa jeep Grand Cherokee, démarra et s'éloigna de l'immense maison, posée comme un fragile jouet dans ce paysage idyllique. La demeure était en effet très isolée – elle se trouvait à environ 30 km de Big Timber.

Hitch savait, d'expérience, que l'argent était le principal sujet de dissension dans les couples. Venait ensuite l'infidélité. Elle repensa aux deux dressings, remplis de vêtements et d'accessoires griffés, au garage avec ses deux voitures de luxe, et à la propriété, véritable domaine.

Un petit paradis… où le mari avait été tué par sa femme, hospitalisée suite aux violences qu'il lui avait infligées et qui serait poursuivie pour homicide conjugal. *Que s'était-il passé au juste ?*

La présence du sac abandonné dans l'élégant cabinet de toilette continuait de l'intriguer. Rachel Collinwood venait manifestement de rentrer. Son mari était-il à la maison ? Ou était-il rentré un peu après elle, sous l'empire d'une violente colère ? Pourquoi ? Rachel Collinwood avait-elle pressenti le danger et pris peur ?

Si le .38 se trouvait *déjà* dans son sac avec les cartouches, *quand* l'avait-elle sorti du tiroir de la table de chevet de son mari ou de tout autre endroit où il avait pu être caché ou rangé ? Et pourquoi se munir de son portable et de son arme pour se rendre dans la cuisine, c'est-à-dire pour venir à la rencontre de son mari ou l'y attendre, si elle redoutait sa colère ? Pourquoi la peur ne l'avait-elle pas plutôt poussée à remonter dans sa voiture pour prendre la fuite ?

Le shérif avait expliqué que l'homme que Rachel Collinwood avait appelé par inadvertance avait tout entendu, y compris le coup de feu. Cette dernière avait-elle essayé d'appeler les secours, le stress lui avait-il fait appuyer, par inadvertance, sur le numéro de Ford Cardwell, enregistré dans ses contacts ?

Hitch était impatiente de s'entretenir avec Rachel Collinwood et Ford Cardwell. Elle se passionnait toujours pour ses enquêtes, mais celle-ci suscitait sa plus vive curiosité.

Une chose était certaine : Rachel était passée par le cabinet de toilette attenant au garage avant d'affronter son mari. La présence du sac abandonné là le lui prouvait formellement. Rentrait-elle de courses ? De visite ? Quel était son état d'esprit à ce moment-là ? Terreur. Sang-froid ? Son mari l'attendait-il ? L'avait-il cherchée partout dans la maison ? Où avait commencé la dispute ? Quel en était le sujet ? Où Rachel et Humphrey Collinwood se trouvaient-ils juste avant cette dispute ?

Puis une question plus générale et également plus pertinente s'imposa. Rachel Collinwood avait-elle été déjà été victime de violences de la part de son mari ? Était-ce pour cette raison qu'elle conservait le .38 sur elle – à moins qu'elle ne l'ait caché dans la maison dans un endroit, accessible au cas où elle en aurait besoin ?

Ça n'était pour l'instant que des spéculations qui seraient infirmées ou confirmées par des indices probants. Du moins Hitch l'espérait-elle. La vraie question, c'était de savoir ce qui s'était passé dans la tête de Rachel Collinwood lorsqu'elle s'était emparée de l'arme dans le tiroir de chevet de son mari – *si*, du moins, c'était ce scénario-là qui prévalait. Et de nouveau, Hitch se posa cette question : *si* Rachel Collinwood était terrifiée à ce point par son mari, pourquoi n'était-elle pas remontée dans sa voiture pour aller se réfugier en ville ?

Hitch imaginait Rachel Collinwood dans la cuisine, dans un état de panique proche de l'hystérie, au milieu des bris de verre, de vaisselle et de céramique. Avait-elle le .38 en main dès le début de l'altercation ? En avait-elle menacé son mari ? Tiré sans sommation ? Quoi qu'il en soit, dès que Rachel Collinwood avait été armée, elle avait, consciemment ou non, décidé de faire feu.

Une fois à l'hôpital, Ford obtint l'autorisation de se rendre au chevet de Rachel, mais le médecin lui précisa qu'il ne pourrait rester auprès d'elle que quelques minutes.

— Mme Collinwood est groggy, lui expliqua-t-il.

De plus, le shérif vous prie de ne pas l'interroger sur les récents événements.

Ford acquiesça, suivit le couloir et aperçut un policier en faction devant la chambre. Pour assurer la protection de Rachel ? Contre qui ? Puis il comprit que ce policier devait surveiller Rachel. Était-elle en état d'arrestation ?

D'un point de vue strictement factuel, Rachel avait tué un homme. *Son propre mari. Un vieil ami...* Ford avait encore de la peine à concevoir qu'elle en soit arrivée à de telles extrémités, mais ce qu'il avait entendu au téléphone était éloquent. Édifiant. Il ne poserait à Rachel aucune question sur le drame, même s'il brûlait de savoir comment une telle tragédie avait pu survenir. Il pensait bien connaître Humphrey, jamais il ne l'aurait cru capable de violence conjugale.

La scène dont il avait été le témoin se rejouait dans sa tête, se superposait à sa propre tragédie et brouillait les frontières entre les deux.

Le policier en faction lui fit signe d'entrer. Ford ouvrit puis il hésita. Était-il prêt à revoir, dans ces circonstances dramatiques, la magnifique jeune femme dont il avait été amoureux ?

Il prit une grande inspiration, entra et se figea. Rachel avait les yeux fermés. Son visage, que ses contusions et blessures, rendaient presque méconnaissable était d'une inquiétante pâleur. Ford en éprouva un véritable choc.

Toute cette violence... Oppressé, il sentit son dos se couvrir de sueur froide. En proie à un vertige, il se retint à la barre métallique du lit, redoutant une autre crise de panique.

Le cliquetis de la barre métallique réveilla Rachel en sursaut. Elle laissa échapper un cri. Pendant un instant, elle avait oublié où elle se trouvait. Elle eut un mouvement de recul à la vue de l'homme à son chevet.

— Désolé. Je ne voulais pas t'effrayer, dit Ford qui lui aussi eut un haut-le-corps.

Elle reconnut sa voix douce, si apaisante. Elle lui sourit, mais aussitôt elle fit la grimace. Son visage contusionné la faisait souffrir.

— Ford…, murmura-t-elle.

La vue de son visage amical et familier lui fit monter les larmes aux yeux. Elle lui tendit la main, il s'approcha et la serra entre les siennes. Cela faisait près de quinze ans qu'elle ne l'avait pas vu, elle n'aurait donc pas dû être surprise qu'il ait changé. Autrefois, il était très mince et il s'était étoffé. Mais la maturité le rendait encore plus séduisant. Elle savait par quelles épreuves il était passé récemment et s'était demandé jusqu'à quel point le drame qu'il avait traversé l'avait affecté. Elle voyait au fond de ses yeux bleus, naguère pétillants et légers, une dureté qu'elle n'y avait jamais connue, mais qui était à l'instant adoucie par leurs retrouvailles.

— Je suis si heureuse de te voir, Ford, mais… Que fais-tu ici ?

— J'ai appris ce qui était arrivé. Tu vas bien ?

Elle secoua la tête avec fatalisme.

— Humphrey…, balbutia-t-elle entre ses larmes. Il est…

Elle n'acheva pas. Ford lui serra plus fort la main. Et, dans le silence qui tombait, Rachel se souvint des événements qui avaient suivi la tragédie : l'arrivée du shérif, des secours médicalisés, son transfert à l'hôpital, l'intervention de deux officiers de police judiciaire de l'État du Montana, venus prendre ses empreintes digitales et faire des prélèvements sur ses mains et ses poignets. Lorsque, surprise, elle leur en avait demandé la raison, ils lui avaient expliqué qu'ils prélevaient des résidus de tir. Aussitôt, elle avait cru de nouveau entendre le bruit assourdissant de son coup de feu. Elle revoyait le regard stupéfait et incrédule de son mari. Jamais elle ne l'oublierait, dût-elle vivre cent ans.

— Je suis là maintenant, déclara Ford avec force.

Ford et son indéfectible loyauté… Autrefois, elle avait songé à épouser Ford Cardwell, élève ingénieur promis à un bel avenir et séduisant cow-boy, se dit-elle, la gorge serrée. Elle repoussa cette pensée inutile et douloureuse.

— J'ai de la peine à croire que ça soit arrivé…, murmura-t-elle en essuyant ses larmes de sa main libre.

Elle fit un effort pour se ressaisir.

— Mais toi, comment vas-tu ? J'ai appris pour ton… accident. Je suis vraiment désolée.

— Ne t'inquiète pas pour moi, dit-il rapidement. Je vais bien. C'est toi qui m'inquiètes. Mais je suis là, répéta-t-il. Je resterai aussi longtemps que tu le désireras.

La porte de la chambre d'hôpital s'ouvrit, le shérif entra. Rachel déglutit à la vue de son expression sinistre. Il y avait quelques heures à peine, elle était dans sa cuisine et braquait une arme sur son mari. Une éternité semblait s'être écoulée depuis. Elle ferma les yeux pour contenir ses larmes lorsque Ford lui lâcha la main.

— Je dois m'entretenir seul avec Mme Collinwood, annonça le shérif sans préambule. Mais ne partez pas, monsieur Cardwell. Il faut aussi que je vous parle.

Au grincement de la chaise, Rachel comprit que le shérif prenait place à son chevet et à la porte qui s'ouvrait et se refermait, que Ford s'éloignait.

— Madame Collinwood, vous vous souvenez de moi ? Je suis le shérif Charley Cortland. C'est moi qui suis arrivé sur les lieux le premier, avant les secours. Le médecin m'a prévenu que vous seriez peut-être un peu groggy, mais j'ai besoin que vous répondiez à quelques questions. Du moins, si vous vous en sentez capable.

Rachel rouvrit les yeux et le dévisagea. Le visage rougeaud du shérif exprimait la plus vive compassion. Elle s'essuya les yeux.

— Je vous dirai tout ce dont je me souviens.

De nouveau, la porte de la chambre d'hôpital s'ouvrit. Un jeune homme entra avec un ordinateur et une webcam qu'il posa à côté de son lit. Rachel porta la main à son bandage sur sa pommette et se rendit compte qu'elle était stupide de penser à son apparence dans un moment pareil.

— Ne vous inquiétez pas, vous êtes très bien, dit le shérif avec un sourire apitoyé. Maintenant, racontez-moi ce qui s'est passé.

5

Hitch leva les yeux au moment où un homme d'un certain âge, plutôt distingué et vêtu d'un élégant costume, entra dans la morgue. Il avait une chevelure poivre et sel, et des yeux gris au coin desquels de petites rides d'expression étaient mises en évidence par son bronzage. Et cependant, son visage était actuellement couleur de cendre. Il tremblait lorsqu'il s'agrippa à la poignée de la porte et regarda autour de lui.

— Où est le médecin légiste ? Je veux voir mon fils !

Bartholomew Collinwood, songea aussitôt Hitch.

— Je suis le médecin légiste en chef. Henrietta Roberts. Donnez-moi quelques minutes et vous pourrez procéder à l'identification.

Bartholomew Collinwood la dévisagea avec surprise. Elle crut qu'il allait protester, mais il resta silencieux et regarda derrière elle, précisément dans la direction de la housse mortuaire qui avait été déchargée de la camionnette. Alors il tituba, se ressaisit à grand-peine et tourna les talons.

Une fois que le corps fut placé sur la table d'examen, elle alla chercher M. Collinwood qui, assis sur un banc, avait la tête entre les mains.

— Si vous voulez bien venir, maintenant, dit-elle doucement.

Elle ne s'est jamais habituée à l'intensité du chagrin dont elle était témoin à de tels moments. Et elle espérait ne jamais s'y habituer.

Bartholomew Collinwood mit un temps avant de se lever. C'était un homme qui, à l'évidence, avait de l'énergie et de l'assurance à revendre, mais à l'instant, il luttait pour ne pas s'effondrer. Hitch savait que le plus difficile était de demander à la famille d'identifier le corps. Mais d'habitude, c'était le coroner local qui se chargeait de cette délicate mission.

Si la victime n'avait pas été Humphrey Collinwood, George, le coroner local, aurait été à sa place, pensa-t-elle en précédant Bart Collinwood.

Étonné que le shérif ait à lui parler, Ford se rendit dans un premier temps à la cafétéria pour s'offrir un café. Aux odeurs de cuisine qui y flottaient, il se rendit compte qu'il n'avait rien mangé de la journée. Pas étonnant qu'il se sente si faible. Malgré tout, il doutait de pouvoir avaler une bouchée.

Ensuite de retour à l'étage où se trouvait Rachel, il s'installa dans la salle d'attente et but son café. Il pensa à Humphrey, mais vite repoussa son image pour se remémorer sa première rencontre avec Rachel. Lorsque Humphrey avait porté l'œil sur elle, et elle sur Humphrey, quelques minutes après, Ford avait compris qu'il avait perdu toute chance de la conquérir.

Ce jour-là, Humphrey et lui étaient dans le parc aux abords de l'université. Ils s'étaient installés sous un grand chêne, comme à leur habitude après leur cours de chimie.

Humphrey, allongé dans l'herbe, fumait en contemplant le ciel. Ford s'était quant à lui adossé à l'arbre et observait les allées et venues.

Une jeune femme avait en particulier attiré son attention. Elle était d'une beauté saisissante. Elle était vêtue d'une robe à pois orange et blanc qui mettait en valeur sa taille mince. Elle tentait d'attirer un écureuil en lui tendant un morceau de pain. Il l'avait observée pendant de longues minutes, amusé par son obstination et impressionné par sa conviction naïve que l'écureuil viendrait à elle.

Il avait sorti son téléphone portable pour la photographier. Mais son geste avait attiré l'attention de Rachel et effrayé l'écureuil qui avait filé.

Elle lui avait adressé une petite grimace contrariée, Ford s'était levé pour s'approcher d'elle.

— Tu lui as fait peur, il était sur le point de prendre le pain, lui avait-elle lancé d'un ton de reproche.

Ford avait ri.

— Tu te fais des illusions.

— Qu'est-ce que tu en sais ?

— Parce qu'il t'a dit à sa façon qu'il préférait les noisettes au pain.

Un sourire avait adouci l'expression un peu fâchée de Rachel – un sourire dont le souvenir le hantait encore.

— Tu comprends la langue des écureuils ? avait-elle demandé d'un ton ironique.

— Mieux que toi à l'évidence, avait-il répliqué en riant. Je me présente, Ford Cardwell, l'homme qui murmure à l'oreille des écureuils.

— Rachel Westlake, avait-elle dit avec un large sourire. C'est la pire phrase de drague que j'aie jamais entendue.

Après cela, elle avait tourné les yeux vers Humphrey, qui les rejoignait. Ford avait constaté que son vieil ami était captivé par la jeune fille. Et qu'elle-même le dévisageait avec la même intensité.

Rachel et Humphrey aimaient raconter cet épisode qu'ils concluaient en affirmant qu'ils avaient eu le coup de foudre l'un pour l'autre. Après la « scène de l'écureuil », ils avaient commencé à se fréquenter. Parfois Ford se joignait à eux. Il se souvint d'ailleurs de photos où Rachel se tenait entre eux, un bras passé autour de leur taille. Humphrey répétait qu'il ne pouvait pas vivre sans son meilleur ami et la femme de sa vie. Ainsi avaient-ils formé un trio inséparable jusqu'au mariage.

Le vieux sentiment de culpabilité revint alors saisir Ford. Le regret désormais s'y ajoutait. Humphrey lui avait manqué, au cours de ces quinze dernières années, maintenant, c'était trop tard pour renouer avec lui.

La porte de la salle d'attente s'ouvrit, Ford sursauta. Il s'attendait à voir le shérif, ce fut Bart Collinwood qui entra. Il ne l'avait pas revu depuis quinze ans, mais il le reconnut instantanément. Bartholomew « Bart » Collinwood, bien qu'il ait le visage défait et marqué par le deuil, avançait d'un pas décidé et conquérant, comme si l'hôpital lui appartenait. Cela dit, il aurait certainement pu l'acheter si tel avait été son désir. Les relations de Humphrey et son père avaient toujours été tendues, se souvint Ford. Son ami redoutait de ne pas être à la hauteur des ambitions d'un père implacable. La situation avait-elle évolué dans le bon sens, au fil des ans ?

À sa vue, Bart s'arrêta net et fronça les sourcils.

— Ford ?

Ford fut surpris qu'il le reconnaisse d'emblée.

— Oui. Ford Cardwell.

— Ford Cardwell du Montana, précisa Bart. C'est grâce à vous si mon fils a acheté le ranch dans cet État, poursuivit-il d'un ton accusateur. À cause de toutes ces histoires que vous racontiez sur votre vie au ranch de votre tante.

Bart le rendait-il indirectement coupable de la mort tragique de son fils parce que celui-ci avait acheté un ranch dans le Montana ? Ford, perturbé par cette pensée et par les affirmations de Bart, ne sut pas quoi répondre et garda le silence. Puis il se dit que l'homme était affecté et qu'il cherchait probablement un bouc émissaire.

— Vous étiez de bons amis, enchaîna Bart avec moins de virulence. Vous vous êtes brouillés à la fin de vos études à cause de votre engagement dans l'armée, je crois ?

Ainsi, c'était la raison que Humphrey avait donnée à son père ?

Ford resta silencieux.

— J'ai été surpris que mon fils critique votre initiative et n'en fasse pas autant, car il vous imitait en tout, continua Bart. Rachel savait à quel point il vous admirait. C'est elle qui a dû l'en empêcher et semer la zizanie entre vous. Elle n'avait qu'une idée en tête : qu'il gagne plus d'argent pour qu'elle puisse le dépenser.

Ford secoua la tête. Bart n'avait jamais apprécié Rachel.

— Humphrey l'aimait.

Bart laissa échapper un rire amer qui ressemblait à un sanglot.

— Et regardez où ça l'a mené !

Ford allait argumenter et dire que Humphrey n'était pas la seule victime, mais déjà Bart reprenait.

— Évidemment, vous êtes venu voir Rachel ?

Était-ce une insinuation ? Une nouvelle accusation ? se demanda Ford qui sentit sa vieille culpabilité revenir l'envahir.

— Non. Ça n'est pas pour…

— Votre présence ici prouve le contraire, coupa Bart.

L'entrée du shérif dans la salle d'attente interrompit cet échange éprouvant. Bart se leva, se dirigea vers lui et lui saisit le bras avec vigueur en demandant justice pour son fils.

— Je pensais que vous vouliez savoir comment allait votre belle-fille après avoir été agressée par votre fils ? lâcha le shérif froidement.

— Laissez-moi la voir, l'interrompit Bart.

— Je doute que ce soit une bonne idée. Vous allez la tourmenter, et elle a déjà assez souffert.

— Assez souffert ! Elle a tué mon fils, s'exclama Bart d'une voix vibrante d'émotion. Je viens de la morgue, elle a tiré à bout portant dans son visage… Je veux qu'elle me dise la vérité, les yeux dans les yeux.

Le policier en faction, sans doute attiré par les éclats de voix, entra à son tour.

— Hal ? dit le shérif. Fais sortir monsieur de l'hôpital. Et s'il revient, fais-le-moi savoir, je lui ferai passer l'envie de faire du tapage.

— Vous ne savez pas à qui vous avez affaire ! gronda Bart. Vous le regretterez.

6

De retour à la morgue, prête à commencer l'autopsie, Hitch observa le corps sur la table métallique. Après le départ de Barthelemy Collinwood, elle avait recherché sur Internet des informations sur le couple Collinwood.

Humphrey Collinwood était un homme d'affaires séduisant, riche et prospère. Hitch avait vu des dizaines de photos de lui et de sa femme, lors de galas et autres collectes de fonds avant qu'ils quittent définitivement New York pour s'installer, un an plus tôt, dans un ranch au nord de Big Timber, dans le Montana.

Elle avait aussi effectué des recherches sur Ford Cardwell. Après des études d'ingénieur, ce cow-boy du Montana était devenu un héros de l'aviation militaire et avait reçu une médaille de la main du président des États-Unis après le crash de son avion survenu en Afghanistan et causé par une panne mécanique. Il avait survécu miraculeusement et s'était efforcé de sauver son équipage avant l'explosion fatale. Quelques mois plus tôt, il avait quitté l'armée.

Était-il impliqué dans la mort de Humphrey Collinwood ? Si oui, comment ?

Hitch remonta son masque, enclencha le système d'enregistrement vidéo et commença l'examen externe du corps, avant de procéder à l'autopsie médico-légale proprement dite.

Elle fronça les sourcils en examinant les mains. Si Humphrey Collinwood avait frappé sa femme, elle aurait repéré des bleus, des contusions ou des petites plaies dessus. Or ces mains étaient impeccables. Elle retira son alliance avec précaution et la mit dans un sachet en plastique qu'elle scella, puis elle s'intéressa à la chevalière à sa main droite – épaisse, en or et plutôt lourde, sertie avec un petit diamant.

À première vue, la chevalière n'avait aucune trace de sang ni de fragment d'ADN ? Un examen plus minutieux en laboratoire s'avérait nécessaire. Collinwood avait-il frappé sa femme avec un objet ? Une des assiettes ou tout autre élément de la vaisselle en céramique dont les fragments jalonnaient le sol de la cuisine ?

Hitch fronça les sourcils. Rachel était un témoin indirect qu'elle avait hâte d'entendre. Quel hasard, tout de même, qu'elle ait contacté un ancien camarade de fac à son insu, et à l'un des moments les plus tragiques de sa vie.

— Combien de temps allez-vous rester en ville, Cardwell ? demanda le shérif à Ford, après le départ du policier et de Bart.

— Je n'en sais encore rien, répondit Ford. Au préalable, je veux être sûr que Rachel ira bien. Et puis, j'aimerais comprendre ce qui s'est passé. Je n'arrive toujours pas à y croire. Humphrey était un homme pacifique. Je le connaissais bien, il était comme un frère. Ça n'a aucun sens.

— Les gens changent, vous savez, lâcha le shérif, philosophe. À moins qu'il n'ait bien caché son jeu toute sa vie… ?

Après que le shérif lui a appris que Rachel était dans le service de radiologie et qu'il ne pourrait pas la revoir avant le lendemain, et que de surcroît le médecin légiste demandait à le rencontrer, Ford quitta l'hôpital. Il en sortait quand il croisa une femme. Elle lui sembla familière, mais perdu dans ses pensées, il ne chercha pas à comprendre pourquoi et continua jusqu'à ce qu'elle l'appelle.

— Ford ? Ford Cardwell ! C'est bien toi, n'est-ce pas ?

Il fit volte-face et revint sur ses pas.

— Shyla Earhart, tu te souviens ? s'exclama-t-elle.

Ford, surpris et amusé, sourit.

— Shyla Earhart. Si je m'attendais.

La meilleure amie de Rachel à l'université. Mais comment avait-elle appris ce qui s'était passé ? Comment avait-elle fait pour venir aussi rapidement dans le Montana ?

— Qu'est-ce que tu fais ici ?

— La même chose que toi, j'imagine ? Je suis venue prendre des nouvelles de Rachel. Comment va-t-elle ? Le policier en faction m'a refusé l'accès à sa chambre.

— Mais comment es-tu arrivée dans le Montana à cette vitesse ? Tu as pris l'avion avec Bart ?

— Bart ? Mon Dieu, non ! Je vis à Big Timber, maintenant. Je suppose que tu n'es pas au courant. J'ai épousé un cow-boy du Montana et je m'appelle Shyla Birch.

Son rire, aussi aigu et fort qu'autrefois, s'éleva. À l'instar de Humphrey, Shyla était originaire d'un milieu très aisé. Jadis, elle répétait qu'on la considérait comme le mouton noir dans sa famille.

— C'était mon rêve, tu te souviens ?

— Et depuis combien de temps vis-tu ici ?

— Je suis venue rendre visite à Rachel, il y a un an et…

Elle agita la main avec désinvolture.

— C'est arrivé, voilà. Écoute, si tu n'as rien de prévu,

on peut aller prendre un verre. On devrait bien trouver un bar dans les parages.

Ford sourit. Shyla n'avait pas changé. Toujours passionnée, spontanée et libre. Il n'avait guère envie d'aller boire un verre, en revanche il avait besoin d'en savoir plus sur Rachel et sur ce qui avait conduit à la tragédie d'aujourd'hui.

— À d'autres : je parie que tu connais tous les bars de la ville ! s'exclama-t-il.

Elle rit à nouveau et passa son bras dans le sien.

— Et toi, tu me connais si bien !

Le bar que Shyla choisit était petit, sombre et plutôt calme.

— Tu connaissais la situation de Rachel et Humphrey ? demanda Ford d'emblée quand ils se furent installés.

— Humphrey cachait bien son jeu, tu sais. Quelle ordure.

Ford allait objecter, Shyla leva la main et poursuivit.

— Je sais, c'était ton ami, mais il a changé, crois-moi. Leurs rapports se sont altérés quand ils ont emménagé dans le Montana. Tu n'as pas idée à quel point ! Rachel avait refusé de venir vivre dans un coin perdu. Mais Humphrey ne s'en souciait pas. De toute façon, il s'absentait souvent pour ses affaires, et elle restait seule, terrifiée dans cette grande maison. C'est pourquoi je suis venue m'installer ici. Puis j'ai rencontré mon cow-boy et je me suis mariée. Ma famille ne s'en est toujours pas remise !

Elle éclata de rire.

— Mais tu savais que Humphrey était violent avec elle ? insista Ford alors que Shyla vidait son verre et faisait signe au barman de le remplir.

Lui n'avait pas encore touché au sien.

— Bien sûr. Je veux dire, j'avais déjà vu des bleus.

Elle disait qu'elle s'était cognée, ou qu'elle était tombée de cheval. Enfin, tu vois.

Shyla leva les yeux au ciel.

— Mais je savais que quelque chose ne tournait pas rond.

— Dans ce cas, pourquoi ne l'a-t-elle pas quitté ? demanda Ford en buvant une gorgée.

— À ton avis ? Le vieux Bart avait obligé Rachel à signer un contrat prénuptial. Le divorce était exclu, sauf si elle voulait vivre comme une pauvresse.

— Elle aurait pu trouver un emploi ?

Shyla gloussa.

— *Rachel* ? Elle a beau être diplômée en psychologie, elle n'a jamais souhaité travailler !

Elle poursuivit sur le ton de la confidence.

— Au début de leur mariage, Rachel voulait des enfants. Pas Humphrey. Tu étais au courant, pour sa fausse couche ? Les années ont passé, ils ont déménagé dans le Montana, et il a décidé qu'il voulait fonder une famille. Elle lui a rappelé qu'elle ne pouvait pas être enceinte. À cause de sa fausse couche, justement. Alors il a décidé d'avoir recours à l'adoption. Mais à trente-deux ans, Rachel avait l'impression que c'était trop tard.

Shyla se pencha vers lui. Elle sentait la fumée de cigarette et un parfum capiteux qui se mélangeait à l'alcool qu'elle avait bu.

— Humphrey s'est toujours comporté en enfant capricieux, colérique et gâté. Après le mariage, ça a empiré. Il n'était pas heureux, donc il s'en prenait à elle, conclut-elle. L'argent n'achète pas tout, comme il se plaisait à le penser.

Ça n'était pas le souvenir qu'il gardait de Humphrey, se dit Ford, surpris. Bien sûr, son ami venait d'une famille fortunée, mais il avait toujours semblé gêné par cette richesse. Puis Ford se dit qu'il n'avait qu'une seule version de cette histoire, de surcroît, racontée par Shyla dont il connaissait la tendance à l'exagération.

— Rachel pourrait être condamnée pour meurtre, lâcha-t-il soudainement.

Shyla ouvrit de grands yeux.

— Pour le meurtre d'un homme qui la frappait ?

— J'ai entendu ce qui s'est passé Shyla, lâcha soudain Ford.

Elle se figea.

— Pardon ?

— Rachel m'a téléphoné à ce moment-là. Je l'ai entendue crier et le supplier de ne pas lui faire de mal…

— Tu lui as parlé ? Elle t'a dit quelque chose ? interrogea Shyla avec avidité.

— Non. C'était un appel involontaire.

Il hésita et poursuivit :

— On s'était perdu de vue, mais Rachel m'a recontacté via les réseaux sociaux. On a échangé nos numéros de téléphone. C'est tout. Je ne prévoyais pas de renouer avec elle.

Il hocha la tête.

— Toujours est-il que j'ai tout entendu, jusqu'au coup de feu où la communication a été coupée.

— Tu l'as dit au shérif ?

Il acquiesça.

— Aucune chance qu'elle soit condamnée pour meurtre, Ford ! trancha Shyla. Elle sera acquittée au nom de la légitime défense !

— Ça en a tout l'air, renchérit-il.

Il termina son verre et elle, le sien. À cet instant, le téléphone portable de Shyla sonna. Ford crut comprendre que son mari lui rappelait qu'elle est censée préparer le dîner et qu'elle devait donc rentrer.

— On devrait y aller, dit-il, bien que Shyla ait annoncé à son mari qu'elle rentrerait quand elle voudrait et qu'il était grand temps qu'il apprenne à cuisiner. Je ne veux pas te retenir.

Elle sourit, presque penaude.

— Mon mari est un type bien, tu sais. Juste un peu possessif, parfois.

La nuit était tombée lorsqu'ils sortirent du bar. Ford déposa Shyla devant l'hôpital, où elle avait laissé sa voiture.

— Tu vas revenir voir Rachel ? lui demanda-t-elle.

— Oui. Demain.

— Son état est grave ?

Ford hocha la tête.

— Ça aurait pu être pire.

— Alors elle a eu de la chance. À propos, Rachel soupçonnait Humphrey d'avoir une liaison. Avec une jeune fille de la région, une serveuse du Corner Café : Emily Sutton.

Shyla secoua la tête avec fatalisme.

— Elle m'en a parlé il y a deux jours. Elle venait de l'apprendre. Ce matin, je suis passée dans ce café, par curiosité, mais Emily ne travaillait pas. Aussitôt après, j'ai appris le drame.

Elle soupira.

— En tout cas, ravie de t'avoir revu Ford, malgré les circonstances… Bonne soirée.

Et sur ces mots, elle monta dans sa voiture et s'éloigna.

Ford la suivit des yeux. *Shyla habitait dans le Montana et était mariée à un cow-boy…* Il avait du mal à le croire, comme il avait du mal à croire que Humphrey ait eu une liaison et été violent avec Rachel. Mais, comme le lui avait dit le shérif, les gens changeaient… La liaison de Humphrey était-elle à l'origine de leur dispute ? Ou le sujet de l'adoption d'enfants ?

Son téléphone portable sonna. Il le sortit, constata que c'était son père. Il n'était pas d'humeur à lui relater sa journée et le retour de Rachel dans sa vie, donc il ne décrocha pas. Il connaissait d'avance l'opinion de son père à ce propos. Autrefois, il avait rencontré Rachel et Humphrey, et s'il avait beaucoup apprécié Humphrey, il n'avait pas du tout été conquis par Rachel.

Ford lui adressa un SMS pour lui annoncer qu'il allait bien et qu'il ne devait pas s'inquiéter. Puis il partit à la recherche d'un motel.

Hitch terminait l'autopsie lorsque le shérif passa la tête par l'entrebâillement de la porte.

— Ça y est, vous avez fini ? demanda-t-il d'une voix rogue, l'air de très mauvaise humeur.

Hitch consulta l'horloge, surprise de l'heure tardive. Elle constata ensuite que la nuit était tombée. Elle avait complètement perdu la notion du temps. C'était fréquent quand elle procédait à une autopsie.

— Je vous remettrai bientôt le rapport, annonça-t-elle.

Le shérif s'éloignait, elle le rappela.

— Vous avez une minute, shérif ? Il faut que je vous parle.

— Je vous attends dans le couloir, coupa-t-il en refermant la porte à la hâte.

Hitch acquiesça et le rejoignit peu après.

— Je me pose des questions sur les blessures de Rachel Collinwood, commença-t-elle. Décrivez-moi son état, sa posture, quand vous êtes arrivé.

— Elle était terrifiée, recroquevillée sur le carrelage de sa cuisine. Elle tenait toujours l'arme d'une main et son téléphone portable de l'autre. À ma vue, elle a lâché les deux et a essayé de se lever. Je l'ai aidée.

Sur ces mots, le shérif fit la grimace.

— J'ai constaté qu'elle était marquée, blessée au visage, que Humphrey Collinwood était mort. Légitime défense, que dire de plus.

— Il ne fait aucun doute que Rachel Collinwood a tué son mari, déclara Hitch en sortant son téléphone pour consulter le rapport que la DCI lui avait envoyé. Les techniciens ont trouvé des résidus de poudre sur ses mains et sur ses poignets, ainsi que sur son tailleur.

Une tenue élégante, assez peu indiquée pour la vie dans un ranch ? Mais, comme elle le soupçonnait, Rachel Collinwood revenait peut-être de courses ? Ou d'une visite ?

— Une évidence, puisqu'il n'y avait qu'eux dans la maison, répliqua le shérif, sarcastique. Rachel a tiré et l'a tué. Je doute que Humphrey Collinwood se soit donné la mort, ironisa-t-il.

— Vous a-t-elle parlé à votre arrivée ? Vous a-t-elle dit quelque chose, sur ces événements ?

— Non. Elle était au bord de l'hystérie. En état de choc. Elle pleurait, elle souffrait. Elle saignait. Je lui ai donné mon mouchoir.

— Le laboratoire vous le demandera, du moins, si vous l'avez encore, dit-elle.

Le shérif leva les yeux au ciel, hocha la tête avec fatalisme, sortit le mouchoir taché de sa poche et le brandit devant ses yeux. Hitch y vit du sang et des taches plus sombres. Des résidus de poudre à canon ? Elle s'en empara et le glissa dans un sachet en plastique – un geste qui, de nouveau, fit lever les yeux au ciel au shérif.

— Elle ne vous a pas dit explicitement qu'elle avait tiré sur son mari ? demanda Hitch en scellant la pochette.

— Non. Elle ne pouvait pas parler, elle était en état de choc.

Le shérif serrait et desserrait les dents comme si cette conversation l'insupportait.

— Je l'ai interrogée à l'hôpital. Et avant que vous posiez la question, oui, j'ai enregistré sa déposition.

— Merci, shérif. Justement je dois la consulter. Avec celle de Ford Cardwell.

— Je vais appeler mon bureau et leur demander que les enregistrements soient mis à votre disposition.

Le shérif resta immobile, et elle se rendit compte que quelque chose le titillait.

— Je suis un bon policier et un bon enquêteur, Hitch, déclara-t-il avec une calme conviction. Voilà pourquoi je suis le shérif de cette ville depuis longtemps.

Et sur cette profession de foi, il prit congé.

Hitch soupira. La journée avait été longue, elle en sentait le poids. Souvent, elle travaillait tard pour éviter un dîner en solitaire dans un restaurant et l'ennui d'une soirée seule dans une chambre de motel.

Elle éteignit la lumière et allait partir quand elle vit un pick-up par la fenêtre. Les phares étaient allumés, le moteur tournait, mais éblouie par la lumière, elle ne put identifier le conducteur. De toute façon, ce dernier démarra en trombe, comme s'il avait remarqué qu'elle l'avait repéré. Elle suivit le véhicule des yeux jusqu'à ce qu'elle perde de vue le faisceau des phares et fut surprise par le sentiment de perplexité et d'anxiété qui l'envahit. Le conducteur de ce véhicule l'avait-il épiée ? Elle n'était pas impressionnable, en règle générale, mais elle était seule, et à la morgue…

Elle se ressaisit. Elle était fatiguée après cette longue journée et ce nouveau drame humain. Elle allait continuer son investigation et espérait avoir très vite des réponses, car elle ne doutait pas que le gouverneur la recontacterait rapidement pour s'informer de l'avancée de cette enquête qui s'annonçait périlleuse.

7

Le lendemain matin, Ford se rendit au Corner Café pour y prendre son petit déjeuner. Il était surtout curieux de voir la jeune serveuse avec laquelle son vieil ami avait eu une liaison. *Aurait eu une liaison*, rectifia-t-il en son for intérieur.

Il avait la migraine, il avait mal dormi. Il avait rêvé de Humphrey qui implorait le pardon de Rachel et la suppliait de ne pas tirer, de Rachel et de son visage meurtri.

Il s'installa sur une banquette capitonnée dans un box et attendit. L'établissement était bondé, les deux serveuses ne ménageaient pas leur peine.

L'une était une petite brune aux cheveux coupés court. L'autre était blonde, coiffée d'une queue-de-cheval. Humphrey ayant toujours eu un faible pour les blondes, Ford en déduisit que la jolie blonde devait être Emily Sutton. Lorsque cette dernière s'approcha avec un menu et la cafetière, il la dévisagea, stupéfait. Bouche généreuse, yeux bleus, visage en forme de cœur, c'était la copie conforme de Rachel à vingt ans. Humphrey n'avait pu manquer de relever la ressemblance frappante entre les deux femmes.

— Je vous sers du café ? lui demanda-t-elle avec un sourire radieux, semblable en tout point à celui de Rachel.

Ford, mal revenu de sa surprise, hocha la tête. La jeune fille retourna la tasse sur la soucoupe déjà sur la table et versa le café en lui adressant quelques commentaires sur la belle journée qui s'annonçait.

— Je m'appelle Emily, lui annonça-t-elle ensuite gaiement. Je vous laisse consulter le menu. À tout de suite.

Resté seul, Ford parcourut le menu distraitement. De nouveau, il se creusait la tête. Que s'était-il passé au cours de ces dernières années, pour que Humphrey devienne violent, soit infidèle à Rachel, et que Rachel fasse feu sur lui à l'issue d'une violente dispute ?

Il referma le menu. Tant pis. De toute façon, il n'avait pas faim. Il avait perdu l'appétit depuis déjà longtemps… C'était l'un des symptômes du syndrome de stress post-traumatique, lui avait-on expliqué. Les autres, il les connaissait par cœur : flash-backs, pertes de mémoire, cauchemars, crises de panique, sentiment d'être détaché et pensées suicidaires.

Mû par une impulsion, il décida de rentrer séance tenante à Big Sky. Après tout, Rachel n'avait pas besoin de lui, il avait fait sa déposition, que faire de plus ? Au même instant, son téléphone portable sonna. Téléphone fixe. Numéro local. L'hôpital ? Le bureau du shérif ? Il décrocha à la hâte. Son cœur battit plus fort quand il reconnut la voix de Rachel.

— Tu vas bien ? lui demanda-t-il en sortant du Corner Café pour parler sans déranger les autres clients.

— Beaucoup mieux, merci Ford. Tu es toujours en ville ?

— Oui, répondit-il d'un ton bref.

— Je suis soulagée ! Il faut que je te voie.

La porte du Corner Café s'ouvrit, un couple en sortit

accompagné par des bruits de vaisselle et de rires, des odeurs de bacon frit et de pain grillé.

— Tu prends ton petit déjeuner ? lui demanda Rachel. Prends ton temps, je serai de retour dans ma chambre d'ici une heure. Tu viendras, n'est-ce pas Ford ?

— D'accord.

Quand il eut raccroché, il se sentit ragaillardi et eut soudain faim. Les odeurs de nourriture qui, un instant plus tôt, lui donnaient la nausée le faisaient saliver. Il rentra dans l'établissement et reprit sa place. Emily s'approcha.

— Vous avez choisi ? s'enquit-elle.

Ford fut de nouveau saisi par son incroyable ressemblance avec Rachel à vingt ans. Il acquiesça et commanda des pancakes au sirop d'érable et du bacon.

Emily partie, il resta seul avec ses pensées.

Quand Rachel avait demandé à le voir, il avait décelé, dans sa voix, de l'espoir, de la peur, et une sensualité insinuante qu'il avait déjà entendue, quinze ans plus tôt, lorsqu'elle lui avait avoué, le jour de son mariage : « C'est toi que j'aurais dû épouser Ford… » Et puis cette femme, qui venait de dire « oui » à son meilleur ami, avait pris son visage en coupe et l'avait embrassé passionnément.

Ford ne pouvait évoquer cet instant-là sans éprouver de la culpabilité et de la honte. Mais soudain, et contre toute attente, ce souvenir lui était moins douloureux.

Parce que pour la première fois, Rachel avait *vraiment* besoin de lui. Et lui ? Eh bien, il avait besoin d'elle. Ne lui avait-elle pas sauvé la vie, la veille, grâce à son appel involontaire ? Pourtant, même sans cela, serait-il allé « jusqu'au bout » ? Il n'en savait rien, aussi écarta-t-il cette pensée, lui préférant l'intervention involontaire de Rachel, qui l'avait, *littéralement*, sorti du gouffre. Un signe du destin, c'était incontestable… À son tour de lui porter secours : il avait retrouvé un sens à sa vie.

Revenue dans sa chambre après de nouveaux examens, Rachel avait hâte de rentrer chez elle, de prendre du repos et un bon bain. Elle ne souffrait que d'une légère commotion cérébrale et avait quelques côtes fêlées, des bleus et des contusions. Sa blessure à la pommette était la plus impressionnante. Grâce aux analgésiques, elle ne ressentait aucune douleur, mais elle se sentait sale et fatiguée. La vue des traces de sang séché sous ses ongles toujours impeccables la fit sourciller, après quoi une horrible nausée la souleva. Était-ce son propre sang ? Celui de Humphrey ? Elle contint un spasme, porta la main à sa bouche et pressa fort les paupières.

Dormir. Oui, sombrer dans l'oubli du sommeil. La nuit dernière, elle n'avait pu fermer l'œil. Chaque fois qu'elle était sur le point de s'endormir, elle revoyait l'expression du visage de Humphrey, au moment où elle avait fait feu sur lui. Alors une secousse involontaire la tirait de son demi-sommeil. Là où, autrefois, elle ne lisait qu'amour et adulation, elle n'avait vu que… *Non.* Elle ne supportait pas d'y penser, ni de penser au couple qu'ils formaient et à leur vie.

À l'université, Humphrey était l'archétype du jeune homme timide et riche de bonne famille qui étudiait assidûment, ne faisait pas la fête et ne fréquentait pas les filles. Elle avait au départ pensé que ça n'était qu'une posture, de l'arrogance due à son rang social, mais dès leur rencontre, elle l'avait trouvé franchement sympathique. Ford l'avait aussi attirée avec sa décontraction naturelle, son regard franc. C'était un homme solide et épris d'idéal, indifférent à la fortune et à l'origine sociale de Humphrey.

Ford Cardwell. Un homme séduisant. Une force de la nature. Des yeux bleus comme le ciel d'azur du Montana. Un regard intense qui faisait tourner les têtes à l'université. Il ne semblait pas remarquer l'admiration de ses condisciples féminines. C'est lui qu'elle aurait dû épouser, au lieu de Humphrey, se dit-elle. Mais elle se ravisa au souvenir des projets d'avenir de Ford. Elle croyait encore l'entendre :

— Je vais m'engager dans l'US Air Force. Après je travaillerai peut-être au ranch de Dana, la cousine de mon père. C'est un endroit que j'aime et où j'ai toujours été heureux. Et ma formation d'ingénieur me sera utile…

Elle avait été choquée par ce manque évident d'ambition.

— Tu n'as pas d'autres rêves ? avait-elle demandé. Humphrey pourrait aussi te faire bénéficier des relations de son père pour rentrer dans une de ces multinationales où ta formation d'ingénieur serait mise à contribution et valorisée ? Ou tu pourrais faire de la politique ?

Ford avait souri.

— Je ne veux pas de cette vie-là. Je n'éprouve pas le besoin de changer le monde. J'aspire seulement à une vie paisible dans mon Montana natal : fonder une famille et transmettre des valeurs solides à mes enfants.

À ce souvenir, Rachel pensive inclina la tête et fronça les sourcils. Était-ce à ce moment-là qu'elle s'était félicitée de ne pas avoir transigé avec ses priorités ? Ford était certes séduisant et charmant, mais elle avait besoin de la vie, du *train de vie*, que Humphrey lui offrait.

Elle contint un petit frisson. Humphrey était mort, Ford était venu à son chevet. Puis elle revit sa belle cuisine immaculée, jonchée de verre et de vaisselle brisés, Humphrey gisant sur le carrelage. Cette vision horrible incarnait, tragiquement, symboliquement, ses rêves brisés. Elle secoua la tête afin d'échapper à ces images traumatisantes qui se brouillèrent comme un reflet que la pluie a troublé dans un lac, mais qui, vite, redevinrent nettes.

Les cauchemars éveillés étaient pires que les cauchemars nocturnes, songea-t-elle, on ne pouvait s'en réveiller et y échapper. Non, elle n'était pas au bout de ses peines…

Ford se dirigeait vers la chambre de Rachel quand il entendit qu'on l'appelait. Il se retourna et découvrit une jeune femme brune en jean, bottes et chemise western qui venait à sa rencontre d'un pas énergique.

— Monsieur Cardwell ? répéta-t-elle.

— Oui, Ford Cardwell.

L'inconnue lui tendit la main. Elle avait un regard franc, des yeux verts et brillants que d'épais cils noirs mettaient en valeur.

— Henrietta Roberts, médecin légiste en chef. Appelez-moi Hitch. J'aimerais vous interroger. Le médecin m'a autorisée à utiliser son bureau. Si vous voulez bien me suivre.

Elle n'attendit pas sa réponse et avança dans le couloir. Cette jolie brune dynamique et volontaire en imposait, se dit-il, impressionné. À l'évidence, elle avait l'habitude de donner des ordres et de se faire obéir et respecter. Cependant, il marqua une hésitation avant de lui emboîter le pas. Il voulait voir Rachel et prendre de ses nouvelles au préalable.

— Attendez, auparavant, j'aimerais…

La médecin légiste fit volte-face et le dévisagea d'un air amusé.

— Ça ne sera pas long, je vous le promets. Ensuite, vous aurez tout le loisir de rester au chevet de Rachel Collinwood. Venez, c'est par là.

Il la suivit. Elle entra dans le bureau et referma la porte derrière eux, l'invita à s'asseoir et prit place en face de lui.

Elle sortit son téléphone portable, son carnet et son stylo.

— J'ai déjà été interrogé par le shérif, déclara Ford. Mais vous le savez déjà, n'est-ce pas ?

— En effet, mais j'aimerais entendre cette déclaration de votre bouche, et j'ai moi aussi des questions à vous poser.

Elle posa son téléphone sur le bureau et l'orienta dans sa direction.

— Vous connaissez Rachel et Humphrey Collinwood. Depuis quand ?

Ford le lui relata et continua son récit par l'appel téléphonique qu'il lui décrivit dans ses moindres détails.

— Vous n'avez jamais entendu la voix de la victime ?

— Je sais que vous parlez de Humphrey, mais Rachel aussi est une victime.

— À ce stade, Humphrey et Rachel Collinwood sont deux victimes. J'énonce seulement des faits, j'essaye de reconstituer ce qui s'est passé. Je vous repose ma question : avez-vous entendu la voix de Humphrey Collinwood ?

— Je n'ai entendu qu'une voix de femme. De Rachel. J'ai cru, à ce moment-là, qu'elle était agressée par un inconnu. J'ai entendu des bris de verre, et ses cris.

— Mais pas la voix de Humphrey ? insista-t-elle.

— Je vous dis que non.

— Quelle est la raison de ce silence selon vous ?

— Je n'en ai pas la moindre idée !

— Quand vous avez fait la connaissance de Rachel à l'université, possédait-elle une arme ?

— Non. Elle les détestait.

— Aurait-elle appris à tirer depuis ?

— Je n'en sais rien. Je ne l'avais pas vue depuis quinze ans jusqu'à hier.

Ford se tut. Un silence tomba.

— Vous l'appréciez beaucoup, n'est-ce pas ? reprit Henrietta Roberts en le dévisageant avec attention.

Était-il si transparent ? Ford allait nier mais il se ravisa.

— J'étais plus ou moins amoureux d'elle à l'université.

— Humphrey Collinwood était votre colocataire sur le campus et votre meilleur ami. Cette amitié a-t-elle survécu au passage du temps ?

Ford fronça les sourcils, conscient du regard perspicace de Henrietta Roberts sur lui.

— Non. Nous nous sommes éloignés, biaisa-t-il.

— Si je vous suis bien, vous avez vu Humphrey et Rachel pour la dernière fois le jour de leur mariage. C'est ça, n'est-ce pas ?

Ford hocha la tête, regrettant d'avoir révélé qu'il avait été amoureux de Rachel, à l'université.

— Humphrey connaissait-il vos sentiments pour Rachel ? Ou les soupçonnait-il ? Avez-vous ressenti de la jalousie envers lui à l'époque ? Le désir de prendre une revanche ?

Ce tir nourri de questions prit Ford au dépourvu. Il jeta un coup d'œil vers le portable, qui enregistrait toujours l'entrevue.

— J'ai été amoureux de Rachel, mais je n'étais pas… jaloux au point de…

Il se tut.

— C'est intéressant qu'elle vous ait appelé pendant

son altercation avec son mari, après avoir repris contact *récemment* par le biais des réseaux sociaux. Qui a eu l'idée d'échanger les numéros de téléphone ?

Il secoua la tête.

— Je ne m'en souviens pas.

Puis il se ravisa.

— Rachel.

— Après son appel, vous vous êtes précipité chez le shérif.

— Non. J'ai contacté le 911, puis je me suis rendu à Big Timber. J'étais en effet très inquiet pour Rachel. J'étais sur la route quand le shérif m'a contacté pour que je vienne faire une déposition. De toute façon, je savais que les autorités de la région auraient besoin de mon témoignage, répondit Ford, confondu par ces insinuations. N'auriez-vous pas agi comme moi, après avoir été le témoin involontaire d'une scène de violence entre deux amis ?

— Vous ne trouvez pas bizarre que ce soit *vous* qu'elle ait appelé ?

— Écoutez, docteur, je viens de vous dire que c'était…

— Hitch. Un appel involontaire, oui, je sais. Rachel Collinwood a-t-elle été surprise de vous voir à l'hôpital ?

Hitch ne lui laissa pas le temps de répondre, elle poursuivit :

— Elle savait que vous la soutiendriez, puisque vous étiez d'anciennes connaissances. Elle avait sans doute conscience de vos sentiments, autrefois. Même si vous vous êtes perdus de vue pendant quinze ans, elle était sûre que vous alliez accourir si elle vous appelait.

Ford n'aimait pas la tournure que prenait la conversation.

— Vous devriez le lui demander.

Il se leva. Hitch reprit son portable et mit fin à l'enregistrement.

— Vous avez l'intention de séjourner à Big Timber pendant quelque temps ? s'enquit-elle.

Et elle enchaîna sans attendre sa réponse.

— Je peux toujours m'y rendre si nécessaire.

Ford sentit un frisson courir le long de son échine. Depuis le crash, il se sentait comme engourdi sur le plan émotionnel. Plus depuis hier. Le coup de téléphone de Rachel au moment précis de mettre fin à ses jours avait vraiment produit sur lui l'effet d'un seau d'eau glacée. Il était maintenant bien éveillé, assailli par une foule d'émotions et de sensations contradictoires. Il était conscient des insinuations de cette, comment déjà ? Ah oui, Hitch. Elle le soupçonnait d'être impliqué dans la mort de Humphrey ? À cause d'un appel téléphonique ?

Puis Ford se souvint du baiser que Rachel lui avait donné, le jour de son mariage. Il détestait penser aux conclusions que cette Hitch en aurait tiré s'il le lui avait révélé.

8

Ébranlé par son entretien avec la médecin légiste, Ford décida de marcher pour se calmer avant de se rendre auprès de Rachel. Il fulminait. Hitch sous-entendait qu'il n'avait cessé d'aimer Rachel, voire qu'il aurait été son complice dans le meurtre de son mari, que, de surcroît, tous deux auraient prémédité ? C'était insensé ! Hitch avait pourtant vu l'état dans lequel était Rachel, suite aux violences de son mari ! Ça, c'était la réalité.

Si Hitch tenait à sa propre version des faits, Rachel avait plus que jamais besoin de son soutien, conclut Ford en revenant à l'hôpital. Il monta à l'étage où se trouvait sa chambre, et le policier en faction le fit entrer. Ford se composa un visage, afin que Rachel ne remarque pas qu'il était bouleversé.

Elle sourit à sa vue et lui fit signe de s'approcher d'un geste coquet.

— Je dois être affreuse ! s'exclama-t-elle en portant la main au pansement qui couvrait sa pommette.

— Affreuse ? Impossible ! repartit Ford en prenant place dans le fauteuil à son chevet. Si tu cherches des compliments, c'est que tu dois te sentir mieux, ajouta-t-il.

Rachel rit, mais une expression de douleur figea aussitôt ses traits. À nouveau, elle porta une main à son visage.

— J'ai toujours apprécié ta franchise, Ford !

Son expression s'adoucit, ils échangèrent un regard de compréhension. Ford sentit comme une vibration, des ondes d'électricité entre eux. Le souvenir de leur complicité d'autrefois…

— Je suis vraiment désolée, reprit Rachel à voix basse.

Et elle fondit en larmes.

— Désolée ? s'exclama Ford consterné de la voir pleurer.

— Oui, le shérif m'a dit que je t'avais appelé et que tu avais tout entendu. J'ai… honte. Je t'ai impliqué dans cette tragédie à mon insu.

— Écoute, Rachel, je…

— Tout le monde est au courant, maintenant… Je ne voulais pas…, le coupa-t-elle sans achever.

— Écoute, Rachel, quand j'ai reçu ton appel, lui confia-t-il, j'étais au plus bas. En vérité, ce coup de téléphone m'a *sauvé* la vie.

Elle s'essuya les yeux.

— Ford, tu n'es pas obligé de…

— C'est la pure vérité, Rachel.

Il hésita et continua.

— Je roulais vers la falaise. Je voulais en finir.

Elle écarquilla les yeux.

— Ford ! s'exclama-t-elle, horrifiée.

Il hocha la tête.

— Tu as appelé au moment crucial. C'est donc à moi de te remercier.

Elle soupira.

— Nos retrouvailles sont pour le moins inattendues… Si on m'en avait prédit de pareilles, autrefois, je n'y aurais jamais cru.

Il lui serra la main. *C'est le destin qui nous a réunis au pire moment*, songea-t-il, profondément ému.

— Comment vas-tu aujourd'hui ?

— Peut-être comme toi, après la terrible épreuve que tu as traversée, dit Rachel d'une voix douce. Épuisée.

Leurs situations étaient dissemblables, l'horreur en était le point commun. Ford hésita à lui demander si elle avait été heureuse, au moins au début, avec Humphrey, et quand ce dernier était devenu violent.

— Tu as envie de parler de Humphrey ? De vous deux ? commença-t-il avec précaution.

Rachel soupira.

— Je me suis trompée sur lui. Quand nous nous sommes mariés, j'avais la conviction que nous serions heureux pour toujours. C'est naïf, non ? Idéaliste. Romantique.

Rachel baissa la tête et saisit la bordure du drap qu'elle lissa.

— Il était gentil, attentionné, généreux. Enfin, les premiers temps.

Elle leva les yeux.

— Il a acheté notre ranch dans le Montana à cause de toi, Ford.

— C'est ce que son père m'a révélé.

— Bart est à Big Timber ? demanda-t-elle dans un souffle. Il m'a toujours détestée. Il fera tout pour m'accabler.

— Nous nous battrons, Rachel.

Elle lui sourit et Ford se sentit transporté.

Par la fenêtre, Hitch regarda Ford Cardwell sortir de l'hôpital après leur entrevue. Tout dans sa posture – mains dans les poches, tête inclinée – indiquait qu'il était contrarié. À l'évidence, il ressentait la nécessité de se calmer avant de se rendre auprès de Rachel. Hitch avait au moins une conviction : Ford avait toujours des sentiments pour Rachel Collinwood. Si cette dernière avait besoin d'un chevalier servant, prêt à la défendre contre vents et marées, elle avait fait le bon choix en contactant Ford Cardwell.

Un peu plus tard, elle le vit sortir de la chambre de Rachel, téléphona au shérif et attendit avant d'y entrer à son tour. Lorsqu'elle eut ouvert la porte, elle observa Rachel qui se tenait immobile, les yeux fermés. Qui était vraiment Rachel Collinwood ? Qui était cette femme qui avait tué son mari, et envers qui Ford Cardwell restait loyal, même après quinze ans de silence ?

Même meurtrie, blessée, alitée, elle était remarquablement belle, conclut Hitch. À cet instant, Rachel ouvrit ses yeux très bleus, et la dévisagea avec un mélange de surprise, de curiosité et de méfiance.

— Bonjour madame Collinwood. Henrietta « Hitch » Roberts, je suis la médecin légiste en chef. Appelez-moi Hitch.

Elle prit place, préférant la chaise au fauteuil.

— Je dois vous interroger sur les événements d'hier. Ça ne vous dérange pas si j'enregistre notre entretien ?

Elle orienta son téléphone vers Rachel sans attendre son assentiment. Cette dernière jeta un regard vers le portable, puis la dévisagea sans mot dire. Ses yeux étaient pleins de larmes.

— Madame Collinwood, je sais que le shérif a déjà pris votre déposition, dit Hitch. Cependant, j'aimerais avoir des précisions sur ce qui s'est passé *avant* votre retour à la maison. Qu'est-ce qui a provoqué la dispute qui vous a opposée à votre mari ?

Hitch saisit l'éclair de surprise qui jaillit dans les yeux de Rachel. Cette dernière n'avait évoqué au shérif que la scène dramatique dans la cuisine, et non ce qui l'avait précédée.

Elle déglutit et, visiblement déconcertée, battit des paupières. Hitch eut l'impression qu'elle cherchait à temporiser.

— Depuis un certain temps déjà, je soupçonnais mon mari de m'être infidèle, commença-t-elle après de longues minutes de silence. Ce matin-là, lorsqu'il m'a dit qu'il devait se rendre en ville, je l'ai suivi.

— Il n'y a qu'une route qui y mène, et elle n'est guère fréquentée, intervint Hitch. Vous conduisez une BMW. Comment se fait-il que votre mari ne vous ait pas repérée sur la voie privative qui conduit de votre maison à la route ?

— Je suis partie bien après lui, et une fois arrivée sur la route, je l'ai vu tourner à droite pour se rendre à Big Timber, et non à gauche pour aller à Harlowton. Je l'ai laissé prendre de l'avance et, comme cette route est souvent déserte, je ne l'ai pas perdu de vue. Je l'ai rattrapé devant la maison de sa maîtresse, et nous nous sommes disputés. Je suis rentrée, bouleversée. Il est arrivé peu après.

— Et que s'est-il passé *exactement*, à votre retour, j'entends par là : *juste* avant que vous vous rendiez dans la cuisine ?

Rachel prit son verre d'eau sur la table de nuit, ajusta la paille et but avec application. Hitch l'observa avec intérêt. *Elle cherche à gagner du temps*, songea-t-elle. Lors d'un changement soudain d'état émotionnel, une personne interrogée buvait avant de poursuivre son récit. Et le verre d'eau à sa disposition servait d'indicateur de stress : une légère hausse de la température corporelle donnait soif.

— Quand je l'ai entendu, j'ai pris peur. Il avait en effet été très en colère parce que je l'avais pris sur le fait.

— Pourquoi êtes-vous rentrée à votre domicile si vous redoutiez sa violence ?

— En réalité, Humphrey avait déjà été violent, mais jamais comme… ce jour-là, répondit Rachel en baissant les yeux sur ses mains et en massant le doigt qui avait porté son alliance.

Le personnel de l'hôpital mettait les bijoux des patients en sécurité, mais dans ce cas, c'était les enquêteurs de la DCI qui les avaient pris.

— Vous n'en redoutiez pas moins une situation extrême, insista Hitch. Sinon, pourquoi aviez-vous votre arme dans votre sac ? Sac que vous avez abandonné précipitamment dans le cabinet de toilette attenant au garage ? À moins que vous n'ayez prémédité de le tuer ?

Rachel Collinwood leva un regard stupéfait vers elle.

— Je… Je veux un avocat. Et éteignez… ça !

Elle fit un geste vers le téléphone, Hitch s'en empara à temps avant qu'il tombe.

— Je n'ai plus rien à vous dire, reprit Rachel Collinwood. Vous déformez mes propos. Après tout ce que j'ai subi, je n'arrive pas à croire que…

Elle marqua une pause.

— Je pensais qu'une autre femme me comprendrait. Il aurait pu me tuer ! Il m'aurait tuée si…

Elle pressa les lèvres, détourna le regard.

— Je vous en prie, laissez-moi…

Hitch se leva.

— Madame Collinwood, je dois vous informer que le shérif va vous mettre en état d'arrestation en attendant les conclusions de cette enquête et un éventuel procès, annonça-t-elle. Une fois que vous serez sortie de l'hôpital, vous serez placée en détention provisoire jusqu'à votre audience devant le juge, à la suite de laquelle vous serez autorisée à payer une caution ou serez écrouée.

— Mais… C'est impossible ! s'écria Rachel Collinwood épouvantée. Il m'aurait *tuée*. Il me l'a dit !

— En attendant, vous serez équipée d'un bracelet électronique, et confinée à cet étage, continua Hitch.

Elle rempocha son téléphone. À cet instant, elle entendit la voix du shérif dans le couloir.

— Si vous voulez bien m'excuser, dit-elle en sortant.

Le shérif avait l'air furieux.

— Shérif, je vous prie d'entériner l'arrestation de Mme Collinwood. Je vous prie de l'informer de ses droits : droit au silence, droit de recourir sans délai aux services d'un avocat, afin qu'elle comprenne qu'elle est en état d'arrestation pour homicide.

— C'est pourquoi vous m'avez fait venir ! s'exclama le shérif, visiblement contrarié.

Il hocha la tête.

— Vous n'avez pas de cœur, lança-t-il.

— Je fais le travail pour lequel j'ai été mandatée, protesta Hitch. Je respecte la procédure en usage pour un homicide. Je ne vois aucune raison d'attendre le délai maximum de soixante-douze heures pour signifier son arrestation à Mme Collinwood. Elle a reconnu qu'elle avait tiré sur son mari. Écoutez, shérif, si vous préférez, je peux contacter…

— Non. Inutile, coupa-t-il.

Quelques minutes plus tard, Rachel Collinwood eut connaissance de ses droits et fut munie d'un bracelet électronique. À cet instant, elle tourna le visage vers le mur et pleura en silence.

Hitch entendit son téléphone portable sonner, et sortit de la chambre pour prendre la communication.

— Deux coups de feu ont été tirés du .38, lui annonça Bradley d'emblée.

— Combien de douilles avez-vous retrouvées ?

— Une. Sur le carrelage de la cuisine.

— A-t-on trouvé un deuxième impact dans le mur ? demanda-t-elle en fronçant les sourcils.

Quand et où le deuxième coup de feu avait-il été tiré ?

— Négatif. Mais d'après l'analyse des résidus de poudre, les deux coups ont été tirés presque en même temps.

— Il faut retrouver l'impact de la deuxième balle et la douille. La douille ne doit pas être loin si les coups de feu ont été simultanés. Je pense que le premier coup a été un tir d'essai. Et que le deuxième a été fatal.

9

À son arrivée au Ranch Collinwood, Hitch observa les lieux avant de sortir de son véhicule. Puis elle passa sous le ruban jaune et rentra dans la maison grâce au code que le shérif lui avait communiqué. Elle fut d'abord frappée par le silence absolu, pesant, qui se dégageait des lieux. Puis elle fut assaillie par l'odeur des produits de nettoyage et constata que la cuisine était à nouveau immaculée.

Elle ne doutait pas que le personnel de la DCI avait effectué un travail de documentation minutieux et que la douille manquante ne devait pas se trouver dans la cuisine. L'autre coup de feu avait été tiré ailleurs. Elle regarda dans la direction de la baie vitrée coulissante qui, de la cuisine, donnait sur la terrasse et l'ouvrit. Rachel Collinwood avait-elle tiré de là ? Elle n'était pas femme à laisser les choses au hasard, elle avait pu vouloir s'assurer du bon fonctionnement de son .38. Tester le bruit ou le recul de son arme au moment de tirer, mieux comprendre comment le pistolet « se comportait ». Adapter sa force pour maîtriser le recul et ainsi anticiper cette détonation tout en visant correctement.

Elle s'accouda sur la balustrade de la terrasse, replia l'annulaire, l'auriculaire et le pouce, tendit le majeur et l'index et feignit de viser, puis de tirer dans le pin le plus proche, à une dizaine de mètres.

Elle s'y dirigea, et après un examen très minutieux, identifia un impact de balle à l'évidence récent dans le tronc. Elle alla chercher sa sacoche dans son véhicule, après quoi elle prit des photos, enfila des gants en latex pour extraire la balle avec son canif. Une fois qu'elle eut terminé, elle la mit dans une pochette qu'elle scella.

Elle regarda le sac, consciente que cet indice ne prouvait en rien que Rachel Collinwood avait prémédité le meurtre de son mari. D'un autre côté, celui-ci s'ajoutait aux éléments déjà en sa possession, ce qui renforçait sa suspicion.

Elle posa sa sacoche pour chercher la douille à proximité de la maison et la découvrit sur la terrasse, près de la baie vitrée.

Elle frissonna. Elle avait pensé que Rachel avait tiré le premier coup de feu de la balustrade, pour s'entraîner, tester ses réactions au tir ou apprendre à bien viser en attendant Humphrey, or elle avait tiré *de la cuisine*.

Pendant que Humphrey Collinwood gisait sur le sol, Rachel avait contacté Ford, en jouant son rôle de femme agressée, puis elle s'était dirigée vers la baie vitrée et avait tiré. Était-ce le deuxième coup de feu que Ford avait entendu ? Cela expliquait pourquoi la voix de Humphrey Collinwood n'était pas audible lors de l'appel : était-il déjà mort ?

Après avoir photographié l'endroit où elle avait retrouvé la douille, Hitch rangea son appareil et décida de quitter les lieux. Ce faisant, elle fut saisie par un violent frisson, sentit sa nuque se hérisser et, convaincue qu'on l'épiait, fit volte-face. Elle regarda dans la direction de la baie coulissante, s'attendant presque à voir surgir quelqu'un.

Personne. Il n'y avait pas d'autre bruit que le souffle de la brise. Elle se ressaisit et soupira. Ça n'était pas la première fois qu'elle se sentait épiée, voire menacée. C'étaient les risques du métier. Tandis qu'elle regagnait son véhicule, elle observa une dernière fois la maison, sans jamais se départir du sentiment inquiétant d'être en danger.

Lorsque Ford rendit une nouvelle visite à Rachel, il fut soulagé de constater qu'elle allait déjà mieux. Son visage restait certes meurtri, surtout sa pommette, mais les pansements avaient été retirés et sa pâleur avait disparu. Elle lui sourit largement.

— On dirait que tu remontes doucement la pente, dit-il en souriant à son tour.

Aussitôt, Rachel se rembrunit.

— Les apparences sont trompeuses, tu sais. J'ai peur : je suis en état d'arrestation.

— Je sais. À ce propos, je me suis entretenu avec mon oncle qui est marshal à Big Sky. Il m'a expliqué que c'était la procédure. Que dit ton avocat ?

— Qu'on va se battre ! Le problème, selon lui, c'est que la légitime défense est souvent invoquée dans les affaires d'homicide. Si je ne l'avais pas tué, mais seulement blessé…

Elle se tut.

— Mais il était si proche, Ford… Je savais que si je ne… Il…, murmura-t-elle d'une voix tremblante.

Elle baissa les yeux sur ses mains nouées sur le drap.

— Je tenais l'arme. Tu m'as entendue le supplier, l'implorer d'arrêter, de ne pas s'approcher parce que, sinon, je serais obligée…

Elle ferma les yeux.

— Je n'ai pas eu le choix... J'ai... J'ai tiré.

Ford posa sa main sur la sienne, surpris que le shérif lui ait relaté les détails de la scène dont lui-même avait été témoin avant qu'elle tire.

Rachel essuya furtivement une larme avant de lui adresser son plus beau sourire. Ford étonné constata qu'il y restait insensible. Sans doute la situation était-elle trop dramatique pour qu'il y puise satisfaction.

— Je ne sais pas ce que j'aurais fait sans toi, lui confia-t-elle d'une voix douce. Quelles étaient les chances pour que je te contacte, toi ?

Une chance sur un million, se dit-il.

— Que puis-je faire pour toi Rachel ? s'enquit-il.

Elle leva un regard éploré vers lui.

— Ta présence à elle seule me réconforte... Je n'ai pas les mots pour t'exprimer toute ma reconnaissance.

— Sois confiante, je suis sûr que ton avocat te fera libérer sous caution et se battra pour établir ton innocence.

— Il m'a dit qu'il devait prouver que j'étais obligée de me défendre et que j'étais en danger de mort.

— Tes blessures le prouvent, non ?

Elle hocha la tête.

— Non, justement. Et il n'y avait pas de témoins.

Elle sourit avec effort.

— Enfin si, toi, d'une certaine façon.

Rachel détourna le regard.

— J'ai du mal à croire que j'en sois arrivée à de telles extrémités, dit-elle avec un sanglot.

Ford acquiesça. Il connaissait parfaitement cet étrange sentiment de décalage avec la réalité.

— Le médecin m'autorise à sortir demain, reprit-elle.

J'espère que le juge acceptera de me libérer sous caution, et que le cas échéant je pourrai régler son montant, sinon…

— As-tu assez d'argent ?

Rachel hocha la tête.

— Je redoutais que nos biens soient gelés jusqu'à la fin de l'enquête. Heureusement, ça n'est pas le cas. Mais c'est Humphrey qui a toujours géré notre fortune. Je n'ai aucune idée de la somme que je pourrais réunir.

— Je t'aiderai si je le peux, dit Ford spontanément.

— Je savais que je pouvais compter sur toi. Oh ! Ford…

Elle serra sa main entre les siennes.

— Je ne pourrai jamais te remercier assez…

Une voix enjouée s'éleva dans leur dos.

— J'aurais dû deviner que tu serais là, Ford !

Il se retourna et vit Shyla qui s'approchait. Elle embrassa Rachel affectueusement.

— Comment va notre chère Rachel ?

Ford sourit.

— Pas trop mal, vu les circonstances.

Shyla acquiesça.

— Je dois y aller, ajouta Ford, un peu étonné par le silence qui tombait.

— J'espère que je ne te fais pas fuir ? le taquina aussitôt Shyla.

Il eut l'impression qu'elle protestait pour la forme. Elle semblait pressée de s'entretenir avec Rachel. *Pourquoi ?* s'interrogea-t-il.

Intrigué, il se rendit compte qu'il s'était malheureusement laissé gagner par les suspicions de Hitch.

— De toute façon, il faut que j'y aille, dit-il à la hâte, pour la forme.

Il en profiterait pour savoir quelle somme il parviendrait à réunir, au cas où Rachel ne pourrait pas payer l'intégralité de sa caution.

— Je repasserai te voir, Rachel, conclut-il.

Cette dernière lui saisit le poignet et le retint.

— Encore merci, chuchota-t-elle. Ne te fais pas désirer, reviens vite.

Ford sortit de la chambre, mal à l'aise. Pourquoi cette visite lui laissait-elle une impression aussi mitigée ? Était-ce à cause de Hitch, qui avait instillé le doute en lui ? Non, c'était autre chose… Puis il chercha dans ses poches ses clés de voiture et se souvint qu'il les avait machinalement posées sur la table de chevet de Rachel. Il remonta à l'étage, et ouvrait la porte quand la voix de cette dernière lui parvint.

— J'aurais dû épouser Ford…

Il reculait, prêt à refermer, quand l'exclamation de Shyla le figea.

— Tu plaisantes, Rachel ? Il était hors concours : son père ne possède qu'une pauvre gargote.

— Non, une chaîne de restaurants BBQ, qui, de plus, marchent bien. Et ça ne date pas d'hier.

— Sans blague, Rachel, tu as fait des recherches sur le patrimoine de Ford ?

Le rire de Rachel fit à Ford l'effet d'un grincement sur un tableau noir.

— Pourquoi, cela te surprend ?

— Venant de toi, rien ne me surprend ! déclara Shyla. Je te connais par cœur, Rachel. Tu as programmé ta vie. Tiens, par exemple, cette histoire d'écureuil ? Jolie mise en scène, bravo ! Tu t'intéressais à Humphrey depuis belle lurette, tu as utilisé le stratagème de la jolie fille prête à attirer un mignon écureuil pour faire la connaissance de Ford et Humphrey, et jeter ton dévolu sur l'illustre rejeton, promis à un bel avenir politique.

Silence. Puis la voix de Rachel, étonnamment posée, ferme et presque froide, s'éleva.

— Je voulais épouser un homme riche et de bonne famille. Quel mal y a-t-il à cela ?

— Aucun. Mais tu as vu le résultat ?

— Tu tires des conclusions surprenantes, Shyla.

— N'empêche, tu risques la détention.

— Sauf si je paye la caution. Ford va m'aider.

— Oh ! ça, je n'en doute pas une seconde !

Nouveau silence. Ford en profita pour entrer dans la chambre.

— J'ai oublié mes clés, lâcha-t-il à toute vitesse.

Surprises, Shyla et Rachel le regardèrent tandis qu'il prenait ses clés et leur adressait un signe d'excuse en repartant.

Il laissa la porte entrouverte et attendit un peu. La voix de Rachel, un murmure un peu inquiet, lui parvint.

— Tu crois qu'il nous a entendues ?

Shyla rit.

— Mais non ! De toute façon, même si cela avait été le cas, il est tellement amoureux de toi qu'il t'absoudrait sur-le-champ. Oh ! et ne joue pas les étonnées, Rachel. Bon, alors, raconte. Cet appel de ta poche ? Un pur hasard, vraiment ?

— Oui. Et un sacré coup de chance. Car le témoignage de Ford va m'épargner la prison !

Ford s'éloigna, mal à l'aise. Pourtant, il savait, depuis l'université, que Rachel aimait l'argent. Elle étudiait grâce à des prêts étudiants et une bourse. Elle détestait sa pauvreté et ne l'avait jamais caché.

D'un autre côté, il ne pouvait s'empêcher de penser aux

soupçons et insinuations de la médecin légiste. Rachel et lui auraient prémédité le meurtre de Humphrey pour convoler ? Après tout, n'était-il pas accouru, après quinze ans de séparation ? Après ce qui s'était passé le jour de son mariage, compléta-t-il en pensée. Dans quoi Rachel l'avait-elle entraîné cette fois ?

Un meurtre avec préméditation ?

10

Hitch décida d'aller interroger les employés du Ranch Collinwood. Si Rachel était victime de violence conjugale, l'un d'entre eux avait dû forcément le remarquer. Selon le shérif, le couple Collinwood n'employait que deux hommes qui vivaient dans une dépendance, à plusieurs kilomètres du domicile de leurs employeurs.

À son arrivée, Hitch aperçut un corral, des étables et une modeste ferme devant laquelle elle se gara. Deux hommes en sortirent aussitôt et se présentèrent. Le plus séduisant, qui avait aussi l'air le plus arrogant, s'appelait Pete Baxter. Son comparse, Clayton Mandeville était le plus jeune et le plus bavard.

— C'est quoi le boulot d'un médecin légiste en chef ? demanda Clayton en souriant. Découper des cadavres ?

— Autopsie et enquête médicolégale au nom de l'État, répondit Hitch d'un ton bref.

Elle n'avait pas de temps à perdre avec des plaisanteries douteuses. Le gouverneur du Montana lui avait donné carte blanche. C'était flatteur, mais c'était surtout le moyen de parvenir à une résolution rapide et sans faux pas.

— Vous pouvez m'accorder quelques minutes ?

Les deux hommes acceptèrent et la firent entrer. La maison était accueillante, bien que vieillotte.

— Vous habitez ici tous les deux ? demanda-t-elle une fois qu'ils furent installés dans le salon. Vous vous occupez également du bétail ?

— Non, des chevaux seulement, expliqua Clayton.

— Combien ?

— Six. Nous les entraînons et nettoyons leurs stalles.

Hitch acquiesça. Son regard passa de l'un à l'autre.

— Est-ce que Mme Collinwood monte à cheval ?

Ils secouèrent la tête.

— Vous ne la voyez donc pas souvent ?

Nouveaux mouvements de tête négatifs.

— Où étiez-vous hier ? poursuivit Hitch.

— Je ne travaillais pas, répondit Clayton sans hésiter. J'avais des congés à prendre.

— Moi, c'était mon jour de congé hebdomadaire, mais j'ai travaillé, déclara Pete.

— Vous êtes resté à la ferme ? reprit-elle à l'intention de Clayton.

Celui-ci secoua la tête.

— Non, je suis allé en ville faire des courses.

— C'est-à-dire voir sa petite amie, précisa Pete en riant.

— Et vous ? continua-t-elle à l'adresse de Pete.

— Je n'ai pas bougé. Je me suis occupé de l'un des chevaux. J'ai nettoyé les stalles, parce que les corvées ne se font pas toutes seules.

— Vous n'avez pas le même jour de congé, habituellement. Pourquoi en a-t-il été autrement, hier ?

Pete haussa les épaules.

— La patronne a proposé à Clayton de prendre sa journée. Ça tombait bien, il voulait voir sa copine. Moi, ça ne me dérangeait pas de le remplacer. Ça n'est pas comme si on était débordés, vous savez.

Hitch hésita avant de formuler la question suivante.

— L'un d'entre vous a-t-il constaté l'existence de tensions entre M. et Mme Collinwood ?

Clayton allait prendre la parole, Pete le devança.

— Ça ne se fait pas de parler de nos employeurs.

— Je vous signale que M. Collinwood a été tué, que Mme Collinwood est en état d'arrestation et que je suis officiellement chargée de l'enquête, souligna Hitch d'un ton sans réplique. De plus, je ne sais pas combien de temps encore vous garderez votre emploi dans ces circonstances. Je vous prie donc de répondre à ma question.

— Mme Collinwood nous appelait de temps en temps pour faire des petits travaux de réparation, déclara Clayton.

— Vous les avez entendus se disputer ? insista Hitch.

— Non, jamais, déclara Clayton à la hâte. C'est sûr, ils se chamaillaient, comme les vieux couples. M. Collinwood s'énervait parfois contre Mme Collinwood, mais je peux vous dire qu'il l'aimait. Je n'imagine pas une seconde qu'il ait pu lever la main sur elle.

Hitch observa Pete qui étudiait ses bottes.

— Vous ne semblez pas d'accord ?

— Je n'aime pas les rumeurs, mais je l'ai souvent vue pleurer. J'avais remarqué des marques sur ses bras. Et il la regardait parfois comme s'il avait des envies de meurtre.

Pourquoi Pete et Clayton avaient-ils des visions aussi radicalement différentes du couple Collinwood ?

— *Des envies de meurtre.* Vous pourriez être plus précis ?

Pete haussa à nouveau les épaules.

— Vous comprendriez, si vous l'aviez vu.

— Le drame d'hier ne vous surprend donc pas ?

— Vivre ici, au milieu de nulle part, ça n'est pas facile, poursuivit Pete. Mme Collinwood était une vraie citadine, elle n'était pas faite pour vivre dans un ranch. Son mari semblait s'en moquer.

Hitch perçut sa sympathie pour Rachel.

— Mme Collinwood s'est confiée à vous à ce sujet ?

Pete continuait de fixer la pointe de ses bottes. Son silence équivalait à un aveu. Rachel s'était plainte, et peut-être même confiée à Pete, qui devait avoir son âge. Rien d'alarmant à cela, sauf si elle avait travaillé à le gagner à sa cause.

— Moi, ce qui s'est passé m'a choqué, intervint brusquement Clayton. Je ne sais pas ce qui a déclenché ce drame, mais je n'aurais jamais cru que M. Collinwood puisse être violent, et encore moins que Mme Collinwood soit capable de faire feu sur lui. J'ai même été surpris qu'elle sache se servir d'une arme.

Pete ne dit rien. Il fixait toujours ses bottes.

Un peu plus tard, Hitch reprit la route, et se remémora ces divergences d'opinions. Rachel s'était plainte à Pete de son mari et de sa vie au ranch, et cependant Pete n'avait pas le profil du complice que Rachel aurait pu rechercher.

Car Rachel n'avait pas pu agir seule, conclut Hitch. À qui avait-elle demandé de l'aide ? À un homme qui aurait accepté de s'impliquer dans un homicide par amour ? Alors Hitch repensa à Ford Cardwell, mais elle fut soudain distraite de ses pensées par le pick-up qui roulait derrière elle, remarquable par la grille de protection sur sa calandre. Elle ne put en identifier le conducteur car le soleil se reflétait sur le pare-brise du véhicule.

Ce pick-up la suivait-il depuis la ferme ?

Non. Dans ce cas, elle l'aurait remarqué. Le véhicule ressemblait à celui qu'elle avait vu devant la morgue, la veille au soir. Elle accéléra. Le conducteur du pick-up l'imita. Elle ralentit. Et, de nouveau, l'individu l'imita.

Pour autant, cela ne signifiait rien, d'autant que ce véhicule tourna à la périphérie de Big Timber. Hitch fut soulagée. D'habitude, elle n'était pas aussi nerveuse, mais elle ne se souvenait pas d'avoir eu une affaire de cette envergure et subi autant de pression.

Depuis le premier jour, elle avait un mauvais pressentiment dont elle ne réussissait pas à s'en départir : et elle n'était pas au bout de ses peines, elle le savait, le pire était à venir.

Et si elle se trompait sur Rachel ? se demanda-t-elle tout à coup. Et si cette dernière était innocente et avait vraiment agi en état de légitime défense ?

La sonnerie de son téléphone portable l'arracha à sa volte-face. Elle décrocha précipitamment en constatant que l'appel émanait du laboratoire de la DCI.

— Nous avons fait une découverte intéressante lorsque nous avons vérifié les tessons de verre, de vaisselle et de céramique sur le carrelage de la cuisine, annonça Bradley. Des empreintes digitales.

Hitch fronça les sourcils.

— Je ne vois pas ce qu'il y a d'extraordinaire à cela ?

— Il y a les empreintes de la maîtresse de maison, dessus. Mais pas celles de son mari. Si, de colère, il avait tout cassé dans la cuisine ou s'il l'avait frappée avec…

— … Vous auriez trouvé les siennes sur les fragments et tessons, acheva-t-elle en ressentant cette sensation d'étourdissement qu'elle éprouvait toujours, lorsque les indices commençaient à s'assembler, et l'enquête à prendre une tournure intéressante.

Ford n'était pas retourné à l'hôtel. Il pensait sans cesse à la conversation qu'il avait surprise. Rachel avait donc planifié sa rencontre avec lui et Humphrey, autrefois. Elle avait déjà repéré l'homme qu'elle souhaitait épouser. Elle avait dû se renseigner, ou remarquer que Humphrey et lui venaient souvent dans ce parc, après leur cours de chimie. Elle s'était mise en scène avec talent et beaucoup d'aplomb. Elle n'avait rien laissé au hasard.

Rachel était-elle froide et calculatrice ? Ford savait qu'elle était ambitieuse, mais pas à ce point. Il secoua la tête, toujours mal à l'aise, et se posa la question suivante. Avait-elle monté de toutes pièces ce scénario de femme victime de violence conjugale pour tuer son mari au nom de la légitime défense et faire main basse sur sa fortune ?

Non. Il refusait de croire qu'elle soit aussi vénale, même en sachant l'importance qu'elle accordait à l'argent. À cet égard, il se souvint soudain d'une fête où tous deux avaient engagé la conversation. Rachel, éméchée, s'était épanchée.

Elle lui avait ainsi relaté son enfance misérable, sa peur obsessionnelle de la pauvreté.

« – Mon père avait l'habitude de parler « d'ascenseur social », avait-elle lâché. Il affirmait qu'il était difficile, pour des « gens comme nous » de s'en sortir. Que nous ne serions jamais à notre place, même si nous devenions très riches.

— Ton père avait tort ! avait-il rétorqué. Tu étudies tout de même dans l'une des plus prestigieuses universités de la côte Est.

Elle l'avait dévisagé, les larmes aux yeux.

— Avec une bourse. Mais je me demande tout de même s'il ne faut pas être né dans une famille comme celle de Humphrey pour faire partie de ce « monde-là » ? »

Rachel s'était mariée par intérêt, mais avait-elle trouvé sa place dans le monde de Humphrey ?

— Ford ?

Il tressaillit et se retourna. Shyla sortait de l'hôpital.

— Ça va ? lui demanda-t-elle un peu inquiète. C'est bizarre, tu étais là, planté comme un piquet ?

— Je profite de cette belle journée, biaisa-t-il.

Shyla acquiesça et allumait une cigarette quand une voiture de patrouille s'arrêta. L'adjoint sur le siège passager fit coulisser sa vitre de portière.

— Shyla, ma chérie ! Nous allons déjeuner au drive-in. Tu nous tiens compagnie ?

— Je vous rejoins dans une minute.

La voiture de patrouille repartie, Shyla sourit à Ford.

— Tu viens ?

— Non, j'ai à faire. Mais je croyais que tu étais mariée à un cow-boy ?

— Les apparences sont trompeuses ! dit-elle en riant. Mon mari est adjoint du shérif et c'est un authentique cow-boy. Tu devrais le voir dégainer son arme ! Une vraie star de cinéma !

Elle jeta sa cigarette, l'éteignit de la pointe de son escarpin et se dirigea vers sa voiture.

Ford la suivit des yeux, étonné de constater combien les gens changeaient. Shyla, jeune femme rebelle, avait épousé un représentant des forces de l'ordre, un cow-boy à la détente rapide ? Il hocha la tête. Si Shyla avait changé, c'était peut-être le cas aussi pour Humphrey. Il avait pu devenir violent.

11

En arrivant en ville, Hitch reçut un appel de Lori Stevenson, de la DCI.

— Je t'envoie les relevés téléphoniques que tu m'as demandés par mail, dit-il. On continue de vérifier les appels que Rachel Collinwood a reçus et passés. Jusque-là, un seul a attiré notre attention. Un appel à Emily Sutton, la femme avec qui, selon les informations dont nous disposons désormais, Humphrey Collinwood aurait eu une liaison. Mme Collinwood a appelé le portable d'Emily Sutton à 10 heures, le matin du drame.

— Donc, avant de se rendre en ville ? s'enquit Hitch en fronçant les sourcils. Combien de temps a duré l'appel ?

— Quatre minutes.

— *Quatre minutes* ? C'est beaucoup ! De quoi lui a-t-elle donc parlé pendant si longtemps ?

Hitch réfléchissait à toute vitesse. Humphrey Collinwood aurait été infidèle ? Intéressant. Comment Rachel avait-elle obtenu le numéro de portable d'Emily Sutton ?

— Très bien, Lori. Merci. Sinon, autre chose ?

— Bart Collinwood veut le corps de son fils pour le rapatrier par avion sur la côte Est, et l'enterrer. Il a appelé tout le monde même le gouverneur.

Hitch fut surprise que ce dernier ne l'ait pas contactée dans la foulée.

— L'autopsie n'est pas terminée.

Ça n'était pas tout à fait vrai, mais elle n'était pas encore prête à rendre le corps à la famille. Elle avait le sentiment d'avoir manqué quelque chose.

— Je vais en informer Bart Collinwood, conclut Lori.

Hitch raccrocha et partit pour la morgue.

Une fois arrivée, elle sortit le corps de Humphrey Collinwood de la chambre froide. Elle était à peu près certaine que si Ford Cardwell n'avait pas entendu la voix de Humphrey Collinwood au téléphone, c'est parce que celui-ci était déjà mort. Mais peut-être avait-il été dans l'impossibilité de parler pour une autre raison ? Prise d'une inspiration, elle chercha des traces d'injection sur le corps.

Le shérif était au chevet de Rachel Collinwood, son stetson à la main. Il l'enveloppait d'un regard à la fois admiratif et compatissant. Elle était si jolie, tellement effrayée.

— J'ai de bonnes nouvelles, lui annonça-t-il.

Du moins, l'espérait-il.

— Une audience sur la libération sous caution se tiendra demain, jour de votre sortie d'hôpital. Et si vous pouvez payer votre caution, vous ne passerez pas une seule nuit dans ma prison.

Rachel lui adressa un faible sourire qui lui réchauffa le cœur.

— Merci beaucoup, shérif. Vous êtes si gentil… Et merci de m'avoir apporté un nouveau téléphone portable…

Les mots me manquent pour vous exprimer l'étendue de ma gratitude. Je sais que vous n'avez pas le choix…

— Entre nous, madame Collinwood, je ne comprends pas pourquoi vous devez subir une pareille épreuve. Vous étiez clairement en état de légitime défense.

— Malheureusement, tout le monde ne voit pas la situation sous cet œil. Cette femme, vous savez, cette médecin légiste, par exemple.

— Hitch ? Oui, je sais, dit-il en secouant la tête. On pourrait penser qu'une femme serait plus compréhensive.

— Mon beau-père est pire. Non que je le blâme. C'est son fils… C'est pourquoi Bart n'arrive-t-il pas à croire ce qui s'est passé. De plus, il redoute que le scandale n'éclabousse le nom des Collinwood.

Le shérif hocha la tête.

— Vous avez un bon avocat ?

— Je l'espère. Dites-moi, shérif : si je suis libérée sous caution, je pourrai retourner au ranch ?

— Rien ne vous en empêche. La DCI a terminé ses investigations, tout a été nettoyé. Je m'en suis personnellement occupé.

— Merci, shérif…

Rachel avait les larmes aux yeux.

— Je suis pressée de rentrer, d'un autre côté, il y a cette cuisine…

La voix de Bart Collinwood s'éleva soudain.

— Et cette maison que tu n'as jamais aimée, acheva-t-il.

Le shérif se retourna.

— Vous n'êtes pas autorisé à vous approcher de Rachel, monsieur Collinwood.

— Je viens de m'entretenir avec le gouverneur. Il m'a autorisé à m'adresser à la femme qui a assassiné mon fils.

— Au tribunal. Mais en attendant…

Charley sortit son téléphone pour contacter le service de sécurité de l'hôpital alors que Bart Collinwood s'avançait.

— Si ça ne tenait qu'à moi, tu pourrirais en prison ! déclara-t-il en pointant du doigt Rachel.

— La sécurité arrive, coupa le shérif. À moins que vous ne vouliez que je vous arrête…

— Pour quel motif ? De toute façon, je m'en vais, j'en ai presque terminé.

Et il reprit à l'intention de sa belle-fille.

— Tu as peut-être réussi à tromper le shérif avec tes larmes de crocodile, mais moi, je vois clair en toi ! Je n'ai jamais été dupe de ton petit jeu. Tu as épousé mon fils pour la fortune des Collinwood. Je te tuerai de mes propres mains avant que tu aies l'occasion de mettre la main dessus et de la dilapider.

Sur ces mots, il sortit en bousculant le policier en faction qui entrait avec le vigile.

— J'espère que vous avez entendu, shérif, balbutia Rachel. Mon beau-père vient de m'adresser des menaces de mort. Tel père tel fils !

Et elle éclata en sanglots.

Emily Sutton, mal à l'aise, se tortillait sur sa chaise.

Hitch avait demandé à assister à l'interrogatoire, le shérif avait protesté, et finalement accepté. Après s'être présentée à Emily, Hitch avait sorti son carnet et son stylo.

— Déclinez votre identité, dites quelle est votre profession, déclara le shérif après avoir donné la date du jour et ajouté que la médecin légiste en chef était présente.

Emily obtempéra, le shérif reprit.

— Aviez-vous une liaison avec Humphrey Collinwood ?

Emily Sutton ouvrit de grands yeux.

— Non ! Nous étions juste amis.

— « Amis » ? persifla le shérif.

Hitch lui lança un regard d'avertissement.

— Pouvez-vous nous décrire vos relations avec Humphrey Collinwood ?

— On parlait seulement. Il venait souvent au café, le matin.

— Sans sa femme ? intervint le shérif.

— Il disait qu'elle n'était pas une lève-tôt.

Emily sourit.

— M. Collinwood aimait l'aube. De plus, il adorait nos gaufres. Il commandait toujours la même chose. Il regrettait que sa femme ne cuisine pas.

— Qu'a-t-il dit d'autre à son sujet ? interrogea Hitch.

Emily secoua la tête et la détourna.

— Rien de particulier. M. Collinwood semblait si… seul. J'avais l'impression qu'il avait besoin de quelqu'un à qui parler.

Elle sourit.

— Et moi, je sais écouter.

— Il parlait de sa femme ? demanda le shérif, ignorant le regard de Hitch.

— Un peu. À mon avis, ils n'avaient pas beaucoup de goûts en commun. Il voulait lui acheter un cheval pour son anniversaire. Elle aimait la race Pinto et les chevaux Paint Horses. Mon cousin Tom en élève, donc je les ai mis en contact.

— Nous aurons besoin des coordonnées de votre cousin, déclara Hitch.

— Bien entendu. Il vous le confirmera.

— M. Collinwood voulait offrir un cheval à sa femme pour son anniversaire ? reprit Hitch. J'ai pourtant cru comprendre qu'elle ne montait pas ?

— Comme elle aimait la race Pinto et les chevaux Paint Horses, il était sûr de lui faire plaisir, insista Emily. Il espérait qu'ils monteraient ensemble.

— Humphrey Collinwood est-il déjà venu à votre domicile ? enchaîna le shérif.

— Seulement pour m'offrir un cadeau afin de me remercier de lui avoir transmis les coordonnées de mon cousin. C'était mon jour de congé, il était pressé, car il devait prendre l'avion le lendemain pour assister à une réunion du conseil d'administration de la fondation Collinwood. Il n'est même pas rentré chez moi.

— Que vous a-t-il offert ? demanda Hitch.

Elle sourit, puis rougit.

— Un manège miniature. Je lui avais un jour confié que dans mon enfance, j'adorais les chevaux de bois.

Hitch remarqua sa gêne.

— Vous aimiez beaucoup M. Collinwood, n'est-ce pas ?

Emily Sutton hocha la tête.

— Il était gentil. Il me rappelait mon père. Il est mort en Afghanistan. C'était un marine.

— Vous ressentiez plus que de l'amitié pour Humphrey Collinwood ? insinua le shérif.

Emily ouvrit de grands yeux.

— Mais non ! Il était marié. Il n'aurait jamais…

Elle secoua la tête, la baissa.

— Il m'a souvent dit à quel point il aimait sa femme. C'est pour cette raison qu'il désirait lui offrir un beau cheval de race. Il voulait qu'elle soit heureuse dans le Montana.

— Parlez-moi de l'appel téléphonique de Rachel Collinwood, le matin du drame, enchaîna Hitch qui, cette question posée, remarqua la surprise du shérif.

Emily acquiesça, les larmes aux yeux.

— Elle pensait que j'avais une liaison avec son mari. Je lui ai dit que c'était faux, elle ne m'a pas crue. Elle était bouleversée.

Emily marqua une pause.

— Ce n'est pas à cause de moi si M. Collinwood est mort ?

— Non, répondit Hitch à la hâte.

Elle se leva.

— Merci Emily. Je pense que nous en savons assez.

Emily acquiesça et vite, prit congé. Hitch sortit dans le couloir pour téléphoner.

— Humphrey Collinwood n'avait peut-être pas *encore* une liaison avec la serveuse, commenta le shérif lorsque Hitch revint.

— Vous avez entendu Emily, shérif : Humphrey Collinwood aimait sa femme. Il cherchait à lui faire plaisir. Je viens tout juste de m'entretenir avec le cousin d'Emily. Humphrey Collinwood avait déjà payé le cheval de race Pinto, qui devait être livré le jour de l'anniversaire de Rachel, la semaine prochaine. Est-ce l'attitude d'un homme infidèle ?

— D'un homme presque infidèle qui avait déjà mauvaise conscience, s'obstina le shérif.

Hitch soupira et prit congé avant de s'énerver et de le regretter.

De retour dans sa chambre d'hôtel, elle visionna les enregistrements des témoignages de Ford Cardwell et de Rachel Collinwood. Bon sang, pourquoi Ford n'avait-il pas entendu la voix de Humphrey Collinwood, et seulement celle de Rachel ? C'était comme si Humphrey Collinwood n'avait pas été présent ! Le mystère s'épaississait, car elle n'avait en effet trouvé aucune trace d'injection d'une quelconque substance sur le corps.

— Qu'est-ce qu'on cherche au juste ? demanda le technicien de laboratoire lorsque Hitch le rappela pour lui demander des tests supplémentaires.

— Passe en revue toute la gamme des drogues. Opiacé, psychotrope, stupéfiant, voire substances destinées à l'industrie, l'agriculture et au commerce. Il doit y avoir une raison pour que Humphrey Collinwood soit resté silencieux pendant l'appel. S'il n'était pas déjà mort, il était peut-être drogué, ou neutralisé ? Tu peux accélérer les recherches s'il te plaît ? Je crains que ma suspecte ne soit libérée sous caution demain et qu'elle ne disparaisse.

— Tu crois qu'elle s'enfuirait ?

— Si elle redoute d'être condamnée, oui.

— Sinon, tu penses à une substance, en particulier ?

— Je ne sais pas. À quelque chose… d'inhabituel ?

Rachel n'aurait jamais utilisé une substance connue et facile à identifier.

— Je vois. Je m'en occupe, conclut le technicien de laboratoire.

Hitch raccrocha et réfléchit. Si Rachel pouvait payer la caution, elle serait libre. Le juge lui confisquerait sans doute son passeport, mais elle avait les ressources pour obtenir de faux papiers et fuir.

Que ferait Ford, une fois qu'elle aurait payé sa caution ? Retournerait-il auprès des siens, à Big Sky ? Qu'il soit ou non complice, Ford Cardwell était la pièce maîtresse de la défense de Rachel, sa preuve qu'elle avait agi en état de légitime défense. Voudrait-elle qu'il reste à sa disposition ? Ça n'était pas sûr. En réalité, maintenant que Ford avait témoigné, elle n'avait plus vraiment besoin de lui…

Rachel l'avait utilisé à son avantage, Ford devait maintenant sortir de sa vie. Le ferait-il ? Tout dépendait de son implication dans ce drame.

Quoi qu'il en soit, Ford Cardwell était peut-être en danger. En avait-il conscience ? Mue par une impulsion, elle le contacta.

— Ici Hitch, la médecin légiste en chef. Où êtes-vous actuellement ?

— À l'hôpital, répondit Ford surpris.

Évidemment.

— Il faut que je vous parle.

— Il est tard. Est-ce que ça ne peut pas…

— Non, c'est urgent. J'arrive. Retrouvons-nous dans la salle d'attente qui se trouve à l'étage de Mme Collinwood.

Hitch en ouvrit la porte de la salle et s'immobilisa sur le seuil en voyant Ford plongé dans ses pensées. Son visage exprimait une détresse si profonde qu'elle en fut chavirée. Sa conscience le tourmentait-elle parce qu'il était le complice de Rachel ? Regrettait-il de s'être mis dans une situation inextricable ? À moins qu'il n'ait qu'une implication indirecte dans ce drame et ne soit la proie de son syndrome post-traumatique ?

Quelle que soit la raison de cette détresse, Hitch avait devant les yeux un homme éprouvé et, spontanément, elle ressentit à son égard un sentiment de vive sympathie, même d'empathie. Témoin de l'intimité de cet homme qui n'avait pas conscience de sa présence, dans un silence enveloppant et curieusement complice, elle eut soudain envie de le serrer dans ses bras, de lui insuffler de l'optimisme et de lui redonner la joie de vivre.

Ce déferlement d'émotions envers un suspect la prit au dépourvu. Hitch ne s'était jamais considérée comme une femme émotive et, de plus, sa neutralité et son impartialité comptaient parmi ses plus grandes qualités professionnelles.

Elle refoula ces sensations inédites pour revenir à la

réalité : interroger de nouveau Ford, démêler s'il était de mèche avec Rachel. Cette dernière l'avait-elle vraiment appelé à son insu, au moment de la tragédie ? Ou avant ?

Hitch toussota pour se manifester.

Ford tressaillit et se leva.

— Allons dans le bureau du médecin, proposa Hitch. On n'y sera pas dérangés.

Il acquiesça et la suivit, visiblement à contrecœur.

Une fois qu'ils furent installés, elle déclencha l'enregistrement sur son téléphone portable.

— Je vais vous dire ce qui me tracasse, dit-elle après avoir énoncé la date, l'heure, décliné son identité et fait décliner la sienne à Ford. Le fait que vous n'ayez pas entendu la voix de Humphrey pendant l'appel de poche de Rachel. À votre avis pourquoi ?

— Je n'en ai aucune idée, je vous l'ai déjà dit. Cet appel n'a pas duré longtemps.

— Plus que vous ne le pensez. Vous n'avez entendu que la voix de Rachel. Où étiez-vous quand vous l'avez reçu ?

— En montagne.

Il détourna le regard avec un embarras visible. *Il lui cachait quelque chose.*

— Qu'y faisiez-vous ? De la randonnée ? Vous pêchiez ? insista-t-elle donc.

— Je me baladais en voiture. Je revenais dans le Montana après une longue absence. J'avais besoin d'un peu de temps pour moi avant de retrouver ma famille à Big Sky, lâcha-t-il d'un ton bref, toujours sans la regarder.

— Par conséquent, vous étiez seul.

Il acquiesça.

— Quelle a été votre première pensée quand, après avoir décroché, vous avez entendu…

Hitch se tut pour consulter ses notes.

— Des bruits étouffés, puis un cri perçant, selon vos propres termes.

— J'ai compris que c'était une femme en grande difficulté, mais je n'avais aucune idée de son identité. Je n'avais pas eu la présence d'esprit de consulter mon écran. J'ai essayé de la rappeler.

— En revanche, Rachel n'est pas rentrée en contact avec vous.

— C'est exact. C'est à ce moment que j'ai réalisé que c'était un appel involontaire.

— Vous n'avez vraiment pas reconnu sa voix ?

Il secoua la tête.

— Non. Écoutez, je vous ai déjà dit tout cela, et je ne vois pas pourquoi…

— Quand vous l'avez entendue prononcer le nom de son mari, quelle a été votre réaction ? poursuivit Hitch, implacable.

— J'ai fait le lien, et j'ai été abasourdi. Sous le choc. Je n'arrivais pas à croire que c'était Rachel et que, de plus, elle implorait Humphrey. Je n'arrive toujours pas à le croire, d'ailleurs.

— Moi non plus, déclara Hitch malgré elle. Quelle est la nature de vos relations avec Mme Collinwood ?

— Je n'ai aucune relation de quelque nature que ce soit avec Rachel, dit-il d'un ton net.

— Et vous n'avez pas vu ou parlé à Rachel ou Humphrey depuis quinze ans, date de leur mariage ?

— C'est exact, dit-il avec impatience. Jusqu'à ce qu'on se recontacte par le biais des médias sociaux il y a quelques semaines.

Il allait continuer, mais il se ravisa et se tut.

Hitch leva un sourcil.

— Humphrey était votre meilleur ami, et pourtant

vous avez passé quinze ans sans vous parler ni vous voir. Pourquoi ?

Elle enchaîna :

— Humphrey avait compris que vous étiez amoureux de sa femme à l'époque, et il a coupé les ponts ?

Ford allait répondre, mais de nouveau il se ravisa et garda le silence. Hitch attendit.

— Vous en revenez toujours à ça…, dit-il enfin.

— À vos sentiments ? Oui. À raison. Vous avez différé votre retour à Big Sky pour vous rendre à Big Timber, vous passez le plus clair de votre temps au chevet de Rachel Collinwood. Quoi que vous disiez, vos sentiments pour une camarade d'université que vous n'avez pas vue depuis quinze ans me semblent profonds. Intacts ?

Ford eut un rire amer.

— Vous seriez restée indifférente au sort d'une ancienne camarade en difficulté ?

— Il ne s'agit pas de moi. Vous tenez toujours à elle ?

— Vous insistez parce que vous me soupçonnez d'avoir été à ses côtés pendant les événements, c'est ça ? Vous me soupçonnez de complicité par amour ? J'étais à plusieurs kilomètres du Ranch Collinwood, à ce moment-là.

— Vous pouvez le prouver ?

— J'étais dans la montagne.

— Quelqu'un vous a vu ?

— Pas que je sache.

Il se tut.

— Vous voulez savoir la vérité ? Rachel m'a sauvé la vie, s'exclama-t-il tout à coup.

Il détourna les yeux un instant avant de croiser son regard.

— J'étais sur le point de me jeter du haut de la falaise

avec mon véhicule, confia-t-il, le visage décomposé par une intense souffrance.

Hitch ne dit mot, mais elle fut certaine que l'expression de son visage était éloquente.

— Vous n'ignorez sans doute pas que je souffre de stress post-traumatique. Je regrette d'avoir envisagé de mettre fin à mes jours. Je n'étais qu'à quelques mètres du bord de la falaise, quand j'ai reçu l'appel de Rachel. C'est pourquoi je n'ai pas songé à consulter mon écran pour identifier le numéro : j'étais moi-même bouleversé.

Il soupira.

— Voilà, vous êtes contente, maintenant ?

Hitch resta longtemps silencieuse.

— Vous avez la conviction qu'elle vous a sauvé la vie, énonça-t-elle avec calme.

La réponse fusa.

— Je ne sais pas si j'aurais freiné si mon téléphone n'avait pas sonné.

Il détourna de nouveau le regard.

— Je suis désolée, Ford, murmura Hitch.

S'il pensait que Rachel lui avait sauvé la vie ce jour-là…

— Quels sont vos sentiments actuels pour Rachel Collinwood ?

Il lui adressa un faible sourire.

— Vous continuez d'insister… Je tiens à elle. Je m'intéresse à elle. Rien de plus.

— À quand remonte votre dernier contact avec M. Collinwood ?

Ford baissa les yeux.

— Une quinzaine d'années. Je vous l'ai déjà dit !

— Le jour du mariage ? insinua-t-elle.

Il hocha la tête. Elle constata que sa mâchoire se contractait.

Il s'était bel et bien passé quelque chose pendant ce mariage, mais quoi ? Quoi que ce soit, c'était peut-être la clé.

— Quand vous avez repris contact avec Mme Collinwood, a-t-elle évoqué sa situation conjugale avec vous ?

— Nous avons échangé des banalités, nous nous sommes communiqué nos numéros de téléphone.

— C'est elle qui vous a contacté ?

— Oui. Via les réseaux sociaux. Une de mes nièces a insisté pour m'ouvrir un compte. J'y prête à peine attention.

— Jusqu'à ce que vous voyiez l'invitation de Rachel. Après avoir transmis votre numéro, vous ne l'avez pas appelée ?

— Non. Je ne sais pas si je l'aurais fait. Quoi que vous en pensiez, Rachel appartient au passé.

Hitch acquiesça. Les déclarations de Ford et son malaise persistant lui avaient confirmé qu'un ou plusieurs événements avaient eu lieu lors du mariage. Liés au meurtre de Humphrey Collinwood, quinze ans plus tard ? À moins que, tout simplement, Ford Cardwell, par dépit amoureux, n'ait décidé de prendre ses distances avec le couple ? À l'époque, Rachel savait-elle qu'il était amoureux d'elle ? Bien sûr ! Une femme de ce genre savait parfaitement l'effet qu'elle produisait sur les hommes et elle en jouait, pensa spontanément Hitch.

— Malgré tout, vous êtes venu à Big Timber et vous prenez sa défense.

— Je suis venu à Big Timber pour témoigner.

— Et pour vous assurer que Rachel allait bien.

— C'est normal, non ? Pourquoi passez-vous votre temps à émettre des hypothèses ? De la surinterprétation ?

— Légitime défense ou non, Humphrey Collinwood a été tué. Je ne fais que mon travail : reconstituer les événements, comprendre ce qui s'est réellement passé, et pourquoi, lâcha-t-elle.

Elle l'observa avec attention. Il avait l'air épuisé.

— Moi aussi, figurez-vous, dit-il. Et peut-être plus que vous. Encore une fois, quoi que vous en pensiez, mon implication se résume à ce que j'ai entendu au téléphone.

Il soupira.

— Vous imaginez que Rachel aurait subi des violences *volontairement* afin de tuer son mari ? Qu'elle aurait tout manigancé.

Hitch comprit qu'il s'était posé la question lui aussi, et redoutait que ça ne soit la vérité.

— Humphrey Collinwood était un homme riche, mais je ne vous apprends rien. Saviez-vous que Rachel avait signé un contrat prénuptial selon lequel elle ne pourrait pas bénéficier de sa fortune s'ils divorçaient ?

— J'ignorais tout de leurs… arrangements matrimoniaux. De toute façon, ça ne me regardait pas.

— Humphrey mort, Rachel hérite des biens qu'ils ont acquis et accumulés depuis leur mariage, ce qui n'est pas négligeable. Par contre, si elle avait divorcé, elle aurait obtenu la moitié de ce que leurs avocats n'auraient pas mis dans leur poche. En d'autres termes, beaucoup moins. Elle aurait aussi dû patienter de nombreuses années avant d'obtenir sa part et de plus, après une bataille juridique féroce, puisqu'elle aurait dû affronter le clan Collinwood. Les affaires de Humphrey Collinwood sont liées à celles de Bart Collinwood.

Ford se tendit, mais il ne dit mot.

— C'est également ce qui me gêne, enchaîna Hitch. Avec cet appel involontaire – une incroyable coïncidence tout de même. Ainsi que le silence de son mari, au téléphone. Normalement, dans une dispute de cette violence, le mari aurait dû élever la voix, il l'aurait insultée ou exhortée à se taire. Et pourquoi Rachel était-elle *déjà* armée ? Si elle avait vraiment peur, pourquoi n'a-t-elle pas plutôt pris la fuite ? Ou *au préalable* appelé le 911 ?

Elle soupira.

— Parce qu'elle a prémédité le meurtre de son mari pour faire main basse sur une partie de sa fortune.

Ford secoua la tête.

— Et si la situation était exactement telle que Rachel le relate ? Et si Humphrey était violent ?

— Vous y croyez, vous ?

— Je ne sais pas. En revanche, je commence à me demander si Bart n'a pas réussi à vous rallier à sa cause. Il veut faire justice, il est assez riche pour s'offrir les meilleurs avocats de la place. Je le connais, il n'aura pas de repos tant que Rachel ne sera pas condamnée pour meurtre avec préméditation. Rachel redoutait-elle que Humphrey la tue ? Moi, je n'en sais rien. C'est à vous de répondre à cette question. Pas à moi.

Sur ces mots, il se leva.

— Cet entretien est terminé.

Et Ford Cardwell sortit.

12

Ford était contrarié, inquiet et perplexe.

Depuis qu'il avait surpris la conversation de Rachel et de Shyla, la veille, il avait compris que le souvenir de son amour pour Rachel l'avait aveuglé, et il avait recouvré sa lucidité.

Avait-il des doutes sur la version des faits de Rachel ? Oui ! Il se souvenait de l'admiration, de la passion que Humphrey vouait à cette femme magnifique amoureuse de lui. Que s'était-il passé entre eux, au cours de ces quinze dernières années ? Quoi que ce soit, ça n'avait pas seulement détruit leur mariage, mais aussi, leur vie.

Il était venu rendre visite à Rachel, mais après son entretien avec Hitch, il n'en avait plus le désir. Au moment où il sortait de l'hôpital, il reçut un SMS de Rachel.

Besoin de ton aide. Rachel.

Avec une profusion de smileys.

Alors il se ravisa et monta dans sa chambre. Rachel était au téléphone, radieuse. À sa vue, elle raccrocha vite.

— Tu sembles d'excellente humeur ? dit-il, conscient que les soupçons du médecin légiste avaient laissé leur empreinte en lui.

Ses blessures en bonne voie de guérison mises à part, Rachel avait retrouvé son pouvoir de séduction. À croire qu'elle avait oublié la tragédie qui avait bouleversé sa vie. *Un réflexe de survie ? Ou le contentement d'une criminelle proche de la liberté ?*

— C'était mon avocat ! annonça-t-elle en souriant. Il est certain d'obtenir une mise en liberté sous caution ! Quel soulagement !

— Je suis heureux de te l'entendre dire.

Si son avocat en était convaincu, il devait avoir les preuves nécessaires pour établir l'innocence de Rachel…

— Tu voulais me voir ? Que puis-je faire pour toi ? s'enquit Ford.

— Eh bien… Je n'ai pas de vêtements pour demain, déclara Rachel, l'air contrit. Je ne peux tout de même pas me présenter au tribunal dans une chemise d'hôpital…

— Je m'en occupe. Je vais t'acheter le nécessaire.

— C'est très gentil, mais je préfère avoir mes propres vêtements, car il n'y a aucune boutique de mode digne de ce nom dans cette ville. Tu veux bien passer chez moi ? demanda-t-elle, séductrice, comme autrefois.

Ford hésita. À vrai dire, il n'avait pas envie de se rendre dans cette maison qui avait été le théâtre d'un drame affreux.

Face à son silence, Rachel eut une petite moue faussement penaude.

— Je sais que je te demande beaucoup.

— Non. Ça ne me dérange pas, répondit Ford à la hâte.

Rachel sourit. Combien de fois lui avait-elle adressé ce sourire mutin, sublime, lors de leurs années d'études ? Il en avait été ébloui, son cœur avait battu plus fort, mais aujourd'hui, il se serra seulement avec une infinie tristesse.

— Je dois être à mon avantage demain, lors de la comparution, reprit-elle.

Son beau sourire disparut et fut remplacé par des larmes.

— Je suis affreuse, défigurée, après ce que Humphrey m'a fait…

C'était tout Rachel de s'inquiéter avant tout de son apparence.

— Oh ! Ford, je ne sais pas ce que je ferais sans toi, dit-elle d'une voix douce. J'ai dressé la liste de ce dont j'ai besoin.

Elle prit le bloc-notes et le stylo sur la table de chevet.

Pourquoi n'avait-elle pas plutôt demandé à Shyla de lui apporter des vêtements ? s'interrogea Ford qui s'en voulut de se poser cette question. Ne lui avait-il pas promis de l'aider ? Elle le prenait au mot.

— J'ai noté le code pour que tu puisses entrer, reprit-elle.

La voix de Hitch s'éleva derrière eux.

— Cette précaution ne sera pas nécessaire, madame Collinwood. Je serais ravie de conduire Ford à votre domicile. Votre maison a été nettoyée en prévision de votre prochain retour et j'ai le code d'accès.

— C'est inutile, déclara Ford vivement. Je peux me débrouiller seul.

— Cela ne m'ennuie pas. Je dois de toute façon procéder à quelques vérifications, précisa Hitch. On peut y aller maintenant, si vous voulez ? À moins que vous n'ayez un autre engagement ?

Elle savait qu'il n'en avait pas.

— Allons-y, répondit donc Ford.

Il reporta les yeux sur Rachel et constata, à son visage crispé et son regard glacé qu'elle était contrariée, mais vite elle se ressaisit et sourit.

— Parfait, dit-elle en lui tendant sa liste avant de lui serrer la main. Merci encore, Ford. Sans toi…

— Je vous attends dans le couloir, coupa Hitch qui sortit.

Rachel lâcha sa main et fixa Hitch qui s'éloignait.

— Cette femme…

Elle hocha sa tête.

— Elle me fait peur, murmura-t-elle. Elle me déteste. Je le sais. Elle m'interroge sans cesse. C'est son travail ?

— Oui.

Il hésita à lui faire part des soupçons de Hitch. Puis il se ravisa. Rachel n'avait-elle pas le droit de savoir ?

— Le gouverneur lui donne carte blanche. C'est ce que j'ai entendu dire quand j'étais dans le bureau du shérif.

— Merci Bart et ses relations, lâcha Rachel, sarcastique.

Elle s'interrompit.

— C'est tellement injuste…

Elle porta la main à sa pommette blessée et fit la grimace.

— Comme si les violences répétées de son fils ne comptaient pas.

— Pourquoi n'as-tu pas quitté Humphrey s'il était violent ? interrogea Ford.

Elle leva vers lui ses grands yeux bleus remplis de larmes.

— Parce que je l'aimais. Parce que je pensais…

Elle se tut, hocha la tête.

— Il était toujours désolé, après, et si gentil pendant quelque temps… avant de recommencer.

Elle se couvrit le visage avec ses mains.

— La violence de Humphrey, sa mort, mon hospitalisation… Tout cela ressemble à un horrible cauchemar. J'attends toujours de m'en réveiller.

— Je comprends, Rachel… Écoute, je ferais mieux d'y aller. Je te promets de ne rien oublier, conclut-il en pliant soigneusement le papier qu'il mit dans sa pochette de chemise. Je t'apporterai les vêtements ce soir, pour que tu aies bien le temps de te préparer, demain matin.

— Psychologiquement, je ne serai jamais prête pour cette comparution... Pourquoi dois-je prouver que j'étais une victime de violence conjugale ? C'est insensé.

Rachel secoua la tête.

— Mais dans quel monde vivons-nous ?

— Repose-toi, dit Ford, faute de mieux. À plus tard.

Hitch avait compris que Ford se méfiait d'elle, et la considérait plus ou moins comme une ennemie. Elle en avait vu assez pour comprendre que Rachel Collinwood le manipulait. *Depuis combien de temps ?*

En arrivant au Ranch Collinwood, elle constata que le ruban jaune adhésif de la scène de crime avait été retiré. Elle se gara et glissa un coup d'œil à Ford, qui fixait l'immense demeure, un peu abasourdi.

— Pas mal, n'est-ce pas ? lui dit-elle.

Il ne répondit pas, ouvrit sa portière et sortit. Elle l'imita.

— Voulez-vous voir la scène de crime ? demanda-t-elle, une fois qu'ils furent rentrés.

— Non ! lâcha-t-il en jetant un bref regard en direction de la cuisine.

Il déplia la liste de Rachel. Il semblait pressé d'en finir.

— Vous n'êtes jamais venu ? s'enquit Hitch.

Ford tourna les yeux vers elle.

— Non. Je vous ai déjà dit que...

— C'était une simple question.

Il hocha la tête.

— Avec vous, Hitch, aucune question n'est *simple*. Vous êtes toujours aussi méfiante ?

— Ça fait partie de mon métier. Découvrir la vérité n'est pas une tâche agréable ou facile.

— Mais vous vous êtes déjà fait une opinion sur cette affaire ?

— J'ai des présomptions.

— Non, des convictions.

— Qu'est-ce qui vous le fait croire ? Mes soupçons ?

— Vous avez eu des doutes concernant Rachel dès le début. Reconnaissez-le.

— Non. Pas depuis le début.

— Alors, depuis quand ?

— Depuis que j'ai eu connaissance de son appel involontaire. Vous savez, j'ai beaucoup de mal, avec les coïncidences.

— Les coïncidences, ça existe.

Hitch sourit et hocha la tête.

— Rachel n'a pas appelé n'importe qui, mais un homme dont elle sait qu'il est toujours amoureux d'elle…

— Je ne le suis pas, lâcha-t-il d'un ton catégorique.

— Ah bon ?

— Écoutez, on pourrait en finir ? coupa-t-il froidement. Vous vous trompez sur moi. Humphrey était mon ami. Si je pensais qu'elle avait tout manigancé…

Il se tut.

— Oui ? Que feriez-vous, Ford ? Vous quitteriez la ville ?

— Oui. Sans regret. Après m'être assuré que justice soit faite.

Elle l'étudia et acquiesça.

— Nous ferions mieux de nous occuper de la liste, dit-elle en enfilant le couloir qui conduisait à l'immense dressing de Rachel. Vous allez avoir besoin de mon aide pour trouver ce que Rachel désire porter demain.

— Je peux me débrouiller tout seul, merci.

Elle rit.

— Vous n’avez pas encore vu le dressing de Rachel !

Hitch y entra et tourna les yeux vers Ford afin de voir sa réaction. Malgré ses efforts pour la lui cacher, elle constata qu’il était impressionné par la taille et la splendeur des lieux.

Le dressing de Rachel ressemblait à une boutique de luxe. Elle avait assez de vêtements, de chaussures et de sacs pour changer de tenue chaque jour.

— Certaines femmes sont prêtes à tout pour avoir une vie de luxe, insinua-t-elle.

— Selon vous, elle est coupable parce qu’elle a fait ce qu’il est convenu d’appeler un beau mariage ? riposta Ford.

Hitch se réjouit de l’avoir ainsi provoqué.

— Elle est coupable seulement si elle a prémédité le meurtre de son mari pour s’emparer de sa fortune. Je suis suspicieuse pour les mêmes raisons que vous.

— Je n’ai jamais dit que je l’étais.

Il passa la main dans ses épais cheveux noirs. Ce n’était pas la première fois qu’elle le voyait faire ce geste qui, à l’évidence, le déconcertait. Il avait une coupe militaire sur les photos qu’elle avait vues de lui.

— Vous n’aviez pas besoin de me le dire, déclara-t-elle.

— Vous avez des soupçons, fort bien. Et des preuves ? Il vous en faut, non ?

— Bien sûr. Et dans les deux cas de figure. L’appel de la poche de Rachel pourrait être une *vraie* coïncidence, et elle pourrait avoir tué son mari parce qu’elle était *vraiment* en état de légitime défense.

Hitch vit la surprise de Ford. Elle se garda bien de lui dire que l’expérience et son instinct lui soufflaient qu’il n’y avait là ni coïncidence ni légitime défense.

Rachel faisait confiance à Ford parce qu’elle était certaine de pouvoir le manipuler. Hitch espérait que cette femme, précisément parce qu'elle était imbue de son pouvoir de séduction et de sa toute-puissance, commettrait une erreur fatale à un moment ou à un autre.

Et si Ford découvrait que Rachel avait tué son mari de sang-froid et l'accusait ? Rachel pourrait décider de l'éliminer, car de témoin utile, il deviendrait témoin gênant. Et elle n'avait pas la moindre intention de passer le reste de sa vie en prison.

— Donnez-moi la liste, dit-elle.

L'écriture de Rachel était soignée, ponctuée par un smiley tout sourire et des cœurs en lieu et place des yeux, et un :

Je t'embrasse fort.

Elle lui rendit la liste.

— Lisez-la-moi plutôt, et je trouverai les vêtements.

Ford sembla soulagé par sa proposition.

— D'accord. Costume blanc avec liseré bleu marine.

Elle se dirigea vers les tailleurs.

— Rachel a tout classé par couleur. Elle est très organisée.

— Moi je m'occupe des chaussures, dit-il.

Ils réunirent rapidement les effets demandés et les disposèrent dans une valise, toujours selon les instructions de Rachel. Pour finir, ils prirent sa trousse de maquillage.

— Parlez-moi un peu de Humphrey, commença Hitch lorsqu'ils quittèrent la maison. Vous avez partagé sa chambre pendant quatre ans sur le campus d'université. Vous étiez son meilleur ami. Le soupçonniez-vous d'être violent ?

— Non. Mais ça ne signifie rien.

— Connaissait-il vos sentiments pour Rachel ?

— Non. Peut-être. Je ne sais pas.

Il hocha la tête.

— Apparemment, je suis assez transparent. Du moins à vos yeux.

Elle se mit au volant, et attendit qu'il monte à son tour.

— À votre avis, pourquoi Rachel vous a-t-elle contacté sur les réseaux sociaux après si longtemps ?

— Elle avait entendu dire que j'étais de retour dans le Montana. Elle voulait m'informer qu'elle y vivait, elle aussi.

Était-ce à ce moment-là que Rachel avait fomenté le projet de tuer son mari ?

— Peut-être avait-elle besoin de renouer avec un ami pour parler de ses problèmes conjugaux ? hasarda Ford.

— Elle en a d'autres que vous, non ?

— Écoutez, Hitch, j'ignore pourquoi elle m'a contacté. Peut-être par nostalgie ? Je sais qu'elle a une amie, ici. Shyla Birch. Vous devriez vous intéresser à elle. C'est aussi une ancienne camarade. Shyla doit en savoir plus que moi sur les relations de Rachel et Humphrey.

— Une autre amie d'université dans le Montana ? demanda Hitch, surprise. Rachel et Shyla ont repris contact il y a longtemps ?

Ford soupira.

— Je n'aurais pas dû vous en parler.

— Vous m'en avez parlé parce que vous êtes comme moi en quête de vérité. Vous redoutez aussi que je n'aie raison.

— N'essayez pas de lire dans mes pensées, d'accord ?

— Je ne suis pas médium, Ford, mais je sais regarder et écouter, et j'ai un excellent esprit de synthèse. Rachel était au courant du crash de votre avion et de votre retour dans le Montana. Elle a repris contact vous sachant… vulnérable, et certaine de pouvoir compter sur vous dans tous les cas.

À l'expression de Ford, elle comprit qu'elle avait vu juste.

— Je me doute que vous avez fouillé dans la vie de Humphrey et de Rachel pour les besoins de l'enquête, mais j'aimerais que vous ne vous mêliez pas de la mienne, lâcha-t-il d'une voix que l'émotion rendait rauque.

— Malheureusement, avec cet appel involontaire, vous êtes impliqué, Ford.

— Rachel cherchait sans doute à contacter le 911. Si elle s'est trompée, c'est parce qu'il l'agressait et qu'elle était terrorisée ! riposta Ford.

Il avait l'air à la fois agacé et inquiet.

— Vous avez raison. C'était peut-être une coïncidence. Le destin.

— Mais vous ne croyez que ce que vous pouvez prouver.

Elle sourit.

— Exactement.

Ford fut soulagé de quitter le Ranch Collinwood. Cette maison de tous les superlatifs avait été le théâtre d'une effroyable tragédie et lui faisait froid dans le dos. Autrefois, Rachel avait formé le vœu de vivre une vie de luxe et bien qu'elle ait réalisé son rêve, elle n'avait pas connu le bonheur.

Attention à ce que tu souhaites, tu pourrais l'obtenir…, songea-t-il. Rachel se trouvait maintenant dans une situation plus difficile et périlleuse. Si Hitch et Bart prouvaient qu'elle avait tué Humphrey de sang-froid, elle serait condamnée à la réclusion à perpétuité.

Hitch s'arrêta devant l'hôpital et lui proposa de l'accompagner jusqu'à la chambre de Rachel. Il refusa et prit congé à la hâte.

Rachel l'accueillit avec un peu d'anxiété.

— Tu as trouvé tout ce que j'avais demandé ?

— Hitch m'a aidé.

— Tu en parles comme si vous étiez proches ?

Il remarqua sa froideur et son trouble.

— On ne l'est pas. Qu'est-ce qui te tracasse ?

— Cette femme veut me faire condamner, lâcha Rachel. Elle fera tout pour parvenir à ses fins, elle est même capable de t'utiliser contre moi.

— Parce que je suis ta meilleure défense ?

Rachel allait pour riposter mais elle se ravisa. Pourtant ses yeux bleus lançaient des éclairs, se dit Ford qui remarqua avec intérêt ses efforts pour maîtriser sa colère. À l'évidence, elle avait été surprise et contrariée qu'il lui tienne tête.

— Je suis désolée, reprit Rachel d'une voix calme. Mais reconnais tout de même que cette femme essaye obstinément de prouver qu'il s'agit d'un homicide volontaire. Avec préméditation.

— Mais il n'y a rien qu'elle puisse trouver, n'est-ce pas ? insinua-t-il.

— Non. Mais je ne comprends pas pourquoi elle s'est rendue au ranch avec toi ? Elle n'a pas fureté partout, au moins ? insista Rachel.

— Non. Et de toute façon, c'est son travail de « fureter ».

Il fronça les sourcils.

— Pourquoi est-ce que cela t'inquiète autant ? Que redoutes-tu ?

— Je… Je ne sais pas ! s'exclama Rachel hors d'elle. Tout cela est si terrifiant…

Ford l'observa avec attention. Autrefois, il l'avait placée sur un piédestal, ignorant volontairement ses défauts, leur préférant sa beauté, ses regards et sourires enjôleurs.

Aujourd'hui, il commençait à discerner l'autre visage de Rachel. *Son vrai visage ?*

— Pardonne-moi, je ne voulais pas t'agresser, poursuivit-elle dans le silence pesant qui s'était installé.

— Tu subis beaucoup de stress, biaisa-t-il.

— Oh… oui, balbutia-t-elle, au bord des larmes. Je n'aurais jamais pensé vivre une telle tragédie.

— Humphrey non plus.

À l'évidence, Rachel interpréta sa remarque comme une accusation car elle rougit violemment.

— C'est un reproche ?

— Non, bien sûr. Mais quoi qu'il se soit passé, ce jour-là, Humphrey ne l'aurait jamais voulu, reprit Ford à la hâte, mécontent de sa maladresse.

Rachel tourna ostensiblement la tête vers le mur, lui manifestant ainsi sa contrariété.

— Bon… Je vais y aller…, conclut Ford en se levant. À demain, au tribunal.

Il sortit. Rachel était visiblement terrifiée, irritée. Pas à cause du drame, mais à cause d'autre chose ? De quoi s'agissait-il ? Bien qu'elle se montre vulnérable et fragile, Ford savait qu'elle avait une remarquable maîtrise de ses émotions. Au point de tirer de sang-froid sur son mari ? Avait-elle appris à se servir d'une arme ? Ou avait-elle fait feu sur Humphrey « sans intention de tuer » ?

Rachel aimait les belles choses, ça ne faisait pas d'elle une meurtrière pour autant, n'est-ce pas ? Humphrey, son meilleur ami, était-il devenu violent au point de frapper sa femme ?

Ou Rachel avait-elle intrigué, manigancé ? Avait-elle décidé de se faire passer pour une victime de violence conjugale afin de supprimer Humphrey en invoquant la légitime défense, évitant ainsi une lourde condamnation et faisant finalement main basse sur sa fortune ?

Ford frémit, car cette version des faits peu à peu s'imposait à son esprit.

13

Ford s'assit sur le banc du fond dans la salle du tribunal. Il vit Bart s'entretenir avec le procureur, puis s'en écarter à la hâte à l'entrée de Rachel. Celle-ci prit place à côté de son avocat, Denton Drake.

C'était un homme d'un certain âge, affable et avenant, remarqua Ford. Pour autant, était-ce un bon avocat ? Rachel avait besoin du meilleur pénaliste pour faire face à Hitch, à Bart Collinwood, et au procureur.

En tout cas, elle n'avait pas lésiné pour mettre toutes les chances de son côté. Sublime dans son élégant tailleur blanc, elle avait relevé en chignon ses cheveux blonds et portait deux anneaux en or. Des bijoux simples en apparence, mais tapissés de petits diamants qui scintillaient au gré de ses mouvements sous les lumières de la salle. En revanche, elle ne s'était pas maquillée, sans doute sur les conseils de son avocat, afin de mettre en évidence l'impressionnante blessure sur sa pommette.

Hitch déposa des documents destinés au procureur, se retourna et repéra Ford. Puis, à son plus vif étonnement, elle s'approcha de lui.

Ford l'avait toujours vue portant une salopette en toile et une veste au dos de laquelle était inscrit « médecin légiste », ou vêtue d'un jean et d'un T-shirt. Mais, ce matin, elle portait un chemisier immaculé et un tailleur gris acier, sobre mais élégant. Ses cheveux bruns aux reflets auburn, habituellement réunis en une simple queue-de-cheval, retombaient sur ses épaules. Son regard vert si singulier étincelait. Il fut instantanément sous le charme.

— Bonjour Ford, lui dit-elle à voix basse en prenant place à côté de lui.

Elle s'était aussi parfumée, remarqua-t-il, et c'était une fragrance très douce peut-être florale. Ou fruitée ? Il n'aurait su le dire, mais c'était irrésistible.

Elle se tourna vers lui et l'enveloppa d'un regard profond, plein de cette curiosité et de cette vivacité qui faisaient aussi son charme.

— Mal dormi ?

Sur ces mots, elle reporta son attention vers Rachel qui s'entretenait avec animation avec son avocat.

— On dirait qu'elle a mieux dormi que nous, ajouta-t-elle.

— Le sommeil de l'innocence ?

Hitch sourit.

— Dois-je en déduire que vous n'avez pas la conscience tranquille, Ford ?

Il allait répondre quand l'huissier de justice annonça l'entrée du juge.

L'audience commença.

Le procureur exposa les faits au tribunal en lisant à haute voix le récapitulatif du bureau du shérif. Ensuite, l'avocat de Rachel présenta ses arguments afin de le convaincre que, si cette dernière était mise en liberté sous caution, elle se conformerait à toutes les conditions qui y étaient liées.

— Rachel Collinwood a déjà remis son passeport aux autorités, Votre Honneur, conclut son avocat. Elle s'engage à ne pas quitter le Montana. Elle ne désire que retourner à son domicile, qui se trouve au nord de Big Timber.

— Mme Collinwood a assez de biens pour se procurer un autre passeport sous un faux nom et disparaître, objecta le procureur. Je doute que l'absence de son passeport l'en empêche.

L'avocat de Rachel fit ensuite valoir qu'elle n'avait jamais été condamnée, qu'elle avait été une citoyenne modèle et que la plupart des biens, au nom de son mari, ne lui étaient pas accessibles en raison d'un contrat prénuptial.

— Mme Collinwood est la victime, Votre Honneur, conclut-il.

Le juge, qui avait attentivement écouté les arguments du procureur et de l'avocat, prit enfin la parole.

— La caution est fixée à 5 millions de dollars.

Rachel poussa un cri et se retourna pour regarder Ford. Voyant des larmes briller dans ses yeux, il sentit un tiraillement familier dans sa poitrine. Il ne connaissait pas la vérité sur Rachel et Humphrey, et il craignait de ne jamais la connaître.

— Que va-t-il se passer, maintenant ? demanda Ford à Hitch tandis que Rachel était conduite dans une cellule jusqu'à ce qu'elle paye sa caution.

— Si elle parvient à réunir assez d'argent liquide, elle sera libre jusqu'à son procès, lui expliqua Hitch. Sinon, elle peut déposer un cautionnement immobilier équivalent à 5 millions de dollars.

— Et si elle ne le peut pas ?

— Dans ce cas, elle restera en prison jusqu'à son procès.

— Vous êtes sûre qu'il y aura un procès ?

— Rachel a tué un homme, Ford.

— Oui, mais…

— La loi ne reconnaît pas les « oui, mais ».

— Que va-t-il arriver à Rachel… si elle est reconnue coupable ?

— Le jury décidera si l'usage de la force était légitime et justifié. Si sa réponse est « oui », elle pourrait être accusée d'homicide avec circonstances atténuantes et condamnée à une peine d'emprisonnement allant de deux à quarante ans.

— Quarante ans !

— Mais si le jury décide que l'usage de la force n'était pas justifié, elle pourrait être reconnue coupable d'homicide volontaire et être condamnée à la réclusion à perpétuité.

Ford était au bord de la nausée.

Hitch ajouta ces mots :

— Et la peine de mort est toujours en vigueur dans le Montana.

— Comment est-ce possible si elle agissait en état de légitime défense ! gronda Ford.

— Ce sera au jury d'en décider en fonction des preuves qui lui seront présentées, Ford.

— Et que vous rassemblez contre elle.

— Seulement si elles existent.

Il se passa la main dans ses cheveux.

— Personne n'est assez stupide pour risquer sa liberté par cupidité, Hitch ! Rachel aime l'argent, mais pas au point de commettre un meurtre pour s'enrichir. Précisément, le jeu n'en vaut pas la chandelle !

— Sauf si elle a paré à toute éventualité, en programmant un appel prétendu involontaire, de surcroît à un vétéran, un héros décoré par la prestigieuse Purple Heart qui vient de rentrer au pays. Vous avez le profil du témoin idéal pour la défense, Ford ; aux yeux de n'importe quel jury, vous incarnez l'homme honnête et honorable. De confiance.

— Vous faites de Rachel une criminelle de génie, et de moi un saint.

— La plupart des criminels *pensent* qu'ils sont des génies supérieurement intelligents.

Les yeux de Hitch pétillaient.

— Et je ne pense pas que vous soyez un saint, Ford ! Vous êtes un homme… tout simplement ! Vous êtes autrefois tombé amoureux d'une femme qui ne vous a pas choisi mais qui a épousé votre meilleur ami. Vous vous êtes senti coupable d'éprouver cet attrait envers l'épouse de Humphrey. Cette culpabilité, même résiduelle désormais, est toujours présente en vous.

— Quelle perspicacité, lâcha Ford non sans amusement. Vous croyez vraiment que Rachel aurait mis en balance sa liberté et la fortune de son mari et aurait couru le risque d'être lourdement condamnée ?

— Je ne crois rien. De toute façon mon avis n'a aucune incidence. Une fois que j'aurai terminé mon enquête et que j'aurai fourni mon rapport, le jury en décidera.

Hitch lui cacha qu'elle avait convaincu le gouverneur de mettre le nouveau téléphone portable de Rachel sur écoute.

— Vous *voulez* qu'elle soit coupable, insista Ford.

— Et vous voulez qu'elle soit innocente.

— Je veux seulement connaître la vérité !

— Mais moi aussi, Ford. C'est mon métier.

Elle sourit.

— Vous refusez de croire Rachel capable d'un meurtre de sang-froid, en vertu de votre ancienne admiration envers elle ? Il ne s'agit pas de sentiments ou d'impressions, mais de faits, et ceux-ci sont parfois implacables, Ford.

Hitch s'éloigna.

— Un jour peut-être, vous me révélerez ce qui s'est passé le jour du mariage de Rachel et de Humphrey. En attendant, soyez très prudent… Les autorités, le shérif et la justice ont désormais votre témoignage : votre mission est terminée, du moins jusqu'à ce qu'on vous entende au procès. Quoi qu'il en soit, Rachel n'a plus besoin de vous. Je vous conseille de ne pas vous attarder à Big Timber, sinon vous pourriez lui faire regretter de vous avoir contacté, c'est-à-dire d'avoir eu recours, disons, à vos services et misé sur vous, le jour du drame.

— Elle se serait servie de moi à mon insu ?

Hitch garda le silence.

— Ne vous inquiétez pas pour moi, Hitch, conclut Ford. Ça n'est pas la peine.

— Je l'espère pour vous.

Elle soupira.

— À propos, une main anonyme a glissé un message sous la porte de ma chambre d'hôtel, ce matin. Ça n'est pas vous, n'est-ce pas ?

De retour dans sa chambre, Hitch observa, par transparence, le message qu'elle avait déjà mis dans un sachet scellé. Tapé sur ordinateur, imprimé sur une feuille blanche A4, court et précis, il disait :

Quitte la ville pendant qu'il en est encore temps.

Elle doutait qu'il comporte des empreintes digitales.

Elle avait l'habitude de recevoir toutes sortes de témoignages d'hostilité, lors de ses enquêtes. Elle avait au moins une certitude, ces menaces n'émanaient pas de Rachel, mais d'une personne de son entourage. Qui ?

Pas Ford. Sa surprise n'était pas feinte quand elle les lui avait mentionnées.

Elle passa de nouveau en revue les éléments qu'elle avait recueillis depuis le début. La sensation de manquer quelque chose persistait, elle en était contrariée. Toujours est-il qu'elle avait provoqué l'inquiétude parmi un proche de Rachel Collinwood, ce qui affermissait sa conviction selon laquelle elle était sur la bonne voie.

Elle observa les photos de ses blessures que la DCI lui avait envoyées, sortit une loupe pour mieux les étudier. Elle s'attarda sur la marque au niveau de sa pommette, en constatant qu'elle représentait un motif. Celui de la chevalière de Humphrey ? Alors que des traces de sang ou d'ADN n'avaient pas été retrouvées dessus ?

Perplexe, elle sortit les photos qu'elle avait prises pendant l'autopsie, afin d'étudier à nouveau cette chevalière. Comme elle s'y attendait, le motif sur le plateau ne correspondait pas à celui, très caractéristique, de l'ecchymose sur la pommette de Rachel. Avait-elle été causée par un outil, un ustensile quelconque ? Hitch observa les photos des divers objets sur les plans de travail de la cuisine et les tessons disséminés sur le carrelage. Mais à l'évidence, l'ecchymose avait été causée par une bague, mais pas celle de Humphrey Collinwood.

Hitch avait toujours pressenti que Rachel avait un complice. La progression de son enquête le lui confirmait. Les criminels, si minutieux fussent-ils, commettaient au moins une erreur, voire plus. Elle devait maintenant retrouver la personne qui portait une chevalière avec ce motif… À cet instant, son téléphone portable sonna. C'était le laboratoire des échantillons toxicologiques. Elle décrocha à la hâte.

— J'espère que vous avez trouvé dans son organisme une substance qui l'aurait paralysé, dit-elle d'emblée à son interlocuteur, consciente que ce serait la preuve indiscutable que ses soupçons étaient fondés.

14

Sitôt que Ford apprit que Rachel avait payé sa caution, il l'appela.

— Ford ? Je pensais que tu étais déjà en route pour Big Sky ! s'exclama-t-elle, visiblement surprise. J'apprécie tout ce que tu as fait pour moi, mais d'ici le procès, tu ne peux plus rien faire. Et d'ailleurs, tu n'as pas besoin d'y assister. C'est déjà suffisant que je doive subir cette épreuve. Ne t'attarde pas à Big Timber.

Elle le congédiait ? Ford ne put s'empêcher de se remémorer les propos de Hitch et le conseil qu'elle lui avait donné. Quitter Big Timber pour sa sécurité.

— Que vas-tu faire maintenant ? demanda-t-il, contrarié par la méfiance et le malaise qui l'envahissaient.

Rachel l'avait-elle utilisé à ses propres fins ? Pour s'exonérer d'un meurtre avec préméditation ?

— Mon seul espoir, c'est que toutes les charges soient abandonnées, qu'il n'y ait pas de procès, poursuivit Rachel. Selon le shérif, j'ai une petite chance de l'éviter.

Le shérif peut-être, mais pas Hitch.

— En tout cas, merci d'avoir appelé, dit-elle, à l'évidence impatiente d'en finir.

— Tu me tiens au courant, Rachel ? insista cependant Ford.

— Oh ! je suis sûre que tu seras informé par les journaux.

Et elle raccrocha sans rien ajouter.

Ford, stupéfait, décida qu'il ne quitterait pas la ville sans l'avoir revue et lui avoir parlé. Il se rendit donc chez elle.

Lorsqu'il aperçut le ranch, enveloppé de la douce lumière du crépuscule, il éprouva un vif sentiment d'appréhension. Il doutait que Rachel se réjouisse de cette visite après lui avoir quasiment raccroché au nez, mais il ne rentrerait à Big Sky que lorsqu'elle lui aurait parlé à cœur ouvert. Pourtant, il doutait qu'elle lui confesse l'entière vérité, et il ne savait pas comment procéder. Il improviserait, le cas échéant.

Il se garait quand il vit une silhouette se découper derrière la baie vitrée. Il sortit de son pick-up, monta les marches jusqu'à la terrasse qui entourait la maison. Il prit le temps d'admirer la vue, magnifique, formée par les collines et vallons, ainsi que les pins sur les flancs des montagnes environnantes. Il n'y avait pas prêté attention, le jour où il était venu avec Hitch dont la présence l'avait mis mal à l'aise.

Il sonna à plusieurs reprises, mais Rachel tarda à ouvrir. Il la savait pourtant chez elle et avait reconnu sa silhouette derrière la baie. Rachel ne voulait-elle pas le recevoir ? Pourquoi ?

Au même instant, elle entrouvrit la porte.

— Oh ! Ford ? Quel bon vent ?

— Je ne pouvais partir sans te dire au revoir.

— C'est gentil. Mais il était inutile de faire ce déplacement.

Étonnamment, elle restait immobile, sans l'inviter à entrer.

— Je voulais m'assurer par moi-même que tu allais bien, insista-t-il, déconcerté.

— Écoute, Ford, je…

— Tu ne me fais pas entrer ?

Rachel rougit comme si elle venait de prendre conscience de son impolitesse.

— Oh si, bien sûr. Je suis désolée…, s'exclama-t-elle en s'effaçant aussitôt.

Pourquoi avait-elle parlé aussi fort ? Pour avertir quelqu'un de sa visite ?

— Tu es seule ? s'enquit-il, curieux de voir sa réaction.

— Quelle question ! Évidemment.

Il la dévisagea avec attention et fut certain qu'elle mentait.

— Allons boire un verre sur la terrasse, dit-elle précipitamment. La soirée est si belle. Une bière, j'imagine ? Comme autrefois ?

Il la suivit et stoppa devant la cuisine, soulevé par la nausée, tenté de fermer les yeux ou de prendre les jambes à son cou.

— Ford ? Ça va ? poursuivit-elle en ouvrant le réfrigérateur, l'air intrigué.

Elle lui tendit une bouteille de bière. Il hocha la tête et la lui prit.

— Rachel, c'est là que… ?

Elle parut enfin comprendre la raison de son silence et rougit.

— Oui. Je préfère ne pas y penser. Je suis obligée de vivre dans cette maison. Je ne peux pas quitter le Montana. Je dois donc me résigner, dit-elle en prenant son verre de vin pour sortir sur la terrasse.

Elle s'approcha d'une petite table, retira à la hâte le cendrier qui s'y trouvait et le vida.

— Tu t'es remise à fumer ? s'enquit-il, surpris par son insensibilité.

Dos tourné, elle secoua la tête.

— Non. L'un des ouvriers du ranch est venu tout à l'heure. Attends, je reviens.

Elle retourna à la cuisine et revint avec la bouteille de vin entamée. Malgré ses efforts pour avoir l'air naturel, elle tremblait, remarqua Ford.

— Que se passe-t-il, Rachel ?

Elle se figea. Conscient d'avoir été maladroit, il formula autrement sa question.

— Qu'est-ce qui nous est arrivé, à toi et à moi, autrefois ?

L'air clairement soulagé, elle s'assit et but une gorgée de vin.

— Nous étions trois bons amis. Mais Humphrey a toujours eu ta préférence, reprit Ford.

— Ma préférence ? J'ai eu le coup de foudre pour lui, Ford, répondit-elle sans le regarder.

— Moi aussi j'étais amoureux de toi, lâcha-t-il.

L'expression de Rachel s'adoucit. Elle lui serra la main.

— Je sais. Je t'ai toujours apprécié. Humphrey et moi n'avons jamais compris pourquoi tu avais coupé les ponts après notre mariage.

— Tu le sais parfaitement, Rachel.

— Tu fais allusion à cette erreur stupide ? Mais nous avions tous les deux trop bu.

Elle se tut et lui adressa un regard séducteur.

— Non, nous n'étions pas ivres, Rachel. Tu m'as attiré dans l'une des chambres. Tu voulais que je te fasse l'amour.

— Si mes souvenirs sont bons, tu ne m'as pas repoussée, et tu as même…

Elle sourit.

— Si quelqu'un n'avait pas essayé d'ouvrir, serions-nous allés jusqu'au bout ? demanda-t-elle.

Ford s'était posé cette question aussi souvent qu'il s'était reproché cet instant d'abandon. Maintenant encore, le souvenir de cet incident l'éprouvait. Il avait honte d'avoir trahi Humphrey, c'est pourquoi il n'avait plus voulu les revoir lui et Rachel.

— Nous ne le saurons jamais…, conclut Rachel.

Un silence tomba.

— Quand est-ce que Humphrey a commencé… à changer ? reprit Ford.

Elle le dévisagea, perplexe, puis fronça les sourcils.

— Il n'était pas violent, autrefois, insinua Ford. Quand l'est-il devenu ? Pourquoi ?

— Quand il a eu des problèmes et de nombreuses dissensions avec son père. Il rentrait de New York de mauvaise humeur. Un rien le mettait hors de lui. Il savait que je n'étais pas heureuse dans le Montana, il en était contrarié. La situation a empiré.

— Pourquoi n'étais-tu pas heureuse ici ? reprit-il en lui montrant le paysage.

— Tu imagines le contraste, après New York ? Humphrey a voulu me punir.

— Te punir ? Mais de quoi ?

Rachel reporta un regard étincelant sur lui.

— Tu es en colère contre moi, n'est-ce pas, Ford ? Parce que j'ai été obligée de le…

Elle se mordilla la lèvre.

— Je ne me le pardonnerai jamais d'avoir fait ce que j'ai dû faire, poursuivit-elle à mi-voix. C'est ce que tu veux entendre, n'est-ce pas ? Que je n'aurais jamais dû… Mais moi, je pensais que s'il me voyait armée…

Elle s'interrompit, essuya ses larmes avant de boire une nouvelle gorgée de vin.

Ébranlé par son chagrin, Ford de nouveau se posa des questions. Se pouvait-il que Humphrey soit devenu violent ? Et que Rachel avait vraiment eu peur pour sa vie ?

Et ce soir ? Avait-elle mis du temps à lui ouvrir parce que cette maison était si grande qu'elle ne pouvait se précipiter au premier coup de sonnette, ou parce qu'elle était en bonne compagnie ? Quant aux verres dans l'évier et le cendrier, ne lui en avait-elle pas donné l'explication : un des ouvriers du ranch était passé.

La méfiance et l'incertitude étaient insupportables. Ford, contrarié, posa sa bouteille de bière sur la petite table.

— Je devrais y aller.

Il se dirigea vers l'extrémité de la terrasse pour regagner son véhicule. Il n'avait aucune envie de repasser par la cuisine.

— Ford ! Attends ! le rappela-t-elle.

Il se retourna.

— Merci.

— De quoi ?

— Tu as été à mes côtés quand j'avais le plus besoin de toi. Je ne l'oublierai jamais.

Il hocha la tête. Il allait lui confier qu'il avait aimé leurs retrouvailles mais c'était faux.

La sonnerie du téléphone de Rachel s'éleva à cet instant. Elle répondit aussitôt.

— Oh ! Shyla ? Je suis contente que tu appelles.

Elle fit un petit signe à Ford et rentra dans la cuisine.

En revenant devant la maison, Ford repéra un mouvement et entrevit une silhouette d'homme.

Rachel lui avait menti. Elle n'était pas seule. Il n'était même pas certain que c'était Shyla qui venait d'appeler.

15

— Désolé, Hitch, mais on n'a rien trouvé. On a pourtant passé en revue toute la gamme des substances dangereuses : opiacé, psychotrope, stupéfiant, substances destinées à l'industrie, l'agriculture et au commerce, exactement comme tu l'avais demandé, annonça le technicien de laboratoire.

L'esprit en effervescence, Hitch fit les cent pas dans sa chambre. Bon sang ! Que s'était-il donc passé dans cette cuisine ? Un homme violent et aveuglé par la colère ne serait pas resté muet, tandis qu'il frappait sa femme et qu'il s'était vu menacé d'une arme ? Humphrey était tombé à la renverse, sur les fragments de vaisselle et tessons de verre, comme le prouvaient les contusions multiples sur son dos.

— Merci, conclut Hitch, confuse d'avoir fait perdre leur temps aux techniciens de laboratoire.

— Attends, Hitch. Lori est là. Elle aimerait te dire deux mots.

La voix de Lori lui parvint.

— Hitch ? J'ai entendu parler des examens de toxicologie que tu as demandés. Bradley et moi avons passé l'ordinateur de Rachel Collinwood au crible. Nous avons trouvé quelque chose qui peut t'intéresser : Mme Collinwood a effectué des recherches sur la kétamine, couramment utilisée en médecine vétérinaire.

Hitch se redressa et sentit son pouls s'accélérer. *Bingo.*

— Mais il n'y en a pas trace dans le corps ?

— C'est normal : après absorption, la kétamine y pénètre rapidement et a des effets sur le cerveau pendant quelques heures avant d'être transformée, puis éliminée. La kétamine fonctionne comme un anesthésiant et est souvent utilisée sur les chevaux. Il devait y en avoir, dans ce ranch d'élevage, Mme Collinwood y a eu facilement accès.

Hitch remercia Lori et raccrocha à la hâte pour effectuer des recherches sur Internet.

Ralentissement de la fréquence cardiaque et respiratoire

Perte de coordination et de l'équilibre

Impression de dissociation entre l'esprit et le corps, ou décorporation

Engourdissement

Somnolence

Se présente sous la forme d'une poudre cristalline, soluble dans l'eau ou dans l'alcool, ou sous forme liquide

À l'excitation de ce qu'elle venait de lire sur la kétamine succéda la frustration. Hitch avait certes assez d'éléments pour confirmer ses soupçons, y compris le motif de la contusion sur la pommette de Rachel qui ne correspondait pas à celui de la chevalière de son mari, ni à aucun autre ustensile ou objet prélevé sur place. Pourtant, c'était insuffisant pour l'inculper de meurtre avec préméditation. Si des traces de drogue avaient été décelées dans le sang de Humphrey, elle aurait pu boucler son enquête. Comment prouver l'homicide volontaire avec préméditation ? Depuis le début, son instinct lui soufflait que Rachel Collinwood mentait, mais son intuition, sans preuves, ne valait rien devant la justice.

Au même instant, on frappa. Hitch ouvrit, contrariée.

— Vous allez laisser Rachel s'en tirer alors qu'elle a tué mon fils ? demanda Bart Collinwood sans préambule.

— J'en suis encore à rassembler des preuves, déclara Hitch.

Elle lui tourna le dos pour ranger à la hâte les papiers et les photos qu'elle avait éparpillés sur son lit puis elle se retourna. Le visage de Bart Collinwood était décomposé par la colère et le chagrin. Elle comprenait sa frustration. Elle-même éprouvait le même sentiment.

Bart au bord des larmes secoua la tête avec vigueur.

— Vous ne connaissez pas Rachel, reprit-il en martelant chaque mot. Elle rabaissait mon fils, elle le provoquait. Elle l'a tué de sang-froid. Je vous jure que Humphrey n'a jamais levé la main sur elle. C'était le plus paisible des hommes, je le lui reprochais assez ! Je ne sais pas comment elle a fait, mais elle a prémédité son meurtre. J'en suis convaincu !

Sa visite à Rachel avait renforcé le trouble de Ford au lieu de le dissiper. Il était tenté de rentrer à Big Sky, mais il était trop tard pour prendre la route et il voulait toujours en avoir le cœur net. Rachel avait-elle agi en état de légitime défense ou avait-elle prémédité le meurtre de Humphrey ? Humphrey était-il vraiment devenu violent ? Et si Rachel avait menti ? Ou si elle disait la vérité et était condamnée à la réclusion criminelle à perpétuité alors qu'elle avait agi en état de légitime défense ?

Ces questions tournaient en boucle dans sa tête. Il savait que l'enquête pouvait durer des semaines, voire des mois, avant un éventuel procès. Hitch pouvait aussi en être dessaisie, si elle ne produisait pas des preuves.

Il se reprochait sa naïveté. Il avait pensé qu'en voyant Rachel une dernière fois, il refermerait cette page triste et tragique. Mais au contraire, cette visite avait accru sa méfiance. De plus il était contrarié par le rôle qu'il avait joué, à son insu, dans ce drame affreux.

Il avait au moins une certitude : Rachel n'était pas seule, ce soir.

Puis il se remémora le moment où il avait été prêt à mettre fin à ses jours. Il avait maintenant honte de ce geste de désespoir qui ne lui ressemblait pas. La mort tragique de Humphrey et ses répercussions lui avaient manifestement fait l'effet d'électrochocs. *À quelque chose malheur est bon.* C'était une pensée un peu cynique, mais cela lui prouvait qu'il était revenu à lui. Oui, il s'était ressaisi. Jamais plus il n'attenterait à sa vie.

La perspective de retourner à l'hôtel et de faire ses bagages le déprimait. Il revoyait Rachel immobile, presque hostile, sur le pas de sa porte, et la silhouette d'homme qu'il avait aperçue en partant. Un effet de son imagination ? Non ! *Rachel n'était pas seule.* Qui lui tenait compagnie ? Pourquoi lui avait-elle caché qu'elle avait un visiteur ? Était-ce le complice dont Hitch soupçonnait l'existence ?

Un faisceau de phares dans son rétroviseur intérieur attira son attention et l'arracha à ses pensées. Il regarda dans son rétroviseur latéral. Non seulement le conducteur n'avait pas allumé ses feux de croisement, mais il roulait beaucoup trop vite sur cette route en lacets à flanc de colline.

Au même instant, le véhicule le doubla, le frôla de si près qu'il dut se rabattre sur l'accotement. Peu après, il revint sur la route. Il y était maintenant seul. Il soupira de soulagement et constata que ses mains, moites, tremblaient. Il avait un moment eu la conviction que le conducteur cherchait à l'emboutir, mais sans doute était-il juste pressé de rentrer chez lui ? Il essaya de s'expliquer l'élan de panique qu'il venait de ressentir. S'agissait-il d'un nouveau flash-back dû au stress post-traumatique ?

Il se ressaisissait quand il aperçut, après le tournant, le même pick-up fonçant sur lui, dans le but évident de provoquer une collision fatale.

Sur sa gauche, la falaise, sur sa droite, le précipice. Ford n'hésita pas, il coupa la route et lança son véhicule contre la paroi de la falaise. Le bruit du métal froissé au contact de la pierre lui fit serrer les dents. Puis, dans son rétroviseur, il vit les phares arrière du véhicule qui disparaissait. *Pour retourner au Ranch Collinwood d'où il venait ?*

Mû par une impulsion, il fit demi-tour pour y retourner.

16

L'heure était tardive, pourtant Hitch était garée derrière les pins, sur le flanc de la montagne qui surplombait le Ranch Collinwood. Ainsi cachée, elle observait à son aise les allées et venues. Ford était arrivé, et reparti au bout d'un quart d'heure. Peu après, elle avait aperçu un pick-up qu'elle n'avait pas vu arriver sortir de derrière le ranch et prendre à son tour la voie privative qui conduisait à la route en lacets à flanc de montagne.

Qui était-ce ? Un ami de Rachel ? Son complice ? Dans ce dernier cas, Rachel n'aurait plus aucune visite intéressante ce soir. Hitch décida de rester encore un peu avant de quitter sa cachette et de se rendre en ville pour un dîner solitaire. Au bout d'une dizaine de minutes, elle entendit un véhicule qui, tous phares éteints, s'approchait de l'endroit où elle se trouvait. Méfiante, elle prit aussitôt son arme.

Puis elle reconnut le pick-up de Ford. Il en sortit, bataillant avec la portière côté conducteur qui était manifestement bloquée. *Pourquoi ?* Rien n'échappait jamais à l'attention de Hitch. Sans cesse, elle se posait des questions… *Déformation professionnelle…*

Et quelle était la raison de la présence de Ford sur ces

lieux ? Au même instant, il ouvrit la portière passager de sa jeep Grand Cherokee et s'installa à côté d'elle.

— Insomnie ? lui demanda-t-elle.

— Comme vous, manifestement.

Il avait apporté ses propres jumelles. *Était-il armé ?* En tout cas, il remarqua qu'elle l'était, mais ne fit aucun commentaire. Puis il braqua ses jumelles dans la direction du Ranch Collinwood en contrebas.

— On dirait qu'on a eu tous les deux la même idée, déclara Hitch.

— Vous êtes ici depuis longtemps ?

— Assez pour avoir assisté à votre visite de tout à l'heure, dit-elle. Comment s'est-elle déroulée ?

Pour quelle raison était-il revenu épier Rachel ?

— Ça va ? reprit-elle pour rompre le silence.

— Maintenant que le danger est derrière moi, oui.

— Que s'est-il passé ? demanda-t-elle, inquiète.

— Pour commencer, Rachel était bizarre. Elle prétendait être seule mais elle mentait. J'avais quitté la voie privée depuis cinq bonnes minutes et je roulais vers Big Timber quand j'ai repéré un pick-up derrière moi. Il allait très vite et il m'a dépassé en me frôlant de très près. J'ai pensé que c'était un conducteur imprudent et pressé, jusqu'à ce qu'il fasse demi-tour et fonce droit sur moi. Entre le précipice et la falaise, mon choix a été fait ; j'ai coupé la route en diagonale et je me suis rabattu contre la falaise. Sans cela…

Il se tut. Hitch fronça les sourcils. Voilà précisément ce qu'elle avait redouté.

— C'est à cause de ce choc latéral que vous avez eu des difficultés à ouvrir votre portière ?

— Oui. Elle est bloquée.

— Qu'est-ce qui a éveillé votre méfiance à l'égard

de Rachel ? Quelque chose que vous lui avez dit ? Ou qu'elle vous a dit ?

— Son attitude fuyante. Peut-être parce que je posais trop de questions ? Après avoir pris congé, j'ai aperçu une silhouette masculine, alors que Rachel avait prétendu être seule. Au moment où je prenais congé, elle a reçu un appel, apparemment c'était Shyla, mais qui sait ?

Le silence tomba à nouveau. Hitch songeait au pick-up qu'elle avait vu partir, peu après le départ de Ford.

— Si Rachel comprend que vous êtes suspicieux et que vous risquez de vous rétracter sur votre témoignage…

— Elle n'a rien à craindre de ce côté-là. Je n'ai dit que la stricte vérité.

Hitch hocha la tête.

— Mais si elle redoute que vous ne soyez plus dans son camp, vous êtes vraiment en danger, Ford.

Elle s'empara de ses jumelles et observa la maison à son tour.

— Vous devriez rentrer à Big Sky.

— Vous avez vu un véhicule revenir au ranch avant que je vous rejoigne ? biaisa-t-il.

— Vous voulez parler de votre chauffard ?

— Possible. Il a pris la route du ranch en tout cas.

— Si j'en crois votre récit, il a pris la direction opposée à Big Timber, c'est-à-dire de Harlowton. Manifestement, sans bifurquer pour emprunter la voie privative du Ranch Collinwood : je n'ai pas vu de véhicule revenir au ranch depuis votre départ.

Elle fronça les sourcils.

— Bon, je suppose que vous n'avez pas eu la présence d'esprit de relever le numéro de la plaque d'immatriculation ?

— Non. En revanche, je peux vous dire que c'est un

King Cab. Avec une impressionnante grille de protection sur la calandre.

Comme le pick-up devant la morgue.

— Nous perdons probablement notre temps à surveiller le ranch, conclut Ford. Si Rachel a tout anticipé, elle a prévu une discrète surveillance. Et elle est trop intelligente pour tout gâcher maintenant.

— Peut-être. Mais celui qui est probablement son complice vient de commettre une grosse erreur. J'ai vu un pick-up vous suivre tout à l'heure. Vous aviez raison sur un point : Rachel n'était pas seule. Mais cet individu est imprudent. À mon avis, c'est lui et lui seul qui a pris l'initiative de vous intimider. Rachel ne va pas apprécier : il a réussi à vous rendre méfiant. Et elle n'a plus droit à l'erreur alors qu'elle est si proche du but. Elle n'a pas besoin d'une tête brûlée, d'un redresseur de torts, et cependant, c'est précisément parce que cet individu avait ces traits de caractère qu'elle l'a choisi et qu'il a accepté de la soutenir. Il devait penser qu'il la sauvait en l'aidant à se débarrasser de son mari. Autant se débarrasser de vous par la même occasion.

— En clair, le complice n'est pas aussi intelligent ou pondéré que Rachel.

— La preuve, il a cherché à vous emboutir ce soir. Je doute que ce soit sa dernière tentative. Espérons que vous serez assez raisonnable pour quitter Big Timber avant sa prochaine attaque, qui cette fois pourrait vous être fatale.

— Eh bien, vous ne mâchez pas vos mots !

Hitch éclata de rire.

Elle se sentait tellement bien, tout à coup.

La nuit noire, leur proximité à l'intérieur de sa jeep et la légère brise d'été qui soufflait par sa vitre latérale les enveloppaient comme s'ils avaient été bons amis, complices. Elle avait l'impression d'être intime avec cet homme que, pourtant, elle connaissait à peine.

— Vous n'êtes pas la première personne à le dire, confia-t-elle. Mon ex l'a mentionné au moment de notre rupture.

— Désolé, Hitch.

— Inutile. On a été tous les deux soulagés d'en finir.

Elle marqua une pause.

— En définitive, quelle est la raison de votre présence ici ?

— Je veux découvrir la vérité, dit Ford. D'autant que Rachel m'a impliqué dans son histoire. Maintenant, elle veut que je quitte Big Timber. Pour se débarrasser d'un témoin qu'elle trouvait bienvenu au début mais qui est devenu gênant.

Hitch fixa Ford, étonnée par la fermeté de ses propos.

— À mon avis, reprit-il, l'individu qui a cherché à m'emboutir pourrait être son amant.

— Pourquoi ? demanda-t-elle, bien qu'elle ait eu la même pensée.

— Si Rachel a prémédité le meurtre de Humphrey, elle a eu besoin d'un complice : un homme qu'elle a séduit. Ou acheté. Mais le sexe, c'est moins cher. Et la séduction, je puis vous assurer que c'est l'arme fatale de Rachel.

— Eh bien, votre franchise vous honore ! dit Hitch en riant. Je vous pensais encore amoureux et aveuglé.

— Désolé d'avoir produit sur vous cette impression pitoyable.

— Pitoyable ? Ne vous faites pas de reproches, Ford. Cela dit, pour le moment, Rachel vous croit toujours amoureux et elle est persuadée que vous feriez n'importe quoi pour elle.

— Elle se fait des illusions ! objecta-t-il avec une

grimace. Je sais désormais qu'elle n'est pas innocente et qu'elle a bénéficié d'une complicité pour parvenir à ses fins.

— C'était un secret bien gardé jusqu'à ce soir, dit Hitch. Vous savez ce qu'on dit des secrets ? Pour que deux personnes sachent les garder il faut que l'une d'entre elles soit morte. Le complice de Rachel, en se manifestant ce soir, a commis une erreur. Il ferait mieux d'être prudent, sinon il pourrait lui aussi être sa prochaine victime…

Ford baissa ses jumelles pour dévisager Hitch qui, à nouveau, observait le ranch où les lumières étaient encore allumées malgré l'heure tardive. Il perçut sur ses traits une douceur et une candeur qui, selon lui, ne cadraient pas avec le métier difficile qu'elle avait choisi.

— Comment êtes-vous devenue médecin légiste ? demanda-t-il, mû par une impulsion.

— Mon père était policier, et ma mère avocate. Ils se disputaient sans cesse sur des questions juridiques, surtout pendant les repas. Mon frère est devenu psychologue, ma sœur enseignante. Moi, j'ai décidé de me spécialiser en médecine légale.

Elle haussa les épaules.

— J'aimais disséquer les grenouilles en cours de biologie.

Ford ne put s'empêcher de sourire.

— On a des discussions passionnantes, conclut-elle. Et vous ?

— Moi ? Rien de particulier. Mes parents ont divorcé, mon père est venu vivre dans le Montana. Je n'étais qu'un enfant quand lui et ses frères ont ouvert un restaurant BBQ à Big Sky. La cousine de mon père, Dana Cardwell Savage, a un ranch où j'ai passé beaucoup de temps.

— Puis vous vous êtes engagé dans l'US Air Force à la fin de vos études d'ingénieur.

Il acquiesça, reprit ses jumelles et scruta la maison, espérant ainsi mettre fin à cette conversation.

— Vous allez vous consacrer à l'élevage ? s'enquit-elle.

Rachel l'avait sorti d'un marasme dans lequel il évoluait depuis le crash, mais il n'avait pas encore formé de plans d'avenir précis.

— Peut-être, oui.

Il sourit, en se rendant compte qu'il renouait avec un projet qu'il caressait autrefois et qu'il avait abandonné, même oublié. Il était bel et bien rentré à la maison, conclut-il.

Le silence était retombé. Hitch était de nouveau consciente de l'intimité profonde, palpable, qui s'établissait entre eux.

— Vous savez ce qui me gêne aussi ? demanda Ford à mi-voix. Le fait que Rachel semble indifférente à la mort de Humphrey.

— Ce serait logique, a priori, si elle avait été victime de violence conjugale et avait agi en état de légitime défense.

Elle se tut.

— Rachel pensait, à tort, qu'il avait une liaison, poursuivit-elle. À ce propos, selon la petite amie présumée, Humphrey se sentait très seul. Elle le disait aussi très amoureux de sa femme : il avait l'intention d'offrir un cheval à Rachel pour son anniversaire, la semaine prochaine.

— Ça ne ressemble pas à l'attitude d'un homme violent ?

— Ça n'est pas l'avis du shérif. Il affirme qu'il aurait pu essayer d'apaiser sa culpabilité et de se faire pardonner son infidélité et sa violence.

Hitch s'interrompit.

— Oh ! je vois du mouvement ! s'exclama-t-elle en reprenant ses jumelles.

Elle prit son appareil-photo avec le téléobjectif et l'orienta vers le pick-up qui arrivait et s'arrêtait. Un homme en sortit, puis rentra dans la maison sans encombre, comme s'il en avait le code d'accès. Malheureusement, il faisait trop sombre pour qu'elle puisse distinguer ses traits. Peu après il revint, remonta dans son véhicule et s'éloigna. Sa visite n'avait duré qu'une dizaine de minutes.

Hitch reposa l'appareil-photo.

— Était-ce votre chauffard de tout à l'heure ? Ou pas ? Je veux l'identifier !

Elle démarra et d'un coup accéléra, obligeant Ford à s'accrocher au tableau de bord. Quand ils débouchèrent de la voie privée sur la route sinueuse, elle aperçut au loin les feux arrière du véhicule.

— Pas question qu'il m'échappe ! Cette route est en lacets, je vais donc couper par-là, et on se retrouvera devant lui ! annonça-t-elle.

Sur ces mots, elle s'engagea dans un sentier de terre qui descendait à pic. Arrivée sur le croisement avec la petite route de montagne, elle coupa phares et moteur, et attendit.

— Essayons de voir la marque et le modèle de ce pick-up, poursuivit Hitch. Si on parvient à déchiffrer la plaque d'immatriculation, ce sera encore mieux.

Une fois que le pick-up fut passé à toute allure devant eux sans que le conducteur remarque leur présence, elle redémarra pour le prendre en chasse.

Ford, impressionné, n'avait pas soufflé mot depuis que Hitch avait démarré sur les chapeaux de roues et roulé avec l'adresse d'un pilote de course automobile. En réalité, il avait la nausée. Cette échappée lui rappelait son accident d'avion et sa propre course jusqu'au bout de la falaise. Il se sentait désemparé, désorienté. Proche du malaise. La sueur lui coulait dans le dos, il essayait, de toutes ses forces, de faire la séparation entre le crash et cette course-poursuite, et ainsi de combattre la crise d'angoisse qui s'amorçait.

Il s'efforça de bien respirer, regarda droit devant lui. Hitch se rapprochait du pick-up. L'arrière était poussiéreux, ce qui rendait difficile la lecture de la plaque d'immatriculation.

— C'est peut-être un pick-up Sport ? Bleu, noir ou gris ? Difficile à dire, déclara Ford en se concentrant pour conjurer les flash-back qui défilaient dans sa tête.

Il avait l'impression de sentir la fumée et les flammes tandis qu'il cherchait à sauver ses hommes avant que l'avion explose.

— Essayez de déchiffrer la plaque d'immatriculation, Ford.

— Ça commence par 40.

— Donc, Big Timber.

— Après, c'est 19 ? Je ne peux pas lire le reste.

Hitch mit son clignotant pour dépasser le pick-up.

— Vous avez vu le conducteur ? demanda-t-elle, une fois qu'elle l'eut doublé.

— Il portait un stetson, mais il faisait trop sombre pour que je puisse distinguer ses traits.

— C'est lui qui a essayé de vous emboutir tout à l'heure ?

Ford secoua la tête.

— Honnêtement, je ne sais pas.

Il perçut sa déception.

— On devrait retourner chercher votre véhicule maintenant, conclut Hitch, en freinant et en faisant demi-tour. Regardez de nouveau l'homme, dit-elle une fois qu'ils eurent repris la direction de Harlowton et croisé le pick-up.

— Mâchoire forte, nez droit. Ombre de barbe. Peut-être un peu plus jeune que Rachel ?

— On n'a guère d'éléments, mais ça suffira pour l'identifier.

17

Hitch ne mit pas longtemps à découvrir l'identité du conducteur du pick-up.

— Qui est Lloyd Townsend ? demanda-t-elle au shérif lorsqu'elle entra dans son bureau, le lendemain matin.

— Pourquoi vous intéressez-vous à Lloyd ? s'enquit Charley avec froideur.

Elle garda le silence et le fixa jusqu'à ce qu'il réponde à sa question.

— C'est un homme d'affaires, l'un des plus respectés de la région, expliqua enfin le shérif. Je vous déconseille de le mettre en cause. Tout le monde l'apprécie. C'est un généreux donateur.

— Merci, dit Hitch en sortant.

— Attendez ! s'écria le shérif. M. Collinwood aimerait récupérer le corps de son fils.

— C'est possible maintenant, dit Hitch.

Et elle fit volte-face et précisa :

— Je dispose de tous les éléments dont j'ai besoin.

— Vous voulez dire, pour condamner cette pauvre femme ? riposta le shérif sans cacher sa contrariété.

— Si elle est coupable, oui, en effet, répondit Hitch qui s'éloigna.

Dehors, elle aperçut Ford adossé à la portière de son

pick-up, comme s'il attendait quelqu'un. *C'est moi qu'il attend*, se dit Hitch en souriant.

— Vous avez petit-déjeuné ? lui demanda Ford avec un sourire.

— Pas encore.

— J'ai faim, et je n'aime pas manger seul. Je vous invite. Vous venez ?

Elle acquiesça.

Ils firent la route dans ce silence qui semblait les réunir plus qu'il ne les éloignait. C'est presque à regret que Hitch le rompit lorsqu'ils furent arrivés au Corner Café et eurent pris place l'un en face de l'autre.

— Le petit déjeuner n'est qu'un prétexte, n'est-ce pas, Ford ? Vous voulez me parler de quelque chose en particulier ?

— Avez-vous retrouvé l'identité de l'individu qu'on a vu sortir de chez Rachel, hier ?

— Oui, je crois. À votre avis, le conducteur du pick-up avait quel âge ?

— La quarantaine, peut-être ? Plus ? Je ne sais pas.

Hitch sortit son téléphone portable et lui montra la photo d'un homme grisonnant.

— Se pourrait-il qu'il ait soixante-sept ans et ait cette apparence ?

— Il m'a paru plutôt jeune. Mais encore une fois, dans la nuit, c'est difficile à dire. Qui est-ce ?

— Lloyd Townsend, répondit-elle en rempochant son téléphone. Si ça n'était pas lui, cette nuit, en tout cas c'était son pick-up.

Une serveuse vint leur servir du café, deux verres d'eau

et des menus, puis ils passèrent commande, rapidement et distraitement.

Ford repensait à leurs péripéties de la nuit dernière et découvrait avec une joie inattendue qu'il appréciait de plus en plus Hitch. Il s'étonnait de la complicité qui était si vite née entre eux, se développait et les enveloppait jusque dans le silence.

— À quoi pensez-vous ? lui demanda-t-elle avec un sourire. Quoi que ce soit, cela semble bien agréable.

Il lui sourit.

— À mon avis, le pick-up que j'ai croisé et celui que nous avons pris en chasse, plus tard dans la soirée, n'étaient pas les mêmes, biaisa-t-il. Le conducteur qui a tenté de m'emboutir était ivre. Il s'est amusé à mes dépens. Mon imagination s'est emballée. De toute façon, les pick-up de ce genre sont légion dans la région.

— Une nouvelle coïncidence ? Comme l'appel involontaire ?

— Vous ne doutez jamais ?

— Détrompez-vous, je doute sans cesse, Ford. Et croyez-moi ou non, c'est très inconfortable. Cependant, dans cette affaire, j'ai une intime conviction.

— Ça ne suffit pas.

— Vous m'arrachez les mots de la bouche.

Il lui sourit et elle lui rendit son sourire.

La serveuse leur servit leur petit déjeuner. Ils mangèrent dans ce silence complice si paisible et qui semblait les isoler des autres clients, jusqu'à ce que Hitch reprenne la parole comme à regret.

— Il faut que j'y aille. Justement, je dois continuer à chercher. Mais merci pour le petit déjeuner. Ça m'a fait vraiment plaisir.

— Tout le plaisir est pour moi.

Elle se leva, il la suivit des yeux et garda longtemps le regard fixé sur la porte du café.

Son départ lui laissait un sentiment de solitude difficilement exprimable et déconcertant. Puis, lorsqu'il se fut ressaisi, il se demanda quel rôle jouait le pick-up de Lloyd Townsend dans la mort de Humphrey.

Lloyd Townsend était propriétaire d'un ranch qui se trouvait à quelques kilomètres de Big Timber. Hitch y repéra le pick-up Dodge bleu métallisé que Ford et elle avaient vu la nuit dernière et se gara à côté. Puis elle jeta un coup d'œil à l'intérieur.

Une voix masculine s'éleva de la véranda.

— Je peux vous aider ?

Elle tressaillit, se retourna pour observer l'homme qui venait de parler et s'approcha de lui.

— Hitch Roberts, médecin légiste en chef.

L'homme parut attendre des précisions, elle continua.

— Je travaille actuellement sur une affaire locale. Conduisiez-vous ce pick-up la nuit dernière, après minuit ?

La réponse, nette, sans ambiguïté, fut immédiate.

— Non.

Il fronça les sourcils.

— Vous êtes sûre que c'était bien mon véhicule ?

— Oui. Qui d'autre aurait pu le conduire ?

Lloyd Townsend, perplexe, se frotta le menton.

— L'un de mes fils. De quoi s'agit-il exactement ?

— J'espérais que la personne qui a emprunté votre pick-up hier dans la nuit pourrait m'aider dans mon enquête. Vos fils sont-ils présents ?

— Ils sont dans le corral, derrière la maison.

Comme il le lui indiquait d'un geste large, Hitch

remarqua la bague qu'il portait à la main droite et qui, accrochant un rayon de soleil, jeta un éclat.

— C'est une chevalière ? dit-elle, mue par une intuition, tandis qu'elle montait les marches.

Lloyd baissa les yeux et sourit en lui tendant la main pour qu'elle l'admire.

— Connaissez-vous l'histoire de ces chevalières héraldiques ?

— Non, répondit-elle avec intérêt.

— C'est l'un des plus prestigieux symboles de l'identité et du désir de filiation.

Lloyd Townsend souriait toujours.

— Imaginez les champs de bataille où différents combattants alliés affrontaient l'ennemi, commença-t-il avec passion. Pour s'identifier et éviter de se tuer entre eux, les seigneurs et chevaliers d'armes s'aidaient d'étendards, de fanions et de drapeaux aux symboles multiples et aux couleurs personnalisées. Ils pouvaient ainsi se reconnaître, se protéger et s'organiser. Leur heaume dissimulait en effet leur visage.

Il marqua une pause. Hitch attendit la suite avec un vif intérêt.

— Regardez cette bague : le « plateau » représente les armoiries familiales, poursuivit-il avec une immense fierté. Et la chevalière servait aussi à signer les documents officiels en faisant office de sceau. Au XIXe siècle, elle a remplacé progressivement les cachets pendeloques de gousset. Mes deux fils en portent, précisa-t-il. J'ajoute qu'une chevalière armoriée peut se porter de deux manières. Une tradition associe son port à la situation amoureuse du porteur. En baisemain, avec le motif orienté vers l'ongle : la personne est libre. En bagarre, avec le motif orienté vers le porteur : le cœur de la personne est pris…

— Fascinant, déclara Hitch, qui avait surtout retenu que ses deux fils aussi portaient une chevalière. Et quant au motif ?

— Ce sont des armoiries ou des initiales qui y sont gravées. Le dessin est soit moulé en relief, soit en intaille, en négatif si vous préférez, afin d'être utilisé comme un sceau lorsque l'anneau est appliqué sur de la cire.

Hitch acquiesça et redescendit les marches.

— Merci pour ces explications passionnantes. Oh ! au fait, comment s'appellent vos fils ?

Il le lui dit et les décrivit en quelques mots. Tandis qu'elle se rendait au corral, Hitch téléphona au shérif Charley Cortland.

— Retrouvez-moi au ranch de Lloyd Townsend le plus vite possible !

Elle raccrocha avant que le shérif ait le temps de discuter. Elle savait qu'il accourrait, de peur qu'elle n'ait contrarié Lloyd Townsend qu'il tenait en si grande estime.

Quand Hitch arriva à la hauteur du corral, elle s'approcha de John, le plus âgé et le plus grand des fils de Lloyd Townsend. Accoudé à la clôture, il regardait Paul, son frère, qui débourrait un magnifique cheval bai. John tourna les yeux vers elle avec curiosité.

— John Townsend ? dit-elle. Je m'appelle Hitch Roberts, médecin légiste en chef.

Elle lui tendit la main. Il la lui serra, et elle observa la scène qui se déroulait dans le corral, l'esprit occupé par les chevalières de la famille Townsend.

L'un des frères Townsend était-il le complice de Rachel ? L'avait-il frappée pour accréditer la thèse de la violence de son mari ? Dans ce cas, parviendrait-elle à récupérer un peu de l'ADN de Rachel, dans le symbole incrusté sur le « plateau » de l'anneau ?

— Paul est incroyable. Il a fait ça toute sa vie ! commenta John Townsend.

Musclé et mince, visage ciselé avec ombre de barbe, Paul était le plus beau des deux.

— Vous vous intéressez aux chevaux ? demanda John à Hitch.

— En réalité, je cherche à savoir qui était au volant du pick-up de votre père, la nuit dernière, un peu après minuit.

— J'étais au lit à cette heure-là, dit-il sans hésiter.

Il portait son alliance. Marié. Par conséquent, il avait un alibi.

— Qui d'autre conduit le pick-up à part vous, votre père et votre frère Paul ?

— Personne pour autant que je sache.

— Donc il reste Paul, dit-elle en regardant ce dernier qui, maintenant, sellait le bai.

Paul fit faire le tour du corral à l'animal avant de le monter. Le bai aussitôt rua et projeta son cavalier contre la barrière du corral. Ce dernier se releva et s'époussetait quand le shérif arriva.

Hitch alla à sa rencontre et constata que Charley était dans tous ses états. *Il n'est pas au bout de ses surprises*, songea-t-elle.

— J'aimerais que vous saisissiez la chevalière de Paul Townsend, dit-elle d'emblée.

— Pardon ? Pourquoi ?

— Je le soupçonne d'avoir rendu visite à Mme Collinwood hier dans la nuit.

Le shérif eut l'air à la fois étonné et troublé.

— Et alors ? Peut-être qu'il…

— … Désirait lui présenter ses plus sincères condoléances ?

— Pourquoi voulez-vous sa chevalière ? coupa le shérif d'un ton agacé.

— Pour découvrir ce qui s'est réellement passé au Ranch Collinwood le jour où Rachel a tiré sur Humphrey, expliqua-t-elle d'une voix patiente.

Il la regarda fixement, bouche bée, les yeux écarquillés.

— Vous pensez que l'un des fils Townsend… ?

— Je ne pense rien, je veux interroger Paul Townsend. Shérif, je vous rappelle que le gouverneur m'a donné carte blanche.

Le shérif poussa un soupir exaspéré.

— Si vous vous trompez…

— J'en assumerai l'entière responsabilité, acheva Hitch.

Rachel reconnut le numéro entrant et prit immédiatement la communication.

— Shyla ?

— Écoute, Rachel, je suis au bureau du shérif et j'ai une nouvelle hallucinante à t'annoncer. Hitch et Charley sont chez les Townsend : ils vont interroger Paul et s'intéressent à sa chevalière ! Cela aurait un rapport avec la mort de Humphrey.

Rachel soudain manqua d'air. Elle vacilla, et se raccrocha au comptoir de la cuisine.

— Mais pourquoi ?

— Aucune idée.

— C'est incompréhensible !

— Je ne te le fais pas dire. Apparemment, ce sont des preuves, murmura Shyla. Mais de quoi, je me le demande ? De plus, Hitch sait que l'un des frères Townsend était chez toi, hier soir. Pourtant, tous les deux, vous n'êtes plus… ?

— Non ! coupa Rachel avec vivacité. Pourquoi Paul viendrait-il chez moi ?

— Ne fais pas l'innocente, Rachel, dit Shyla à voix basse. Et s'il leur révèle que vous deux… ?

Rachel se sentit de plus en plus oppressée.

— Je voulais te prévenir, ajouta Shyla sur le même ton. Écoute, il semble que la médecin légiste est en train de monter un dossier à charge contre toi.

— Elle perd son temps. Elle ne trouvera rien !

— Évidemment. Rick pense que ce n'est pas seulement Hitch le problème, mais aussi Ford. Que s'est-il passé avec Ford ? Tu t'es disputée avec lui ?

— Dis à Rick que tout va bien et qu'il ne doit pas s'inquiéter pour moi, biaisa Rachel. Toi non plus. Je te laisse, je dois y aller.

Rachel raccrocha et resta immobile en essayant de conjurer sa panique.

18

Paul Townsend affichait un sourire désinvolte.

— Hitch désire vous poser quelques questions, déclara Charley, l'air contrit. Ça ne sera pas long, je vous le promets.

Hitch contint un mouvement de contrariété et commença :

— Je vous ai vu hier soir au volant du pick-up de votre père, sur la route de Big Timber. Il était environ minuit. D'où veniez-vous ?

Paul Townsend cessa de sourire et parut déconcerté.

— J'étais allé faire un tour.

— Où ?

— Pas de but précis. Une balade, je vous dis.

— Je vous ai vu arriver puis quitter la maison de Rachel Collinwood. Je suis en mesure de le prouver, j'ai pris des photos.

Paul se redressa et tourna les yeux vers le shérif, comme pour demander son aide. Hitch lança un regard d'avertissement à ce dernier, le défiant ainsi d'intervenir.

— Et alors ? Je voulais voir comment elle allait, répondit Paul avec impertinence.

— À *minuit* ?

— Vous pouvez m'expliquer ce qui se passe au juste ? biaisa Paul.

— D'où viennent ces égratignures sur vos mains ? interrogea Hitch.

Il baissa les yeux dessus, l'air surpris.

— Je suis rancher, donc rien d'étonnant à ce que j'aie sans cesse des plaies et contusions.

— Quelle est la nature de vos relations avec Mme Collinwood ?

Il ouvrit de grands yeux.

— Je n'ai aucune relation avec Mme Collinwood.

— Mais vous êtes assez proches pour lui rendre une courte visite de courtoisie vers minuit. Je sais que vous n'avez pas tiré sur Humphrey Collinwood, mais comment avez-vous été impliqué dans son meurtre ?

— Je ne comprends pas de quoi vous parlez ! s'exclama Paul en se levant d'un bond.

— Votre condamnation sera plus légère si vous nous racontez ce qui s'est réellement passé au ranch, le jour où Humphrey Collinwood a été tué, ajouta Hitch implacable.

— Vous vous trompez ! D'accord, je me suis rendu au Ranch Collinwood, hier soir. Je ne saurais vous expliquer pourquoi. Peut-être pour m'assurer que Rachel allait bien ?

— Vous l'appelez « Rachel ». Vous êtes intimes ?

Hitch attendit. Paul baissa la tête.

— J'avais un peu bu. Alors, j'ai pensé à elle.

— Depuis combien de temps avez-vous une liaison ?

— Nous ne sommes pas amants. On a dû passer une ou deux nuits ensemble, rien de plus.

— Quand ?

— Il y a un an environ. Ça n'a pas duré, elle…

Il se tut.

— Mariée ? acheva Hitch.

— Oui, déclara Paul. Écoutez, mon père ignore tout de cette histoire.

Il regarda le shérif.

— Il va l'apprendre ?

— Quand avez-vous vu Mme Collinwood pour la dernière fois, avant la nuit dernière ? coupa Hitch.

— Il y a environ un an. Je l'ai appelée à plusieurs reprises, en vain, et j'ai fini par abandonner. Je vous jure. Hier soir, je voulais seulement m'assurer qu'elle allait bien. Mais je ne l'ai même pas vue. Donc, je suis parti.

— Je vous ai pourtant vu entrer dans la maison et en sortir, insista Hitch.

— J'en connais le code d'accès. Je suis entré, je me suis dirigé vers sa chambre. La porte était fermée. J'ai frappé. J'ai cru entendre de l'eau couler dans sa salle de bains. J'ai eu peur qu'elle ne pense que j'étais un cambrioleur, alors j'ai renoncé et je suis parti.

— Lorsque vous aviez une liaison avec Rachel Collinwood, avez-vous remarqué sur son corps des plaies ou des hématomes, signes patents de violence conjugale ?

— Non. Mais elle redoutait que son mari ne découvre son infidélité.

— Je vous prie maintenant de retirer votre chevalière et de me la remettre, monsieur Townsend.

Il ferma le poing.

— Pourquoi ?

— Pièce à conviction.

Le regard de Paul passa du shérif à elle.

— Vous ne pouvez pas, sans mandat, n'est-ce pas ? lança-t-il au shérif.

— Si vous n'êtes pas disposé à me la remettre, je me verrai dans l'obligation de demander au shérif ici présent de vous arrêter pour complicité de meurtre. Dès lors, tous vos biens, y compris votre bague, seront saisis pour les besoins de l'enquête.

— Mais je viens de vous dire…

Paul Townsend avait l'air d'un animal piégé.

— Je veux un avocat.

Hitch s'adressa au shérif.

— Je vous prie de mettre M. Townsend en état d'arrestation, shérif. Lisez-lui ses droits.

Elle jeta un regard éloquent à Charley qui soupira. Sans doute avait-il saisi le message qu'elle cherchait à lui transmettre : « Ne m'obligez pas à appeler le gouverneur. »

— Je suis désolé, Paul, dit-il. Remets-moi ta chevalière.

Paul posa la main dessus.

— Tu n'as pas envie que je t'arrête ? Ne m'y oblige pas, insista le shérif.

Paul retira sa chevalière d'un coup sec et la lança sur le bureau du shérif. Charley allait s'en emparer, mais Hitch fut plus rapide que lui et utilisa la manche de sa veste pour la saisir avant de la mettre dans un sachet qu'elle scella.

— Je veux la récupérer au plus vite ! lâcha Paul en colère.

Le shérif poussa un profond soupir.

— Tu peux partir, Paul. Tu la récupéreras bientôt.

— Je vous prie de ne pas quitter la ville au cours des jours prochains, enchaîna Hitch.

Sans l'écouter, Paul s'éloigna en sortant son téléphone portable.

— Je me demande à qui il téléphone ? murmura Hitch. Rachel Collinwood ?

— Il appelle probablement pour qu'on vienne le chercher, coupa Charley en prenant ses clés. C'est moi qui l'ai conduit ici.

Il lui lança un regard de reproche avant de suivre Paul.

— Shérif, je vais avoir besoin de ses relevés téléphoniques, lança Hitch.

De retour dans sa chambre d'hôtel, elle sortit sa loupe, étudia le motif de la plaie sur la pommette de Rachel et le compara avec celui de la chevalière de Paul Townsend. Puis elle mima un coup en brandissant la bague. Son espoir résidait maintenant dans l'examen de laboratoire. Les rainures de la chevalière de Paul Townsend étaient profondes, un peu d'ADN avait pu y rester. Ou pas, si Paul Townsend s'était appliqué à soigneusement la brosser. Ou s'il disait la vérité.

— Je sais. Je comprends. Non, je…

Le shérif écarta le téléphone de son oreille.

— Écoutez, Lloyd, je suis d'accord avec vous. Malheureusement, cette affaire n'est pas de mon ressort mais de celui du gouverneur. Je ne peux rien faire.

Il entendit Lloyd fulminer et menacer de faire un procès.

— J'ignore pourquoi Hitch Roberts voulait la chevalière de votre fils. Oui, je sais, elle a beaucoup de valeur. Vous la récupérerez bientôt. Au moins, Paul est libre. Réjouissez-vous, il s'en est fallu de peu…

Puis il leva les yeux et vit Ford Cardwell sur le seuil de sa porte.

— Lloyd, il faut que je vous laisse. Encore désolé.

Il raccrocha.

— Qu'est-ce que vous voulez, Cardwell ? demanda-t-il brusquement.

Il se ravisa.

— Excusez-moi, j'ai passé une journée exécrable.

— Désolé de vous interrompre.

— Au contraire, ça me rend service. Que puis-je faire pour vous ?

— Je cherche Hitch.

— Elle est partie, lâcha le shérif, exaspéré. Je ne sais pas où. En train de créer de nouveaux problèmes, sans doute. Elle n'arrêtera pas tant qu'elle n'aura pas mis cette ville sens dessus dessous ! Allez à la morgue. Il est tard, mais qui sait ? Vous savez où c'est ?

Sans attendre sa réponse il lui indiqua l'itinéraire. Ford déjà partait, quand il le rappela.

— Vous restez encore longtemps dans la région ?

— Je ne sais pas.

— Mais vous assisterez au procès, du moins, si procès il y a ? Rachel va avoir besoin de votre témoignage. Sans vous…

En effet, se dit Ford, sans lui, la défense de Rachel ne serait pas aussi solide.

Il coupa court.

— Merci encore pour vos indications, shérif.

En sortant, il entendit le téléphone du shérif sonner, et celui-ci maugréer.

Au cours de ces dernières heures, Hitch avait découvert une nouvelle piste et coincé Paul Townsend. Maintenant, Bart Collinwood et Lloyd Townsend faisaient pression sur le gouverneur pour qu'elle conclue son enquête au plus vite.

Après avoir fait les cent pas dans sa chambre d'hôtel, elle décida d'aller faire un tour en voiture pour se changer les idées. En sortant de l'hôtel, elle remarqua une feuille de papier coincée sous l'essuie-glace de son pare-brise. Elle enfila la paire de gants en latex supplémentaire qu'elle avait toujours dans sa sacoche et s'en empara avec soin.

C'était un message qui lui était destiné, et dont la teneur

était à peu près identique à celui qui avait été glissé sous la porte de sa chambre d'hôtel.

Tu fais fausse route, garce. Quitte la ville ou tu le regretteras.

Elle plia le papier en secouant la tête avec fatalisme. De telles menaces, si impressionnantes soient-elles, aiguisaient sa curiosité, et surtout, lui confirmaient qu'elle se rapprochait de la vérité.

Ce message, comme le précédent, avait été écrit sur un ordinateur, imprimé sur une feuille blanche, format A4. Elle doutait qu'il y ait des empreintes digitales, mais elle le ferait vérifier.

Conduire l'aidait à réfléchir, pourtant elle décida de se rendre à la morgue à pied. Le complice de Rachel devait être l'auteur de cette note, récapitula-t-elle en chemin. Était-ce Paul Townsend ? Ou une personne outrée par le traitement injuste qu'elle faisait subir à Rachel ? Shyla, son amie d'université, par exemple ?

Quel était le rôle de Paul Townsend dans cette affaire ? Il était jeune, beau et assez naïf pour s'être laissé séduire par Rachel Collinwood et son prétendu besoin de se protéger de son mari violent. Paul avait pu ainsi être convaincu qu'il serait un héros, *son* héros ?

Perdue dans ses pensées, elle entendit, trop tard, le véhicule qui arrivait derrière elle. Elle n'eut que le temps de regarder par-dessus son épaule pour confirmer ce qu'elle avait déjà compris.

Le conducteur fonçait sur elle.

19

Hitch n'était pas à la morgue. Ni dans sa chambre quand Ford appela son hôtel. Il revenait dans le centre-ville quand il vit soudain un pick-up disparaître à toute vitesse. La femme que ce véhicule avait failli accrocher sur le bas-côté vacilla. Ford freina brutalement et reconnut Hitch.

Aveuglée par les phares du véhicule qui avait failli la renverser, Hitch fit volte-face et courut pour échapper à l'homme qui se précipitait vers elle.

— Hitch, ne crains rien, c'est moi !

Ford. De soulagement, elle se retourna et se laissa tomber dans ses bras. Le pare-chocs du pick-up inconnu l'avait frôlée et elle avait évité la collision fatale en se jetant dans un taillis. Elle ne pensait pas être blessée, mais elle se sentait très éprouvée. À l'évidence, le conducteur de ce pick-up n'avait pas seulement voulu l'intimider.

— Que s'est-il passé ? lui demanda Ford. Le véhicule qui vient de passer vous a heurtée ?

— Ça va…, murmura Hitch.

Mais sa voix tremblait.

— J'ai besoin de m'asseoir…

Elle défaillit. D'autorité, Ford la souleva dans ses bras et la transporta dans son véhicule. Il la sentait trembler de tout son corps. Il ouvrit la portière et la déposa avec précaution sur le siège passager.

— Je vous conduis immédiatement à l'hôpital.

— Non… Je ne crois pas être blessée. Je suis seulement sous le choc.

— Votre joue saigne. L'adrénaline peut vous rendre insensible à la douleur.

Hitch ferma les yeux et se renversa en arrière jusqu'à ce que le vertige cesse, puis elle essaya de se ressaisir. Quand elle rouvrit les yeux, elle constata que Ford avait sorti une trousse de premiers secours. Elle fut attendrie par sa sollicitude.

— Attention, ça va piquer, la prévint-il en essuyant le sang avec une compresse imbibée de désinfectant.

Elle grimaça, plus à cause du froid que de la douleur.

— Désolé…

Les gestes de Ford étaient lents et précautionneux, sa voix était étonnamment douce, caressante. Hitch sentit des larmes lui monter aux yeux. Elle n'avait pas l'habitude qu'on soit aux petits soins avec elle. Elle se savait indépendante, forte et déterminée : ainsi l'avaient qualifiée la plupart des hommes qu'elle avait fréquentés.

Jamais elle ne s'était sentie si bien entourée, aimée, se dit-elle en regardant Ford sortir une nouvelle compresse stérile. Dire que cet homme qu'elle connaissait à peine était en train de la soigner… Elle croisa son regard, sérieux et cependant intense.

— Merci Ford…, murmura-t-elle d'une voix étouffée par une émotion inexplicable.

Ford lui sourit sans détacher ses yeux des siens. Elle ressentit une secousse, un ébranlement mystérieux au plus profond de son être, un endroit dont, à vrai dire, elle découvrait seulement l'existence. Et de là irradiaient une douceur, une chaleur et un bien-être inédits.

Au même instant, Ford posa la main sur sa joue, lui leva le menton et se pencha pour l'embrasser. Presque timidement. Hitch, chavirée, prise au dépourvu par ce qui se passait en elle, resta immobile.

Les lèvres de Ford d'abord effleurèrent les siennes, puis il les força, sans hâte ni impétuosité. Hitch, interdite, toujours sous le charme, entrouvrit les siennes docilement. Ford s'enhardit. Alors elle sortit de son immobilité, saisit le col de sa chemise pour l'attirer à elle, et se perdre dans ce baiser.

Un gémissement, dont elle n'eut conscience que lorsqu'il détacha sa bouche de la sienne et recula, s'éleva de ses lèvres. Stupéfaite, elle rouvrit les yeux. Il la dévisageait avec intensité, presque inquiet, la main toujours sur sa nuque.

— Désolé, Hitch. Tu es blessée, en état de choc, et moi je…

Il se tut. Il semblait surpris et ébranlé. Comme elle.

Hitch ne dit rien. Elle n'avait pas lâché le col de chemise de Ford et, de nouveau, elle l'attira pour l'embrasser. Ils échangèrent un baiser plus ardent que le premier.

Le souffle court, elle recula en le dévisageant. Elle lui sourit, certaine que son propre visage, son regard montraient le même enfièvrement que ceux de Ford.

— J'en avais envie depuis longtemps, confia Ford d'une voix rauque. Le timing, cependant…

— … est parfait.

Elle continuait de lui sourire. Il sourit aussi, timidement, en retour.

— Tu ne me trouves pas trop effrayante ? s'enquit-elle.

— J'ai d'autres qualificatifs plus flatteurs en tête.

Il se redressa, lui caressa la joue puis se redressa à regret. Il referma la portière côté passager. Hitch le suivit des yeux tandis qu'il contournait le capot et se glissait derrière le volant.

— Y a-t-il une possibilité pour que le conducteur ne t'ait pas vue ? poursuivit-il quand il eut pris la route.

— Non. Il a foncé délibérément sur moi. Et son but n'était pas de m'intimider, dit-elle en rejetant sa tête sur l'appuie-tête.

Elle se tut et fixa l'obscurité. Elle ne pensait plus qu'à Ford et à leur baiser dans ce silence troublant et délicieux qui se posait délicatement sur eux.

— Ça va ? lui demanda Ford à mi-voix.

Il tourna les yeux vers elle. Hitch hocha la tête.

— Tu as faim ?

— Aussi bizarre que cela paraisse, je suis affamée.

Son estomac gargouilla, lui rappelant qu'elle n'avait rien mangé de la journée.

— J'imagine que tu n'as pas eu le temps de relever la plaque d'immatriculation du pick-up ? s'enquit-il en roulant vers le plus grand fast-food local.

— C'est arrivé trop vite. Et puis il faisait trop sombre pour que je réussisse à en distinguer le modèle. Tout ce que j'ai vu, quand je me suis retournée, c'est l'impressionnante protection métallique sur la calandre. Un accessoire très caractéristique.

— Dans la région, la plupart des pick-up en ont, c'est à cause des cerfs qui traversent les routes, la nuit, expliqua Ford. Le pick-up qui a cherché à m'emboutir en avait aussi, ajouta-t-il. Le même individu nous a donc pris pour cible ?

— On parie que c'est le complice de Rachel Collinwood ?

Après s'être restaurés de cheeseburgers, frites et milk-shakes au chocolat, Ford reconduisit Hitch à leur hôtel. Il avait suffi de quelques jours pour qu'il se départe de sa méfiance envers elle et admire son courage et sa persévérance.

Il ne ressentait pas seulement de l'admiration envers cette jeune femme intrépide et dynamique, mais également du désir, un vif élan de sensualité. Et pourtant, après le traumatisme qui avait suivi le crash de son avion, il avait pensé ne plus jamais pouvoir éprouver ce brasier au creux des reins. Grâce à Hitch, il se sentait redevenir un homme.

Par quel miracle ?

Pendant leur repas, ils avaient parlé de choses et d'autres, et évité toute allusion à l'enquête. C'était en définitive son repas le plus agréable depuis longtemps.

Ford la raccompagna à la porte de sa chambre d'hôtel. Arrivé là, il hésita, elle aussi.

— Bonne nuit, dit-il.

Puis il recula et ajouta.

— Ma chambre est au bout du couloir si tu as besoin de moi, insinua-t-il.

Elle sourit.

— Je m'en souviendrai.

Ford s'éloigna à regret et entra dans sa propre chambre. Il entendit son téléphone portable sonner. *Hitch ?* se demanda-t-il. Non, c'était son père. Il eut de la peine à surmonter sa déception.

— Papa, j'allais t'appeler. Pour t'annoncer mon prochain retour.

— J'en suis ravi. Tu as l'air en forme, je me trompe ? s'enquit son père avec sa pudeur habituelle.

— Ce séjour à Big Timber m'a fait du bien.

— Et Rachel ?

— Tu veux savoir si j'ai tourné la page ? Oui.

Il pensa à Hitch et sourit à part lui.

— Ça me fait plaisir, déclara son père. Alors à très vite.

Quand Ford eut raccroché, il regarda par la fenêtre et vit avec étonnement Hitch monter dans sa jeep. Pour aller où ? Au Ranch Collinwood, pour essayer de mettre la main sur l'homme qu'elle soupçonnait d'être le complice de Rachel et qui avait failli la tuer quelques heures plus tôt ?

Il prit sa veste et sortit de la chambre. Pas question qu'elle reste seule.

Hitch démarrait quand on frappa à sa vitre de portière. Elle sursauta et sourit en voyant Ford.

— Insomnie ? lui demanda-t-elle.

— Envie d'aller faire un tour. Comme toi, visiblement.

— Alors, monte.

Il obtempéra.

— Comment te sens-tu ? Mieux ?

— Oui, beaucoup mieux.

Cet irrésistible silence complice tomba sur eux et persista jusqu'à leur arrivée à proximité du flanc de montagne qui offrait une vue imprenable sur le Ranch Collinwood.

Hitch coupa le moteur.

— Il ne reviendra pas ici ce soir, lâcha Ford à mi-voix. Ce serait trop imprudent.

— On parie ? demanda Hitch.

— 20 dollars.

Elle le vit sourire dans la nuit faiblement éclairée par les étoiles.

— Pari tenu.

Il sortit ses jumelles. Le silence retomba. Hitch entendit un hibou hululer, un faucon lui répondre.

Elle ouvrit sa vitre pour savourer l'air frais de cette nuit d'été.

Tout à l'heure, à l'hôtel, elle avait résisté au désir d'inviter Ford dans sa chambre. Si elle avait cédé à son impulsion, ils ne seraient pas aux aguets dans cette forêt, mais dans les bras l'un de l'autre, en train de faire l'amour. Elle avait hésité et finalement renoncé, parce qu'elle n'était pas prête à s'engager, d'autant qu'elle devait rester concentrée sur son enquête. Pourtant, Ford était maintenant tout proche, et ils étaient baignés par ce silence unique, parfois électrique. C'était délicieux. Irrésistible. Érotique.

— Cela ne t'inquiète pas de savoir que, quelques jours plus tôt, j'allais me jeter dans le vide ?

— Non. Tu ne serais pas allé jusqu'au bout, murmura-t-elle, sans le regarder.

— Comment peux-tu en être aussi sûre ?

Elle tourna les yeux vers lui.

— Parce que tu ne le voulais pas.

— J'aimerais en être convaincu.

— Tu aimes trop la vie, Ford.

Il lui sourit.

— Comment le sais-tu ?

Elle soutint son regard.

— Je le vois dans tes yeux. Je l'ai senti dans tes baisers.

Puis elle reporta son attention sur la maison.

— Tout en toi respire la vie. Quoi que tu en dises. Malgré ce désespoir dû au traumatisme : ça n'est qu'une fine pellicule grisâtre qui recouvre un amour ardent de la vie, et ton aptitude au bonheur.

Ford, subjugué, était incapable de détacher les yeux de

son profil que la nuit rendait pourtant indistinct. Hitch l'avait ensorcelé, et avait ranimé en lui tendresse et désir.

Certes, il n'était pas complètement guéri, mais grâce à Hitch, il était prêt à aller de l'avant.

Dans un sursaut de pudeur, il toussota et changea de sujet.

— Mis à part le fait que tu as sûrement perdu 20 dollars, que se passera-t-il s'il ne vient pas ce soir ?

— Je n'ai pas encore perdu. À mon avis, cet individu est incapable de rester loin de Rachel. Son attitude brouillonne et bouillonnante le prouve. Et quant à communiquer par téléphone, c'est difficile : ils savent tous les deux qu'un appel téléphonique apparaîtra sur les relevés de son nouvel appareil.

Le silence retomba.

— Tu crois qu'il y aura un procès ?

Hitch observa le ranch longtemps avant de baisser ses jumelles.

— Rachel prendra la fuite avant, répondit-elle simplement.

— Malgré la caution ?

— À mon avis, elle a déjà prévu de perdre sa caution et le ranch. Elle a d'autres fonds ailleurs. C'est une femme très intelligente, elle a tout planifié depuis des années, sans doute. Elle n'a pas agi sur un coup de tête. Qui sait depuis combien de temps elle détourne de l'argent et prépare ses arrières ? Ce qui m'inquiète maintenant, c'est le sort qu'elle réserve à son complice.

— Tu penses qu'elle va le supprimer ?

— Elle n'a pas le choix. Il ne respecte pas le scénario imposé, il dérape, il la met en danger. Le risque est trop grand. Rachel a tué son mari, alors un ou deux meurtres de plus…, déclara Hitch tandis que la porte du garage s'ouvrait sur la BMW de Rachel.

— Un ou deux de plus ?

— Tu es en danger, Ford, au même titre que son complice. C'est pourquoi plus vite tu quitteras Big Timber, mieux ce sera.

Elle démarra pour suivre Rachel.

— À propos, tu me dois 20 dollars, conclut Hitch.

20

Hitch s'attendait à ce que Rachel se rende à Big Timber, mais contre toute attente, arrivée au bout de la voie privée, elle tourna à gauche pour prendre la direction de Harlowton.

— Mais où va-t-elle ? demanda Ford, surpris lui aussi.

— Aucune idée, mais elle est pressée, dit Hitch, qui tourna à son tour. À mon avis, elle nous a repérés et cherche à nous semer.

Elle alluma ses phares et accéléra. C'était bien la voiture de Rachel, mais était-ce elle qui était au volant ?

La BMW roulait vite. Hitch ne voulait pas la perdre de vue, mais elle devait rester prudente, car le brouillard descendait.

Arrivée en haut d'une colline, la voiture freina et s'arrêta sur le bas-côté. Hitch la dépassa en jetant un coup d'œil vers le conducteur. Elle reconnut Rachel qui lui adressa un sourire moqueur. Hitch poursuivit sa route plus lentement, en consultant son rétroviseur. Elle vit alors la voiture faire demi-tour, sans doute pour retourner au ranch.

Elle l'imita. Rachel roulait cette fois à vitesse modérée. Hitch la suivit jusqu'à ce qu'elle bifurque pour prendre la voie privée qui menait au ranch.

— Tu crois que c'est un piège ? s'enquit Ford.

— Indiscutablement. Pendant qu'on la suivait, l'individu qui lui rendait visite s'est sans doute enfui, déclara Hitch.

Le subterfuge auquel Rachel venait d'avoir recours renforçait sa conviction selon laquelle elle était coupable d'un meurtre de sang-froid. Mais comment le prouver ?

Il était tard lorsqu'ils arrivèrent à l'hôtel.

— Je prendrais bien un dernier verre, lança Ford à la cantonade. Le bar ferme dans moins d'une heure, on a le temps.

Elle sourit.

— Je pensais que tu ne buvais pas ?

— Seulement lors des grandes occasions.

— Et c'en est une ?

— Je crois, oui.

Elle croisa son regard, étincelant. Elle y lut le désir, et quelque chose sur quoi elle n'osait mettre les mots. Un sentiment authentique qu'elle éprouvait elle aussi et qu'elle n'avait jamais connu. C'était intense, ce serait délicieux d'y céder, c'était terriblement douloureux de devoir le refréner.

Le bar de l'hôtel était désert, à l'exception de quelques habitués qui regardaient la télé. Hitch commanda un screwdriver, cocktail vodka-orange. Ford leva un sourcil et l'imita. Son verre en main, Hitch s'approcha du juke-box et sélectionna ses chansons préférées avant de revenir se jucher sur un tabouret du bar.

Le barman baissa le volume de la télévision alors que la première chanson s'élevait.

— Pourquoi as-tu choisi un métier aussi dangereux ? lui demanda Ford.

— Pourquoi pas ? Tu as été dans l'armée, dans des régions du monde dangereuses, tu peux le comprendre.

— Justement, c'était la guerre. Et ceci…

— C'est ma propre guerre, dit-elle en passant un doigt sur le bord de son verre.

Elle soupira.

— Désolée de t'avoir soupçonné…

— J'en déduis que je suis complètement blanchi ?

— Tu l'aimes toujours ? demanda-t-elle soudain, malgré elle.

Elle détestait être suspendue à sa réponse, sachant qu'il serait sincère.

Il but une gorgée de son cocktail.

— Non. Je crois que je n'ai jamais été amoureux de Rachel. J'ai été amoureux de l'idée que je me faisais d'elle.

Il la regarda au fond des yeux.

— Mais je ne suis même plus amoureux de cette idée-là.

Et sur ces mots, il se leva et lui tendit la main.

— On danse ?

Elle prit sa main, tiède et forte. Il serra la sienne et la conduisit sur la petite piste de danse où il l'étreignit.

Ils dansèrent sur une chanson au rythme lascif. Hitch sentit la pression retomber et se sentit par la même occasion envahie par une immense fatigue. Elle fut tentée de poser sa tête sur l'épaule de Ford.

Mais elle recula pour le regarder en face.

— Tu dois quitter la ville pour ta sécurité, Ford. Rachel nous a vus ensemble, ce soir. Elle sait que nous faisons équipe. Promets-moi que tu partiras demain matin.

— Si tel est ton désir.

Désir…

Il l'attira de nouveau à lui et elle posa sa tête sur son épaule, savourant le plaisir d'être enveloppée dans ses bras protecteurs. Qu'est-ce qui, chez cet homme, avait fait naître en elle des sentiments aussi puissants ?

La chanson prit fin. Hitch se redressa avec un soupir de regret, et croisa son regard. Alors, son cœur battit plus vite, son corps s'embrasa. Depuis combien de temps n'avait-elle pas été dans les bras d'un homme ? Depuis combien de temps n'avait-elle pas éprouvé un tel désir ? Mais avait-elle un jour ressenti ce plaisir dont parlent si bien les grands romans d'amour ?

— Ford ? Je…

Une voix masculine s'éleva dans leur dos.

— On m'a dit que vous étiez ici.

Hitch se retourna. Le shérif, les pouces passés dans les poches de son jean, le torse bombé, les observait.

— Le gouverneur et la DCI essayent de vous joindre, Hitch. Depuis des heures ! C'est urgent.

21

Hitch sortit son téléphone et constata que le laboratoire de la DCI et le gouverneur du Montana lui avaient laissé plusieurs messages l'exhortant à les rappeler sans délai.

— Désolée, Ford, la soirée est terminée…

Elle lui sourit.

— Mais merci pour la danse.

— On recommencera un de ces jours, dit-il en inclinant la tête. Ce n'est que le début, Hitch…

Le regard qu'il lui lança la fit rougir.

— J'espère bien…

Elle monta dans sa chambre à la hâte et après avoir fermé la porte, écouta le premier message, qui émanait du gouverneur. Bart Collinwood et Lloyd Townsend s'impatientaient. Si elle ne trouvait pas des preuves bientôt, elle serait dessaisie.

Elle prit ensuite connaissance du message de l'enquêteur de la DCI, le souffle retenu dans l'espoir qu'il lui livrait l'élément clé dont elle avait tant besoin pour clore ce dossier.

— J'ai des nouvelles, Hitch, mais pas celles que tu espérais entendre. Sur la chevalière de Paul Townsend, nous n'avons trouvé aucune trace suspecte. Aucune trace de l'ADN de Rachel Collinwood. De plus, il n'y a aucune correspondance entre le motif de la bague et l'ecchymose sur la pommette de Rachel Collinwood. Désolé.

Dépitée, frustrée, Hitch jeta son téléphone sur la table de chevet. Elle avait été si sûre d'elle…

Son instinct lui soufflait qu'elle était sur la bonne voie. Tout bien réfléchi cependant, Paul Townsend était trop jeune et pas assez malin pour être le complice de Rachel. Peut-être était-ce d'ailleurs pour cette raison que sa liaison avec le jeune homme n'avait pas duré ? Rachel avait compris qu'elle ne pouvait pas compter sur lui, qu'il n'avait pas le bon profil. Dans ce cas, vers qui s'est-elle tournée ?

Rachel avait mis en scène et prémédité le meurtre de son mari. Comme le prouvait le silence de Humphrey pendant le prétendu appel involontaire. Le motif de l'ecchymose sur sa pommette, qui ne correspondait pas à celui de la chevalière de Humphrey. L'absence de traces de lutte, par exemple de griffures sur le corps de ce dernier et d'éventuelles contusions sur ses mains. Et la douille retrouvée sur la terrasse devant la cuisine.

— Et si je me trompais ? se demanda-t-elle tout à coup. Si j'avais été aveuglée par mon intime conviction ?

Elle se ressaisit aussitôt.

— Non ! J'ai raison !

C'était la phase que Hitch détestait le plus : être aussi proche de la vérité, mais sans la dernière pièce à conviction qui la révélerait. Ça n'était pas la première fois qu'elle vivait pareille situation. En général, elle retombait vite sur ses pieds et trouvait la clé. Habituellement, c'était grâce à un détail qu'elle avait négligé, à une erreur fatale que le criminel avait faite, ou à la découverte et l'identification d'un complice.

Elle se coucha, certaine qu'elle n'arriverait jamais à

dormir avec cette énigme, et surtout avec ses sentiments grandissants pour Ford Cardwell.

Pourtant elle sombra dans un profond sommeil. Quelques heures plus tard, elle fut réveillée en sursaut par la sonnerie de son téléphone.

Elle décrocha après avoir consulté son écran.

— Bonjour, gouverneur.

— Où en est l'enquête ?

— Rien de précis encore, mais…

— Le shérif semble penser que vous êtes en croisade contre Mme Collinwood.

Hitch soupira.

— Je recherche la vérité, comme toujours.

— Je le crois. Je connais votre réputation d'intégrité. Mais cette affaire est…

— Compliquée.

— Et je ne peux vous donner davantage de temps. Sans compter que vous paraissez avoir dérangé un nid de frelons, si je puis m'exprimer ainsi. J'ai une autre enquête à vous confier.

— Donnez-moi quarante-huit heures, gouverneur. Si je n'ai pas bouclé le dossier d'ici là, je m'en remettrai au shérif.

Hitch savait ce que cela signifiait. Dans ce cas, Rachel Collinwood serait acquittée, ou au pire, condamnée à une peine légère.

— Quarante-huit heures, pas une minute de plus.

Et le gouverneur raccrocha.

Ford attendait Hitch devant l'hôtel.

— Ça va ? lui demanda-t-il en lui serrant le bras avec sollicitude.

Elle hocha seulement la tête.

— Non. J'espérais que le motif de la chevalière de Paul Townsend correspondrait au dessin de l'ecchymose sur la pommette de Rachel. Or, je me suis trompée. Retour à la case départ. À qui appartient la chevalière qui a imprimé ce motif sur sa pommette ?

— J'ai une idée. Je peux faire parler Rachel en l'enregistrant avec mon téléphone.

Hitch hocha la tête.

— J'ai un délai à tenir. Je dois conclure cette enquête dans les prochaines quarante-huit heures, sinon elle me sera retirée. On s'impatiente en haut lieu.

Elle sourit et poursuivit.

— Et franchement, tu es devenu une distraction pour moi, ce que je ne peux me permettre.

— Moi une « distraction » ? C'est tout ce que je suis pour toi ? plaisanta-t-il.

Elle sourit.

— Une distraction suffisante pour me faire perdre de vue mon enquête. De plus, je pense que désormais Rachel va se méfier de toi. N'oublie pas qu'elle nous a vus ensemble. Plus que jamais, pour ta sécurité, tu dois partir…

— Impossible.

Il soutint son regard.

— Je suis venu ici pour Rachel, je reste pour toi, Hitch.

Il caressa sa joue, attira son visage vers le sien.

— Sauf si tu me dis qu'il n'y a rien entre nous. Dans ce cas, je quitterai Big Timber, murmura-t-il.

Hitch ne dit mot. Ford sourit et la serra dans ses bras. Il sentit son cœur battre à tout rompre contre le sien.

— Mon idée, c'est *notre* dernière chance de confondre Rachel, conclut-il.

22

Ford savait que son plan était risqué. Cette pensée lui arracha un sourire. Et dire que moins d'une semaine plus tôt, il fonçait vers une falaise pour mettre fin à ses jours.

Sa vie avait changé depuis, et elle lui était plus précieuse que jamais. Il voulait ouvrir un nouveau chapitre de son existence, un chapitre qu'il intitulerait « Hitch Roberts ». Mais avant qu'il en fasse l'ouverture officielle, Hitch devait boucler son enquête. Il l'y aiderait.

Ainsi méditait-il tandis qu'il se rendait au Ranch Collinwood.

Même si Rachel ne lui faisait plus autant confiance, elle le considérait toujours comme un homme naïf et faible, facile à séduire. Un admirateur à sa disposition. Elle avait disposé de sa personne, le jour où elle avait tiré sur Humphrey. Il devait regagner sa confiance qui s'était effritée la nuit dernière lorsqu'elle l'avait vu avec Hitch, et jouer l'amoureux transi.

Rachel avait occupé son esprit pendant si longtemps qu'elle avait été l'idéal féminin auquel il comparait toutes les autres femmes. Mais il n'en avait jamais rencontré aucune comme Hitch. Cette pensée le rendit euphorique.

En s'arrêtant devant le ranch, Ford se concentra, et se prépara à entrer dans son rôle.

Peu après, il frappa. Rachel ouvrit et lui sourit. Ses cheveux étaient relevés, un collier en or scintillait et mettait en valeur son cou de cygne. Elle portait une combinaison moulante bleu turquoise qui épousait ses courbes et révélait le bleu de ses yeux. Une fragrance délicate ajoutait une note de mystère et de sensualité à sa personne. Elle était absolument sublime, et elle le savait.

— Ford, je suis si heureuse que tu aies appelé.

Elle le fit entrer.

— Je déteste la façon dont s'est terminée notre dernière entrevue.

Dans le salon, une musique douce s'élevait. Les lumières étaient tamisées.

— Mets-toi à ton aise. Je vais nous servir à boire.

Surpris par cet accueil chaleureux, il la suivit des yeux quand elle alla dans la cuisine. Lorsqu'il lui avait téléphoné, il lui avait également confié qu'il avait détesté la façon dont ils s'étaient quittés. Rachel avait au départ semblé réticente, puis elle avait accepté de le revoir une dernière fois avant son départ.

Pour lui tendre un piège ?

À cette pensée, il se sentit envahi par une sourde inquiétude. Avait-il commis une erreur ? Venait-il de se jeter délibérément dans la gueule du loup ? Il regarda autour de lui, repéra le nouveau téléphone portable de Rachel sur la table basse à côté du canapé. Sans doute l'avait-elle en main au moment où il avait frappé et l'avait-elle posé pour aller ouvrir.

Il le prit et constata qu'il ne s'était pas encore verrouillé automatiquement. Après avoir jeté un coup d'œil à ses e-mails, il ouvrit le dossier des photos et regarda les plus récentes. L'une d'elles attira son attention.

Elle représentait Rachel. Sur un lit, ne portant pour

tout vêtement qu'une veste de pompier. Il zooma sur le logo. Comté de Sweet Grass. Rachel riait au photographe, qui ne pouvait être Humphrey puisque la photo avait été prise récemment, avec son nouveau téléphone.

Il ouvrait la liste des contacts quand Rachel l'appela de la cuisine.

— Je te sers une bière ?

— Oui, volontiers ! dit-il en cherchant où poser le téléphone.

Faute de mieux, il le fourra entre deux magazines sur la table basse. Il était temps, elle revenait.

Elle posa une bouteille de bière et un verre de vin sur la table basse. Elle s'assit, porta son verre à ses lèvres avec un sourire qui manquait de naturel. À l'évidence, ça n'était pas son premier verre de la soirée.

— Je suis désolée que nous ayons dû reprendre contact d'une manière aussi dramatique après toutes ces années, commença-t-elle. Ma vie et celle de Humphrey sont maintenant étalées sur la place publique. J'en suis gênée.

— Tu ne devrais pas... Qui aurait cru qu'une telle tragédie surviendrait ?

— Personne, Ford. Et quel choc pour toi, dit-elle en se penchant vers lui.

Son parfum délicat et sensuel l'enveloppa, et il lutta contre une vague de nausée. Il prit sa bouteille de bière, bien fraîche, recouverte de gouttelettes d'eau. Son contact lui arracha un frisson, puis il en versa le contenu dans un verre.

— Personne ne savait quel enfer je vivais. Shyla m'a dit que j'aurais dû appeler la police. Agir avant que la situation devienne insoutenable. Incontrôlable.

Elle hocha la tête et but une longue gorgée de vin.

— Mais j'avais trop honte.

Elle marqua une petite pause.

— Je n'ose imaginer ce que tu as pensé de moi…

— Rachel ! Comment peux-tu dire une chose pareille ?

Des larmes brillèrent dans ses magnifiques yeux bleus. Elle s'humecta les lèvres, lui sourit tristement.

— Tu étais le meilleur ami de Humphrey, Ford. J'ai toujours su que toi et moi… Comment dire, on avait une connexion. Notre baiser, le jour de mon mariage, en était le signe indiscutable… C'est toi que j'aurais dû épouser.

À une certaine époque, ces mots l'auraient soulevé de joie. Plus maintenant. Lors de leur dernière entrevue, Rachel avait essayé de se débarrasser de lui, sans doute car son amant était caché dans la maison, mais ce soir elle jouait la carte de la séduction ? *Pourquoi ?*

— Ford, il faut que je te demande…

Elle posa son verre et l'enveloppa d'un regard intense.

— Une rumeur circule. Je suis sûre qu'elle est fausse, n'empêche. On t'aurait vu danser joue contre joue avec cette Hitch. De plus, l'autre soir, je suis allée faire un tour et…

Elle marqua une pause.

— J'ai cru te voir avec elle, dans sa voiture.

— J'étais avec elle, dit-il en prenant son verre de bière sans la regarder.

Il resta silencieux, conscient qu'il devait être convaincant et habile.

— C'est précisément pour cette raison que je voulais te voir avant de partir à Big Sky, reprit-il sur le ton de la confidence.

Il posa son verre.

— Écoute, Rachel, je me suis rapproché de cette enquêtrice pour mieux lui soutirer des informations. Hitch ne croit pas à ta version des faits.

Il perçut sa nervosité, qu'elle s'efforçait de maîtriser.

— Pourtant, c'est la vérité, répliqua-t-elle machinalement mais sans paraître surprise.

Puis elle fronça les sourcils comme si elle se souvenait de quelque chose. Elle regarda autour d'elle. Ford comprit qu'elle cherchait son téléphone.

— Hitch affirme qu'elle a des preuves solides, reprit-il. C'est pourquoi je voulais te voir ; il fallait que je t'en informe. Je suis prêt à tout pour toi. Tu sais que j'ai toujours été amoureux de toi, Rachel.

Il baissa les yeux comme s'il était intimidé.

— Et j'ai toujours pensé que nous deux…

Elle posa sa main sur son bras.

— Tu étais l'un des rares à connaître mon passé, à savoir que j'étais pauvre, et que j'avais peur de rester démunie…

Elle se tut. Il la dévisagea. Sa beauté était stupéfiante. Ses lèvres tremblaient, ses yeux brillaient de larmes. Elle l'avait toujours fasciné, mais il n'était jamais allé au-delà des apparences, sinon il aurait aussi découvert qu'elle était une menteuse et une actrice hors pair, pensa-t-il en l'étreignant.

Hitch faisait les cent pas en relisant le relevé des appels de Rachel et de Humphrey au cours des jours précédant le drame. Elle venait de l'obtenir par le biais de la DCI.

Sans surprise, Rachel avait essentiellement contacté Humphrey, et Shyla Birch. Mais Hitch avait du mal à se concentrer sur sa tâche depuis qu'elle avait écouté le message que Ford lui avait laissé. En dépit de ses mises en garde, il se rendait au Ranch Collinwood pour faire parler Rachel et l'enregistrer à son insu. Avait-il la moindre idée du risque qu'il courait ? Elle l'avait rappelé mais elle était tombée sur sa messagerie vocale.

Pour s'occuper l'esprit jusqu'à son retour et tromper son inquiétude, elle décida d'aller interroger Shyla Birch, la meilleure amie de Rachel.

Shyla Birch avait épousé un des adjoints du shérif et vivait dans une petite maison aux confins de Big Timber. Hitch l'avait contactée pour lui annoncer sa visite et s'assurer qu'elle serait à son domicile. Elle s'était au préalable renseignée et savait que son mari était d'astreinte ce soir. Seule, Shyla parlerait plus facilement.

Shyla Birch lui ouvrit. Elle était vêtue d'un T-shirt trop grand et d'un short effrangé. Son abondante chevelure bouclée formait une espèce de nimbe autour de sa tête et mettait en valeur ses immenses yeux bruns. Elle était pieds nus et tenait un bol de pop-corn d'où s'élevait une savoureuse odeur de beurre et de sucre.

— Shyla Birch ? Je suis la médecin légiste en chef, Hitch…

— Je sais qui vous êtes, coupa Shyla.

— C'est Ford qui m'a suggéré de venir vous parler.

Shyla hésita, puis acquiesça.

— Entrez.

Une odeur prégnante de cigarettes et de pop-corn flottait dans la maison. Shyla lui fit signe de s'asseoir et prit la télécommande pour mettre la télévision en sourdine avant de prendre place, les jambes repliées sous elle et le bol de pop-corn en équilibre précaire sur ses cuisses.

— Ford vous a dit que je suis une amie de Rachel ?

— Sa meilleure amie.

Shyla sourit.

— C'est pour cette raison que je voulais vous parler, ajouta Hitch.

— Je me demandais quand vous alliez vous décider à venir.

Sur ces mots, Shyla prit une poignée de pop-corn.

— Vous savez probablement quelles questions je vais vous poser ? insinua Hitch.

— Par exemple, si je savais que Humphrey était violent avec elle ? Si j'ai vu des bleus ? Des marques ? Si Rachel m'en a parlé ?

Hitch acquiesça et attendit.

Shyla fit une petite grimace, posa le bol de pop-corn sur le canapé et prit son paquet de cigarettes sur la table basse. Elle en alluma une et tira une longue bouffée avant de pencher la tête en arrière et de laisser échapper un filet de fumée.

— Rachel ne m'a jamais rien dit, mais j'ai constaté qu'elle avait des bleus à une ou deux reprises. Elle avait toujours une explication. Quand j'y repense, Humphrey était souvent présent lorsqu'elle en parlait, donc elle le couvrait. Il ne disait rien.

— Avez-vous été surprise d'apprendre que Rachel avait tué Humphrey ?

Shyla baissa les yeux sur sa cigarette.

— J'ai été sous le choc. Je me disais qu'ils étaient heureux, enfin, à leur manière, vous voyez ? Ford vous a-t-il dit que j'avais rencontré mon mari grâce à Rachel ?

— Non. Comment cela s'est-il passé ? s'enquit Hitch en s'efforçant d'être aussi naturelle que possible alors qu'elle trépignait d'impatience.

— C'est arrivé le jour où Rick s'est rendu au ranch après un appel de Rachel signalant une effraction. Elle était rentrée à la maison et avait trouvé la porte d'entrée ouverte. À ce moment-là, Humphrey était à New York pour ses affaires, donc elle m'a également demandé de venir pendant qu'elle attendait la police, dans sa voiture.

Shyla rit.

— La suite appartient à l'histoire, comme on dit. Si on m'avait prédit que je tomberais amoureuse d'un représentant des forces de l'ordre.

— En fin de compte, la maison avait-elle été cambriolée ?

— La porte n'avait pas dû être verrouillée correctement. Et comme Rick avait fini son service, il est resté avec nous. Rachel nous a servi un verre, Humphrey est rentré peu après, et ça s'est transformé en une sorte de fête. À la fin de la soirée, j'étais folle amoureuse de Rick.

Shyla termina sa cigarette et l'écrasa.

— Vous soupçonnez Rachel d'avoir tout planifié.

Ça n'était pas une question, et Hitch se demanda si Shyla ne se l'était pas aussi posée.

— C'est une possibilité, dit-elle avec prudence.

Elle marqua une pause.

— Et vous, qu'en pensez-vous ?

Shyla reprit le bol de pop-corn.

— Rachel est incroyable, biaisa-t-elle après quelques secondes. Mes parents n'étaient pas riches, mais ils travaillaient et ils ont pu financer mes études. Rachel venait d'un milieu plus que modeste. Elle a eu des prêts universitaires et obtenu des bourses d'études. Je ne lui reproche pas d'avoir été exigeante, d'aimer l'argent, vous comprenez ?

Elle s'interrompit.

— Mais je me suis toujours demandé si elle aimait vraiment Humphrey. Oh ! elle voulait l'épouser, certes, mais en était-elle amoureuse ? L'amour, le vrai, ça se voit, non ?

Hitch se revit dans les bras de Ford. Ç'avait été à la

fois mystérieux, inexplicable, incroyable et terrifiant. *Comme le véritable amour ?*

— Ça ne signifie pas pour autant que Rachel a tout planifié, conclut Shyla, visiblement mal à l'aise.

— En effet. Vous êtes au courant du contrat prénuptial qu'elle a signé ?

— Oui. C'est à cause du père de Humphrey. Bart a toujours détesté Rachel. Il la soupçonnait d'épouser Humphrey pour sa fortune.

— Malgré le contrat prénuptial, Rachel aurait obtenu un pactole en divorçant.

Shyla laissa échapper un rire.

— Ça n'aurait jamais été assez.

Elle se tut.

— Je n'aurais pas dû dire ça.

— Ne vous inquiétez pas. J'ai vu son dressing et je sais qu'elle aime l'argent et le luxe.

Un silence pesant tomba.

— J'apprécie votre franchise, Shyla, et je vous promets que ce que vous me dites ne sortira pas de cette pièce. J'aimerais que vous répondiez à cette question : pensez-vous que Rachel ait été capable de préméditer le meurtre de son mari et de le maquiller en un acte de légitime défense ?

Hitch savait que le premier réflexe de Shyla serait de prendre la défense de son amie, mais elle percevait une spontanéité et une honnêteté rafraîchissantes chez cette jeune femme.

— Rachel est toujours parvenue à ses fins. Mais de là à tuer délibérément son mari…, commença Shyla avec prudence.

Elle hocha la tête.

— Je l'ignore. Quel genre de femmes agit de la sorte ?

Une prédatrice prête à tout pour se séparer de son mari sans renoncer à sa fortune, pensa Hitch. Elle remercia Shyla et se leva. Au même instant, elle entendit un véhicule arriver. Puis la porte d'entrée s'ouvrit avant qu'elle l'atteigne, un bel homme entra et s'arrêta net en la voyant.

— Rick, voici la médecin légiste chargée de l'enquête, le renseigna Shyla.

Elle semblait embarrassée et un peu anxieuse.

— Et elle partait, justement.

— Tu lui as dit que nous étions de bons amis de Rachel ? Et de son mari ? interrogea Rick.

— Bien sûr, répondit Shyla à la hâte.

— Ravi de faire votre connaissance, adjoint Birch, déclara Hitch.

Il restait immobile devant la porte d'entrée, l'empêchant d'avancer. Enfin, il s'écarta, il avait l'air mécontent.

Au moment où la porte se refermait derrière elle, Hitch l'entendit prononcer ces mots :

— Qu'est-ce que tu lui as raconté ?

Hitch regagna sa voiture, en récapitulant son entretien avec Shyla. De toute évidence, elle avait des doutes... Elle monta dans son véhicule et consulta son téléphone, impatiente d'avoir des nouvelles de Ford. Elle était encore plus inquiète, après sa conversation avec Shyla. Elle démarrait quand ses phares tombèrent sur le garage dont la porte était restée ouverte.

Mue par une impulsion, elle sortit de sa jeep, s'approcha et vit un pick-up Dodge bleu foncé avec une grille de protection sur la calandre. Était-ce le véhicule qui avait failli la renverser la veille au soir ?

23

Rachel étreignit Ford avec une vigueur surprenante qui pouvait passer pour un élan de sensualité. Elle pressa ses seins contre son torse qu'elle caressa, mais lorsque sa main vagabonda plus bas, Ford comprit qu'elle le fouillait purement et simplement pour vérifier s'il n'était pas muni d'un dispositif d'écoute. Enfin, elle mit carrément la main dans la poche de sa veste et en sortit son téléphone.

— Oh ! je suis confuse, ce n'est pas le mien, s'exclama-t-elle après en avoir balayé l'écran de l'index.

Sans le lui rendre, elle s'installa sur le canapé et prit son verre de vin de sa main restée libre. Elle en but une gorgée avant de poser le téléphone entre eux.

— Je me demande où est le mien ? Il a dû glisser entre les coussins du canapé ? Ou ailleurs ? dit-elle en regardant partout.

Ford fit mine de joindre des efforts aux siens et déplaça les magazines de mode sous lesquels il l'avait caché.

— Le voilà !

Rachel fixa l'appareil, comme si elle cherchait dans ses souvenirs si elle l'avait vraiment posé là, et s'en saisit. Ford profita de sa confusion momentanée pour reprendre la parole sur le sujet qui l'intéressait.

— Hitch a découvert des preuves qui t'incriminent.

J'ai essayé de savoir lesquelles, mais en vain. J'ai peur pour toi, Rachel. J'ai peur que tu ne sois condamnée à la réclusion à perpétuité.

Rachel but une gorgée de vin et fit la grimace, comme si son breuvage avait un goût amer.

— Les a-t-elle transmises au procureur ?

— Je n'en sais rien.

Ford marqua une pause.

— Rachel, tu connais mes sentiments pour toi. Que puis-je faire ? Dis-le-moi, je suis prêt à tout.

— Ta présence m'aide déjà beaucoup. Je te suis reconnaissante de ton séjour prolongé en ville.

Elle le dévisagea longuement.

— Je vais chercher une autre bouteille de vin, dit-elle brusquement en se levant. Je te sers une autre bière ?

Sans attendre sa réponse, elle se dirigea vers la cuisine.

— Volontiers, répondit-il.

Il se leva et se déplaça légèrement dans la pièce pour la suivre des yeux sans qu'elle s'en rende compte. Il la vit s'appuyer contre le comptoir en granit et fermer un instant les yeux, comme si elle s'exhortait au courage. Puis, d'une main tremblante, elle sortit une bière du réfrigérateur.

Ce qu'il vit ensuite le glaça : Rachel décapsula la bouteille de bière, en versa le contenu dans un verre, puis sortit une fiole de sa poche.

Horrifié, il la vit ajouter quelques gouttes à sa bière et lever le verre dans la lumière pour s'assurer que la substance s'y dissolvait.

— Tu me connais si bien Ford, lança-t-elle d'une voix langoureuse. C'est pourquoi je suis contente que tu sois là… Je vais t'ouvrir mon cœur.

Et avec un sourire, elle sortit de la cuisine avec ses deux verres.

Comme elle revenait vers le salon, Ford saisit rapidement son téléphone et déclencha l'enregistreur. Puis il le reposa et s'assit, essayant de dominer son trouble. Son cœur battait avec une telle violence qu'il craignait que Rachel ne l'entende.

— Tiens, dit-elle en lui tendant le verre de bière.

Il le posa sur la table basse, et Rachel s'empressa de glisser un sous-verre dessous.

— Merci, dit-il seulement.

Elle retourna à la cuisine pour prendre sa bouteille de vin, et revint s'asseoir au bout du canapé.

Il hocha la tête.

— Si je peux faire quoi que ce soit..., répéta-t-il avec conviction.

Elle but une gorgée de son vin sans le regarder et, soudain, leva la tête.

— Comment pourrais-je un jour te rendre la pareille ?

Il pensa à la substance qu'elle avait versée dans son verre. Un poison ? Un sérum de vérité ? Se méfiait-elle de lui ? N'était-il pas crédible dans son rôle d'amoureux transi ?

— Tu te souviens de l'autre jour, lorsque nous parlions de notre première rencontre ? dit-elle avec une gaieté qui sonnait faux. J'aimerais pouvoir revenir à cet instant-là.

Il se força à sourire.

— L'instant où tu tentais d'attirer cet écureuil ! Toi et ton obstination ! Quand tu voulais quelque chose, tu t'accrochais jusqu'à ce que tu l'obtiennes.

— Et j'ai voulu obstinément Humphrey, enchaîna-t-elle, l'air sombre. Il m'aimait, mais il hésitait à m'épouser. Tu le savais ?

Elle n'attendit pas sa réponse.

— Oui, bien sûr, tu le savais.

Elle soupira.

— À vrai dire, Humphrey ne m'aurait pas épousée si je n'avais pas été enceinte. Après notre mariage, j'ai perdu le bébé, Humphrey a été dévasté. Il désirait tant cet enfant…

Elle détourna les yeux en buvant de nouveau.

— Nos premiers mauvais souvenirs.

— Mais Humphrey t'aimait, insista Ford.

Leurs regards se croisèrent.

— Oui, il m'aimait.

Soudain, Rachel laissa échapper un rire cynique.

— Il ne m'a jamais pardonné et il m'aurait quittée si notre séparation n'avait donné raison à son père.

Surpris par le changement de ton, Ford fronça les sourcils.

— Qu'est-ce qu'il ne t'a jamais pardonné ?

— De lui avoir menti, Ford. Je n'ai jamais été enceinte, je n'ai jamais fait de fausse couche. Il ne l'a découvert qu'après notre mariage.

Ford se contint pour ne pas faire un commentaire qui réduirait à néant ses efforts.

— Comment l'a-t-il su ? reprit-il avec précaution.

— Il avait trouvé mes pilules contraceptives.

De nouveau un rire désenchanté s'éleva de ses lèvres.

— Tu ne voulais vraiment pas d'enfants ? demanda Ford. Bart aurait changé d'avis sur ton compte si tu lui avais donné un petit-fils. Ou une petite-fille…

— Pas question que mon corps soit déformé par une grossesse ! s'exclama Rachel horrifiée. Ni de perdre mon temps à élever un enfant. Je voulais vivre libre.

Effaré par la crudité de cet aveu, Ford resta d'abord muet.

— Tu aurais pu avoir recours à l'adoption, insinua-t-il.

— C'est ce que Humphrey m'a proposé, lâcha-t-elle froidement.

Et une expression dégoûtée se peignit sur ses traits.

— Des enfants dont personne d'autre ne voulait ? Jamais !

Les mensonges de Rachel auraient donc provoqué la colère, puis la violence de Humphrey ? Et si, finalement, Rachel avait dit la vérité ? s'interrogea Ford complètement perdu.

— Et ce n'est pas tout. De grosses sommes d'argent de la fondation que Humphrey avait créée ont disparu. Je la représentais, et il a eu le culot de m'accuser.

Elle but une autre gorgée de son vin. L'abus d'alcool, la colère enlaidissaient son beau visage. Ford retint son souffle. Il était stupéfait par ces révélations et l'ampleur du désastre.

— Humphrey a menacé de divorcer ?

Rachel lui adressa un sourire hautain. Son regard brillait de haine.

— Il m'a dit qu'il avait besoin de réfléchir. Qu'il m'aimait toujours, mais qu'il ne pouvait plus me supporter pour le moment. Il s'est rendu en ville, afin de voir sa petite amie. Je ne sais pas s'ils avaient une liaison, mais c'était bien parti, ajouta-t-elle avec vivacité. Cette fille le dévorait des yeux comme s'il était la huitième merveille du monde ! Exactement le genre de femmes qu'il croyait avoir épousé.

Elle regarda vers son verre.

— Tu ne bois pas ?

— Tu as tout manigancé, Rachel, n'est-ce pas ? Pour te débarrasser de lui et t'emparer de sa fortune ?

La colère l'empourpra et fit étinceler ses yeux.

— C'est ce que tu penses ? Ce que cette… Hitch pense ?

— Dis-moi si c'est vrai, pour que je puisse t'aider. C'est mon plus cher désir.

Elle le dévisagea longtemps et se leva.

— Tu devrais partir, Ford. J'ai trop parlé… Je suis lasse.

Il hocha la tête.

— Avant, laisse-moi te poser une dernière question. Pourquoi as-tu cherché à me séduire à mon arrivée ?

Elle recoiffa une mèche de ses cheveux blonds. Elle l'enveloppa d'un regard dur, glacé.

— Tu me tiens en bien piètre estime, Ford. Si j'avais voulu te séduire, nous serions déjà dans mon lit.

Il décida de tomber le masque.

— Non, Rachel. Je ne crois pas, dit-il froidement.

Il prit son téléphone et mit fin à l'enregistrement.

— Je suis venu pour te faire parler et apprendre la vérité. Après tout, c'est mon droit, puisque tu m'as impliqué dans cette tragédie.

Il jeta un coup d'œil vers son verre de bière.

— Je ne sais pas ce que tu as mis dans ma bière, mais je sais que tu t'es servie de moi, comme tu t'es servie de Humphrey, jusqu'à ce que tu décides de t'en débarrasser. Était-ce parce qu'il avait l'intention de divorcer ?

Pour seule réponse, Rachel lui adressa son regard glacial.

— Tu n'aimais pas la vie avec Humphrey ? demanda-t-il. Attends de connaître la prison.

Il partait quand le verre de vin heurta le mur tout proche et se brisa. Le liquide rouge coula sur le mur blanc, y laissant comme une traînée de sang.

Il se retourna, vit son visage brûlant de colère et de haine. Était-ce la dernière vision que Humphrey avait eue avant qu'elle tire sur lui de sang-froid ?

Hitch fut tellement soulagée de voir Ford sur le pas de sa porte qu'elle se jeta dans ses bras. Ford l'étreignit, l'embrassa et la garda longtemps contre lui sans pouvoir se résoudre à rompre le contact.

— Rachel n'a pas été dupe de mon stratagème, annonça-t-il ensuite. Elle a essayé de me droguer.

— Comment ça ?

— Je l'ai vue verser une substance dans la bière qu'elle m'a servie. Et j'ai fait une découverte intéressante. Elle avait laissé son nouveau téléphone dans le salon pendant qu'elle se rendait dans la cuisine. J'ai eu le temps de le regarder et je suis tombé sur une photo récente d'elle, sur un lit et dans une position très suggestive. Elle ne portait qu'une veste de pompier volontaire du comté de Sweet Grass. C'était un nouveau téléphone, puisque le sien a été saisi, ce n'est donc pas Humphrey qui a pris cette photo. Hitch, je sais qu'elle a prémédité le meurtre. Je l'ai lu sur son visage, dans ses yeux.

Il s'assit sur son lit.

— Rachel est calculatrice. C'est une prédatrice. Elle avait planifié de se faire épouser par Humphrey quoi qu'il lui en coûte. Elle a tissé sa toile longtemps, patiemment. Elle n'a pas franchement avoué le meurtre de Humphrey, mais notre conversation, que j'ai réussi à enregistrer, est édifiante et met au moins en doute sa première version des faits.

Hitch prit place à côté de lui, et il lui fit écouter l'enregistrement sur son téléphone. Elle resta sous le choc. Elle n'avait jamais rencontré un tel cynisme.

— Cette femme est sans cœur.

Elle se leva et fouilla dans ses notes.

— Les empreintes digitales retrouvées sur la boîte de pilules contraceptives étaient celles de Humphrey.

— Rachel a reconnu que c'était la raison de leur dispute. Peut-être Humphrey a-t-il ensuite parlé de divorce ? Il n'y avait qu'un seul moyen pour l'éviter et en même temps mettre la main sur sa fortune. Le tuer.

Hitch lui raconta quant à elle sa visite chez Shyla Birch et sa rencontre avec son mari, puis ce qu'elle avait découvert dans leur garage.

— La personne au volant de ce pick-up aurait failli te tuer ?

— Le policier ou Shyla en personne ? Je ne sais pas. Lorsque je suis rentrée, j'ai trouvé le nom du fabricant de la grille de protection sur la calandre : cette société en a vendu neuf dans la région. À part ça, Rick Birch et sa femme sont pompiers volontaires du comté de Sweet Grass. J'ai vu leurs vestes accrochées à la patère, quand je suis partie. Dis-moi tout ce que tu sais sur Shyla.

Ford se passa la main dans les cheveux.

— Elle était impulsive et délurée, mais criminelle ? Complice de Rachel ? Non, je n'y crois pas.

— Je suis d'accord. Alors le mari ?

— Il serait le complice de Rachel ? Son amant ?

— C'est possible.

Et Hitch lui relata la façon dont Shyla et son mari s'étaient rencontrés.

— Grâce à Rachel..., conclut-elle.

— Elle le connaissait déjà ?

Hitch haussa les épaules.

— Je ne sais pas. Mais je le soupçonne de protéger Rachel. Il a paru mécontent de me voir. En partant, je l'ai entendu demander à Shyla de raconter notre entrevue. S'il croyait Rachel vraiment victime de violence conjugale, il a pu vouloir l'aider ; il me fait l'effet d'être un redresseur de torts. À moins qu'il ne soit seulement son amant et qu'il soit amoureux d'elle au point de lui obéir aveuglément…

Ford hocha la tête.

— On n'a aucune preuve. Mais des éléments concomitants. Si tu racontais au shérif qu'un pick-up comme celui de son adjoint a cherché à te renverser ?

— Et demander une confrontation ? C'est ma parole contre celle de son adjoint. Je ne peux pas prouver que c'était lui qui conduisait ni qu'il essayait de me tuer. Je n'ai pas non plus le numéro de la plaque d'immatriculation. Je n'ai que la marque du véhicule, une grille métallique de protection sur la calandre, et il y en a au moins huit autres identiques dans la région. Donc, même si j'affirmais avoir formellement identifié son pick-up, Rick Birch pourrait quant à lui affirmer qu'il ne m'avait pas vue, parce qu'il faisait nuit.

— Que vas-tu faire ? demanda-t-il d'une voix douce.

— Je ne sais pas encore. Pour l'instant, je suis heureuse que tu ailles bien.

— Je suis désolé que mon stratagème n'ait pas fonctionné. Rachel est très intelligente.

— Tu l'as inquiétée. Elle doit être très agitée. À mon avis, elle va contacter son complice, si ça n'est déjà fait. Son téléphone est désormais sur écoute. On devrait bientôt avoir de ses nouvelles.

Il glissa une mèche de ses cheveux derrière son oreille.

— En attendant, qu'est-ce que nous, nous allons faire ? s'enquit-il d'une voix rauque et chargée de sensualité.

Rachel faisait les cent pas depuis le départ de Ford. *Mais pour qui se prenait-il ?*

Folle de rage, elle fixa le mur, taché de vin rouge, puis

le verre brisé sur le tapis, et s'appliqua à bien respirer pour se calmer. Ensuite, elle chercha son téléphone, se rendit compte qu'elle l'avait mis dans sa poche, quelques instants plus tôt. Enfin, elle jeta un coup d'œil vers la table basse et fronça les sourcils. Les magazines étaient bien rangés, soigneusement déployés en éventail, avant l'arrivée de Ford. Comment l'appareil avait-il pu glisser sous l'un d'eux ?

Impossible.

Elle sentit un frisson glacé la parcourir. Ford avait eu son téléphone en main et l'avait consulté. Elle déverrouilla l'écran et aussitôt vit la photo d'elle souriant sur le lit. Elle se laissa tomber sur son canapé et, les doigts tremblants, contacta Shyla.

— Shyla ? lança-t-elle avec des larmes dans la voix.

— Rachel, que se passe-t-il ? demanda Shyla d'un ton inquiet.

— C'est… Ford, balbutia Rachel. Il sort de chez moi. Il m'a dit des choses horribles.

— Rachel ? Je ne t'entends plus ? Tu es toujours là ?

— C'est mon nouveau téléphone portable. Je ne sais pas ce qu'il a. La batterie n'arrête pas de se décharger. Je vais le brancher. Une minute. Ah, ça y est.

— Je t'entends mieux. Rachel, attends, reprit Shyla. Je te passe Rick. Il veut te parler.

— Rachel ? intervint Rick. Tu as des problèmes avec ton nouveau téléphone portable ?

— Oui, la batterie se décharge à toute vitesse.

Rick laissa échapper un juron.

— Ton téléphone est sur écoute ! Les écoutes déchargent la batterie. Un programme espion en consomme l'énergie. As-tu repéré des applications indésirables qui seraient apparues récemment, sans raison ?

Elle serra les dents.

— Je ne sais pas, je vais vérifier.

— As-tu reçu des SMS inhabituels ?

— Seulement un message comme quoi j'avais gagné un prix à une espèce de tombola.

— Ce genre de messages peut contenir des codes qui indiquent qu'un logiciel de surveillance est installé sur ton téléphone. Ton appareil est-il en surchauffe ?

— Oui.

— Un programme espion génère aussi une surchauffe. On n'écoute pas seulement tes appels, on te piste.

Rachel se sentit glacée.

— Que dois-je faire ?

— D'abord, débarrasse-toi de toutes les applications que tu ne reconnais pas, puis effectue une mise à jour, et n'utilise plus ton téléphone.

— Comment suis-je censée communiquer ? s'écria-t-elle.

— Je vais te trouver un téléphone sûr. Shyla te l'apportera. Mais cesse d'avoir peur et d'agir comme si tu étais coupable. Souviens-toi, c'est toi la victime de Humphrey.

— Rick, j'ai peur…

— N'aie pas peur ! Tu as fait ce que tu devais faire. On essaye juste de te déstabiliser. Je te repasse Shyla.

— Tu ne veux pas que je vienne ? demanda son amie.

— Non, répondit Rachel. Ça va aller… Je… Je vais me coucher. J'ai besoin d'une bonne nuit de sommeil.

Puis elle raccrocha, prit la bière de Ford et la vida dans l'évier.

Après, elle resta longtemps devant l'évier à fixer l'obscurité avant de se rendre dans sa chambre et de faire ses bagages.

24

— C'est décidé, tu quittes Big Timber ? déclara Hitch le lendemain matin en se réveillant aux côtés de Ford.

La veille au soir, après avoir fait l'amour pour la première fois, ils s'étaient confié leurs espoirs, leurs rêves et leurs craintes. Et, de nouveau, ils s'étaient aimés, s'étreignant comme deux âmes réunies au sein de la tempête et ils avaient trouvé l'apaisement. Et ce matin, encore. Ce silence si particulier qui les entourait, les accompagnait, depuis le premier jour, il était devenu leur cocon.

— J'ai besoin de rentrer à la maison, de revoir ma famille. De revivre. Grâce à toi. Avec toi ?

Il lui adressa un sourire complice, malicieux et tendre, qui fit battre son cœur plus vite. La nuit qu'ils avaient passée dans les bras l'un de l'autre avait été dédiée à cet amour dont certains romans parlent si bien et dont l'existence semble impossible... Ford avait été un amant tendre et attentionné, attentif à son plaisir. Hitch sourit au souvenir de son bonheur, si intense, et rougit à celui de l'érotisme torride de leurs ébats.

— Tu vas me manquer, dit-elle en se blottissant dans ses bras.

— Tu seras bien trop occupée à découvrir la vérité.

— Les quarante-huit heures que le gouverneur m'a

accordées sont presque écoulées. De plus, le shérif lui a parlé de nos relations. Non que je m'en inquiète, s'empressa-t-elle d'ajouter. Mais…

— … Ça complique la situation. Une autre raison pour laquelle je dois m'éloigner.

Malheureusement, elle était d'accord avec lui, surtout après la tentative de Rachel pour le droguer.

— Quoi qu'il arrive… ou pas, cette enquête sera terminée dans quelques heures.

— Avec des preuves à charge, j'espère.

— J'en doute, Ford, hélas… Et l'idée de la confier au shérif…

Elle soupira.

— Il ne cherchera pas à rassembler d'autres preuves avant le procès. S'il y a un procès.

Elle hocha la tête.

— Rachel sera condamnée à une peine légère ou sera acquittée.

— Ne perds pas courage. Il te reste encore un peu de temps.

— Certes, mais, à ce stade, même s'il me restait un mois, je ne pourrais jamais prouver que Rachel a prémédité le meurtre de son mari avec un complice.

— Je t'appellerai dès que je serai arrivé à Big Sky. Et une fois que tu auras tout réglé…

— Le gouverneur m'a annoncé qu'une autre affaire m'attendait, l'interrompit-elle.

— Mais nous deux, ça n'est pas fini…, dit-il en même temps qu'elle.

Il l'attira à lui, l'embrassa.

— J'ai hâte que tu rencontres ma famille. Hâte de lui montrer ce si grand bonheur…

Si grand bonheur…

Le silence retomba alors qu'ils se souriaient. Confiants dans l'avenir, et heureux.

Le temps était venu de rentrer à Big Sky. Ford devait laisser Hitch essayer de prouver la culpabilité de Rachel et le meurtre de Humphrey dans les délais impartis sans qu'elle soit distraite par le danger qu'il courait ou par leur amour naissant. Il avait joué au détective amateur, et s'il n'avait pas vu ce que Rachel avait versé dans sa bière… Il sortait de Big Timber quand son téléphone sonna. C'était Rachel.

Surpris, il répondit après une hésitation.

— Rachel ?

Il l'entendit pleurer. Puis prononcer des paroles inaudibles. Il freina et se gara sur les bas-côtés.

— Tu… Tu as raison…, balbutia Rachel.

— Que se passe-t-il ? demanda-t-il, le cœur battant.

— J'ai honte de ce que j'ai fait… Avec Humphrey…

Elle se remit à sangloter et lâcha le téléphone.

Ford n'hésita pas. Il fit demi-tour et prit la direction du Ranch Collinwood. Appeler le 911 ? Non, il était déjà en route et arriverait plus vite que le shérif et les secours. Rachel était-elle ivre ? Ou avait-elle avalé un cocktail de médicaments ?

Soudain, il entendit une voiture de patrouille derrière lui. La sirène hurlait, les gyrophares étaient allumés. Contrarié, il ralentit et freina, prêt à expliquer la raison de son excès de vitesse et à demander de l'aide pour Rachel.

Il se gara, mais l'officier lui fit signe de tourner et de s'engager sur un sentier de traverse. Énervé, Ford obéit.

Il perdait un temps précieux. Il prit son téléphone pour appeler Hitch au moment où l'adjoint du shérif tapait sur sa vitre.

Il la baissa.

— Je sais que j'étais en excès de vitesse. Mais je viens de recevoir un appel urgent qui…

— Je vous prie de sortir de votre véhicule.

— Vous ne comprenez pas. Je…

Il sentit son cœur battre violemment. Son instinct l'avertissait que quelque chose n'allait pas. Il posa les yeux sur les mains du policier. Une chevalière à l'annulaire droit attira son attention. Au même instant, la voix de Hitch lui parvint, et il se rendit compte qu'elle avait décroché et était à l'autre bout du fil.

— Écoutez, officier, Rachel Collinwood vient de me contacter, commença-t-il distinctement et en parlant fort. J'étais en route pour me rendre chez elle avant que vous m'arrêtiez et m'indiquiez ce chemin de terre qui monte…, ajouta-t-il, volontairement précis.

— J'ai dit, sortez de votre véhicule.

— Votre ordre est insolite. Comme votre chevalière…

Il lut le nom du policier.

— Adjoint Birch, énonça-t-il.

Le mari de Shyla. La chevalière. La grille de protection sur la calandre du pick-up.

Dans son rétroviseur, il vit Rachel s'approcher.

— Rachel ? lança-t-il, comprenant trop tard qu'il avait été piégé.

À cet instant, Birch repéra son téléphone sur le siège passager. Il se pencha, arracha les clés de contact, puis poussa Ford pour s'emparer de l'appareil. Avec un juron, il l'éteignit.

Hitch avait tout entendu. Une fois la communication coupée, elle prit son arme, son sac à main, et courut jusqu'à sa jeep.

L'esprit en effervescence, elle se repassa en boucle les termes de cet échange. Ford partait pour Big Sky quand Rachel l'avait contacté. Quoi que cette dernière lui ait dit, il avait décidé de se rendre chez elle et, sur la route, il avait été arrêté par Rick Birch. L'adjoint lui avait enjoint de s'engager sur un sentier, puis de sortir de sa voiture. *Un ordre insolite. Comme la chevalière...*

Et enfin, l'irruption de Rachel...

Ford était en danger. Il avait essayé de lui transmettre un maximum d'informations avant que la communication soit coupée.

Hitch roulait à toute vitesse. Elle avait une vague idée de l'endroit où Ford avait été arrêté. Là où un chemin de terre montait au sommet des Crazy Mountains.

Il ne lui fallait que quelques minutes pour y arriver, mais elle risquait d'arriver trop tard.

— Laisse, je m'en occupe, dit Rachel en poussant Birch.

— J'ai l'impression que tu vas mieux, lâcha Ford qui ouvrit sa boîte à gants pour en sortir son arme.

Vide.

Birch ouvrit la portière, Ford regarda Rachel et comprit qu'il était un homme mort.

Il n'eut pas le temps de réagir avant qu'elle lui plante l'aiguille d'une seringue dans l'épaule. Il essaya de résister, de la lui arracher, mais Birch le maintint jusqu'à ce qu'elle ait terminé. Il se dit qu'il était trop tard. Il sentait déjà la drogue faire son effet.

— Fais-le glisser côté passager, ordonna Rachel à son complice.

Ce dernier obtempéra. Ford s'efforça de se débattre, mais son corps ne lui obéissait plus.

— Maintenant, donne-moi les clés et attends-moi dans ta voiture, reprit Rachel à l'attention de Birch.

Birch ne sembla pas apprécier son ton autoritaire, mais il obéit et regagna sa voiture de patrouille.

— Ra… chel ? balbutia Ford.

Il se sentait étourdi. Sa vision commençait à se brouiller. Quoi qu'elle lui ait injecté, ça agissait rapidement. Alors qu'il essayait, sans succès, de détacher sa ceinture de sécurité, il entendit Rachel verrouiller sa portière.

Ensuite, elle claqua la portière côté conducteur. Dans le rétroviseur latéral, il la vit regagner la voiture de patrouille.

Ford savait qu'il devait agir, mais la coordination de ses mouvements s'altérait à mesure que la drogue agissait. Il comprit que, même s'il réussissait à sortir de son pick-up, il ne pourrait pas tenir debout, et encore moins courir. Soudain, un coup de feu le fit sursauter.

La portière côté conducteur de son pick-up de nouveau s'ouvrit. Rachel monta.

— Qu'est-ce que… tu… as fait ? demanda-t-il, conscient de son élocution malhabile.

Il essaya de bouger les bras. En vain.

— Moi ? Rien, dit-elle en essuyant l'arme avec un mouchoir.

Il reconnut son propre pistolet.

— Toi, oui, reprit-elle.

Sur ces mots, elle lui plaça l'arme dans la main droite qu'elle referma dessus, puis elle lui retira le pistolet, toujours avec le mouchoir, et le lança sur la banquette arrière. *Quand l'avait-elle sortie de sa boîte à gants ?* À moins que Birch ne s'en soit emparé, la veille, lorsqu'il était passé au Ranch Collinwood ? Rachel avait-elle prévu cette fin depuis le premier jour ?

Elle démarra, prit le chemin de terre qui conduisait vers le sommet des Crazy Mountains. Ford garda le silence. Sa langue était trop grosse dans sa bouche sèche, et à quoi bon gaspiller son énergie en posant une question dont il connaissait déjà la réponse ? Rachel avait l'intention de le tuer, comme elle venait de tuer son amant et complice.

Lorsque Hitch arriva à la hauteur de la voiture de patrouille de Birch, elle ne vit pas le pick-up de Ford.

Elle s'arrêta derrière la voiture de patrouille et, armée, sortit de sa jeep avec prudence. L'adjoint Birch, son stetson bas sur le front, semblait observer quelque chose sur ses genoux. Il ne bougea pas pendant qu'elle s'approchait de la portière conducteur.

Elle saisit la poignée et ouvrit, puis baissa son arme : l'officier Rick Birch avait été abattu d'une balle dans la tempe.

Elle claqua la portière, regarda le sentier de terre et tenta de repérer des traces récentes de pneus. Au loin, elle aperçut un nuage de poussière. Le pick-up de Ford ?

Elle se précipita vers sa jeep, démarra. Puis elle appela la DCI pour l'informer du meurtre de l'adjoint du shérif et indiquer la position de sa voiture de patrouille. Ensuite, elle accéléra en se fiant à cette traînée de poussière, en espérant que c'était bien la trace que laissait le véhicule de Ford. Rachel devait être avec lui. Si Ford était encore en vie, il ne le resterait plus très longtemps.

25

— Tu voulais savoir la vérité ?

Rachel freina, si bien que, malgré sa ceinture de sécurité, Ford partit vers l'avant comme une poupée de chiffon. Elle le rattrapa avant que sa tête heurte le tableau de bord.

— Tu ne portes pas de micro, j'espère ?

Elle le palpa.

— Bien sûr que non. Et maintenant, j'ai ton téléphone. Même si tu l'avais en main, tu ne pourrais pas m'enregistrer.

Elle rit.

— Tu veux la vérité ? Ma confession ? J'ai tué Humphrey. J'ai prémédité son meurtre. Ça n'a pas été difficile. J'avais tout préparé pendant des mois, en déplaçant sans cesse de l'argent. Quand Humphrey a trouvé les pilules contraceptives, il a été furieux. Là, j'ai compris qu'il envisageait sérieusement de divorcer. Alors, j'ai mis mon plan à exécution. Ce jour-là, je l'ai suivi en ville, je savais qu'il se rendrait chez cette fille. Je voulais l'appréhender là afin qu'elle soit témoin d'une authentique dispute conjugale. Après, je suis rentrée. J'avais déjà tout cassé dans la cuisine quand il m'a rejointe.

Ford, horrifié, n'avait d'autre choix que d'écouter en espérant que Hitch avait entendu son échange avec Rick Birch.

— Tu aurais dû voir le visage de Humphrey quand il est entré dans la cuisine et qu'il a vu ce désordre ! Il m'a regardée comme si j'avais perdu la tête. Il a vraiment cru que la raison de ma colère, c'était ma jalousie envers la serveuse du Corner Café.

Elle rit.

— Il allait m'aider à tout nettoyer, quand je lui ai fait une injection. Les effets sont rapides, comme tu peux le constater, mais Humphrey a quand même réussi à faire quelques pas dans ma direction. J'ai braqué mon arme. Il a eu l'air abasourdi, puis il a exigé que je la lui remette.

Le sourire de Rachel le glaça.

— Il n'a… pas levé… la… main… sur…

Les mots sortaient difficilement, presque inaudibles, de la bouche de Ford mais elle les comprit.

— Non. C'est Rick qui, après, m'a frappée pour accréditer la violence de Humphrey sur moi. Il y est allé un peu fort.

Et il avait oublié de retirer sa chevalière.

— C'était la partie la plus délicate de mon plan, continua Rachel. J'avais besoin de quelqu'un en qui je puisse avoir confiance. Rick était parfait. Mais cet idiot était convaincu qu'on serait ensemble une fois que j'aurais été disculpée.

Ford pensa à Paul Townsend. Combien d'autres hommes Rachel avait-elle testés avant de choisir son complice ?

Elle haussa les épaules.

— J'en viens à ta participation, déclara Rachel alors que les contreforts étaient derrière eux et qu'il regardait la route défoncée devant lui.

De loin Hitch vit le véhicule ralentir et tourner. Le soulagement l'envahit. Oui, c'était bien le pick-up de Ford. Son instinct ne l'avait pas trompée. Elle appela le bureau du shérif, expliqua que l'adjoint Birch avait été abattu par Rachel Collinwood qui avait enlevé et sans doute neutralisé Ford Cardwell, et qu'elle se dirigeait vers les Crazy Mountains. Elle raccrocha au moment où le pick-up disparaissait dans les pins sur le flanc de la montagne.

Ford était toujours en vie. Il fallait qu'elle y croie. Rachel ne l'avait pas tué et n'allait pas dans ces montagnes pour se débarrasser de son corps.

Quel était son plan ?

Hitch était inquiète. Elle se sentait impuissante et redoutait que toute initiative ostentatoire de sa part ne mette Ford en plus grand danger.

La distance entre son véhicule et le pick-up se réduisait, mais Hitch craignit que Rachel ne la repère. La route de montagne, bordée par des pins, grimpait en lacets vers le sommet escarpé. Tout à coup, Hitch perdit de vue le pick-up. Son cœur battait la chamade.

Ford était-il encore en vie... ?

Elle accéléra.

— Humphrey est mort. Rick me frappe au moment où je te téléphone, Ford. Je crie, je pleure, j'implore. Finalement, je tire un coup de feu, par la porte de la cuisine. Je raccroche, jette l'arme sur le carrelage. Rick s'esquive. Je me recroqueville et j'attends le shérif et les secours. Car je suis certaine que tu as appelé le 911.

Ivre de sa toute-puissance, Rachel ne prêtait plus aucune attention à Ford. Il espérait que Hitch avait entendu son échange et fait les déductions qui s'imposaient. Il n'y avait qu'elle qui pouvait agir, désormais…, pensa-t-il, le cœur serré. Il avait trouvé la femme de sa vie, il allait la perdre. Seule consolation, Hitch n'aurait de cesse de prouver que Rachel était coupable de meurtre avec préméditation afin qu'elle soit condamnée.

— J'ai détourné l'argent de la fondation. Je n'avais pas d'autre choix. Humphrey avait bloqué la plupart de mes cartes de crédit et menacé de ne plus alimenter mes comptes. Je suis sûre que c'était l'idée de son père. J'avais déjà été pauvre et démunie. Plus jamais je ne voulais l'être !

Elle tourna la tête dans sa direction.

— Tu penses sans doute que j'aurais pu trouver un emploi ? Moi, Rachel Collinwood, *travailler* ?

La route atteignait le sommet de la montagne. *Où le conduisait-elle ?* Il n'en avait aucune idée, en revanche, il connaissait sa fin.

— Humphrey t'aimait comme un frère, il me reprochait de vous avoir séparés. Il nous avait vus, Ford. Le jour du mariage. Conformément à ce que j'avais prévu.

Le regret et la tristesse envahirent Ford.

— Je n'avais pas le choix : tu ne pouvais pas rester dans notre vie. J'avais besoin que Humphrey ne dépende que de moi. Toi présent, il aurait vu clair dans mon jeu. Il a été blessé par ta trahison. Je me suis bien gardé de lui révéler la vérité. Et toi, tu ne lui as rien dit. De toute façon, tu avais enfin rompu les ponts.

Cependant, Humphrey avait essayé de le contacter, à plusieurs reprises. Avait-il compris quelle femme était Rachel, à l'époque ? Ou avait-il besoin d'entendre sa version des faits ? Ford se rendit compte qu'il aurait pu sauver la vie de son meilleur ami.

Hitch atteignait le sommet de la montagne, les pins se raréfiaient, la route toujours sinueuse devenait dangereuse. Elle conduisait lentement, afin de ne pas trahir sa présence.

Ce fut un soulagement lorsque les arbres disparurent et que la vue fut dégagée. Elle repéra le pick-up de Ford non loin du pic rocheux. Au-delà, il n'y avait que le ciel bleu et le vide. Alors elle comprit quelles étaient les intentions de Rachel. Ford avait dû lui confier qu'il s'apprêtait à mettre fin à ses jours au moment où il avait reçu son prétendu appel involontaire.

Elle freina, recula, puis coupa le moteur. Saisissant son arme, elle bondit hors de son véhicule, consciente du hurlement lugubre du vent qui, sans doute, avait couvert le bruit de son moteur.

Elle se déplaça, à la lisière des derniers arbres sans perdre des yeux le pick-up. Rachel était au volant, comme Hitch l'avait soupçonné. Ford était à moitié affalé sur le siège passager. Pendant un moment, elle craignit qu'il ne soit mort. Mais Rachel semblait lui parler.

Le pick-up était tout au bord de la falaise.

26

Ford avait perdu toute sensation physique. Son esprit, cependant, était vif, il entendait et comprenait parfaitement ce que lui disait Rachel. Il s'efforçait de ne pas penser à ce qui allait se passer, et à son désir de vivre. *Hitch*. Ils avaient touché du doigt le bonheur, et maintenant...

— Je ne voulais pas que ça se termine de la sorte, mais tu m'as donné le moyen idéal de me débarrasser de toi, Ford. Si tu ne m'avais pas confié que je t'avais sauvé la vie en t'appelant... Certes, j'aurais trouvé une idée, mais tu m'as facilité la situation.

Ford regardait le ciel. Il ne pouvait évaluer la hauteur de la falaise, et c'était tout aussi bien.

— Le problème, c'est que je ne pouvais plus te faire confiance. Si j'avais eu la certitude que tu quitterais la ville, que tu reviendrais pour le procès et que tu dirais combien j'aimais Humphrey, combien il m'aimait et que tu relaterais ce que tu avais entendu lors de mon appel... Mais tu as cherché à comprendre. Tu as continué de fouiller. Avec cette Hitch.

Elle soupira.

— Tu aurais dû te contenter de faire ta déposition et de partir.

Sa voix montait.

— Tu as couché avec cette femme, n'est-ce pas ? Tu n'as plus le même regard, lâcha-t-elle haineuse. Tu m'as trahie. Tu étais le seul en qui je pouvais avoir confiance ! Elle s'est servie de toi, tant pis pour toi !

Elle prit une grande inspiration.

— Shyla va venir me chercher. Elle va arriver par une autre route, comme ça, elle ne verra pas son mari. Ce mariage n'aurait jamais duré de toute façon… Il est temps de se dire au revoir, Ford.

Même s'il avait pu parler, Ford n'aurait pas su quoi dire à cette femme froide et calculatrice, foncièrement mauvaise.

Elle prit le grattoir destiné au nettoyage des vitres et s'en servit pour coincer la pédale d'accélérateur. Le moteur du pick-up aussitôt rugit. Elle appuya l'autre extrémité contre la pédale de frein.

Ça y est, c'est terminé… , pensa Ford, regrettant que la drogue qu'elle lui avait injectée ne l'ait pas assommé au lieu de le laisser dans cet état de conscience. Mais Rachel avait su la doser afin qu'il souffre, sur le plan psychologique, jusqu'au bout.

Elle lui avait réservé le même destin qu'à Humphrey.

Soudain, il comprit que Hitch avait raison. Il n'aurait jamais mis fin à ses jours. Il se serait arrêté avant, même sans l'appel de Rachel. Parce qu'il aimait trop la vie. Seul le désespoir avait déposé sur lui son voile gris.

Ça n'était pas Rachel qui lui avait sauvé la vie, mais Hitch. Il l'aimait, ce qui rendait sa fin imminente encore plus douloureuse.

Il aurait voulu vivre, pour vivre son amour pour elle.

Hitch serait sa dernière pensée…

Rachel cria par-dessus le moteur.

— Je suis désolée que ça doive se terminer comme ça.

Avait-elle prononcé les mêmes mots à Humphrey avant de le tuer ? Elle tendit la main pour déboucler sa ceinture de sécurité, enclencha le levier de vitesse du pick-up et saisit la poignée de la portière alors que le véhicule faisait un bond.

Hitch se glissa du côté passager. Il devait y avoir une raison pour que Ford n'ait pas bougé ni tenté de mettre fin aux funestes plans de Rachel. *Kétamine*, songea-t-elle. Rachel savait à quelle vitesse cette substance agissait et quittait le corps, sans laisser de trace. Elle y avait eu recours pour neutraliser son mari, et sans doute Ford.

Elle n'aurait qu'une chance de sauver la vie de Ford.

Au même moment, elle entendit le moteur rugir. Elle saisit la poignée de la portière passager puis ouvrit d'un coup sec. Elle vit Rachel tourner la tête dans sa direction tandis qu'elle bataillait avec sa propre poignée de portière.

Ensuite, tout alla très vite, bien que le temps sembla se suspendre. Une expression de stupéfaction presque comique se peignit sur les traits de Rachel, tandis que Hitch débouclait la ceinture de sécurité de Ford et le tirait hors du véhicule. Rachel, quant à elle, s'efforçait toujours de décoincer sa ceinture.

Hitch retomba violemment sur le sol, les bras passés autour de Ford. Elle eut le souffle coupé, mais elle ne le lâcha pas. Et les pieds pendants dans le vide, elle sentit le pneu arrière les frôler et eut peur qu'ils ne tombent.

Par-dessus les rugissements du vent et du moteur elle entendit Rachel hurler jusqu'à ce que ses cris s'arrêtent net au moment de l'explosion.

Le ciel s'embrasa, devint orange, puis noir de fumée.

Hitch se releva. Ford était sur le dos, les yeux fixés sur

le ciel. Pendant un instant, elle le crut mort, puis il cligna des yeux, et elle vit ses doigts bouger. Elle lui sourit, se pencha pour l'embrasser. Ses lèvres bougèrent sous les siennes. Et elle dégagea son visage et lui sourit, tandis qu'elle entendait les sirènes de police toutes proches.

27

Ford arrivait à Big Sky. Il se sentait libéré. Libre. Et, envahi par une formidable bouffée de bonheur, il serra fort la main de Hitch.

C'était l'une de ces journées de fin d'été sans nuages, avec un ciel d'un bleu très pur. Le soleil de l'après-midi éclairait les pins et les rochers, la rivière, encadrée par les montagnes, scintillait. Ford avait l'impression de voir ce spectacle magnifique pour la première fois. Et il n'avait jamais rien vu d'aussi beau.

Il jeta un coup d'œil à Hitch.

— Prête ? lui demanda-t-il en souriant.

L'enquête était terminée. Shyla avait appris la mort de son mari avec effroi avant de découvrir qu'il avait été l'amant et le complice de Rachel. Dire qu'elle était sur le point de conduire Rachel à l'aéroport… Elle était loin de se douter que sa meilleure amie se serait à son tour débarrassée d'elle, comme elle s'était débarrassée de tous les témoins gênants qui l'empêcheraient de recommencer une nouvelle vie, ailleurs.

— Rencontrer ta famille, si nombreuse soit-elle, ne m'effraye pas du tout, dit Hitch en riant.

— Entre les Cardwell et les Savage, ça fait beaucoup… Ma tante Dana a insisté pour organiser une grande réunion de famille. C'est une vraie matriarche. Tout le monde lui obéit, même mon oncle Hud. Il y a mon père et ma belle-mère, et mes oncles, qui travaillent dans nos restaurants BBQ et mes tantes et mes cousins…

— Je vois, dit-elle en secouant la tête. Tu leur as parlé de moi ? De nous ? De mon métier ?

Il hocha la tête.

— Il y a quelques policiers dans la famille et des détectives privés et, bien sûr, mon oncle Hud est toujours marshal, bien qu'il soit censé prendre sa retraite.

— Je devrais donc me sentir à mon aise ?

— Ils t'aimeront. Autant que moi.

Elle rit. Ford regarda la femme qui lui avait sauvé la vie.

La femme de sa vie.

Retrouvez prochainement,
dans votre collection

BLACK ROSE

Le risque dans la peau, de Carol Ericson - N°692

ENQUÊTES À LOS ANGELES – 3/4

À Los Angeles, un troisième meurtre est commis. Cette fois, plus de doute : c'est le Joueur qui orchestre la reproduction de ses anciens crimes. Mais, tandis que Jake McAllister et Kyra Chase traquent sans relâche les assassins, Fiona, la fille de Jake, est enlevée. L'entente parfaite qui régnait entre les deux enquêteurs se brise alors. Car, insensible aux protestations de son coéquipier, Kyra veut échanger sa vie contre celle de Fiona…

La blessure du passé, d'Elizabeth Heiter

Qui a fait éclater une bombe dans le parc de Luna, semant la terreur dans la petite ville d'Alaska ? En arrivant sur les lieux du drame, Jax Diallo, psychologue du FBI, n'a qu'une mission : secourir les victimes. Pourtant, lorsqu'il rencontre Keara Hernandez, cheffe de la police locale, il s'interroge. Quels secrets la jolie policière cache-t-elle sous sa force et sa détermination ? Et ne serait-ce pas elle, la cible du poseur de bombe ?

Ensemble face au mensonge, de Cindi Myers - N°693

Depuis que son père, accusé de détournement de fonds, a fui dans la montagne, Audra se bat pour prouver son innocence. Elle sait qu'il ne réapparaîtra que lorsqu'il aura été blanchi. Mais auparavant elle doit faire la lumière sur les agissements suspects de ses employeurs. Une mission de la dernière chance dans laquelle seul Mark Hudson, séduisant officier de la brigade des rangers, accepte de l'aider…

Un garde du corps pour fiancé, de Lisa Childs

Trop grand, trop costaud… trop excitant. Troublée, Bella observe l'homme que son père a engagé pour la protéger du criminel qu'il va bientôt devoir juger. Et soudain elle sent la colère monter en elle : après tout, elle est assez grande pour prendre soin d'elle-même ! Et jamais on ne croira qu'elle, l'héritière riche et distinguée, est fiancée à cet homme aux allures de mauvais garçon…

Retrouvez prochainement,
dans votre collection

BLACK ROSE

Le poison du doute, de Nicole Helm - N°694

Qui est réellement Reece Montgomery ? C'est la question que se pose Lianna depuis que le séduisant photographe a loué une chambre dans son Bed and Breakfast. Car Lianna – qui a fui son passé après la mort de son mari – se méfie de tous les étrangers. Et elle sent bien que Reece n'est pas celui qu'il prétend être. Surtout depuis qu'il s'est mis en tête de les protéger, elle et son fils Henry...

Pour sauver notre enfant, de Julie Anne Lindsey

« Tu dois partir d'ici pour protéger notre enfant... » Silencieux, Max fixe Allie qui le défie du regard. Bien sûr, il sait à quel point elle aime Grand Rapids où elle a emménagé après leur divorce. Mais l'heure n'est plus aux hésitations. Car deux attentats meurtriers ont mis la ville à feu et à sang et, s'il veut avoir l'esprit libre pour enquêter, il a besoin de savoir que son ex-femme et leur bébé d'un an sont en sécurité...

Étrange faux-semblant, de Paula Graves - N°695

Dans un café du Tennessee, Jack Drummond croit reconnaître une de ses ex-petites amies, Mara Jennings. Mais, alors qu'il veut la saluer, il se fige. Car la femme qui se tient devant lui n'est pas Mara... Curieux, il cherche à en savoir plus et finit par arracher la vérité à l'inconnue : à la mort de sa jumelle, elle a pris son identité pour échapper à la bande de hackers dont elle venait de démanteler le réseau.

La mémoire piégée, d'Elle James

« Dawson Gray sera votre garde du corps... » Savvy se réveille à l'hôpital, bouleversée : les médecins lui apprennent qu'elle est amnésique, mais aussi accusée d'avoir tué un homme. En attendant que l'enquête aboutisse, elle sera surveillée vingt-quatre heures sur vingt-quatre par un parfait inconnu. Un inconnu pas plus ravi qu'elle par cette situation...

HARLEQUIN BLACK ROSE

Retrouvez prochainement,
dans votre collection

BLACK ROSE

Un troublant allié, de Marie Ferrarella - N°696

Elle, amoureuse de Josh Youngblood, son meilleur ami ? Pourtant, si Bridget analyse objectivement les sentiments qu'elle éprouve pour son coéquipier, elle doit bien s'avouer qu'ils ont changé de nature... Est-ce dû à cette affaire de tueur en série qui leur fait passer tant de temps ensemble ? Non, elle divague ! Comment pourrait-elle avoir succombé au charme de Josh qui enchaîne les conquêtes ?

Protège-moi, de Julie Miller

Bailey le sait : affronter devant un tribunal le psychopathe qui a failli avoir sa peau sera une épreuve terrible. Mais elle témoignera contre lui, elle se l'est juré. Pourtant, tandis que la date du procès approche, un sentiment de malaise s'empare d'elle. Dans l'ombre, quelqu'un l'épie... Elle se résout alors à demander sa protection à Spencer Montgomery, le policier qui l'a tirée des griffes de son agresseur...